本书获得中国社会科学院大学中央高校基本科研业务费优秀博士学位论文出版资助项目经费支持，谨以致谢！

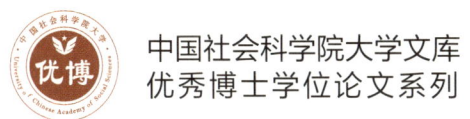

中国社会科学院大学文库
优秀博士学位论文系列

韦勒克文学作品存在论研究

Study on Wellek's
Ontology of Literary Works

王雪 著

中国社会科学出版社

图书在版编目（CIP）数据

韦勒克文学作品存在论研究／王雪著. -- 北京：中国社会科学出版社，2024.10. --（中国社会科学院大学文库）. -- ISBN 978-7-5227-3754-6

Ⅰ.I712.065

中国国家版本馆 CIP 数据核字第 2024N5P153 号

出 版 人	赵剑英
责任编辑	郭曼曼
责任校对	韩天炜
责任印制	李寡寡
出　　版	中国社会科学出版社
社　　址	北京鼓楼西大街甲 158 号
邮　　编	100720
网　　址	http://www.csspw.cn
发 行 部	010-84083685
门 市 部	010-84029450
经　　销	新华书店及其他书店
印　　刷	北京明恒达印务有限公司
装　　订	廊坊市广阳区广增装订厂
版　　次	2024 年 10 月第 1 版
印　　次	2024 年 10 月第 1 次印刷
开　　本	710×1000　1/16
印　　张	18
字　　数	256 千字
定　　价	88.00 元

凡购买中国社会科学出版社图书，如有质量问题请与本社营销中心联系调换
电话：010-84083683
版权所有　侵权必究

中国社会科学院大学优秀博士学位论文系列

序　　言

　　呈现在读者面前的这套中国社会科学院大学（以下简称"中国社科大"）优秀博士学位论文集，是专门向社会推介中国社科大优秀博士学位论文而设立的一套文集，属于中国社会科学院大学文库的重要组成部分。

　　中国社科大的前身，是中国社会科学院研究生院。中国社会科学院研究生院成立于1978年，是新中国成立最早的研究生院之一。1981年11月3日，国务院批准中国社会科学院研究生院为首批博士和硕士学位授予单位，共批准了22个博士授权学科和29位博士生导师。作为我国人文和社会科学学科设置最完整的研究生院，拥有博士学位一级学科16个、硕士学位一级学科17个；博士学位二级学科118个、硕士学位二级学科124个；还有金融、税务、法律、社会工作、文物与博物馆、工商管理、公共管理、汉语国际教育等8个硕士专业学位授权点；现有博士生导师736名、硕士生导师1205名。

　　为鼓励博士研究生潜心治学，作出优秀的科研成果，中国社会科学院研究生院自2004年开始评选优秀博士学位论文。学校为此专门制定了《优秀博士学位论文评选暂行办法》，设置了严格的评选程序。秉持"宁缺勿滥"的原则，从每年答辩的数百篇博士学位论文中，评选不超过10篇的论文予以表彰奖励。这些优秀博士学位论文有以下共同特点：一是选题为本学科前沿，有重要理论意义和实践价值；二是理论观点正确，理论或方法有创新，研究成果处于国内领先水平，具有较好的社会效益或应用价值与前景；三是资料翔实，逻辑严谨，文字流畅，表达确当，无学术不端行为。

《易·乾》曰："君子学以聚之，问以辩之"。学术研究要"求真求实求新"。博士研究生已经跨入学术研究的殿堂，是学术研究的生力军，是高水平专家学者的"预备队"，理应按照党和国家的要求，立志为人民做学问，为国家、社会的进步出成果，为建设中国特色社会主义的学术体系、学科体系和话语体系做贡献。

习近平总书记教导我们：学习和研究"要求真，求真学问，练真本领。'玉不琢，不成器；人不学，不知道。'学习就必须求真学问，求真理、悟道理、明事理，不能满足于碎片化的信息、快餐化的知识。"按照习近平总书记的要求，中国社科大研究生的学习和学术研究应该做到以下三点。第一，要实实在在地学习。这里的"学习"不仅是听课，读书，还包括"随时随地的思和想，随时随地的见习，随时随地的体验，随时随地的反省"（南怀瑾先生语）。第二，要读好书，学真知识。即所谓"有益身心书常读，无益成长事莫为"。现在社会上、网络上的"知识"鱼龙混杂，读书、学习一定要有辨别力，要读好书，学真知识。第三，研究问题要真，出成果要实在。不要说假话，说空话，说没用的话。

要想做出实实在在的学术成果，首先要选择真问题进行研究。这里的真问题是指那些为推动国家进步、社会发展、人类文明需要解决的问题，而不是没有理论意义和实践价值的问题，也不是别人已经解决了的问题。其次，论述问题的依据要实在。论证观点依靠的事例、数据、观点是客观存在的，是自己考据清楚的，不能是虚假的，也不能是自以为是的。再次，要作出新结论。这里说的新结论，是超越前人的。别人已经得出的结论，不能作为研究成果的结论；对解决问题没有意义的结论，也不必在成果中提出。要依靠自己的独立思考和研究，从"心"得出结论。做到"我书写我心，我说比人新，我论体现真"。

我希望中国社科大的研究生立志高远,脚踏实地,以优异的学习成绩和学术成果"为国争光、为民造福"。这也是出版本优秀博士学位论文集的初衷。

王新清

2021年12月9日

摘　　要

勒内·韦勒克是20世纪著名的西方文艺理论家，毕生深耕文学研究领域，以文学理论和现代文学批评史得名。人们普遍熟悉韦勒克文学理论区分文学的内部研究与外部研究；探究文学理论、文学批评与文学史的辩证关系；分析总体文学、比较文学和民族文学的概念，较少深入探究它们的逻辑起点和理论基石：文学作品的存在方式。韦勒克文学作品存在论形成于20世纪40年代，处于以文学作品为中心的现代主义文论阶段。不同于其他作品中心主义文论仅仅关注作品本身，韦勒克文学作品存在论是主客观统一的整体论。它回答了真正的文学作品建立在声音结构的基础上，存在于集体的意识形态之中，只有通过个人的心理经验才能理解。韦勒克文学作品存在论中的重要观点为西方文论的发展和中国当代文论的建设提供重要价值。

本书包括绪论、正文部分共六章和结语。

绪论首先梳理20世纪西方重要流派的文学作品理论。它们分别受科学主义思潮与人本主义思潮的影响，前者重视文学作品客观化和科学化；后者在作品研究中引入主体因素，扩展作品现实存在的可能性。韦勒克文学作品存在论借鉴吸收两种不同思潮，强调作品自身的理解、分析与评价，同时关注读者积极阅读对作品具体化发挥的重要作用。韦勒克指出文学作品的存在方式是共时性与历时性的结合，它成为区别于同时期新批评成员的显著特征。其次，从国外和国内两个视角论述韦勒克文学作品存在论的研究有待深入拓展。接着，介绍本书研究的对象是文学作品的存在方式，研究方法是采用文本、文献和文化三者结合以及逻辑与历史互动，研究思路是致力还原韦勒克文学作品存在的理论现场，论述文学作品的基本特征、不同层面、具体化和审美意义，展现韦勒克文学作品存在论的重要价值。最后，提出本书的创新点体现在：纠正完全把韦勒克文学理论等同于新批评派理论的观点；关注文学作品的具体化和审美价值；比较韦勒克与马克思、恩格斯的文学作品存在观并分析不同的原因；阐释韦勒克文学作品存在论对当代中国文论的启示意义。本书的难点体现在：韦勒克文学作品存在论是韦勒克早年文学理论的建树，关于文学作品的很多思考还不够完善和成熟。文学作品的存在方式是一个十分复杂的问题，难以完全把握其本质；难以透彻比较韦勒克文学作品存在论同马克思、恩格斯文学作品存在观在各个方面的异同；难以深入探究韦勒克文学作品存在论对西方文学理论的影响。

　　第一章分析韦勒克文学作品存在论的理论现场。这一理论的形成与19世纪末、20世纪上半叶西方文艺理论与文艺批评的现场密不可分。第一节阐述20世纪西方文艺理论的现场。语言学的现代转向促使韦勒克思考作品语言的特殊性。不同于科学语言精确的直指性，也不同于日常语言简单的沟通交流，文学语言以审美为目标呈现多义性、含混性、蕴藉性。非理性主义的兴起对直觉、激情、感受等方面的重视，促使韦勒克关注文学作品审美判断中的想象力因素，读者主观意识在作品具体化过程中的重要意义。实证主义研究只从一切事实出发评价文学作品，这一极端的研究方法忽视作品本身，损害文学作品的独立性。韦勒克强烈反对实证主义研究的泛滥，提倡文学作品的独立性和审美性。新人文主义崇尚平衡克制的研究方法，带来混乱的文学批评标准，激发韦勒克提出"透视主义"的批评方法分析作品的不同层面。第二节论述19世纪末至20世纪上半叶西方文学批评的现场。韦勒克文学作品存在论避免唯美主义批评和象征主义批评只注重为艺术而艺术，追求纯艺术的缺陷，规避将文学作品当作完全纯粹的客体存在。俄国形式主义批评推动韦勒克重视文学作品本身的研究。美国左翼文学批评从唯物主义观点出发，机械考察文学作品与社会政治的关系，促进韦勒克重回作品自身，思考作品与社会的复杂关系。韦勒克文学作品存在论处于在20世纪上半叶作品中心主义文论阶段。它主张文学作品的内在结构，强调把作品从传统社会历史批评中脱离出来，具有重要意义。

第二章阐述文学作品的存在方式。韦勒克文学作品存在论回答了什么是真正的文学作品及其如何存在。第一节论述韦勒克对传统文学作品存在观的反驳。韦勒克不满将文学作品视为实在的物质客体和理想的观念客体，不赞同将文学作品存在的本质归结为讲述者的声音序列，反对将文学作品看作读者的阅读心理体验或作家的创作意图，也不认可将文学作品视为作家创作过程中有意识的经验和无意识的经验的总和。传统的文学作品存在观忽视作品自身规律的研究，没有触及文学作品的结构本质。第二节阐述文学作品是一个"经验的客体"。韦勒克借鉴胡塞尔的"意向性理论"，汲取英加登的"纯意向性客体"，提出文学作品是一个"经验的客体"。它不是纯粹封闭的客观存在，而在集体的主观意识中。作为"经验的客体"，文学作品需要一定的物质载体，具有经验性。同时，它可以与依附的物质载体相分离，具有相对的客观性。第三节探究文学作品的"决定性的结构"。韦勒克平行移用索绪尔和布拉格学派的结构主义语言学观念，区分作品"决定性的结构"与"经验的事实"，指出文学作品具有普遍的"决定性的结构"。这一结构具有共时性特征，处于动态发展中。文学作品的存在必然是由一些标准组成的，它只能通过读者的经验部分地获得实现。每一次的主体经验都是为抓住"决定性的结构"的努力。

第三章探讨文学作品存在的层面。韦勒克提出文学作品是一个复杂的多层面意义的组合体。第一节简述传统的文学作品层面理论。韦勒克不满形式与内容矛盾对立的二分法，不赞同俄国形式主义的"素材"和"手法"抹杀作品内容与形式的界限，形式涵盖一切内容的观点，不同意兰色姆的"构架"和"肌质"把诗歌内容与形式相对立的观点，不满意布鲁克斯的混沌的有机整体论。韦勒克十分欣赏现象学美学家英加登的文学作品层次论。第二节论述英加登的文学作品层次论。英加登把作品层次分为：语音造体层、意义造体层、再现客体层、图式化观相层。韦勒克在英加登文学作品层次论的基础上，拓展了文学作品的不同层面。第三节讨论韦勒克文学作品存在层面论。他依次探讨具体的文学作品；文学作品的类型层面；文学史层面。文学作品具体包含谐音、节奏和格律；文体和文体学；意象和隐喻；象征和神话；叙事性小说的性质和模式；文学类型的性质；文学作品的评价；文学史。文学作品的不同层面具有各自的审美特质，它们复调和谐地组合在一起，构成完整的组合体。

  第四章论述文学作品的具体化与审美价值。文学作品发展变化的过程是特定的文学作品在历史上一系列的具体化。第一节阐述文学作品具体化的内涵与必要条件。受英加登文学作品具体化影响，韦勒克提出文学作品的具体化。文学作品存在许多空白和未确定点，需要读者在具体阅读过程中，积极地填补和丰富，完整呈现作品的审美意义。文学作品经过主体意识的投射得以现实化。第二节论述文学作品的审美独立性和作品语言的审美特质。韦勒克坚信文学作品是一种以审美为目的包含不同层面的复杂的组合体，主张探寻文学作品的审美价值。韦勒克通过借鉴康德与克罗齐追求艺术的审美独立、俄国形式主义的"文学性"，揭示文学作品的审美独立性。第三节论及文学作品的审美评价。韦勒克通过吸收俄国形式主义重视语言的陌生化，康德关注艺术想象力，讨论文学语言的审美性、虚构性和想象性特征。韦勒克通过汲取俄国形式主义的审美程序、穆卡洛夫斯基的审美功能、新批评践行的审美批评，提出文学作品经过一系列具体化，呈现独特的审美意义。

  第五章比较韦勒克文学作品存在论与马克思、恩格斯文学作品存在观的异同并分析原因。第一节比较韦勒克文学作品存在论与马克思、恩格斯文学作品存在观在文学作品本质观的异同。韦勒克认为文学作品的本质是一种以审美为目的的符号结构或符号体系，并探讨文学作品与社会的复杂互动关系。马克思、恩格斯指出文学作品是一种特殊的社会意识形态。面对文学作品的本质观问题，二者的共同点：没有把文学作品视为封闭自足的存在物，而是将它放入一定视域中探究其本质。不同点：前者重点研究文学作品的内部规律，认为文学作品表现部分社会的内容；后者从社会现实出发，确证文学作品反映现实生活，认为作品的社会内容是超越社会现实的缩影。第二节阐述韦勒克文学作品存在论与马克思、恩格斯文学作品存在观在文学作品历史观的异同。韦勒克认为文学作品按照时间顺序存在，具有历时性特征。马克思、恩格斯更深入地指出文学作品的历史性取决于社会物质基础，随着社会发展而变化。文学作品还处于生产、交换与消费的过程。面对文学作品的历史性问题，他们共同指出文学作品在历史长河中会千变万化。不同点：前者把文学作品的历时性局限于作品既定规范体系的更替；后者从历史唯物主义出发，明确文学作品的历史性根源于特殊的生产方式和社会意识形态的变化。第三节从理论切入点、理论视野和身份使命的角度，分析二者不同的原因所在。

第六章阐述韦勒克文学作品存在论的影响及评价。第一节论述韦勒克文学作品存在论对西方文学理论的影响。韦勒克认为文学作品是出不同标准组成的复杂的符号结构，在一定程度上促使结构主义走向更深入的文学作品系统中，挖掘作品的深层模式。韦勒克文学作品存在论促进解构主义消解作品的"文学性"。解构主义打破文学作品的能指与所指一一对应的关系，突破韦勒克对读者阅读的简单认识，弥合"透视主义"的文学批评观，探讨作品与读者的关系。韦勒克文学作品存在论激发新历史主义对文学与历史关系的思考。新历史主义将文学作品置于更大的范围，探究文学作品与历史语境、社会文化的关系，走出韦勒克过分执着的文学语言观，转向作品的具体语境以及社会因素。第二节探讨韦勒克文学作品存在论对西方文学批评的影响。它丰富和拓展了批评的概念，启发弗莱明确文学批评的对象和考察作品自身与现实世界的张力关系。它促进赫施修正文学批评的概念，区分意义和含义的不同。第三节阐述韦勒克文学作品存在论对文学创作实践的启示意义。它促进作家重视文学语言与意义的密切结合，使作家以审美为目的营造作品的审美程序，将一切素材赋予审美意义。它还提醒作家关注叙事性小说的虚构作用，吸引读者走进虚构的作品世界，获得审美体验，创作意蕴丰厚的优秀作品。第四节评价韦勒克文学作品存在论的理论贡献和局限。

结语总结韦勒克文学作品存在论对当代中国文学理论的启示。就批评方法而言，它促进文学作品审美批评的兴起；就理论发展而言，它推动文学主体性的凸显，转向关注内心世界；就文学创作来说，它启发探究文学作品的语言风格和叙事形式。在融媒体时代，文学作品的存在形式被极大改变。韦勒克文学作品存在论提出作品的单一方式，引导我们以历史的眼光、多重视角看待文学作品。文学作品的存在方式会愈加丰富和多元。

关键词：韦勒克；文学作品；存在方式；层面；具体化；审美价值

Abstract

René Wellek was a leading 20th century Western literary theorist who spent his life deep in the field of literary studies and is best known for his work on literary theory and the history of modern literary criticism. He is familiar with the distinction between the internal and external study of literature, the dialectical relationship between literary theory, literary criticism and literary history, and the analysis of the concepts of literature in general, comparative literature and national literature, but less so with their logical starting point and theoretical foundation, the mode of existence of literary works. Wellek's ontology theory of literary works was formed in the 1940s, in a modernism phase of literary theory centred on literary works. Unlike other work-centred literary theories that focus solely on the work itself, Wellek's ontology theory of literary works is a holistic theory of subjectivity and objectivity. It answers the question that true literary works are based on the structure of sound, exist within a collective ideology, and can only be understood through individual psychological experience. The key ideas in Wellek's ontology theory of literary works provide important insights and values for the development of Western literary theory and the construction of contemporary Chinese literary theory.

This book consists introduction, body section with six chapters and conclusion.

The introduction combs the theories of the literary work of the major schools of Western literary theory in the 20th century. They are influenced by scientism and humanism respectively, the former emphasizing the objectification and scientificization of literary works; the latter introducing the subjective element in the study of works and expanding the possibility of their real existence. Wellek's ontology theory of literary works draws on both trends, emphasising the understanding, analysis and evaluation of the work itself, while focusing on the important role of active reading by the reader in the materialisation of the work. Wellek points out that the way in which a literary work exists is a combination of the co-temporal and the ephemeral, which becomes a distinctive feature that distinguishes it from its contemporaries in New Criticism. Secondly, the study of Wellek's ontology theory of literary works is discussed from both foreign and domestic perspectives to be expanded in depth. Next, identify the subject of this book is the mode of existence of literary works. The methodology of this book is a combination of text, literature and culture, as well as logical and historical interactions, and the research idea is dedicated to restoring the theoretical site of the existence of Wellek's literary works, to discuss the basic characteristics, different dimensions, concretization and aesthetic significance of literary works, and to show the important value of Wellek's ontology theory of literary works. Finally, the innovative points of this book are presented to correct the view that equates Wellek's literary theory entirely with that of the New Critics; to focus on the concretization and aesthetic value of literary works; to compare Wellek's different views on literary works with those of Marx and Engels and analyse the reasons for the differences; and to explain the significance of Wellek's ontology theory of literary works for contemporary Chinese literary theory. The difficulties of this book are: Wellek's ontology theory of literary works is a construction of Wellek's early literary theory, and many of his thoughts on literary works are not yet perfect and mature. The way in which literary works exist is a very complex issue, and it is difficult to fully grasp its essence; it is difficult to compare thoroughly the similarities and differences between Wellek's ontology of literary works and Marx and Engels' views on the ontology of literary works in various aspects; it is difficult to explore in depth Wellek's ontology theory of literary works influence on Western literary theory.

The first chapter analyses the theoretical scene of Wellek's ontology of literary works. The formation of this theory is inextricably linked to the scene of Western literary theory and literary criticism in the late 19th and first half of the 20th centuries. The first section elaborates on the site of Western literary theory in 20th century. The modern turn in linguistics prompted Wellek to reflect on the specificity of the language of the work. Unlike the precise directness of scientific language and the simple communication of everyday language, literary language presents polysemy, ambiguity and implication with aesthetic goals in mind. The rise of irrationalism's emphasis on intuition, passion and feeling prompted Wellek to focus on the imaginative element in the aesthetic judgement of literary works, and the importance of the reader's subjective consciousness in the process of concretizing the work. The extreme approach of positivist research, which evaluates literary works only in terms of all facts, ignores the works themselves and undermines the independence of literary works. Wellek strongly opposed the proliferation of positivist studies and advocated the independence and aesthetics of literary works. The new humanism study, which favoured a balanced and restrained approach to research, brought about a confusion of standards in literary criticism and inspired Wellek to propose a "perspectivism" approach to criticism to analyse the different aspects of the work. The second section discusses the scene of Western literary criticism from the late nineteenth century to the first half of the 20th century. Wellek's ontology of literary works avoids the shortcomings of aestheticism and symbolism, which focused on art for art's sake and the pursuit of pure art, and avoids treating literary works as if they existed as completely pure objects. Russian formalism pushed Wellek to focus on the study of the literary work itself. American Left-Wing literary criticism, from a materialist point of view, mechanically examined the relationship between the literary work and society and politics, promoting Wellek to return to the work itself and consider the complex relationship between the work and society. Wellek's ontology of literary works was in the phase of work-centred literary theory in the first half of the 20th century. It is significant for its advocacy of the inner structure of the literary work and its emphasis on detaching the work from traditional socio-historical criticism.

The second chapter elaborates the mode of existence of a literary work of art. Wellek's ontology theory of literary works answers the question of what a true literary work is and how it exists. The first section discusses Wellek refute traditional views of the literary works. Wellek rejects the traditional view of the literary work as a real material object and an ideal conceptual object, the essence of the existence of a literary work is attributed to the voice sequence of the narrator, the psychological experience of reading by the reader or the creative intentions of the writer, and the view of the literary work as the sum of the conscious and unconscious experiences of the writer's creative process. The traditional view of the literary work ignores the study of the laws of the work itself and fails to address the structural nature of the literary work. The second section describes the literary work as an "object of experience". Drawing on Husserl's "theory of intentionality" and Ingarden's "pure intentional object", Wellek proposes that the literary work is an "object of experience". It is not a purely closed objective existence, but exists within the collective subjective consciousness. As an "object of experience", a literary work requires a certain material vehicle and are empirical. At the same time, it can be separated from the material carrier to which it is attached and has a relative objectivity. The third section explores the "structure of determination" of literary works. Using parallel structuralist linguistic concepts from Saussure and the Prague School, Wellek distinguishes between the "structure of determination" of a work and the "facts of experience", stating that literary works have a universal "structure of determination". This structure has a co-temporal character and is in dynamic development. The existence of a literary work is necessarily a "structure" composed of a series of criteria that can only be partially realised through the reader's experience, each subjective experience being an effort to grasp the "structure of determination".

The third chapter explores stratas of the literary work. Wellek proposes that literature is highly complex organization of a stratified character. The first section briefly describes traditional theory of the stratas of literary works. Dissatisfied with the contradictory dichotomy between form and content, Wellek disagrees with the Russian formalist view that "material" and "technique" obliterate the boundaries between content and form, and that form encompasses all content. He disagrees with Ransome's view of "structure" and "texture" as opposing poetic content to form, and is dissatisfied with Brooks' chaotic organic holism. Wellek greatly admires Ingarden's stratas of literary works. The second section expounds Ingarden's stratas of literary works. Ingarden divides the hierarchy of works into: the stratum of sound; the stratum of meaning units; the stratum of mainfold schematized aspects; the stratum of represented objectivities. Wellek builds on Ingarden's stratas of literary works to expand on the different levels of literary works. The third section formulates muliple stratas of Wellek's literary works. He explores in turn the specific literary work; the genre level of the literary work; and the literary history level, specifically: sound level of euphony, rhythm and meter; unit of meaning level of style and stylistics; image and metaphor level of representing things; world level of symbol and myth, the nature and modes of narrative fiction; the nature of literary genres; the evaluation of literary works; and the literary history. The different dimensions of a literary work have their own aesthetic quality, and the polyphony comes together harmoniously to form the complete structure of the work.

The fourth chapter deals with the concretization and aesthetic significance of literary works. The process of literary development and change is a series of historical concretization of a particular literary work. The first section sets out the connotations and requisites for the concretization of literary works. Influenced by the concretization of Ingarden's literary works, Wellek proposes the concretization of literary works. There are many gaps and undefined points in a literary work that need to be actively filled and enriched by the reader in the process of concrete reading to present the aesthetic meaning of the work in its entirety. The work of literature is made real through the projection of the subject's consciousness. The second section deals with the aesthetic independence of the literary work and the aesthetic qualities of the language of the work. Wellek convinced that a literary work is a complex assemblage containing different dimensions for aesthetic purposes. He advocates the exploration of the aesthetic value of literary works. By drawing on Kant and Croce's quest for the aesthetic independence of art and the "literariness" of Russian formalism, Wellek reveals the aesthetic independence of literary works. The third section discusses the aesthetic evaluation of literary works. By drawing on Russian formalism's emphasis on the strangeness of language and Kant's concern with the artistic imagination, Wellek discusses the aesthetic, fictional and imaginative character of literary language. By drawing on the aesthetic procedures of Russian formalism; the aesthetic function of Mukařovský; and the aesthetic criticism practised by the New Criticism, Wellek suggests that literary works undergo a series of concretizations that present a unique aesthetic meaning.

The fifth chapter compares the similarities, differences and reasons between Wellek's ontology theory of literary works and Marx and Engels' view of the ontology of literary works and analyses the reasons for them. The first section compares the similarities and differences between Wellek's ontology theory of literary works and Marx and Engels' view of literary works in terms of the essence of literary works. Wellek believes that the essence of a literary work is a symbolic structure or symbolic system for aesthetic purposes, and explores the complex interaction between literary works and society. Marx and Engels pointed out that a literary work is a special kind of social ideology. Faced with the question of the essence of literary works, they have something in common: they do not regard literary works as closed and self-contained beings, but place them in a certain context to explore their essence. The differences: the former focuses on the internal laws of literary works, arguing that literary works express part of society; the latter starts from social reality and confirms that literary works reflect real life, arguing that the social content of works is a microcosm of transcendent social reality. The second section elaborates on the similarities and differences between Wellek's ontology theory of literary works and Marx and Engels' view of literary works in terms of the historical view of literary works. Wellek argues that literary works exist in chronological order and have an ephemeral character. Marx and Engels go further and point out that the historicity of literary works depends on the material basis of society and changes with social development. Literary works are also in the process of production, exchange and consumption. Faced with the question of the historicity of literary works, they jointly point out that literary works undergo a thousand changes over the course of history. The differences: the former confines the ephemerality of literary works to the turnover of the established normative system of the works; the latter, starting from historical materialism, clarifies that the historicity of literary works is rooted in particular modes of production and changes in social ideology. The third section analyses the reasons for their differences in terms of theoretical entry points, theoretical horizons and identity missions.

The sixth chapter describes the impact and evaluation of Wellek's ontology theory of literary works. The first section discusses the influence of Wellek's ontology theory of literary works on Western literary theory. Wellek argues literary work is a complex symbolic structure of literary works consisting of different criteria has, to a certain extent, prompted structuralism to move deeper into the system of literary works and to excavate the deeper patterns of the works. Wellek's ontology theory of literary works promotes deconstructionism's dismantling of "literariness" of the work. Deconstructionism breaks the one-to-one correspondence between the referent and the referent of a literary work, breaks with Wellek's simple understanding of the reader's reading, bridges "perspectivism" view of literary criticism, and explores the relationship between the work and the reader. Wellek's ontology theory of literary works inspires the new historicism's consideration of the relationship between literature and history. The new historicism places the literary work in a larger context, exploring its relationship with historical context and social culture, moving away from Wellek's overly obsessive view of literary language and towards the specific context of the work and social factors. The second section explores the influence of Wellek's ontology theory of literary works on Western literary criticism. It enriches and expands the concept of criticism, inspiring Frye to clarify the object of literary criticism and to examine the tension between the work itself and the real world. It contributed to Hirsch's revision of the concept of literary criticism, distinguishing between meaning and implications. The third section sets out the implications of Wellek's ontology theory of literary works for literary creation. It promotes writers' attention to the close integration of literary language and meaning, enabling them to create an aesthetic program of their works with the aim of giving aesthetic meaning to all material. It also reminds writers to pay attention to the fictional role of narrative fiction, to draw readers into the world of fictional works, to gain aesthetic experience and to create excellent works rich in meaning. Finally, the theoretical contributions and limitations of Wellek's ontology theory of literary works are evaluated.

The concluding section summarizes the implications of Wellek's ontology theory of literary works for contemporary Chinese literary theory. In terms of critical method, it has contributed to the rise of aesthetic criticism of literary works; in terms of theoretical development, it has contributed to the accentuation of literary subjectivity and the shift towards a focus on the inner world; and in terms of literary creation, it has inspired an inquiry into the linguistic style and narrative form of literary works. In the age of multimedia, the form of existence of literary works has been significantly altered. Wellek's ontology theory of literary works proposes a single way of looking at the work, leading us to look at it through a historical lens and multiple perspectives. The mode of existence of literary works will become richer and more diverse.

Key Words: Wellek; Literary Works; Mode of Existence; Strata; Concretization; Aesthetic Value

目　　录

绪　论 ……………………………………………………………（1）

第一章　文学作品存在论的理论现场 ……………………（45）
　　第一节　西方文艺理论的现场 ………………………………（45）
　　第二节　西方文艺批评的现场 ………………………………（66）

第二章　文学作品的存在方式 ……………………………（79）
　　第一节　反驳传统的文学作品存在观 ………………………（79）
　　第二节　文学作品是一个"经验的客体" ……………………（85）
　　第三节　文学作品的"决定性的结构" ………………………（93）

第三章　文学作品存在的层面 ……………………………（106）
　　第一节　传统的文学作品层面理论 …………………………（106）
　　第二节　英加登文学作品层次论 ……………………………（112）
　　第三节　韦勒克文学作品存在层面论 ………………………（125）

第四章　文学作品的具体化与审美价值 …………………（150）
　　第一节　文学作品的具体化 …………………………………（150）
　　第二节　文学作品的审美独立性 ……………………………（154）
　　第三节　文学作品的审美评价 ………………………………（165）

第五章　韦勒克文学作品存在论与马克思、恩格斯文学作品存在观的比较 …………………………………………（173）
 第一节　文学作品本质观的比较 …………………（173）
 第二节　文学作品历史观的比较 …………………（182）
 第三节　韦勒克文学作品存在论与马克思、恩格斯文学作品观不同的原因 ……………………（192）

第六章　韦勒克文学作品存在论的影响及评价 ……（198）
 第一节　对西方文学理论的影响 …………………（198）
 第二节　对西方文学批评的影响 …………………（215）
 第三节　对创作实践的启示意义 …………………（222）
 第四节　评价韦勒克文学作品存在论 ……………（228）

结　语 …………………………………………………（236）

参考文献 ………………………………………………（246）

后　记 …………………………………………………（263）

Contents

Introduction ·· (1)

Chapter 1 TheTheoretical Scene of the Ontology of
           Literary Works ··· (45)

  Section 1 The Scene of Western Literary Theory ···················· (45)

  Section 2 The Scene of Western Literary Criticism ·················· (66)

Chapter 2 The Mode of Existence of Literary Works ················· (79)

  Section 1 Refutation of the Traditional View of the
              Existence of Literary Works ································ (79)

  Section 2 Literary Works as "Object of Experience" ················ (85)

  Section 3 The "Structure of Determination" of Literary Works ······ (93)

Chapter 3 The Levels of Existence of Literary Works ··············· (106)

  Section 1 Traditional Theories on the Levels of Literary
              Works ·· (106)

  Section 2 Ingarden's Theory ofStratas in Literary Works ·········· (112)

  Section 3 Wellek's Theory on theStratas of Existence of
              Literary Works ·· (125)

Chapter 4 The Concretization and Aesthetic Value of
           Literary Works ··· (150)

Section 1　The Concretization of Literary Works ……………（150）
Section 2　The Aesthetic Independence of Literary Works ………（154）
Section 3　The Aesthetic Evaluation of Literary Works …………（165）

Chapter 5　A Comparison Between Wellek's Ontology of Literary Works and Marx and Engels' View on the Existence of Literary Works ……………………………………（173）
Section 1　A Comparison of the Essential View of Literary Works ……………………………………………（173）
Section 2　A Comparison of the Historical View of Literary Works ……………………………………………（182）
Section 3　The Reasons for the Differences Between Wellek's Ontology of Literary Works and Marx and Engels' View on Literary Works ……………………（192）

Chapter 6　The Influence and Evaluation of Wellek's Ontology of Literary Works ……………………………（198）
Section 1　The Influence on Western Literary Theory ……………（198）
Section 2　The Influence on Western Literary Criticism …………（215）
Section 3　The Implications for Creative Practice ………………（222）
Section 4　An Evaluation of Wellek's Ontology of Literary Works ……………………………………………（228）

Conclusion ……………………………………………………（236）

References ……………………………………………………（246）

Afterword ……………………………………………………（263）

绪　论

20世纪著名的西方文艺理论家勒内·韦勒克①（René Wellek）一生兴趣广泛，笔耕不辍，博学多产，著作颇丰。②他在文学研究、文学批评史和文学史以及比较文学研究领域具有广阔的学术视野、丰富的理论学识和独到敏锐的见解，做出了卓越贡献。20世纪40年代，韦勒克与奥斯汀·沃伦（Austin Warren）合著《文学理论》出版于美国，该书曾数次再版被翻译为多种语言，在二十多个国家广泛传播，产生重要影响。人们对这本书既熟悉又陌生，文学研究领域普遍接受了一系列重要思想。比如内部研究与外部研究的区分；文学理论、文学批评与文学史三者的辩证关系；总体文学、民族文学与比较文学的

---

① 勒内·韦勒克，又译为雷奈·韦莱克、雷内·韦勒克、雷纳·威勒克、雷纳·韦勒克、雷·威莱克、魏列克等。依据刘象愚等译《文学理论》（新修订版）中的译名，笔者统一称作勒内·韦勒克。

② 韦勒克著作丰厚，文学理论方面有《文学理论》（1949）；文学批评皇皇巨著《近代文学批评史》（1955—1992）详细论述1750—1950年美国和欧洲七个主要国家的文学批评史状况。它是迄今为止规模最大、最具权威的西方文学批评史著作。《批评的诸种概念》（1963）和《辨异：续〈批评的诸种概念〉》（1970）两部书收录了韦勒克自20世纪三四十年代至60年代末探讨文学研究中的一些基本概念的论文，组织编写《陀思妥耶夫斯基：评论论文集》（1962），《西方四大批评家》（1983）研究20世纪现代西方典型的四位文学批评家：克罗齐、瓦雷里、卢卡奇和英加登，晚年《对文学的攻击》（1982）收录韦勒克反驳后现代主义阶段攻击文学的多篇论文；在文学史方面，《英国文学史的兴起》（1941）、《捷克文学论文集》（1963）；比较文学方面著《伊曼努尔·康德在英格兰，1793—1838》（1931）论述康德在英格兰地区的影响以及《对照文集：19世纪德、英、美三国之间的理智与文学关系研究》（1965），写作多篇论文，探讨比较文学的现状《比较文学的危机》（1959）、《今日之比较文学》（1965），规范比较文学学科《比较文学的名称与实质》（1968）。

联系与区别，但是未能深入探究这些思想的理论基础——文学作品的存在方式。1942 年，韦勒克在《南方评论》发表《文学作品的存在方式》一文，后全文收录他与沃伦合著《文学理论》的第十二章"文学作品的存在方式"，成为韦勒克建构文学理论的逻辑起点和理论基石。这一理论形成于 20 世纪上半叶西方文学理论和批评的现场，吸收借鉴现象学哲学、索绪尔和布拉格学派的语言理论、俄国形式主义以及新批评。韦勒克力图实现客观与主观、科学主义精神和人本主义精神的统一。他提出文学作品是一种"经验的客体"，具有普遍的"决定性的结构"。文学作品是一个"多层次结构"的符号体系，需要采用"透视主义"的研究方法。因此，深入探究韦勒克文学作品存在论，有助于更好地认识真正的文学作品是什么，触及文学作品的审美结构和审美价值，更完整、系统地理解韦勒克构建的文论体系，从而透彻把握韦勒克在文学理论发展中不可磨灭的功绩和贡献。

一　问题的提出

艾布拉姆斯认为一部文学作品总会涉及作品、作家、世界和读者。[①] 20 世纪之前，西方文艺理论对文学作品的讨论主要分为"再现说"和"表现说"两种观点。一种观点认为"再现说"将文学作品当作对世间万物的反映和模仿。文学作品与世界的关系，最早表述为"模仿说"。德谟克利特的"艺术模仿自然"[②]；柏拉图的"艺术模仿理念"[③]；亚里士多德的"诗就是模仿"[④]；进入文艺复兴时期，文学作品与世界的再现关系表述为"镜子说"。达·芬奇认为画家的心犹

[①] ［美］M. H. 艾布拉姆斯：《镜与灯：浪漫主义文论及批评传统》，郦稚牛、张照进、童庆生译，北京大学出版社 2021 年版，第 4 页。
[②] ［古希腊］德谟克利特：《著作残篇》，伍蠡甫等编：《西方文论选》（上卷），上海译文出版社 1979 年版，第 4—5 页。
[③] ［古希腊］柏拉图：《理想国》，郭斌和、张竹明译，商务印书馆 2019 年版，第 395 页。
[④] ［古希腊］亚里士多德：《诗学》，陈中梅译，商务印书馆 2017 年版，第 27 页。

绪　论

如一面镜子，如实映射自然①，他坚信文学作品能够如实地反映世界，达到真理；古典主义时期贺拉斯重申"艺术模仿现实"；布瓦洛继承亚里士多德"艺术模仿自然"的观点。18世纪，狄德罗提出"艺术应该模仿美的自然"②；黑格尔提出："艺术的内容就是理念，艺术的形式就是诉诸感官的形象。"③ 艺术是绝对理念的感性显现。19世纪，现实主义将文学作品与世界的再现关系推向高潮，文学作品能动地反映现实生活，揭示社会现象背后的本质。巴尔扎克的《人间喜剧》、司汤达的《红与黑》提供了解法国社会的窗口。俄国文学批评家将文学作品与世界的再现关系推向极致，过分推崇作品对现实的依赖。别林斯基提出："艺术是现实生活的再现。"④ 车尔尼雪夫斯基指出："艺术第一目的是再现生活。"⑤ 文学作品成为说明现实生活的"教科书"，需要积极介入生活，被赋予道德判断。"再现说"主张文学作品通过模仿和复制生活现象，来把握生活的本质。它是真理的直接观照，对文艺创作和批评产生巨大影响。

另一种观点认为文学作品是诗人内心感受、思想和情感的外化的"表现说"。它抛弃了文学作品模仿、复制、再现生活的观点，转向探究文学作品表现作家内心的愿望、冲动和情感。就文学作品与作家的关系而言，作品成为作家主观情感的不同表达，并随个体或社会群体的情境而变化。因此，表现内心世界成为作品创作的主要动因。德国赫尔德最早指出一切美都是"表现性的"，艺术作品的形式只有表现观照者的内在生命时才是美的。"表现说"初见端倪，较早正式提

---

① ［意］达·芬奇：《笔记》，伍蠡甫等编：《西方文论选》（上卷），上海译文出版社1979年版，第183页。

② ［法］狄德罗：《关于美的根源及其本质的哲学探讨》，张冠尧、桂裕芳译，《狄德罗美学论文选》，张冠尧、桂裕芳等译，人民文学出版社2008年版，第25页。

③ ［德］黑格尔：《美学》（第一卷），朱光潜译，北京大学出版社2017年版，第105页。

④ ［俄］В.Г.别林斯基：《文学的幻想》，《别林斯基文学论文选》，满涛、辛未艾译，上海译文出版社2000年版，第19页。

⑤ ［俄］车尔尼雪夫斯基：《艺术与现实的美学关系（学位论文）》，《车尔尼雪夫斯基选集》（上卷），周扬、缪灵珠、辛未艾译，生活·读书·新知三联书店1958年版，第85页。

出这一说法的是法国美学家维隆。他认为艺术作品是一种借助线条、色彩、声音、形象、语言等方式将人类情感加以表现的结果。之后，"表现说"在文学研究（尤其在19世纪浪漫主义文学思潮）领域逐渐发展。英国浪漫派诗人华兹华斯提出："诗是强烈情感的自然流露。"① 诗人需要尽量将自己的情感贴近表现事物的自然情感，真实表现这种情感。柯勒律治提出："诗歌是为人类的心灵而生产的。"② 雪莱说道："诗是生活的惟妙惟肖的表象。"③ 他们把文学作品视为表现作者心灵的产物，认为越能驱动作家想象，越能表现情感就愈加真实。托尔斯泰认为文学作品能够把人们自己经历过、感受过、体验过的感情传达给别人。作品借助各种语言、文体、修辞等外在形式表现重新唤醒这种感情。后来，"表现说"经过克罗齐和柯林伍德的阐述发展为现代表现主义理论。

这两种文学作品观过分倚重作品的社会现实、作家传记、创作心理、思想环境等方面，忽视了文学作品本身的研究。20世纪之前，文学作品普遍被视为模仿现实世界和表现作家精神。20世纪上半叶现代主义文论开始以作品为中心，文学作品被提高到本体地位。韦勒克文学作品存在论是现代主义文论的典型产物，在20世纪西方文艺理论发展中有独特价值和重要意义。

20世纪初，俄国形式主义率先重视文学作品本体论的研究，强调建立一门科学的文学学科。托马舍夫斯基提出："诗学（文学理论）的任务是研究文学作品的结构方式，因而诗学的对象便是有艺术价值的文学作品。"④ 他直接确定文艺理论研究的根本任务是分析和

---

① [英]华兹华斯：《抒情歌谣集》序言，曹葆华译，高建平、丁国旗主编：《西方文论经典：从德国古典美学到自然主义》（第三卷），安徽文艺出版社2014年版，第171页。

② [英]柯勒律治：《论诗或艺术》，刘若端译，刘若端编：《十九世纪英国诗人论诗》，人民文学出版社1984年版，第96页。

③ [英]雪莱：《为诗辩护》，缪灵珠译，高建平、丁国旗主编：《西方文论经典：从德国古典美学到自然主义》（第三卷），安徽文艺出版社2014年版，第214页。

④ [俄]维克托·什克洛夫斯基等：《俄国形式主义文论选》，方珊等译，生活·读书·新知三联书店1989年版，第76—82页。

解读文学作品的审美性，注重文学作品的审美形式和审美结构。什克洛夫斯基提出："在文学理论中我从事的是其内部规律的研究。"[①] 文学理论旨在关心文学作品的内部规律和形式，文学作品的外部世界不是文学研究的重点。雅各布森提出："文学科学的对象不是文学，而是'文学性'，也就是说使一部作品成为文学作品的东西。"[②] 雅各布森主张文学研究重点关注作品的形式、语言、风格等方面，文学性是文学作品成为作品的本质特征。文学理论的研究对象是文学作品的内在结构，关注作品的审美价值。文学作品随着历史发展产生变化，仍具有某一特定的审美结构。文学研究的首要任务在于揭示文学作品的审美结构，作出相应的审美选择和价值判断。俄国形式主义明确文学学科的独立性，重视探究文学作品本身的客观性，聚焦挖掘文学作品的"文学性"，使之成为一门真正科学的、客观的学科。经过短暂的繁荣后，俄国形式主义由于各种因素解散，淡出文艺理论的舞台。它开创了20世纪西方文论史文学作品研究的先河，对后来布拉格学派、新批评和结构主义产生深刻影响。

20世纪20年代，雅各布森与马泰修斯共同创立布拉格学派，由于他们的理论深受索绪尔语言学的影响，又被称为"结构功能主义语言学"。布拉格学派研究重心在语言的共时性与历时性、系统与结构、功能与形式以及句法研究和音位学研究。他们不满索绪尔强调语言共时性与历时性不可调和的对立观点，提出文学语言共时性与历时性的对立统一。就共时与历时关系而言，马泰修斯提出语言研究从共时到历时是最可靠的方法，语言特征只能以共时的方法为基础。雅各布森指出语言是一个系统，共时的系统研究需要考虑语言经历的变化，历时研究不能排除系统和功能的概念，二者并非纯粹的对立，而是辩证

[①] [苏] 维·什克洛夫斯基：《散文理论》，刘宗次译，百花洲文艺出版社2010年版，第3页。
[②] [法] 茨维坦·托多罗夫编选：《俄苏形式主义文论选》，蔡鸿滨译，中国社会科学出版社1989年版，第24页。

的对立统一。他们的观点影响了文学研究的发展。就诗歌功能而言，马泰修斯指出语言的基本功能是传达信息或交流的交际功能和流露个人情感的表现功能。比勒区分作为特殊符号的语言具有情感功能、意动功能和指称功能。穆卡洛夫斯基提出关注对象本身是什么而非其他功用，强调语言的美学功能。雅各布森进一步分析诗歌语言的情绪功能、指称功能、诗歌功能、交际功能、元语言功能、意动功能。诗歌功能是文学艺术主要的和关键性的功能。雅各布森还提出"主导"概念，即"一件艺术品的核心成分"，它支配、决定和变更其余成分[①]。他认为文学作品是一种诗歌功能主导的语言符号，它的主导成分在于语言形式。主导支配、决定和变更文学作品的文类特性和结构功能，同时保证作品结构的完整性。文学系统的演变是新的主导取代旧的主导，各种功能的地位发生变化。布拉格学派对语言的具体分析已经超出了语言学领域，影响到文学语言的研究。

20世纪30—50年代，尤其是第二次世界大战后的十年间，新批评派成为英美文学理论的主流，占据大学课堂。这一流派肇始于20世纪30年代，艾略特从宗教视野出发进行文学批评，瑞恰慈从文学语义学和心理学进行文学研究。新批评兴盛于20世纪30—40年代的美国，兰色姆首次把"本体论"引入文学批评，确立该派命名。布鲁克斯、维姆萨特和退特等其他成员积极参与诗歌研究和批评；20世纪50年代中后期，新批评进入理论总结时期，出现韦勒克文学理论、维姆萨特和比尔兹利的谬见理论。新批评成员都主张文学作品是一个独立自足的世界，力图把文学批评从文学来源、社会政治中独立出来，提倡纯净化的文学批评。新批评专注文学作品本身，旨在从修辞学和语义学方面探究文学作品的内在结构。新批评采用细读文本的方式，把文学作品的具体意义和抽象结构相结合。他们注重分析语词的不同、修辞手法和语义的差别，说明作品连贯统一的意义。新批评

---

① [俄]罗曼·雅各布森：《主导》，任生名译，赵毅衡编选：《符号学文学论文集》，百花文艺出版社2004年版，第8页。

总结了一套行之有效的批评标准。如张力、反讽、含混、歧义、悖论等批评术语，能够帮助读者阅读把握作品的意义和内涵。由于英美新批评成员众多，各自观点常有尖锐的对立和矛盾，明显的形式主义局限导致新批评派在50年代后走向衰落。新批评在20世纪30—40年代的美国批评中产生重要影响，伦特里奇亚指出："新批评是作为一个威严而令人敬畏的父亲形象那样死去的。"[①] 新批评提倡的文学研究和批评方法已经内化为美国文学批评传统的有机组成部分，至今在英美大学中遗留着它的痕迹。

20世纪60年代，法国结构主义开始兴盛，它致力于探究整个文学作品系统的深层结构规则。法国结构主义接受索绪尔对语言与言语的区分，将其理解为信息与信码或过程与系统的对立，建立了符号学的结构主义模式。他们提出文学作品之中或作品与作品之间有某种既定的惯例和规则，它客观存在，不受主体和外部世界的限制。结构主义者聚焦探究文学作品内部和整个系统的普遍模式结构，进一步把结构主义理论引入文学研究。巴特（也即巴尔特）在前期的学术生涯主张把结构主义语言学的方法运用到叙事作品的分析中。他说道："纷繁复杂的文学王国，若没有一整套潜在的单位和规则，谁也不能生产出一部叙事作品。"[②] 巴尔特认为文学作品从来不是混杂无章的存在形式，它具有潜在的普遍规则和结构模式的客观存在，这套规则在分析解读叙事作品中尤为重要。结构主义通过明确文学作品的结构层次，揭示作品中隐藏的一种既定的规则。巴特进一步提出："在叙事作品中区分三个描述层次：功能层、行动层以及叙事作用层。必须记住这三个层次是按照一种渐进的整合样式相互连接。"[③] 他主张把

---

① [美]弗兰克·伦特里奇亚：《新批评之后》，王丽明等译，南京大学出版社2017年版，前言第3页。
② [法]罗兰·巴尔特：《符号学历险》，李幼蒸译，中国人民大学出版社2008年版，第103页。
③ [法]罗兰·巴尔特：《符号学历险》，李幼蒸译，中国人民大学出版社2008年版，第110页。

索绪尔语言学中的句法关系、横组合与纵聚合对立关系运用到分析文学作品的结构中。"功能层"指文学作品最基本的叙事单元;"行动层"指文学作品中人物的不同类型;"叙述作用层"指作者、作品中的人物同读者之间的互动关系。这三个描述层次相互依存,构成完整的叙述系统。叙事话语单位必须按照一个等级秩序结构中的功能进行确定,即使对小说的情节不起决定性作用的语言层次,也会产生虚幻的所指,给人真实感。由于结构主义对作品结构、形式、功能的执着,学者普遍把它归于形式主义文论流派。不同于俄国形式主义和新批评对单一文学作品内部结构的分析,结构主义视野更为宽广,他们从宏观角度挖掘整个文学作品系统的深层次模式。

20世纪60年代末,巴特将亲手播下的结构主义思想连根拔去,转向解构主义,消解类型作品的普遍系统。巴特提出文学作品的深层模式不在叙事作品的普遍规则,而在如何理解作品生产的符号意义和价值,探究这一符号意义在人们日常交往中的作用。根据自己的写作经历,巴特区分了"可读性"文本和"可写性"文本。所谓"可读性"文本指可以阅读但不可以写作的东西。它是一个封闭自足的文本,以传统现实主义小说为代表。它把一切社会场景、生活细节、故事情节、人物形象描绘得清清楚楚,给人真实的假象。读者通过阅读直接获取作品中的意义,它只给读者留下简单的接受或拒绝的自由。所谓"可写性"指可以被重新写作的东西。它是一种永恒的现时性的文本,以艰涩难懂的"新小说"为代表。它需要读者借助想象力积极能动地丰富文本内涵,对作品重新改写和创造。读者成为生产者,而非消费者,一面阅读,一面补充作者没有写出的空白。这类文本赋予读者无限的潜力,打破文学作品作为封闭的文本物这一特性。"可写性"文本永远处于进行中,读者的每一次阅读都是作品的一次重新创造。① 它始终在未完成的状态,成为不断扩散

---

① 参见[法]罗兰·巴特《S/Z》,《罗兰·巴特随笔选》,怀宇译,百花文艺出版社2009年版,第152页。

和敞开的文本。"可读性"文本与"可写性"文本的区分不是绝对的,巴特以巴尔扎克的中篇小说《萨拉辛》为例,说明"可读性"文本能够变成"可写性"文本。读者遇到意义明确的传统作品,能够直接把握作品意义,获得阅读消费的快感。现代先锋作品往往充满各种艺术技巧,难以直接理解,读者需要积极参与作品的创造,才能体验到超乎寻常文本的愉悦感。巴特将作品分析看成开放性的阅读或写作过程,意识到原本稳定的作品结构呈现游离不定的差异。解构主义认为不存在单一固定的作品解释,作品的意义处于无限能指与所指的符号游戏中。

在这种科学主义思潮的指导下,俄国形式主义、布拉格语言学派和结构主义主张把文学作品当作一种封闭世界的自足物,通过切断作品或文本同外部世界的客观联系,探究作品的内部形式。他们借助索绪尔结构主义语言学的重要观点、语言符号的能指与所指、句法关系等角度理解和分析作品,获得文学作品独立的审美意义。受人本主义思潮的影响,现象学、存在主义、接受美学在探究作品时引入读者因素,他们从主体意识的意向性活动中发掘作品的存在形式。

20世纪初,现象学对文学作品的存在方式有一定的研究。它把对象的真实性加括号,只探求作为现象的审美价值。[①] 埃德蒙德·胡塞尔反对心理主义,提出悬搁意识之外的一切外部世界。他提出"回到事情本身"观念揭示意识对象的内涵,将研究对象视为一种"意向性"的存在,通过还原的现象学方法更能接近事情本质。英加登把胡塞尔"本质还原"和"意向性理论"引入文学作品的认识和研究。英加登提出文学作品是一个既非实体存在,也非观念存在,而是意向性的存在。文学作品的存在取决于意识行动。英加登通过悬搁文学作品的一切外部世界,回到作品本身,确立文学作品本体论的地位。他指出文学作品与物质客体、观念客体不同,它是一种意向性客体。文

---

① [美]罗伯特·R·马格廖拉:《现象学与文学》,周宁译,春风文艺出版社1988年版,第10页。

学作品涉及声音层面、意义单元层面、再现客体层面、图式观相层面。这四个层面相互依存，紧密联系。英加登现象学美学具有独创性，他强调文学作品同其他物质客体或理念客体的差别，突出作品同读者接受之间的密切联系。英加登文学作品层次论对韦勒克思考和建构文学作品如何存在产生很大的影响。不同于英加登将文学作品视为意向性对象，杜夫海纳认为文学作品是一种感性的情感结构，经过审美感知显现为审美对象。他批判作家的人格或者由决定这种人格的环境解释作品的观点，提出文学作品的解释取决于作品本身。[①] 文学作品是不同结构层次的意义统一体，它的本质属性不会改变，只是在不同的意识性活动中，作品表现出的内容各有不同。日内瓦学派将胡塞尔现象学哲学引入文学实践，尝试建立一种关注意识的批评。乔治·布莱成功地将意向性理论运用于分析文学作品的存在与阅读活动。布莱认为文学作品是一种充满作家意识的意向性客体或准主体，阅读作品的过程是在读者头脑中重建作家意识。日内瓦学派采用现象学方式，排除作品与社会历史、作家生平之间的关系。他们提倡"一切批评都首先是，从根本上也是一种对意识的批评"[②]，探究作品同主体潜在的意向性关系，阅读作品的过程即读者重建作家意识的过程。

20世纪30年代，存在主义思潮兴起。德国哲学家海德格尔提出此在的基础本体论，研究存在本身的存在。海德格尔采用现象学的方法考察艺术作品的发生以及过程中的艺术化过程。他追问艺术作品的本源，讨论艺术与真理的关系。艺术作品是通过艺术家的活动产生的，艺术家是通过什么成为艺术家的呢？海德格尔引入"艺术"，作为艺术作品与艺术家的共同本源。"艺术"指历史性的事件，即世界

---

① [法]米盖尔·杜夫海纳：《美学与哲学》，孙非译，中国社会科学出版社1985年版，第156页。
② [比利时]乔治·布莱：《批评意识》，郭宏安译，百花洲文艺出版社2010年版，第300页。

与大地的冲突发生在作品中的事件，使作品成为作品。海德格尔认为艺术作品建立了一个世界，同时展示大地。在世界与大地的冲突中，作品的存在获得意义。他通过梵高所画的农鞋看到农妇的世界与大地，以及农鞋本身的存在。海德格尔认为艺术品具有外在现实和内在属性两方面，不断追问艺术品的本质究竟是什么，我们应该如何解释艺术作品成为艺术作品。艺术作品离不开物，但是物不直接生成艺术品，物只有经过艺术化过程转化为艺术发生的显现物，才能成为艺术品。海德格尔希望通过研究艺术品同外在事物的联系，把握作品的本源。他进一步提出："艺术作品绝不是那些时时现存手边的个别存在者的再现。相反，它是对物的普遍本质的再现。"[1] 艺术品具有普遍的真理性，人们首先通过直接的、现实的物质载体把握艺术对象，进而探究世界的本质所在。海德格尔解释作为存在本身的艺术品具有自身存在的特性，以解蔽的开放开启对世界的感知和对物的把握。"艺术作品以自己的方式开启存在者之存在。这种开启也即解蔽，亦即存在者之真理，是在作品中发生的。"[2] 在艺术作品中，存在者的真理已被设置于其中，真理在世界与大地的对立中澄明自己的存在。艺术生产过程把真理置于敞开中，艺术品照亮存在者的真理性。海德格尔确证艺术品同外部事物的密切关系，艺术品容纳普遍真理的事物，艺术家在探究艺术品同事物的关系中，逐渐明晰纯粹的艺术品如何自我存在。

20世纪60年代末70年代初，解释学和接受美学迅速崛起。解释学以伽达默尔为代表，伽达默尔探究艺术作品的存在方式，将它类比为游戏，说明艺术作品存在于意义的显现和理解活动中。伽达默尔提出："真正的历史对象根本不是对象，而是自己和他者的统

---

[1] ［德］海德格尔：《艺术作品的本源》，孙周兴选编《海德格尔选集（二十世纪欧美思想家文库）》，生活·读书·新知上海三联书店1996年版，第257页。

[2] ［德］海德格尔：《艺术作品的本源》，孙周兴选编《海德格尔选集（二十世纪欧美思想家文库）》，生活·读书·新知上海三联书店1996年版，第259页。

一体，或一种关系，在这种关系中同时存在着历史的实在以及历史理解的实在。"① 他把"这种关系"称为"效果历史"。一件艺术作品不是别的，正是一种效果历史事件。艺术作品只有在审美主体的阅读理解中才能存在，它存在于交互理解的历史过程中。艺术作品显现的意义不是作者意图而是读者所理解的作品意义，它的存在是显现于自身和读者理解的联系之上的。伽达默尔认为一旦艺术作品完成，作者的创作就不重要了，重要的是读者的阅读理解。接受美学的代表人物姚斯和伊泽尔以现象学美学和解释学美学为基础，向提倡文学内部研究的美学思潮发出挑战。他们反驳以作品为中心的形式主义文论，确立了以读者为中心的文学理论。接受美学家认为文学作品是为读者创造的，读者通过作品与潜在于作品中的作者进行一场心灵的对话。文学作品的唯一对象是读者。作品不是自足的存在，而是多层面未完成的图式结构。它需要读者的具体化，赋予作品以现实意义。在作者、作品与读者三者关系中，读者不是被动的，而是能积极主动地参与文学史的构成。姚斯提出："一部文学作品在其出现的历史时刻，对它的第一读者的期待视野是满足、超越、失望或反驳，这种方法明显地提供了一个决定其审美价值的尺度。"② 文学作品的历史本质在于读者对作品的接受与传递，丰富作品的意义和价值。接受美学家认为作品中存在大量的"空白"和"未确定的领域"。伊泽尔提出："文学作品具有两极，我们可以称之为艺术极和审美极：艺术极是作品的本文，审美极是由读者完成的对本文的实现。"③ 文学作品既不是作品本身，也不完全是读者对它具体化的结果，而是处于两者之间的某个地方。读者阅读经历为文学作品提供各种视野，将这些各不相

---

① ［德］汉斯-格奥尔格·伽达默尔：《诠释学Ⅰ 真理与方法——哲学诠释学的基本特征》（修订译本），洪汉鼎译，商务印书馆2021年版，第424页。
② ［联邦德国］H·R·姚斯、［美］R·C·霍拉勃：《接受美学与接受理论》，周宁、金元浦译，辽宁人民出版社1987年版，第31页。
③ ［联邦德国］W.伊泽尔：《审美过程研究——阅读活动：审美响应理论》，霍桂桓、李宝彦译，杨照明校，中国人民大学出版社1988年版，第27页。

同的观点连接起来。作品中隐含的"未定点"和"空白"召唤读者的具体化。阅读主体积极使图式化结构形象化,建构了文学作品的意义。接受美学打破从俄国形式主义至结构主义以来把文学作品当作封闭的自足物的观点,反驳了传统浪漫主义以作者和艺术家为中心的文学作品观。接受美学从读者和接受者视角出发,提出文学作品存在于读者阅读过程中。

在这种人本主义思潮的影响下,现象学哲学、存在主义思潮、解释学和接受美学家意识到不应一味追问艺术品的本质,而应通过探寻艺术作品的存在形式为何揭示艺术品的现实存在。他们提出文学作品不是单一整体的存在,应该是一个包含多层次的复杂组合体。传统文学作品的工具论思想转向文学作品本体论的研究,追求客观科学的科学主义思潮与以人的主体意识为中心的人本主义思潮相互融合,拥有相同时代背景的思想流派对文学作品存在方式的回答呈现出相似之处:一是倾向把文学作品当作独立自足的存在,人本主义文论思潮引入阅读主体的同时强调回到作品本身;二是力图通过分析文学作品的多层次结构,揭示作品存在的本质特点。

20世纪上半叶,文学研究的重点从传统外部文学观念转向作品自身的探究。文学研究的中心议题变为文学作品是什么、文学作品如何存在、文学作品的本质特征和审美价值。在科学主义文论与人本主义文论的影响下,韦勒克把目光聚焦于真正的文学作品是什么、文学作品如何存在。同俄国形式主义、新批评和结构主义的主要观点一样,韦勒克提出文学研究的对象是文学作品自身,研究重心应该放在文学作品的内在规律,进行作品的审美批评和审美价值。他批判地继承传统的文学作品观,提出独特的文学作品存在论:不同于俄国形式主义把作品简单地分为"素材"与"手法",也不同于新批评主张含混的有机作品结构。韦勒克认为俄国形式主义"手法"包含了一切"素材",文学作品的结构过于简单化。新批评文学作品结构的有机整体论则把文学作品看作一个整体,区分作品的内部结构各要素之间的关系。韦勒克指出新批评文学作品观过于关注文学作品的细节，缺乏联系紧密的整体论思维。韦勒克意识到文学作品不是单一层次的存在，而是多层面的组合体。在借鉴吸收英加登文学作品理论的基础上，韦勒克提出文学作品的不同层面、各个层面密切相关，共同构成复杂和谐的组合体。不同于俄国形式主义、布拉格学派以及新批评切断文学作品与现实世界的关联，韦勒克思考文学作品的存在方式时，没有截然区分文学作品的内部结构和外部现实，而是聚焦同文学作品的"决定性的结构"发生审美关系的整体论。严格说，韦勒克并非绝对的形式主义者，但是他过分关注作品的审美价值，认为只有把握作品结构才能理解审美意义，容易忽略作品之外的世界同内部结构的互构关系，是其理论的主要缺陷。

二 研究现状

（一）国外研究现状

自韦勒克文学研究思想问世以来，西方学界对其做出积极的研究，涌现出一批有影响力的研究成果。这些著作和论文的主要观点集中分为：介绍韦勒克的文学理论思想；论述韦勒克与英加登的渊源关系；探讨韦勒克与新批评的关系；关注韦勒克与马克思主义文学批评的矛盾关系；评价韦勒克在文学理论、文学批评和比较文学方面做出的突出贡献。

1. 整体把握韦勒克的文学理论思想或聚焦阐释韦勒克理论的某一方面

（1）就整体角度把握韦勒克文学理论思想而言，最早关注并介绍韦勒克的是拉斯加大学林肯分校罗杰·迪恩·阿科德（Roger Dean Acord）博士学位论文第一章"韦勒克文学的内部历史"（"The Internal History of Literature by René Wellek"）把新批评的代表人物韦勒克《文学理论》同克莱恩发表于1971年的《文学史的批评和历史原则》比较研究，详细指出韦勒克和沃伦如何从社会历史和传记批评的角度对一系列文学作品的概念发展作区分。① 传统传记批评家认为文学作品从属于作者本身，历史学家主张文学作品是时代环境的产物。面对这两种盛行的文学研究方法，韦勒克提出文学作品是一个"经验的客体"，文学作品无法完全独立地封闭存在，存在于读者和批评家的主观标准中。阿科德指出韦勒克区分作品的外部研究和内部研究，重视作品内部结构。这并不意味他们完全忽视文学的外部研究（如作家的传记研究、心理研究及社会历史研究等作品的外部因素）。阿科德准确把握韦勒克对于文学作品的划分不是反对历史学家对作品评价的单一标准，而是建立"透视主义"的文学批评标准。阿科德对韦勒克文学观点中某些容易误解的地方作出自己的理解，为帮助我们认识韦勒克理论思想提供重要的参考价值。

马丁·巴科（Martin Bucco）清晰地梳理韦勒克的生平经历和学术历程，赞赏韦勒克的辛勤耕耘。巴科指出："人们发现雷·韦勒克的著作对我们很有裨益。"② 他认为韦勒克文学研究思想贡献：扭转实证主义研究损害文学的独立性和审美性，反驳新人文主义过分强调从道德伦理角度解读文学作品，损害文学作品的文学性。韦勒克文学作品研究和理论思想为当时的文学研究注入新的活力。韦勒克为20世纪文学理论和文学批评界著有一部部具有经典性和里程碑式的学术论著。巴科高度赞扬和钦佩韦勒克思想的敏锐力、丰厚的知识技能和非凡的洞察力，认为阅读韦勒克著作我们解决文学研究的基本问题很有裨益。巴科还将同时期欧美学界对韦勒克文论思想的不同看法如实展示，按照时间脉络介绍韦勒克的生平和学术经历，梳理韦勒克的学术论著。韦勒克前期学术成就集中在文学理论和文学史方面，后期韦勒克更多地转向文学批评和比较文学领域，较为关注文学批评的理

---

① Roger Dean Acord, *Conceptual Difficulties of the Internal History of Literature as Reflected in René Wellek and Austin Warren's Theory of Literature and R. S. Crane's Critical and Historical Principles of literary History*, Lincoln and London: University of Nebraska-Lincoln, 1974, pp. 1–50.

② [美] 马丁·巴科:《韦勒克》，李遍野译，远达校，中国社会科学出版社1992年版，第4页。

论化、学科化、专业化，并且试图厘清除美国之外的欧洲各国的文学批评运动，绘制文学批评的发展过程，为建立比较文学作出努力。巴科所著的《韦勒克》为我们理解韦勒克文学思想提供一手资料，有利于我们了解韦勒克的生平经历和学术轨迹。

马丁·查罗查兹卡（Martin Procházka）探讨文学的历时层面时，简要介绍韦勒克和沃伦的写作目的以及采用新的批评方式和原则，概括文学是一种具有虚构性和想象性的艺术。[①]查罗查兹卡认为韦勒克和沃伦把文学作品视为复杂的、多重意义和分层关系的组织，关注到韦勒克文学作品结构论受英加登分层理论的影响，以及穆卡洛夫斯基对结构的定义。他指出韦勒克试图将文学史问题开放为一个多变的动态结构，充分肯定了韦勒克文学作品研究，但是他忽视了韦勒克文学作品存在论的内在逻辑局限性和矛盾性。

（2）从具体方面阐述韦勒克文学作品的存在方式；文学作品的形式与结构关系；文学理论、文学批评与文学史的辩证关系；文学史的进化与分期。

一是探讨韦勒克文学作品的存在方式。本杰明·蒂尔曼尼（Benjamin Tilghman）考察了韦勒克关于一件艺术作品的存在模式分析。[②]蒂尔曼尼指出文学作品的存在方式问题是一个不合法的问题，认为韦勒克混淆"诗"的深度语法以及对个别文学作品的名称存在一定的误解。他还指出韦勒克文学作品存在论的缺陷在错误地描述文学批评，将文学研究哲学化。蒂尔曼尼肯定韦勒克和沃伦寻找"真正的诗"的全面的讨论，认为韦勒克和沃伦对诗歌存在作出假设是可以理解的，但是，他质疑韦勒克和沃伦的假设不适合诗歌，因为现实中的诗歌可能与印刷文字、口头文字、作者意图和读者情感混淆。蒂尔曼尼还意识到韦勒克文

---

① Martin Procházka, *Literary Theory: An Historical Introduction*, Prague: Karolinum Press, 2015, pp. 76–77.

② Benjamin Tilghman, *Reflections on Aesthetic Judgment and other Essays*, Aldershot: Ashgate Publishing Limited, 2006, pp. 1–7.

学作品存在论的缺陷是仅限于抒情作品和叙事作品,无法涵盖其他类型的文学作品。笔者认为韦勒克文学研究是否哲学化值得商榷。

理查德·康斯托克(W. Richard Comstock)指出韦勒克和沃伦通过考察过去几个世纪的文学作品观,把文学作品作为一种具有特殊的本体论地位。[①] 康斯托克赞赏韦勒克总结文学作品是一种独特"经验的客体",虚构、发明和创造等术语是文学作品的重要特征。他认为韦勒克和沃伦的模式分析并没有消除内容概念,关注作品的"世界"层面。康斯托克的观点可以佐证韦勒克和沃伦并非绝对的形式主义者,他们同样重视文学作品的意义。迈克尔·H. 米蒂亚斯(Michael H. Mitias)从作品不是作者精神产物,不是读者阅读经验,也不是一种抽象的实体三方面,详细论述韦勒克对文学作品节奏、韵律、意义、意象、象征、隐喻、世界层面的分析。[②] 米蒂亚斯指出韦勒克没能够区分真正的诗与诗歌的经历事实。文学作品是一种语言结构的有意义的体验,作品的语言结构本身并不是一件文学艺术品。他认为只有在阅读或想象的情况下作品才能实现,而韦勒克更多聚焦在文学作品的语言层面和意义层面,较少深入涉及读者的审美活动体验。米蒂亚斯忽视了韦勒克主张读者经验对文学作品具体化的重要意义。

二是研究文学作品的形式与结构的关系。安德斯·佩特森(Anders Pettersson)指出韦勒克梳理20世纪关于"形式"和"结构"的定义,提供人们熟悉的批评观点文学作品由语言形式和内容组成。佩特森赞许韦勒克指出了两者相互矛盾,主张放弃使用形式与结构这两个传统术语。[③] 他反驳韦勒克拒绝这些术语的看法,认为"形式"概念并不是非结构化的,而是具有明显的多元意义,要么是物理形式

[①] W. Richard Comstock, "Religion, Literature, and Religious Studies: A Sketch of Their Modal Connections", *Notre Dame English Journal*, Vol. 14, No. 1, 1981, pp. 4 – 6.

[②] Michael H. Mitias, "The Ontological Status of the Literary Work of Art", *The Journal of Aesthetic Education*, Vol. 16, No. 4, 1982, pp. 41 – 52.

[③] Anders Pettersson, *Verbal Art: A Philosophy of Literature and Literary Experience*, Montreal and Kingston: McGill-Queen's University Press, 2000, pp. 269 – 271.

或者抽象形式的原则，这些观念在文学批评中发挥了相当大的作用，与"有机形式"和"内部形式"等概念密切相关。佩特森指责韦勒克断然拒绝区分"形式"概念的丰富性和多样性，造成不合理的文学批评。他未能正确理解韦勒克用"结构"取代"形式"的出发点和目的，没有理解作品具有多层次结构的复杂性。

三是阐述文学理论、文学批评与文学史的辩证关系。安托万·孔帕尼翁（Antoine Compagnon）指出韦勒克《文学理论》一书附属于其他文学类型，理论是对一切文学批评、范畴、规律的反思。[①] 他关注韦勒克从文学批评立场出发，旨在建立文学理论体系，然而三者的关系十分复杂，相互融合，难以截然区分。文学理论不是比较文学分支，而是一门独立的学科，指导具体的文学批评和文学史工作。詹姆斯·科马斯（James Comas）指出如何理解理论是困难的，韦勒克和沃伦提供一种区分方式，这种方式试图建立自然科学方法和历史方法之间的区别。[②] 科马斯认为韦勒克和沃伦的学术立场需要改进，因为人类科学的认识论不能为文学研究和知识提供原则。文学作品是一种独特的对象，具有特殊复杂的意义。他倾向使用自然科学的方式试图区分文学理论与其他二者的关系，而且理论到底是什么很难回答。

四是探讨韦勒克文学史的进化与分期。约瑟夫·E. 贝克（Joseph E. Baker）十分钦佩韦勒克书写一部不同于传统文学史、符合他自己规范的"文学史"，并用他广泛的学识告诉了我们文学史应该是什么。[③] 贝克反对韦勒克把文学史的过程视作一个抽象的过程，认为韦勒克试图把文学史的价值与历史相联系的努力是失败的。贝克反对韦勒克所说的艺术作品总是一系列作品中最新的艺术作品，一首诗是由

[①] Antoine Compagnon, *Literature, Theory, and Common Sense*, trans. by Carol Cosman, Princeton: Princeton Unviersity Press, 2004, p. 11.

[②] James Comas, "The Presence of Theory", *Research in African Literatures*, Vol. 21, No. 1, 1990, pp. 5–7.

[③] Joseph E. Baker, "History of-Pattern as Such", *College English*, Vol. 13, No. 2, 1951, pp. 78–87.

文学传统和惯例决定的。他认为如果坚持韦勒克的文学史信条会阻碍文学研究的发展，连续的文学史观是一种理想状态。安迪·海因斯（Andy Hines）在思考什么是一个时期的文学时，借鉴韦勒克把文学史视为"规范的系统"。[①] 海因斯认为一个特定时期的规范会一直持续到现在，尽管有些规范本身可以被理解为是优先的或过时的。如韦勒克所说，文学史中的固定模型排除了其他时期规范存在的可能性。海因斯主张文学史致力于探索共同的作者、风格、类型和语言这些传统艺术作品的发展过程，寻找整个文学作品系统的普遍结构。他设想的文学史理论多少有点宏大而不切实际，而韦勒克试图在变化的文学史中寻求普遍的规范结构的努力值得肯定。

2. 论述韦勒克理论的学理渊源

就韦勒克对英加登现象学思想的运用而言，萨拉·劳尔（Sarah Lawall）认为韦勒克文学理论深受英加登的影响。韦勒克把"文学作品视为一个源自自身历史的结构，与历史紧密联系，具有审美优势"的正确论断。[②] 劳尔援引韦勒克评价英加登的观点，阐释韦勒克对英加登现象学思想的充分吸收，未能说明影响的程度和具体方面。瓦尔特·G. 克里德（Walter G. Creed）指出虽然韦勒克和蒲柏属于不同的学术流派，但他们关于文学作品的存在方式思想的哲学基础都有现象学的观念。[③] 克里德认为韦勒克受到现象学、罗曼·雅各布森的"集体意识"的影响，把文学作品视为一个拥有统一标准的系统符号而非单一个人所能触及的。史蒂文·麦卢（Steven Mailloux）探究文学理论与社会阅读模式的关系，特别提到韦勒克在中心章节"文学作品的存在方式"中，承认并接受英加登运用现象学方法对文学作品作出的

[①] Andy Hines, "Vehicles of Periodization: Melvin B. Tolson, Allen Tate, and the New Critical Police", *Criticism*, Vol. 59, No. 3, 2017, p. 432.

[②] Sarah Lawall, "René Wellek and Modern Literary Criticism", *Comparative Literature*, Vol. 40, 1988, pp. 3–24.

[③] Walter G. Creed, "René Wellek and Karl Popper on the Mode of Existence of Ideas in Literature and Science", *Journal of the History of Ideas*, Vol. 44, No. 4, 1983, pp. 639–656.

分析。① 麦卢指出英加登的分层理论形成韦勒克和沃伦文学理论内在批评的基础，使文学理论成为美国批评力量中最有影响力的论述之一。他为探究韦勒克文学理论找寻到关键的切入点，简要介绍英加登与韦勒克关于作品层次理论的分歧。尽管麦卢关注到韦勒克作品层次受英加登分层理论的影响，但是没能在此基础上清楚解释文学作品的结构与价值关系。

就韦勒克吸收康德的审美价值观而言，赫施指出韦勒克重视文学作品的价值判断，对一件艺术品进行价值描述意味着作出审美评价，但是很难回答文学作品的价值究竟是什么、价值之于作品意味着什么。② 康德认为美的判断是主观的、是无概念的而具有必要性。必要的主观判断需要一个普遍共享的认知对象和一个普遍共享的主观性，也就是所谓的共通感。康德审美判断给予韦勒克极大的启示，提出文学作品的审美判断是一种必要而普遍的主观判断。赫施认为康德有力地支持韦勒克坚持对作品的价值判断，为文学描述和价值判断的不可分离性提供可能的理由。L. S. 邓波（L. S. Dembo）阐述韦勒克在吸收康德的审美判断后，坚持反对分裂文学作品的普遍价值和特殊价值。③ 邓波认为文学作品呈现的不同意义只能通过不同的心理集合才能存在。这一原则指明意义和价值之间的关系，强调二者的主观性。他认为韦勒克对康德审美无概念而普遍性的继承，有助于探究文学作品复杂意义背后的普遍结构，为韦勒克理解作品的审美意义提供了康德式的参考。

3. 探讨韦勒克与新批评派的关系

西方很多学者将韦勒克作为"新批评"的一员，他们将韦勒克

---

① Steven Mailloux, *Interpretive Conventions: The Reader in the Study of American Fiction*, Ithaca: Cornell University Press, 1982, pp. 51–53.

② E. D. Hirsch, "Literary Evaluation as Knowledge", *Contemporary Literature*, Vol. 9, No. 3, 1968, pp. 319–331.

③ L. S. Dembo, "Introduction and Perspective", *Contemporary Literature*, Vol. 9, No. 3, 1968, pp. 281–282.

绪　论

视为新批评学派的理论家和捍卫者,指出韦勒克的思想与艾略特、瑞恰慈、维姆萨特等的思想密不可分。乔纳森·卡勒（Jonathan Culler）提出韦勒克是新批评理论的集大成者,与其他新批评成员一样倾向文学作品的内部分析,缺少宏观视角。[①] 约翰·亨利·罗利（John Henry Raleigh）探讨韦勒克对待文学作品的态度。[②] 他指出派自艾略特和瑞恰慈开始,一直到韦勒克、维姆萨特,新批评派把文学研究推向封闭世界。詹姆斯·贝特尼（James R. Bennett）指出韦勒克驳斥对新批评派充满敌意的指控,强调新批评派并非历史上深奥的唯美主义者,对艺术虚构性的认识并不意味着否定与现实的联系。[③] 贝特尼认为韦勒克的辩护缺乏强有力的依据,因为在韦勒克提到布鲁克斯、沃伦、伯克、温斯特等新批评派成员时,几乎没有文学与政治经济的关系,无法证明新批评家对文学在社会中的作用有着浓厚的兴趣。他认为新批评派是反科学技术与工业的联合体。韦勒克为新批评派的辩护不足以证明新批评派的进步性,新批评派向往田园乡村生活,反对现代资本主义的工业制度和科学技术是不争的事实。20 世纪 30 年代末 40 年代初,韦勒克与不少新批评派的成员关系密切,交往频繁,自然而然受到新批评派文学作品观的影响。于作品研究而言,韦勒克追求文学作品的审美价值具有进步性,但受到南方种植园经济的影响,韦勒克对文学作品的思考又有保守性的一面。

　　林赛·普阿维希瓦·威尔汉姆（Lindsay Puawehiwa Wilhelm）探讨韦勒克抗议把新批评派诋毁为冷漠和无关现实的人,表示美学经验是从实际问题出发,新批评派具有历史意识的美学传统,这种传统可

[①] Jonathan Culler, "New Literary History and European Theory", *New Literary History*, Vol. 25, No. 4, 1994, pp. 869–897.

[②] John Henry Raleigh, "The New Criticism as an Historical Phenomenon", *Comparative Literature*, Vol. 11, No. 1, 1959, pp. 21–28.

[③] James R. Bennett, "The New Criticism and the Corporate State", *CEA Critic*, Vol. 56, No. 3, 1994, pp. 62–65.

以追溯到康德、席勒、柯勒律治、庞德与艾略特。[1]威尔汉姆强调新批评派的批评理论对诗歌创作、文学研究以及社会发展都有影响。他回避新批评派是与非的争论，指出20世纪70—80年代兴起的女权主义理论、后殖民主义理论、新历史主义和其他批评方法对唯美主义批评和新批评派造成极大的冲击。在后现代主义文论的蓬勃发展时期，韦勒克毅然为新批评派作的辩护显得苍白无力，文学作品中的美学与政治两者争论仍旧能够引发更大的辩论。

4. 关注韦勒克与马克思主义文学批评的矛盾关系

戴维·H. 迈尔斯（David H. Miles）指出韦勒克文学理论排除以往文学研究中作者传记和读者反应，只关注作品本身的内容，缺乏与现实生活的互动。[2]迈尔斯指出文学作品没有永恒的本质，只有文学作品被读者阅读、回忆、想象，才能成为历史的存在。他意识到韦勒克对文学作品的思考缺少社会历史维度，局限在作品内部结构的历史不足以呈现文学的全貌。迈尔斯认为借助马克思主义的社会学知识能够弥补韦勒克文学作品存在论的缺陷。苏联知名文艺理论家阿尼克斯特从马克思主义文学批评角度评析韦勒克文论思想，指出韦勒克避开讨论艺术与现实的关系研究文学作品的存在方式，这种方法是本末倒置的。[3]他认为韦勒克否认作家创作的现实源泉简直是不可理喻的。阿尼克斯特批评韦勒克文学理论将艺术品推向极端的形式主义，否认艺术品来源于现实生活。诚然，韦勒克过分强调文学的审美结构和审美价值，关注作品自身，不那么重视它的外部条件，但是阿尼克斯特将韦勒克完全置于形式主义流派的观点存在偏颇。韦勒克意识到文学

---

[1] Lindsay Puawehiwa Wilhelm, *Evolutionary Aestheticism: Scientific Optimism and Cultural Progress, 1850–1913*, Los Angeles: University of California, 2017, pp. 309–310.

[2] David H. Miles, "Literary Sociology: Some Introductory Notes", *The German Quarterly*, Vol. 48, No. 1, 1975, pp. 4–5.

[3] ［苏］阿尼克斯特：《马克思主义与形式主义在文艺学对象与方法问题上的分歧——评韦勒克和沃伦合著的〈文学理论〉》，谢天振、鲁效阳译，《文艺理论研究》1983年第4期。

作品与社会的复杂关系,作家和读者处于社会中,作品的内容还对社会产生影响。韦勒克并非一味反对对文学的社会历史研究,而是主张关注作品的内在形式、语言、方式等内部研究的必要性。阿尼克斯特过分夸大韦勒克文学理论的形式主义成分,忽视了韦勒克强调作品的审美性和历史性的同时意识到作品与社会的关系。

5. 评价韦勒克的学术思想及取得的学术成就

彼得·德梅茨（Peter Demetz）、托马斯·格林（Thomas Greene）和罗瑞·尼尔森（Lowry Nelson, Jr.）主编《批评的准则：文学理论解释和历史的论文集》收集关于文学理论、阐释与历史的论文庆祝韦勒克65岁生日。① 还有评价韦勒克分别在文学理论、文学批评、文学史、比较文学角度对美国文学界的杰出贡献。

（1）从文学理论角度,西摩·M. 皮特尔（Seymour M. Pitcher）评论韦勒克和沃伦合著的《文学理论》一书对当代的美国诗学做出重要理论贡献。② 皮特尔认为韦勒克文学作品存在论的关键概念"决定性结构""透视主义"构建新的文学研究方法,扭转泛滥的实证主义研究。特伦斯·斯宾塞（Terence Spencer）、哈里特·辛内斯（Harriet Zinnes）和理查德·哈特·福格（Richard Harter Fogle）都认为《文学理论》是20世纪一部杰出的著作,通过系统分类对传统文学的关键问题作出新的回答,在认识文学的本质、功能、特征等方面提供丰富翔实的资料。他们肯定了韦勒克和沃伦试图阐明文学研究的努力,取得非常成功的文学研究实践。③ 与上述高度评价韦勒克文学理

---

① Peter Demetz, Thomas Greene, and Lowry Nelson, Jr., *The Disciplines of Criticism: Essays in Literary Theory, Interpretation, and History*, New Haven and London: Yale University Press, 1968, p. vii.

② Seymour M. Pitcher, "René Wellek and Austin Warren, Theory of Literature (Book Review)", *Seymour M Philogical Quarterly*, Vol. 28, No. 3, 1949, p. 320.

③ See Terence Spence, "Reviewed Work: Theory of Literature by René Wellek and Austin Warren", *The Modern Language Review*, Vol. 44, No. 4, 1949, pp. 555 - 557; Harriet Zinnes, "Reviewed Work: Theory of Literature by René Wellek and Austin Warren", *Poetry*, Vol. 75, No. 5, 1950, pp. 303 - 304; Richard Harter Fogle, "Reviewed Work (s): Theory of Literature by René Wellek and Austin Warren", *College English*, Vol. 11, No. 1, 1949, pp. 52 - 53.

论思想不同,有些学者提出韦勒克文学理论的局限性:简单地采用语言学知识具体运用在分析文学语言,有割裂开声音与意义层面的痕迹。韦勒克文学内部研究缺乏宏大的社会现实视域。威廉·特洛伊(William Troy)指出韦勒克和沃伦从确定文学作品的内在元素起就在打一场失败的战争。[①] 他认为韦勒克冗繁无趣的语言分析和理论分析异常难懂,人们很难理解范围如此广大的文学研究。两位学者认为韦勒克文学理论的弊端是把大量精力倾注到作品内在研究,尤其是枯燥的语言词语分析,降低人们探寻其理论的热情。

(2) 从文学批评角度,韦勒克撰写的八卷本《近代文学批评史》是美国批评史上的重要批评史著作,受到学者们的关注。乔纳森·卡勒对韦勒克所著《近代文学批评史》第五、第六卷的内容进行评述,卡勒认为这两卷本对重要批评历史的总结还不完整。[②] 他认为韦勒克用三卷本写作20世纪上半叶的文学批评史,忽视这一阶段的德国和法国。卡勒提出韦勒克以自己的方式总结读者并不熟悉的批评史。他肯定韦勒克文学批评对美国当代批评史的贡献,批评韦勒克撰写文学批评史的结构框架缺乏描述性的事实。

(3) 从文学史角度,对韦勒克文学史贡献作出客观中肯的评价。乔治塞夫·斯兹利(Jozsef Szili)非常认同韦勒克对文学史衰落做出的挽回,但不同意韦勒克从文艺复兴到后结构主义阶段文学概念的界定。[③] 斯兹利同韦勒克关于文学史界定的分歧:韦勒克汲取现象学和英美新批评学派的观点;斯兹利的文学史观受20世纪60年代兴起的后结构主义观念影响。韦勒克强调文学史中每个概念的独立性,斯兹利则认为在文学史脉络中,各个概念间的存在关系产生互

---

① William Troy, "Reviewed Work (s): Theory of Literature by René Wellek and Austin Warren", *The Hudson Review*, Vol. 2, No. 4, 1950, pp. 619 – 621.

② Jonathan Culler, "Wellek's Modern Criticism", *Journal of the History of Ideas*, Vol. 49, No. 2, 1988, pp. 347 – 351.

③ Jozsef Szili, "Literary History After the Fall of Literary History", *Neohelicon*, Vol. 1, No. 4, 2007, pp. 269 – 282.

文性，概念之间是可以相互对话的。韦勒克对文学史概念的理解从当时特定的历史语境出发，忽略文学史过程中概念与概念的相互关系。

由于韦勒克对美国文学理论、文学史、文学批评做出的杰出贡献，还出现一批真挚致敬韦勒克思想的文章。① 它们讨论韦勒克一生的学术贡献，高度评价韦勒克为美国文学理论界及比较文学的发展做出的卓越贡献，对韦勒克的逝世表示沉痛哀悼。另外，评价韦勒克的思想论著散见在书中部分章节。彼德·戴维森（Peter Davison）赞赏韦勒克详细分析作家的社会学、文学作品中的社会内容以及文学对社会产生的影响。②

（4）从比较文学角度，代表性成果：托马斯·G. 温恩（Thomas G. Winne）与约翰·P. 卡西（John P. Kasi）通过分析韦勒克的文学理论特征，探讨韦勒克对美国文学研究迈入正轨的卓越贡献。③ 罗杰·塞尔（Roger Sale）高度评价韦勒克一生的学术贡献，尤其是在最后十五年写作完成的《近代文学批评史》（八卷本），构成韦勒克自身系统周密的文学史脉络。④ 还有一些简短引用韦勒克关于比较文学的论著，分析当时美国比较文学现状。保罗·赫纳迪（Paul Hernadi）阐释当时的美国为何需要比较文学？需要一门专门的学科对各国文学进行研究比较。⑤ 鲍勃肯定韦勒克在 20 世纪 60 年代论证中，对建立比较文学学科的支持和后续对比较文学现状的分析。维拉希尼·库潘

---

① Kelly Wise, *Dedication to René Wellek* (1983); Joseph P. Strelka, *Literary Theory and Criticism: Festschrift Presented to René Wellek in Honor of His Eightieth Birthday* (1985); Thomas M. Greene, *René Wellek* (22 August 1903 – 10 November 1995).

② Peter Davison, Rolf Meyersohn and Edward Shils, *Literary Taste, Culture and Mass Communication Literature and Society*, Cambridge: Chadwyck Healey Ltd., 1978, pp. 124 – 125.

③ Thomas G. Winne and John P. Kasi, *René Wellek's Contribution to American Literary Scholarship*, East Lansing: Michigan State University Press, 1977.

④ Roger Sale, "René Wellek's History", *The Hudson Review*, Vol. 19, No. 2, 1966, pp. 324 – 329.

⑤ Paul Hernadi, "What Isn't Comparative Literature?", *Profession*, Vol. 8, No. 4, 1986, pp. 22 – 24.

(Vilashini Cooppan)指出韦勒克和沃伦不满现有的文学理论像教科书和手册,经常提供片段式的作品解读,呈现出一种模糊的、碎片的世界主义文学。[①]他不赞同韦勒克自称文学不应成为外贸的商品,不是争夺文化权威的战争,或是衡量各个民族心理学的指标,而是作为审美的存在。库潘认为从新兴的欧洲民主主义来看,韦勒克思考全球化和跨国主义,倡导总体意义上的比较文学有其积极意义,却忽视与之深深联系的政治和经济结构。韦勒克强调比较文学的"文学性",幻想建立文学的审美帝国,这一尝试逐渐边缘化。

(二)国内研究现状

作为西方20世纪伟大的文学理论家、批评家、比较文学家,韦勒克的文学理论对后世西方文学理论的发展产生重要影响。在20世纪80年代中期,韦勒克文学理论引发国内学者的研究热情和兴趣。国内关于韦勒克思想的研究主要见于学术译著、学术专著、硕博学位论文、期刊论文,散见在各种文学理论的教材和词典中。

1. 译著方面

国内翻译韦勒克思想大致分为三个阶段。20世纪60年代至80年代末,国内学者零星翻译韦勒克的论文观点,简要介绍他的思想。[②]韦勒克的译文零星散落地帮助人们初步认识和理解韦勒克文学思想。自20世纪80年代中期,韦勒克思想逐渐以专著形式出版介绍。1984年,刘象愚、邢培明、陈圣生、李哲明翻译的《文学理

[①] Vilashini Cooppan, "World Literature and Global Theory: Comparative Literature for the New Millennium", Symplokē, Vol. 9, No. 1/2, 2001, pp. 20–24.

[②] [美]魏列克:《批评的一些原则》,石浮译,《现代外国哲学社会科学文摘》1964年第1期;[美]雷纳·韦勒克:《文学的类型》,王春元译,《文艺理论研究》1983年第3期;[美]雷·威莱克:《当代欧洲文学批评概观》,程介未译,《外国文学研究》(复印报刊资料)1985年第1期;[美]雷纳·韦勒克:《20世纪文学批评的六种模式》,柔之编译,《理论与创作》1989年第5期。专著中涉及韦勒克理论的译文:赵毅衡编选《"新批评"文集》(中国社会科学出版社1988年版)一书中翻译《文学理论、文学批评与文学史》;史亮编《新批评》(四川文艺出版社1989年版)一书收录《文学的评价》;刘象愚选编《文学思潮和文学运动的概念》(中国社会科学出版社1989年版)。

论》在国内学术界产生重要影响。① 21 世纪以来，陆续有韦勒克思想的中译本问世。② 韦勒克在文学研究的各个领域展现的卓越学识，这些译著成果成为探寻韦勒克思想的一把钥匙，通向文学研究之路。

2. 专著与论文方面

王春元和刘象愚最早关注到韦勒克文学理论。王春元评价《文学理论》很好地总结新批评派的理论，它的重要观点和基本内容具有卓越的洞见，资料丰厚，钩玄提要，堪称赅博精深的力作。他认为韦勒克和沃伦的形式主义观点同马克思主义文学理论在文学的本质、文学与现实、文学与社会关系方面有很大差异，"他山之石"可资借鉴。尽管未能深入探究韦勒克的文学理论，王春元的概括已然触及韦勒克文学思想的核心，即重视解释和分析作品本身。刘象愚详尽阐述韦勒克的学术经历、思想历程、基本理论观点和局限性。③ 两位学者率先开启国内学界对韦勒克理论思想的研究，他们对韦勒克思考的独到观点给后世学人诸多的启示和借鉴。

20 世纪 80 年代中期，韦勒克思想中译本不断出版，学者们持续关注取得丰厚的学术成果。这些研究成果可以分为两种类型：一种类型为宏观上把握韦勒克整个文论思想；另一种类型为微观上聚焦具体阐释韦勒克文论思想的重要观点和概念。

陈菱最早从宏观视野整体把握韦勒克文论思想。她从宏观视野阐

---

① 1984 年版《文学理论》由生活·读书·新知三联书店出版并于 1986 年再次加印，时代风尚的促进该书一经出版便获得广泛关注。之后，《文学理论》一书分别在 2005 年、2010 年以及 2017 年修订再版。

② [美] 雷纳·威莱克：《西方四大批评家》，林骧华译，复旦大学出版社 1983 年版；[美] R. 韦勒克：《批评的诸种概念》，丁泓、余徽译，周毅校，四川文艺出版社 1988 年版；[美] 雷纳·韦勒克：《20 世纪西方文学批评》，刘让言译，花城出版社 1989 年版；[美] 马丁·巴科：《韦勒克》，李遍野译，远达校，中国社会科学出版社 1992 年版。从 1987 年至 1997 年间，[美] 雷纳·韦勒克：《近代文学批评史》共 8 卷本，杨自伍译，上海译文出版社 2020 年版。它分别于 2009 年出版中文修订版，2020 年再次修订出版。[美] 勒内·韦勒克：《批评的诸种概念》，罗钢、王馨钵、杨德友译，上海人民出版社 2015 年版；[美] 勒内·韦勒克：《辨异：续〈批评的诸种概念〉》，刘象愚、杨德友译，上海人民出版社 2015 年版。

③ 刘象愚：《韦勒克和他的文学理论》，《外国文学研究》1986 年第 9 期。

释韦勒克文论思想的论文,其中很多观点成为后来学者思想的生发点。陈菱从"透视主义"的历史性切入韦勒克的文论思想,论述韦勒克文学理论的重要命题"文学作品的存在方式",构建八层次作品结构论,揭示文学作品从"层次存在—系统结构—社会体制"多层次复杂的存在方式。她准确把握韦勒克建构的文论体系,梳理文学作品的不同层面,为后来的学者认识韦勒克思想提供坚实的基础。后来大多数研究者论述韦勒克的多层次作品结构时,只关注声音、意义、意象和隐喻、叙事性小说的性质和模式这四个方面,忽视韦勒克将单个作品层次扩展到同类型甚至整个文学作品的范围。作为国内第一篇专门研究韦勒克文论思想的博士学位论文,它开启后来学者韦勒克研究的兴趣。陈菱关注到韦勒克文学作品的存在方式论具有现象学和康德美学的理论背景。她认为韦勒克首先采用现象学方式分析作品,现象学既是一种研究方法,也作为韦勒克理论建构的哲学基础。胡塞尔现象学方法帮助韦勒克切入分析"个体"的文学作品。韦勒克借用英加登的四层次艺术作品结构论,假设文学作品"个体—类—种"结构,它建立语言基础上的规范系统。[①] 陈菱探讨了韦勒克文学作品存在论对英加登的借鉴吸收。作为国内首位整体研究韦勒克文学作品论的学者,陈菱详细论述韦勒克思想,为后来的学者研究提供不少有价值的观点。她的研究存在以下不足:如单纯论述胡塞尔"回到事物本身"的现象学观念对韦勒克文论思想的影响,未能揭示韦勒克将现象学思想应用到分析文学作品存在方式的原因;未能深入挖掘韦勒克与胡塞尔现象学、英加登多层次艺术作品存在论之间的密切联系;未能考察韦勒克看待文学作品的西方文学与理论现场;未能够透视文学作品存在论的多元学理资源。此外,她论述"个体—类—种"的八层次作品结构符合康德的"审美的目的性",却没有进一步揭示韦勒克文学作品不同结构如何形成复调和谐的审美特质。

---

① 参见陈菱《历史对理论的拯救——韦勒克文学理论思想论纲》,博士学位论文,复旦大学,1998年,第55页。

绪　论

21世纪后，国内对韦勒克思想的研究走向全面而深入的阶段，涌现出许多丰硕的成果。2002年，支宇《韦勒克诗学研究》是国内第一部全面、系统、深入研究韦勒克文论思想的专著。[①] 此文有四点创新。第一，首次将韦勒克的文学思想置于20世纪西方多元话语中，探究时代背景和语境转换产生的理论影响。第二，他全面考察韦勒克文学理论思想，如文学作品存在方式论、本体论、研究方法论，涉及文学本质、文学史观、比较文学观及批评史研究四个方面，完整而详细地阐述韦勒克的整个文学思想。第三，较为深入地阐释了韦勒克文论思想的逻辑起点、体系建构，详细论述"经验的客体""决定性的结构""透视主义"等核心概念。支宇指出胡塞尔和英加登的现象学文论、索绪尔、俄国形式主义和布拉格学派是直接来源，还受艾略特、瑞恰兹、比尔兹利和维姆萨特的英美新批评的影响。第四，支宇对韦勒克文论的研究具有开阔的理论视野，较为清晰地梳理了韦勒克文学理论体系，具有开创意义。

支宇探究韦勒克思想视野扩大到整个20世纪西方文论的变迁是值得肯定的，但是恢宏视域不利于精确把握理解韦勒克思想的精髓，仅仅罗列韦勒克的观点，而较少深入揭示韦勒克思想的洞见性，也较少阐发韦勒克与同时期其他文论思想的互动关系。后续的许多研究基本都在支宇的阐述框架下未有突破，他们简要概述韦勒克理论思想，在深入挖掘韦勒克理论的逻辑脉络和关键概念方面有待进一步阐发。虽然涉及重要概念理论的影响，但是没有进一步揭示韦勒克文学思想的理论根基和审美价值。支宇还指出文学的主要特征：虚构性、想象性和审美性，剖析文学的本质。[②] 他论证韦勒克把文学作品当作一种符号结构，却没有进一步阐明文学特征与文学作品存在问题的内在联

[①] 支宇：《韦勒克诗学研究》，博士学位论文，四川大学，2002年。此文后出版为《文学批评的批评：韦勒克文学理论研究》，中国社会科学出版社2004年版。它是国内最早对韦勒克理论思想深入研究的专著。

[②] 支宇：《文学作品的存在方式——韦勒克文论的逻辑起点和理论核心》，《西南民族学院学报》（哲学社会科学版）2002年第3期。

系。支宇指出文学作品存在方式在韦勒克的整个文学理论体系具有关键作用。① 他没能深入阐述挖掘文学作品存在方式到底何以占据韦勒克文学理论体系的中心地位和关键命题，他也未能聚焦在韦勒克理论产生的特定时代和历史现场，探究韦勒克建立文学作品存在论的必然性和偶然性。

韦勒克文论思想还包含文学本体、内部研究、文学研究方法、文学史、文学批评、比较文学方面，还有从马克思主义文学批评与韦勒克思想关系、中国接受韦勒克文论思想的角度。

从文学本体和内部研究看，国内最早关注到韦勒克的文学本体思想的是朱立元。他肯定了韦勒克认为文学研究应从"文学是什么"转向"文学如何存在"问题。② 他从马克思主义"艺术生产"理论出发，提出文学作品存在于作家、作品、读者三个相互紧密联系的生产、对象、消费的动态流程中。文学作品的创造到消费、欣赏的过程正是其具体化的表现。他从马克思主义文艺观角度阐释韦勒克文学作品存在方式，有助于为进一步探究韦勒克文学作品存在论与马克思、恩格斯文学作品观之间的异同奠定基础。胡苏晓、王诺指出韦勒克把文学作品作为特殊的客体，具有特别的本质特征③。他们概括韦勒克文学作品内部研究与外部研究和透视主义的观点，指出韦勒克从文学本体性出发，没有完全否认文学与社会、心理方面的关系。周颖君对韦勒克文学本体观的阐述，从声音、节奏和格律到意象、隐喻、象征、神话层面，指出韦勒克没能揭示文学作品声音形式与内在意义间的互动关系。周颖君批评韦勒克孤立两个层面，缺乏真正融合。④ 她没能理解韦勒克所说的声音

---

① 支宇：《文学结构本体论——论韦勒克的文学本质观》，《四川大学学报》（哲学社会科学版）2002 年第 5 期。

② 朱立元：《文学是创造与接受的社会交流过程——关于文学本体论的思考之二》，《临沂师专学报》1989 年第 Z1 期。

③ 胡苏晓、王诺：《文学的"本体性"与文学的"内在研究"——评雷纳·威勒克批评思想的核心》，《外国文学评论》1992 年第 1 期。

④ 周颖君：《韦勒克的文学本体观》，《思想战线》2001 年第 3 期。

绪　论

结构不是固有的材料，必须同意义相连，成为一个整体因素。

从文学研究方法方面，具有代表性的是陈菱将"透视主义"视为特殊的概念，指出"透视主义"是一种经验性的阐释。结合阐释学知识，她论证"透视主义"力图主客相统一的研究方法在韦勒克文论思想中占有的重要地位。① 还有从透视主义视角研究韦勒克的论文与上述两位观点相近，不作赘述。②

从文学史角度，代表性观点有：乔国强指出韦勒克文学史观立足文学的内部研究，而非文学与心理、哲学、社会环境等背景研究。③ 他认为韦勒克文学史观没有跳脱新批评对文学的认知范围，仍然局限在作品本身。韦勒克作为新批评后期理论的集大成者与新批评派其他成员存在差别，与兰色姆、布鲁克斯、泰特的文学不能一概而论。相较其他新批评家，韦勒克文学史提倡考察作品的动态发展过程有其积极意义。刘欣反思韦勒克文学史思想，指出韦勒克执着于超历史性的价值体系，无法呈现个体批评家与整个文学史发展进程的内在联系。④ 他认为韦勒克文学史追求宏大的理想的历史性，规避文学作品存在具体的历史性，这有助于辩证看待韦勒克的文学史。其他一些论文在论述文学史观的基本概念时，较为集中在理解韦勒克提出的正确的文学史首先要明确什么是真正的"文学作品"，阐释文学史的描述文学作品的发展史和变化史这两个任务。⑤ 韦勒克的文学史研究包含作家不

---

① 参见陈菱《"透视论"：一种经验性的阐释理论》，《外国文学评论》1998年第2期。

② 刘震：《"透视主义"：范式纠缠中的困境》，《东南学术》2002年第3期；陈峰蓉：《透视"经验的客体"——谈韦勒克、沃伦的"文学作品的存在方式"》，《福建论坛》（人文社会科学版）2006年第11期；魏泓：《论比较视阈的"透视"——韦勒克、沃伦〈文学理论〉经典著作再赏析》，《宁波广播电视大学学报》，2017年第3期。

③ 乔国强：《论韦勒克的文学史观》，《上海大学学报》（社会科学版）2009年第3期。

④ 刘欣：《韦勒克"文学史理想"之再思考》，《首都师范大学学报》（社会科学版）2017年第5期。

⑤ 温潘亚：《文学史：文学共时结构的动态史——论韦勒克的文学史观》，《江西社会科学》2002年第6期；胡燕春：《雷纳·韦勒克的文学史观述评》，《社会科学》2007年第12期；等等。

同时期的作品发展，具体文学作品的历时性以及文学作品系统的动态发展。

从文学批评角度看，宗圆最早专门详细阐述"批评家的批评家"韦勒克专注《近代文学批评史》对各国重要批评家的辨析、评价和总结。① 她对韦勒克文学批评史的研究弥补国内在这方面的空白，但是过于局限在韦勒克自身论述中，缺乏自我判断。李凤亮从文学批评的定义、批评尺度以及批评方法的选用三个方面，论述韦勒克批评史的辩证性和实践性。② 他准确把握韦勒克批评史的立足点，廓清文学批评的传统观念，有助于纠正当下错误的批评理论的本质与实践功能，促进文学批评健康发展。还有一些论文以皇皇巨著《近代文学批评史》为主题，阐释韦勒克文学批评史思想。③ 这些学者普遍认为20世纪"文学批评"这一术语在韦勒克文学研究中占据重要位置，"透视主义"批评方法克服了绝对主义和相对主义带来的批评标准。他们的观点论述较为简略，未能清楚解释提出"透视主义"的理论现场，没有把文学批评的思考同文学理论、文学史相联系。

从比较文学角度看，胡燕春对韦勒克比较文学思想进行深入研究。④ 在比较文学视域下，汤拥华梳理从韦勒克到罗蒂关于文学性的思考。⑤ 他

---

① 参见宗圆《批评史的多重启示——试论韦勒克的〈近代文学批评史〉》，博士学位论文，吉林大学，2009年。
② 李凤亮：《功能·尺度·方法：文学批评何为——重读韦勒克札记》，《暨南学报》（哲学社会科学）1997年第4期。
③ 杨冬：《韦勒克的启示——〈近代文学批评史〉研究方法述评》，《文艺争鸣》2012年第1期；李艳丰：《论韦勒克"整体性"文学批评观的理论与现实意义》，《深圳大学学报》（人文社会科学版）2010年第1期。
④ 经笔者统计，胡燕春在2005年至2008年间，以韦勒克比较文学思想为研究发表了24篇文章，诸如《比较文学视野中的韦勒克批评理论》，《上海师范大学学报》（哲学社会科学版）2005年第5期；《雷纳·韦勒克的比较文学学科本体论述评》，《黑龙江社会科学》2007年第3期；《论雷纳·韦勒克的比较文学本体视域》，《湘潭大学学报》（哲学社会科学版）2008年第2期；等等；此外，还出版了专著《比较文学视域中的雷纳·韦勒克》，社会科学文献出版社2007年版。
⑤ 汤拥华：《重审比较文学视域内的"文学性"问题——从韦勒克到罗蒂的考察》，《文艺争鸣》2016年第8期。

认为韦勒克关于比较文学的设想不是一对一的平行比较,而是把文学视为有机的整体,探索全球文学的发生与发展。韦勒克追求比较文学的"文学性",试图将诗学与批评结合,促进比较文学焕发新的活力。汤拥华赞赏韦勒克在多元语境中,从本质特征和价值判断的互动中建构一种健康的文学研究。今日比较文学的"文学性"有更多的可能性,愈加开放多元。

从马克思主义文艺观出发,康林最早关注韦勒克文论思想与马克思主义文艺观的某种联系。① 新时期中国大量引入西方文论,康林肯定韦勒克文学理论的创造性,指出韦勒克对马克思主义文学批评缺乏客观的理解。他认为韦勒克简单粗暴地否定了马克思主义,忽视文学的本原,错误看待文学与社会的关系。刘欣指出韦勒克《近代文学批评史》对马克思主义批评家的态度前后矛盾。② 他认为韦勒克与马克思、恩格斯的文学批评观,以及马克思主义文艺批评观之间存在严重"断裂"。刘欣解释了造成两者"断裂"的原因,考察韦勒克对马克思主义的矛盾态度。韦勒克敏锐地观察到马克思主义在20世纪产生了广泛的影响。由于分属不同的意识形态阵营,韦勒克对马克思、恩格斯的文艺观评价不高。在韦勒克看来,马克思主义文学批评强调伟大的现实主义作品,要求作家不仅正确再现现实,还要用艺术传播社会主义、共产主义、党性和党的路线。③ 奇怪的是,韦勒克极力推崇西方马克思主义文艺批评,如评价卢卡奇成功地将马克思主义辩证法运用到文学研究中,赞赏本雅明对德国浪漫主义精神和巴洛克悲剧的研究,肯定阿多诺意识到资本主义的现代危机,欣赏戈德曼抛弃苏联对现实主义文学的封闭方式探讨西方现代派艺术。韦勒克对马克思主义文学批评的矛盾态度源自他无法平衡文学的社会性与审美性的理论缺陷。

---

① 康林:《马克思主义文艺思想在新时期的地位——兼谈韦勒克对马克思主义文艺观的批评》,《文艺理论与批评》1987年第4期。
② 刘欣:《韦勒克与马克思主义文学批评》,《文艺理论与批评》2013年第6期。
③ [美]雷纳·韦勒克:《20世纪西方文学批评》,刘让言译,花城出版社1989年版,第4页。

就韦勒克思想的接受方面，代表性的观点有：刘上江认为韦勒克和沃伦重视文学作品的审美因素和审美功能，有利于建立新时期文学批评标准和价值导向。[1] 他客观评价韦勒克和沃伦的文学理论强调以审美为中心，追求文学作品整体性和历史性的价值观，促进重写文学史的论争。支宇和罗淑珍发现新时期语境中，韦勒克内部研究的概念在话语功能、作家地位和读者因素中出现新的理解。[2] 韦勒克内部研究即作品本体的研究，在新时期文学语境中变为对文学自身进行不同于其他艺术形式的封闭研究。韦勒克排斥作家创作过程和心理因素，而新时期文学的"向内转"提倡转向探究人们的内心世界。韦勒克摒弃读者因素，新时期文学理论则主张读者积极对作品进行再创造。两位学者梳理、辨析韦勒克内部研究在新时期的接受情况，为西方文学理论本土化的思考提供帮助。还有一些成果研究韦勒克与新批评派关系[3]，王有亮认为学者们的划分标准不同，有时将韦勒克归入新批评派，有时将其排除在外。不可否认，韦勒克与新批评派其他成员思想有异同之处。

3. 教材和词典方面

在教材和词典方面，这些研究成果以简要介绍韦勒克理论思想为主。[4] 如马新国简短介绍韦勒克、沃伦的内部研究和层面分析理论；陶东风辟专节介绍韦勒克的透视主义概念，评价透视主义是辩证动态

---

[1] 刘上江：《关于转型期文学价值取向的思考——解读韦勒克、沃伦》，《学术论坛》2001年第4期。

[2] 支宇、罗淑珍：《西方文论在汉语经验中的话语变异——关于韦勒克"内部研究"的辨析》，《外国文学研究》2001年第4期。

[3] 王有亮：《关于"新批评派"成员构成的几点认识》，《重庆师范大学学报》（哲学社会科学版）2014年第2期。

[4] 马新国主编：《西方文论史》（第三版），高等教育出版社2008年版，第441—443页；陶东风主编：《文学理论基本问题》（修订版），北京大学出版社2012年版，第190—192页；朱立元主编：《当代西方文艺理论》（第三版），华东师范大学出版社2014年版，第89—91页；杨冬：《文学理论：从柏拉图到德里达》（第3版），北京大学出版社2015年版，第350—358页；段吉方主编：《20世纪西方文论》，高等教育出版社2014年版，第44—46页。

绪　论

的文学批评方法；朱立元简要概述韦勒克的作品结构理论；杨冬专节论述韦勒克外部研究与内部研究的主要内容、文学批评和文学史的辩证关系，他指出今天的文学研究中，韦勒克"透视主义"观点受到质疑，人们很难从不同角度理解作品，造成作品意义的碎片化、零散化；段吉方在英美新批评一章中，谈及韦勒克对文学自主性的强调、以文本为中心主张内部研究等观点，展现新批评派的理论特色。还有一些文学理论词典将"韦勒克"作为词条，概述他的生平经历和学术思想。①

从时间脉络看，20世纪80年代中后期和21世纪初的十年间，国内学界对韦勒克文学思想的研究涌现出一批具有影响力的学术成果，其他阶段也不断出现与之相关的成果，呈现由少到多的增长态势。伴随《文学理论》思想的广泛传播，国内学界从翻译韦勒克的单篇论文到逐渐引介韦勒克文学批评和文学史的专著和论文集，一直到全面系统梳理韦勒克思想专著，表明韦勒克文学理论的研究逐渐丰富和深入。国内学者持续对韦勒克的文学作品存在论进行一定的研究，取得长足进展。他们关注韦勒克的文学作品存在论思想，认识文学作品的存在理论是韦勒克整个文论思想的逻辑起点，梳理现象学、俄国形式主义、结构主义和新批评理论与韦勒克的文学作品存在论的关系。陈菱和支宇采用宏观视野，将韦勒克思想纳入西方文艺理论学术史的脉络。他们力图结合时代背景，阐释韦勒克文论体系的内部结构，重点论述韦勒克文学理论的核心概念，如本质特征、经验的客体、决定性的结构、透视主义等，为我们全面理解韦勒克提供了极大的帮助。微观层面的研究聚焦韦勒克思想的某一角度，如文学作品的存在方式、多层次结构、内部研究与外部研究等。从多维角度切入韦勒克思想，

---

① 笔者统计发现把"韦勒克"作为词条的词典很多，如李衍柱、朱恩彬主编：《文学理论简明辞典》，山东教育出版社1987年版；丁守和、马连儒、陈有进主编：《世界当代文化名人辞典》，北京燕山出版社1992年版；邱明正、朱立元主编：《美学小辞典》（增补本），上海辞书出版社2007年版；朱立元主编：《美学大辞典》（修订本），上海辞书出版社2014年版，可以看出韦勒克的学术地位和影响力。

有助于透视韦勒克在文学研究领域中的某一方面提出的重要观点和论断。

(三) 评价研究现状

国外学界围绕韦勒克的文学理论、文学史、文学批评、比较文学思想展开积极的研究,讨论韦勒克对英加登和康德哲学理论的借鉴运用到文学研究中。他们分析韦勒克与马克思主义批评的不同,高度评价韦勒克理论思想。目前国外研究存在的不足:文学作品存在方式问题的探讨停留在文本阐述,较少作出细致而深入的阐明;它们未能进一步剖析韦勒克提出问题的背景和动机;未能进一步考察韦勒克继承、扬弃、发展英加登和康德思想的地方所在;未能详细论述韦勒克关于文学作品方式问题对西方文学理论、文学批评和创作实践的影响和价值。

国内学者采取多元视野透视韦勒克思想,总体偏重韦勒克文学理论思想。不少学者探讨韦勒克的重要文学观点,关注文学作品存在论之于韦勒克文论体系的重要价值,论述理论生成的时代背景,阐明重要流派思想对其产生的影响。国内研究存在的不足:韦勒克译著还未全部引介。迄今为止,韦勒克早期著作《伊曼努尔·康德在英国:1793—1838》《英国文学史的兴起》,后期著作《对文学的攻击论文集》《对照:19世纪德、英、美三国之间理智与文学关系研究》还没有中译本。相较文学理论思想,文学批评史和比较文学研究相对薄弱。宏观视野探究韦勒克思想是非常困难的,难以全面深入把握其理论精髓。一向以恢宏广博著称的韦勒克视野宽阔,以严密逻辑和理性分析见长。微观层面集中在韦勒克思想的某一重要方面,难以勾连与其他理论的内在联系,不能够清晰透视韦勒克思想的理论深度和精髓。仅仅比照理论观点不足以明晰阐述韦勒克文学作品存在论,未能揭示作品存在论的理论现场,忽视韦勒克自身的学术经历和学理积淀。此外,目前未有详细论述马克思主义对形式主义的批判与扬弃,以及阐释韦勒克理论对中国学界的借鉴意义和价值何在的研究。

现今国内外研究较少论及和深入探究上述问题，亟须回答。

三 研究对象、思路和方法

（一）研究对象

本书的研究对象是韦勒克文学作品存在论，这一理论是韦勒克构建文学理论体系的逻辑起点。1942年，韦勒克在《南方评论》发表了《文学作品的存在方式》一文，全文编入他与奥斯汀·沃伦合著的《文学理论》一书，成为该书第十二章"文学作品的存在方式"。它是区分文学内部研究与外部研究的理论基石。文学作品存在论内容体系十分庞大，包含文学作品的本质特征、基本结构、具体化、审美价值。韦勒克提出文学作品是一个"经验的客体"，具有稳定的"决定性的结构"。文学作品的存在具有共时性与历时性的统一，需要从不同角度、不同层面透视作品，从而把握作品的审美价值，作出审美评价。文学作品的存在方式是以审美为目的的复调和谐的多层面和复杂意义的符号结构。作为韦勒克文论体系的逻辑起点，对文学作品存在论进行深入剖析有助于准确理解韦勒克文论思想的逻辑架构和致思路径。

在明确研究对象后，我们需要进一步厘清文学作品的"存在论"与"本体论"的关系。历来存在与本体的关系是中西学者各执一端、难以调和的状况。"本体论"（英文Ontology，德文Ontologie）是1647年德意志经院哲学家郭克兰纽率先使用的，他将On与logos结合在一起创造出新词Ontologie，可译为"存在学"或"存在论"。"本体论"的内涵包括：专门研究"有""存在"和"存在者"的学问；"存在"的普遍性；"存在"的最基础、最根本的规定性。故"本体论"指代事物的本质之源。"存在论"指称事物的存在方式或存在样态，还指事物或实体存在的方式、关系或性质结合的形式，或事物在一定时刻存在的条件，等等。国内对本体和存在的混乱关系时常让人感到困惑，原因如下。一方面来自我国翻译对英语Ontology、德语Ontologie 的译名没有一个统一的共识，普遍的三种译法：一是译为"有"或者"万有"；二是译为"在"或者"存在"；三是译为"是"或者"是者"，可见，汉语中没有一个专门对应西语 Ontology 的词语。另一方面，"本原"和"本源"的理解也不同，新时期文学本体论的讨论便是如此。依据《现代汉语词典》中，"本原"是一切事物的最初根源构成了世界的最根本实体；"本源"指事物产生的根源，属于日常生活用语。因此，对待本体、存在、本原、本源概念的理解需要结合具体语境。

国内学界最早关注到文学本体论与存在论区别的要数朱立元，1989 年他提出应当把"文学是什么"的"本质论"提问方式转移为"文学怎么样存在"存在论的提问方式，把对文学的绝对本质的抽象研究转移到文学的存在方式这一新问题上。① 不同于一味追寻文学的抽象本质，而是把目光投向如何认识文学作品的存在。对此，他引用到韦勒克在进入作品分析之前的话语，指出："我们必须提出一个极为困难的认识论上的问题，那就是文学作品的'存在方式'或者'本体论的地位'问题。"② 韦勒克描述文学作品的存在方式为"mode of existence""ontological situs"。实际上，韦勒克没有明确区分"存在论"和"本体论"，他认为在对文学作品进行分析之前，首先需要明确真正的文学作品何在，将文学的本质问题转化为文学如何存在的认识论问题。准确回答文学怎样存在能够为恰当分析文学作品开拓道路，广义上的本体论可以包括存在论。还有论者明确提出，"存在方式"指从事物各要素的形式、结构、关系等角度对事物的本质属性的探讨。③

---

① 朱立元：《文学是创造与接受的社会交流过程——关于文学本体论的思考之二》，《临沂师专学报》1989 年第 Z1 期。

② [美] 勒内·韦勒克、[美] 奥斯汀·沃伦：《文学理论》（新修订版），刘象愚等译，浙江人民出版社 2017 年版，第 132 页。

③ 参见陈菱《"个体—类—种"假说与审美的目的性——韦勒克"文学艺术作品的存在方式"理论探源》，复旦大学文艺学美学研究中心编：《美学与艺术评论》（第 5 集），复旦大学出版社 2000 年版，第 123 页。

可见，探究文学的本质问题是文学研究的重要主题，对文学本质和本源的研究包含在存在方式中。韦勒克更多聚焦在文学作品的基本结构、多层面和审美特征方面阐释作品的存在方式。按其表述，我们将研究对象界定为文学作品存在论。

(二) 研究思路

本书的主要研究思路如下。首先，还原韦勒克文学作品存在论形成的西方文艺理论现场，指出韦勒克思考和构建文学作品的出发点和目的。其次，通过论述韦勒克构建文学作品存在论的本质特征、基本概念、理论范畴，探究韦勒克文学作品存在论对传统文学作品存在观的突破和超越。就文学作品的本质和历时性方面，分析韦勒克文学作品存在论与马克思、恩格斯文学作品的异同，阐释两种文学作品观，挖掘二者相互借鉴的可能性。最后，探究韦勒克文学作品存在论对西方文学理论和文学批评的影响以及文学创作的启示意义。

(三) 研究方法

本书采用文本、文献、文化三位一体的研究方法以及逻辑与历史的互动相结合。笔者在细读韦勒克论著的基础上，试图还原韦勒克文学作品存在论形成时期的20世纪西方文学理论和文学批评的现场，将它置于西方文艺理论的历史视野。

一是文本还原。依照韦勒克自身的学术论著和其他专著，探寻韦勒克建构文学作品存在论的思考轨迹，力图准确把握韦勒克文学作品存在论的原本含义。通过文本细读发现，韦勒克在建构文学作品存在论的过程中，汲取融通了重要的学理资源：胡塞尔、英加登的现象学概念和方法；索绪尔和布拉格学派的结构主义语言学；俄国形式主义；新批评理论。韦勒克确认文学研究的对象主要围绕文学作品本身，作品是一个以审美为目的的多层次的符号结构。

二是文化还原。考察韦勒克文学作品存在论的西方文学理论与批评的现场，需要尽可能还原韦勒克探寻和解答文学作品存在方式的时代背景和社会现实，他怎样在吸收、借鉴、汲取和融合重要流派思想资源后，构建文学作品存在论的思考路径。韦勒克文学作品存在论处于20世纪上半叶西方特定的文艺理论的现场中，新的文学创作与文学批评促使产生新的文学作品存在观。20世纪上半叶各种文艺思潮脉络的历史还原，能够帮助我们更好地理解韦勒克文学作品存在论。

三是文化还原。学界普遍将韦勒克视为新批评派理论的总结者。本书需要尽可能还原韦勒克文学作品存在论的文化思潮，还原20世纪30—40年代美国国内的文化思潮。反抗实证主义研究的泛滥席卷欧洲，并影响到美国学界；新人文主义崇尚古典主义道德的批评标准以及左翼文学批评的兴起，它们构成韦勒克文学作品存在的文化现场。

四是逻辑与历史的互动相结合。特别关注韦勒克文学作品存在论的内在逻辑及其与西方文艺理论史的交流与影响。韦勒克文学作品存在论坚持文学作品的独立自主，反对传统文学作品观，采用"透视主义"的研究方法分析作品的不同层面，追求文学作品的审美性，探究作品的审美价值和审美批评。韦勒克提出文学作品是一个"经验的客体"，具有普遍的"决定性的结构"，经过读者的具体化，获得审美效果和审美功能。韦勒克文学作品存在论是典型的作品中心论。它形成发展于西方文艺理论史的现代主义文论阶段，围绕作品自身，聚焦其审美价值，有其理论意义。

四 创新点和难点

（一）创新点

在梳理和借鉴国内外学者的研究成果的基础上，笔者聚焦韦勒克文学理论的逻辑起点和理论基石：文学作品的存在方式，通过详细论述文学作品存在的基本形式"经验的客体"；本质特征"决定性的结构"；文学作品的具体化与审美价值，透视韦勒克文学理论体系。本书有以下四个创新点。

第一，试图纠正将韦勒克理论与新批评派完全等同的观点。韦勒克反对人们将自己的《文学理论》视为新批评派编纂的文集。他自称到美国时,对新批评派一无所知,已经完全形成自己的理论。[1] 他晚年明确说道:"在我来到美国和知道美国新批评之前,我就已经形成一套完整的文学理论体系。"[2] 韦勒克承认同新批评派成员的密切交往,却坚持否认自己是他们的一员。韦勒克文学理论与新批评派思想存在差异。20世纪30—40年代,新批评派发展进入鼎盛时期,美国新批评家的批评理论占据大学课堂和报刊著作。1939年,韦勒克接受福特斯邀请,移居美国,后通过奥斯汀·沃伦在40年代初同新批评派成员熟悉。韦勒克文学理论出版于40年代末,核心理论"文学作品的存在方式"完成于1942年。韦勒克惊奇地发现他们对文学作品存在诸多相似的看法,这也是他坚持声称自己的文学理论具有独创性的原因。

有论者指出新批评派理论主要分为两种:一种专注文学作品细读的倾向;另一种试图融合文学理论、文学批评和文学史的意向。[3] 第一种类型代表人物英国瑞恰慈、燕卜逊,美国兰色姆、布鲁克斯、退特、维姆萨特,他们专注解读具体文本的修辞和语义方面;第二种类型代表人物艾略特和韦勒克,他们提出文学理论和文学批评理论,强调文学史的共时性与历时性。韦勒克和沃伦合著《文学理论》被视为新批评理论的重要总结。韦勒克被称为新批评派"批评理论的集大成者"和"新批评最忠实的辩护人"[4]。新批评派受攻击时,韦勒克站出来捍卫新批评,为它辩护。新批评有自己的文学历史观和历史哲学,并非纯粹的唯美主义和形式主义。他肯定新批评为文学研究提供

---

[1] [美]雷纳·威莱克:《西方四大批评家》,林骧华译,复旦大学出版社1983年版,第100页。

[2] René Wellek, *The Attack On Literature and Other Essays*, Chapel Hill: The University of North Carolina Press, 1982, p.154.

[3] 王锺陵:《二十世纪中西文论史——百年中的难题、主潮、多元探求、智慧与失误》(第1卷 西方思潮 上),福建人民出版社2014年版,第148页。

[4] 朱刚编著:《二十世纪西方文论》,北京大学出版社2006年版,第55页。

一套有效的阅读方式和判断作品优劣的标准,认为新批评没有割裂自然科学与人文学科的价值。新批评诗歌解读的技巧更好地阐明作者内涵,把握作品价值。[1] 韦勒克与新批评共同主张文学作品的独立性,强调文学作品本身的研究。韦勒克不同于新批评之处:新批评派提倡文学作品是一个独立自足的封闭物,强调从具体文学实践探究作品,韦勒克注重理论阐释文学作品,追求诗学与批评结合。新批评的文学批评排除作者的创作意图和读者的感受经验,韦勒克则在探讨文学作品具体化的过程中引入读者因素,注重读者阅读对作品的现实化。多数新批评成员缺乏宽广的历史视野,局限在单个文学作品的内部。有论者指出,新批评派否认历史的方法,又不得不接受历史的方法。他们把历史当作批评的附属物,将历史概念贬低为文献材料和背景事实的堆积。[2] 新批评派把历史变得空洞和抽象,简化为普遍的进步思想。韦勒克的文学史观更为全面和辩证,他把不同时期、不同类型文学作品纳入整体的作品系统,考察文学史的历史变化,认识文学史的共时性与历时性。

第二,关注韦勒克文学作品的具体化与审美价值。韦勒克超越形式主义理论,将读者因素引入文学作品的建构。阅读主体的经验是文学作品现实化的重要条件,文学作品的具体化离不开读者和批评家的意识形态。在具体化过程中,文学作品的审美意义得以呈现。韦勒克确立文学作品的审美自主性,强调观照作品语言的审美特质,揭示它的审美结构,从而作出恰当的审美评价。之前研究较少论及作品的具体过程,也没有将这一过程同作品的审美价值相结合,更完整地透视作品存在论。

第三,比较韦勒克文学作品论与马克思、恩格斯文学作品观的异

---

[1] René Wellek, *The Attack On Literature and Other Essays*, Chapel Hill: The University of North Carolina Press, 1982, pp. 102 – 103.
[2] [美] 杰拉尔德·格拉夫:《自我作对的文学》,陈慧、徐秋红译,河北人民出版社2004年版,第152页。

同，并分析不同的原因。韦勒克与马克思和恩格斯思考文学作品的存在方式和历时性存在某些相似，但由于理论立场、研究视域和身份使命不同，两者具有很大的差异。在文学作品本质方面，韦勒克文学作品存在论主张文学作品的内在结构；马克思、恩格斯立足历史唯物主义，提出文学作品是一种特殊的社会意识形态。在文学作品的历时性方面，韦勒克认为文学作品具有动态性与静态性的统一、共时性与历时性的结合，强调走进文学作品的世界，发现作品蕴含的审美价值。马克思、恩格斯文学作品从宏观历史视野考察文学作品的历史变化，主张走近文学作品，发现作品的社会意义和价值。通过比较两种文学作品观的相似，可以发现马克思主义文学作品观同形式主义文学作品观相互联系与借鉴的契机，通过两者的差异试图发掘彼此具有丰富的融合与会通的可能性。

第四，力图阐释韦勒克文学作品存在论对当代中国文学理论的借鉴和启示意义。作为形式主义代表，韦勒克文学作品存在论被引介中国，经过短暂的接受与流行，文学作品存在论中的诸多重要观点和思想被广泛接受，与践行马克思主义思想的中国文学理论发生激烈的碰撞和融合。韦勒克文学作品存在论围绕文学作品本身的研究，重视作品的特殊语言形式和意义结构。他把文学作品分为不同的层面，对具体文学作品的分析从声音层面一直到形而上质层面，论述文学作品的不同类型、评价和价值判断以及文学史的性质。韦勒克详细分析文学作品，揭示文学作品的审美价值和审美意义。这一点促进当代中国文艺理论重视文学作品的内在形式，启发作家自觉的文体意识以及关注叙事性小说的虚构性。韦勒克追求文学作品的审美批评，为当代中国文学批评提供一种审美主义的批评方法。一定程度上，它会影响社会历史批评方法同审美批评方法相结合。面对文学作品的内部规律，人们可以采用韦勒克文学作品多层面的分析，探讨文学作品与社会现实、客观环境、文化思潮等外部因素。

（二）研究难点

韦勒克文学作品存在论内容丰富复杂，涉及哲学、语言学、历史学和心理学等方面。本书涉及的研究难点大致包含以下三个方面。

　　一是难以清楚回答文学的本质。艾布拉姆斯提出文学四要素：世界、作者、作品和读者。关于文学的本质是什么，西方文学理论从亚里士多德提出文学是对现实的模仿，到德国浪漫主义流派认为文学表现作家心灵，再到20世纪初把文学作品放到首位的文本中心论，20世纪60年代强调读者因素的读者中心论。韦勒克文学作品存在论是文本中心论的重要代表。文学的本质从过去单一维度的文学本质观，走向更加多元丰富的文学本质观。在后理论时代，我们更加难以全面把握文学的本质。若想清楚回答这一问题非常困难。

　　二是难以透彻把握韦勒克文学作品存在论与马克思主义文论的关系。韦勒克文学作品存在论属于典型的形式主义文论。两者的基本立场、基本观点和理论特征差异很大。20世纪30年代，形式主义文学作品观与马克思、恩格斯文学作品观有过激烈争论。对此，难以把握它们间迂回复杂的关系。

　　三是难以深入探究韦勒克文学作品存在论在现代主义、后现代主义理论转换中，对后世文学理论与批评的影响。韦勒克文学作品存在论对后世西方文学理论产生一定的影响，尤其对结构主义深层模式的探究、解构主义消解"文学性"、新历史主义思考文学与历史的关系等方面。由于缺乏足够的相关资料，难以深入探究和阐释。

第一章
文学作品存在论的理论现场

韦勒克文学作品存在论的形成与19世纪末20世纪上半叶西方文艺理论与批评的现场密不可分。20世纪初,语言学的现代转向和非理性思潮的兴起促使韦勒克从科学主义与人本主义两方面兼顾文学作品的存在方式;20世纪30—40年代,美国学界出现反实证主义思潮引发韦勒克思考文学研究的正确方法,新人文主义的衰落激发韦勒克自觉承担起扭转文学批评标准混乱局面的责任和使命。19世纪末至20世纪上半叶,西方文艺理论进入现代主义阶段。文学研究的对象、思路和重心转移到文学作品本身。唯美主义批评、象征主义批评、俄国形式主义批评纷纷聚焦文学作品,在探究作品本体、批评理论和批评实践方面作出诸多努力。20世纪30年代的美国左翼文学批评促使韦勒克关注文学作品与社会的复杂关系。他们的文学作品观对韦勒克构建文学作品存在论提供有力支撑。

第一节 西方文艺理论的现场

任何理论的形成离不开所处的时代环境,具有特定时代和特定环境的重要特征。20世纪西方文艺理论出现了两种转向:语言学的现代转向明晰语言自身的重要性和非理性主义重视审美主体的自主性,它们对当时许多重要流派产生深远的影响。韦勒克文学作品存在论处于 20 世纪上半叶，恰逢这两种转向兴起和盛行之时，不可避免地受其影响关注和回归作品本身的研究。韦勒克文学作品存在论巧妙地融合会通语言学转向和非理性主义，具有特定时代的显著特征。

一 语言学的现代转向

语言在社会生活中有着重要作用，对语言问题的研究一直也是西方哲学史上的一个重要议题。在古希腊，哲学家侧重探讨世界的本原，追问事物现象背后的本质，率先开始了语言问题的研究。苏格拉底研究语词的意义，柏拉图思考事物的普遍性，亚里士多德思考事物的本质与事物概念间的关系。在近代，笛卡尔开始研究哲学进入主观领域，思考人如何运用理性认识和把握世界。他提出"我思故我在"，培根指出"知识就是力量"，康德呼吁人"必须勇敢地有公开运用自己理性的自由"，近代西方哲学从本体论研究转向认识论领域。在现代，哲学家把全部哲学问题归结于语言问题，思想混乱的产生源自滥用或误用语言。哲学的任务不是探究世界的本质，也不是研究如何认识世界，而是对语言进行逻辑分析和语义分析。现代哲学家对语言问题的探究和重视，促使了 20 世纪不同于传统哲学的语言论转向。

最早维也纳学派古斯塔夫·伯格曼提出语言论转向（linguistic turn）这一术语。他指出："所有的语言论哲学家都通过叙述确切的语言来呈现世界的意义，这是语言论转向，是日常语言哲学家与理想语言哲学家共同一致的基本方法的出发点。"[①] 20 世纪 60 年代，美国新实用主义哲学家理查德·罗蒂推动语言论转向的传播和发展，获得人们的广泛认可。罗蒂提出："我所说的'语言哲学'指这样一种观点：即哲学问题是可以通过改革语言或通过进一步了解我们目前使用

---

① Gustav Bergmann, *Logic and Reality*, Wisconsin: The University of Wisconsin Press, 1964, p. 177.

的语言来解决（或化解）的问题。"① 语言论转向表明只有揭示叙述理性的叙述方式（即语言本身），才能通向世界的真正坦途。对语言的逻辑或语义分析取代了认识，跃居世界的本体位置。

蓬勃发展的语言论转向大致分为两个方向：一个方向是以维特根斯坦为代表的英美分析哲学；另一个方向是以索绪尔为代表的欧陆现代语言学。维特根斯坦关注语言与逻辑、世界和日常生活的关系，提出著名的"语言游戏理论"。前期的维特根斯坦认为语言是人类认识和把握世界的先天形式，"人们具有构造这样的语言的能力，借助于它们能够表达每一种意义，而且是在这样的情况下做到这点：他们根本不知道每一个语词是如何进行指称的并且它们究竟是指称什么的"。② 他认为人类具有一种先验的能力分析语言，这是人类本身存在的重要组成部分。不同于传统哲学将语言视为认识世界的工具，此处蕴含了语言是人自身存在的方式意味，提高了语言的地位。后期的维特根斯坦重点从语言与逻辑的关系入手考察语言的理解，但意识到语言不能仅仅从逻辑上把握。"我们越是仔细地考察实际的语言，那种存在于它和我们的要求之间的冲突就越是强烈。（逻辑的水晶般纯净性肯定没有作为结果出现在我面前；相反，它是一种要求。）"③ 从逻辑上无法保证对语言的理解，还需要从日常语言加以把握。语言的言说成为人们日常生活的一个部分和一个活动。语言的说出是人们生活交流的一个形式。存在主义思想家海德格尔说道："语言是存在之区域——存在之圣殿。"④ 人们生活在语言世界中，人的存在本身就是语言之存在，人类一刻也离不开语言。人只有真正理解语言的世

---

① Richard M. Rorty, *The Linguistic Turn: Essays in Philosophical Method*, Chicago: The University of Chicago Press, 1967, p. 3.
② ［奥］维特根斯坦：《维特根斯坦文集 第2卷 逻辑哲学论》，韩林合编译，商务印书馆2019年版，第27页。
③ ［奥］维特根斯坦：《维特根斯坦文集 第4卷 哲学研究》，韩林合编译，商务印书馆2019年版，第84页。
④ ［德］海德格尔：《林中路》，孙周兴译，商务印书馆2019年版，第284页。

界，才能认识自我的世界。分析哲学的语言观以逻辑语言为锚点，认为语言必须满足逻辑的条件，借以澄清思想的有意义和无意义。

20世纪初，现代语言学创始人费迪南·索绪尔的语言学理论向历史语言学发出挑战。他将语言活动分为语言规律和个人的言语，明确提出语言学的研究对象不是个别的语词，而是语言系统。索绪尔确立语言系统在语言学研究中的重要地位后，还指出语言是一种符号形式。任何语言符号都是由概念和音响两部分组成的，前者称为能指，后者称为所指。能指与所指之间具有任意性。索绪尔还考察语言活动的两组概念：句段关系（横组合关系）和联想关系（纵聚合关系）、共时关系和历时关系。索绪尔认为语言不是实质，而是一个符号形式，确立语言的本体地位。这一理论思想不仅颠覆当时的语言学界，还给文学研究领域带来一场"哥白尼式"的变革。理性主义逐渐退去，语言的魅力开始滋生。20世纪的西方文论是一场语言本体论的历险，语言代替理性占据中心地位。

受"语言论转向"直接影响，俄国形式主义、布拉格学派、英美新批评一直延续到结构主义。俄国形式主义最先将索绪尔语言学理论引入文学研究，从文学创作实践方面提出文学研究的对象是作品本身，力图建构一门独立的文学学科体系。他们强调作品的韵律、节奏、风格、结构、形式，这些因素成为文学的"文学性"。有学者提出俄国形式主义对形式的把握是将一个先验的抽象的形式设定为对作品的确定，并进一步等同于被把握的文学。[1] 形式主义提倡语言的陌生化、诗歌的隐喻和转喻理论极大地促进了文学创作和文学批评的实践。布拉格学派把"功能""系统"概念引入文学研究，注重文学作品的声音层面与意义层面。英美新批评聚焦文本分析，提出文本本身是一个独立自足的本体，具体分析文本中反讽、张力、象征、含混、隐喻等语言因素。结构主义接受语言是一个符号的观点，提出语言构

---

[1] 张政文、杜桂萍：《形式主义的美学突破与人文困惑》，《文史哲》1998年第2期。

成的作品本身也是一个语言系统，存在能指与所指之间的结构关系。结构主义者倾力探讨作品与作品构成的整个作品系统，具有一套普遍的法则。俄国形式主义重视作品的内部形式分析，新批评在此基础上更加聚焦作品的语言形式，结构主义提倡整体、宏观地把握作品。虽然各个流派看待文学研究的视角不同，但都从不同方面接受了现代的语言学观念。他们借鉴语言学观点进行文学作品研究，注重作品的内部结构，即语言、风格、节奏等形式，作品的结构和语言成为这些流派理论的重要支点。

韦勒克对语言学转向表现了高度关注和赞许，他之所以支持这一转向一定程度上与其对文学作品语言风格、结构、形式的重视，主张文学研究的出发点是作品本身等观点密不可分。韦勒克将语言学和文体学派视作20世纪文学批评的第三个潮流，尤其赞赏诗歌语言是一种特殊的语言，认为文学语言不同于日常语言，研究文学语言的声音层面，韵脚、韵律、音步等概念。布拉格学派不仅把作品从形式概念转向结构分析，还指出重视作品结构中的语言的特殊性。他们进一步致力于研究诗歌语言的声音层面，比如元音的和谐、辅音的连缀、韵脚、音步、音素、散文节奏等。韦勒克提出他们理论的缺点：俄国形式主义过分专注语言层面、声音层面，带有实证主义色彩；布拉格学派仅仅研究诗歌语言，缺乏整体性思考作品结构，也没有完整地考虑作品不同类型的语言风格。在语言和文体学派潮流中，新批评派属于最为耀眼的。韦勒克客观评价新批评派在诗歌理论上的重要贡献，分析新批评派理论衰落的原因便是未能足够重视批评和现代语言学的关系。新批评过分强调文体、修辞、韵律等研究，缺乏深入的理论基础，从而流于表面、浮光掠影。

20世纪上半叶文学研究者纷纷开始关注文学作品自身，关注作品内部形式，关注作品的语言因素及意义。他们把文学作品视为独立的审美对象，文学作品被置于文学研究的中心。韦勒克文学作品存在论中的诸多观点或隐或显地带有结构主义语言学的影响。语言学转向的出现与发展，在语言学领域产生重要变革，对文学研究领域的贡献不可小觑。从俄国形式主义到布拉格学派，他们在批判地吸收索绪尔的现代语言学观点后，进一步明确文学研究的对象和方向。身处同时期的韦勒克高度评价现代语言学和语言学转向，将其视为文学研究的萌芽，在文学研究中身体力行地实践。韦勒克文学作品存在论受到语言学转向的积极影响：在文学作品层次的分析深化拓展方面践行语言学的转向。其消极方面：韦勒克文学作品存在论在一定程度上斩断作品与社会的联系。文学作品作为一门语言的艺术，韦勒克坚持认为文学研究需要将语言学与文体学紧密结合，这样能够更好地对作品层次作出更为清晰的分析，获得完整而严密的文学理论。

二 非理性主义的兴起

韦勒克在述评20世纪欧洲文学批评时，明显感受到"一种持续状态可以很容易地用普遍的理智主义作为特征表现，它与日益侵蚀文学批评的新兴的非理性主义形成了对照，尤其反映在两次世界大战的沧桑巨变之后"。[①] 形形色色的非理性之主义兴盛于20世纪，它成为人们寻求新的人文主义道路的表达方式，这一转向伴随着社会物质结构和人们精神境况的变化产生，具体表现为否定理性思维，否认对事物本质的确切理解。在近代，哲学一开始就追求真理、强调理性，采用科学实证的自然研究方法。它强调人类理性是探求真理过程中的最高权威，呈现出唯理主义的倾向。它在解释客观现实和精神世界时，并不预设某些超自然的东西，也不采用主观心理的分析方法，因而体现出自然主义是科学的。这种思想的历程经由笛卡尔的唯理主义到康德的批判哲学，再到黑格尔的辩证法，在这一过程中科学的理性主义始终占据统治地位。19世纪后，以黑格尔为代表的德国古典哲学开始衰落，理性主义思想逐渐衰退。20世纪西方哲学呈现出理性主义

---

① ［美］雷纳·韦勒克：《近代文学批评史》（第七卷），杨自伍译，上海译文出版社2020年版，第1页。

与非理性主义、理智与激情、分析与直觉、逻辑与想象的对立。

19世纪末,叔本华、尼采的非理性主义哲学理论问世。叔本华提出"生命意志说",认为世界的本质是生命意志,生命意志产生的欲求是一个痛苦的过程,欲求无限,痛苦无止。人生则处于欲求和痛苦之间,生命意志成为人类痛苦的本源,要想摆脱痛苦就需要否认生命意志,抑制欲望,淡化世俗利益,甚至需要抛弃一切理性和科学的观念和道德规范,进入无我的境界。承袭叔本华的观点,尼采提出"权力意志"。他认为世界的本源和人的本质,不是生命意志,而是权力意志,主张文学艺术是其表现形式,作家应该表现自我,体现自我的权力意志。"艺术是旺盛的肉身性向形象和愿望世界的溢出和涌流,艺术也通过提高了的生命的形象和愿望激发了兽性功能。"[1] 在尼采看来,艺术成为一种释放权力意志的表现、一种生命感的提升、一种生命感的兴奋剂。非理性主义推崇意志、直觉、本能、无意识,认为传统的自然科学学科不足以认识整个世界,人类复杂的精神文化世界更不足以被科学地清楚认知。在广袤的自然世界和精神世界外,还存在一个超越自然科学范畴的非科学、非理性、非逻辑的主观心灵的精神领域。这一领域不受理性的束缚,比如处于自觉意识下的种种心理活动。[2] 进入20世纪,非理性主义从本体论和认识论的双重意义上,将非理性因素视为人和世界的最高规定性、根本动力和唯一的认识途径。

哲学上的非理性主义转向深刻影响了现代文学创作、文艺批评和美学等许多流派的思想,这些流派否认理性在文学创作中过程中的意义和地位,主张直觉高于逻辑、口号高于思想、经验高于传统秩序,体现反理智主义和非理性主义的倾向,明显成为西方哲学和文学领域内的主要思潮。20世纪西方文论存在一种思潮重视感觉、直觉等非

---

[1] [德]尼采:《权力意志》(上卷),孙周兴译,商务印书馆2017年版,第450页。
[2] 朱立元主编:《当代西方文艺理论》(第三版),华东师范大学出版社2014年版,第5页。

理性因素，呈现非理性主义的转向。它们试图突破传统理性主义的束缚，期望在人本质力量中的非理性方面取得重大发现。这一转向具体体现在表现主义美学、心理学分析美学、现象学美学与存在主义美学。

一是表现主义美学。克罗齐和柯林伍德的表现主义美学强调艺术即直觉，想象活动本身无关逻辑判断；柏格森的直觉主义美学拒斥理性，认为一切理智的方法和认识都是机械的，无法认识到世界本质的"生命冲动"而提出"直觉说"。他认为艺术能够超脱于现实，受到一种向上的、绵延的"生命冲动"的影响，而艺术创作和欣赏都需要依赖直觉。韦勒克曾评价："柏格森打开了通向德国非理性主义的大门，而且是毁灭理性的始作俑者。"[①] 里普斯"移情说"、布洛"距离说"、贝尔"有意味的形式说"都重视创作者主体的心理变化和表现，将主体的感觉、情感、想象等非理性因素置于首位，将审美活动的本质归于无功利、非理性的主客体融合，具有非理性主义的反传统倾向。

二是心理学分析美学。20世纪具有广泛影响的心理学流派要数发端于奥地利的精神分析学派，代表人物为弗洛伊德和荣格。弗洛伊德心理学说对文艺理论的重要贡献集中体现在《作家与白日梦》。他提出"艺术就是白日梦"，艺术家的创作被强烈的本能欲求驱使，渴望财富、权力和美人，在现实生活中缺乏取得这一切的手段，于是作家退出现实生活投入内心世界，在幻想中达成愿望的满足。"每一个幻想都是愿望的满足，都是对令人不满足的现实的补偿。"[②] 弗洛伊德援引《俄狄浦斯王》《哈姆雷特》证明艺术创作的本质是一种特殊的力比多的转移，是作家逃离压抑现实生活的无意

---

① [美] 雷纳·韦勒克：《近代文学批评史》（第八卷），杨自伍译，上海译文出版社2020年版，第35页。
② [奥] 弗洛伊德：《达·芬奇的童年回忆》，车文博主编，九州出版社2021年版，第94页。

识的白日梦。艺术作品是作家性本能冲动的升华，作家在艺术活动中获得一种替换形式的"补偿"，也是一种释放压抑的白日梦。同理，读者的阅读活动也在找寻某种现实世界中无法达到满足的"补偿"。荣格在反驳弗洛伊德泛性欲主义的基础上，把"无意识"概念扩大为"集体无意识"。他将艺术的本质视为整个民族集体无意识的精神产物，在一定程度上陷入反理性主义和神秘主义的泥淖。韦勒克曾评价："心理分析以它十分不同的个人主义和非理性主义的那些假定，为同一寻常的目的的服务：理解文学作品虚构表面背后的深层意义，使它恢复其本来面目。"[1] 韦勒克认为文学是作家潜意识生活的丰富宝库，心理分析有助于揭示作品的深层含义和虚构意蕴。他提出虽然小说和戏剧是一种虚构文学，但是在心理层面上，作品中的人物具有真实性，就作品本身而言，心理学上的真实感增强了作品的连贯性、可信度、复杂性和可读性，使得作品具有艺术价值。这也成为创作家和批评家们有意或无意地吸收心理分析美学的实践意义所在。

三是现象学美学和存在主义美学。20世纪初，胡塞尔提出建立一门严密体系的现象学，寻求绝对真理。他将纯粹意识作为研究对象，采用现象学的悬搁和还原的方式，将一切外部世界和传统知识全部排除后进行先验意识的研究。胡塞尔的现象学哲学分为两支脉络，一支脉络是以英加登与杜夫海纳为代表的现象学美学。他们把胡塞尔的现象学哲学和方法运用到艺术研究领域，考察艺术家、作品和读者的动态过程，重视审美主体在这一过程中的创造性和能动作用。另一支是以海德格尔和萨特为代表的存在主义美学。他们强调艺术作品与艺术家的互构关系，认为艺术创作是艺术家绝对意志的体现、自主选择的结果，阅读者也不再是被动接受，而是主动参与到艺术作品中，艺术家和阅读者都处于创作和欣赏的自由。存在主义美学突出艺术的

---

[1] ［美］雷纳·韦勒克：《20世纪西方文学批评》，刘让言译，花城出版社1989年版，第10页。

非理性主义，确证艺术的自我本质和非现实性，重视人在艺术活动中的自由和能动性。

受非理性主义转向的影响，表现主义美学、心理学分析美学、现象学美学和存在主义美学具有一种共同特征：强调艺术活动的非理性因素，重视审美主体的自主性，追求审美的超越和自由，彰显非理性主义在艺术创作和鉴赏中发挥的重要作用。一方面，非理性主义佐证了韦勒克的文学批评是一种哲学观的体现。他在总结哲学与第二次世界大战以后的美国文学批评时，援引克罗齐的看法：文学批评采取了一种哲学立场，无论相对主义、怀疑主义、印象派批评，或隐或显地受到某种形式的非理性主义哲学的影响。① 韦勒克认同克罗齐的观点，批评就是一种价值判断，采取一种哲学的鉴赏和评判活动，文学批评中包含的标准、原则、美学理论都是哲学观点的体现。非理性主义思潮给文艺创作和文学批评带来新的视角、观点和评价方式。另一方面，韦勒克受非理性主义思潮中现象学美学的影响。胡塞尔现象学哲学和方法以及英加登对艺术作品存在方式的思考对韦勒克理解什么是真正的文学作品、文学作品如何存在等问题提供了启示和借鉴。因受非理性主义思潮的影响，韦勒克与其他新批评派成员不同，他关注到读者阅读经验对作品存在具体化过程中的作用，而非完全孤立作品自身的存在。

三 实证主义的泛滥

韦勒克文学作品存在论的形成受反抗泛滥的实证主义的影响。作为一种哲学思潮，实证主义产生于19世纪30—40年代的法国和英国，它不仅对哲学科学产生影响，同时波及文学、历史学和社会学等其他学科和领域，特别是对文学的研究方法和批评标准产生了深刻的影响。实证主义是一个历史最为悠久、影响最为广泛的哲学流派。它

---

① [美] 雷纳·韦勒克：《近代文学批评史》（第八卷），杨自伍译，上海译文出版社2020年版，第327页。

以理性和科学为口号，从自然、社会和历史的角度追求实证，其影响力一直持续到第一次世界大战。①

实证主义的代表人物有法国的孔德、丹纳，英国的约翰·穆勒。他们主张从现象本身出发，强调事实，拒绝一切感性材料，注重现实而不是幻想。孔德率先提出通过实证才能把握确实的事实，人们只需问"是什么"而没必要问"为什么"，他自称只承认"实证的"事实，知识的最高形式就是对感觉现象的可能描述，关于原因的知识则是不可能的。孔德标榜自己创造了一种超越唯物主义和唯心主义的"科学的哲学"。英国实证主义哲学家约翰·穆勒非常崇拜孔德，并把孔德思想重新介绍给法国人，使其获得广泛传播。穆勒同法国实证主义者一样，反对形而上学，强调事实和科学方法的价值，但是，穆勒抛弃孔德只专注科学的方法和结果，热衷于人类知识分析和系统化，而是从休谟的经验主义和哈特莱的心理学说出发，论证和丰富实证主义。穆勒提出："全部知识来自经验，一切道德和智慧的特质主要通过联想的途径去获得。"② 在他看来，一切知识都是源于感觉经验，寻求经验之外的世界本质，是不可能的，也没有必要。有学者指出，以孔德为代表的实证主义者总是有意识地选择实证科学所能承认与确定的观念组织他们关于生命与世界的概念，使精神科学成为实证科学，同时他对所有实证科学的主要事实、规律方法系统化的陈述，建立了未来的世界概念。③

法国批评家丹纳的文艺批评理论一方面继承实证主义哲学追求确证的事实的哲学思想；另一方面受19世纪自然科学（尤其是达尔文进化论以及人类学对文艺社会学）的影响，采用科学的观点和实证主义的方法研究艺术作品。在回答艺术品的本质时，泰

---

① 韩秋红、杨善解编著：《现代西方哲学思潮举要》，吉林教育出版社1993年版，第17页。

② [英]约翰·穆勒：《约翰·穆勒自传》，吴良健、吴衡康译，商务印书馆1987年版，第133页。

③ 邱觉心：《早期实证主义哲学概观》，四川人民出版社1990年版，第25页。

纳明确指出:"我的方法的出发点是在于认定一件艺术品不是孤立的,在于找出艺术品所从属的,并且能解释艺术品的总体。"①他认为应该以一种总体思想解释艺术品存在的样式、兴起、衰落、消失的社会背景、时代、民族环境。艺术作品从属于三个总体,第一个总体是作者的全部作品,每个艺术家都有一种风格见于其所有的艺术作品中;第二个总体是艺术家本身的全部作品之外,同时期的艺术派别或艺术家族;第三个总体是艺术在家庭周围与它一致的社会,简言之便是时代特征与社会风俗习惯。丹纳极为强调想要了解一件艺术品、一个艺术家或一群艺术家,必须正确设想他所处的时代状况和风俗概况。他通过详细考察希腊的雕塑,说明了种族、时代、制度是决定艺术作品产生和如何产生的重要条件。丹纳力图把艺术作品放入其所处的时代和环境的考察,但没有触及社会的深层结构,忽视人类生活的经济基础。

20世纪30年代,实证主义成为美国哲学舞台上的主角。当时美国学术研究的各个领域(尤其是文学研究领域)无不受到实证主义思潮的影响。对文学作品的解读过程中,学者们普遍采用实证主义的研究方法,一方面重视查找搜求作家的生平材料,从作家的传记和创作心理角度解读作品;另一方面强调科学性、客观性、准确性,偏离了文学研究的正确轨道,严重忽视文学作品的价值和质量。实证主义思潮的泛滥对美国当时的文论界产生极大冲击,造成单一的文学研究方法和极端的文学批评标准。在《近来欧洲文学研究中对实证主义的反抗》中,韦勒克明确指出实证主义研究的三种表现形式给文学研究领域带来的危害,揭示反抗实证主义的原因以及自己的思考。韦勒克依据各自特点,将实证主义的表现形式分为"唯事实主义""唯历史主义"和"唯科学主义"三种类型。②"唯事实主义"指对事实和假设的事实作无限膨胀的研究。它继承以科学客观性和因果关系解释一

---

① [法]丹纳:《艺术哲学》,傅雷译,巴蜀书社2018年版,第3页。
② 刘象愚:《韦勒克和他的文学理论》,《外国文学研究》1986年第9期。

切的经验主义和实证主义的传统。① 从搜求作家的生平事实出发，他们普遍采取自然科学的方法对文学作品的进化发展作客观的研究。从勒南提出文学研究应回溯至新的神话和对原始神话的研究，到霍普特提倡对史诗和民族史诗发展的研究，再到布吕纳季耶，他们都将文学类型视为生物物种的进化论研究。这种"唯事实主义"逐渐将文学学科融于人类学和社会学，丧失文学学科本身的独立性。"唯历史主义"指只承认古人成果，只专注研究历史，认为当下的文学不值得研究或者无法研究。② 历史主义者拒绝一切理论和标准的使用，不承认文学的审美独特性，从根本上否定文学研究和文学批评的可能。韦勒克认为漠视历史主义的态度极大损害文学研究，妨碍了正确的文学批评。"唯科学主义"指在文学中引入自然科学的研究方法。唯科学主义将文学作品视为实验对象强调用自然主义的科学方法，从一切因果关系中阐释作品。一些研究者机械僵化地从作家生平事实中挖掘作品产生的因素，而另一些研究者则陷入因果关系的旋涡中无法自拔。这种机械定量分析的文学研究方法抹杀了文学与科学的界限，忽视文学特有的情感性和审美性。极端泛滥的实证主义方法使文学沦为其他学科的附庸，削弱文学学科的独立地位。它扭曲了文学学科真正的研究对象，扰乱文学批评的标准，更重要的是抹杀了文学作品的独特审美性和价值，促使不少文学研究者反对作品研究中的实证主义方法。

韦勒克认为实证主义者大量采用唯事实和唯科学的研究方法解读传统的传记文学，忽视作品本身。他们依照历史事实，从作家生平经历中分析作品内涵。这种方法严重损害作品自身的情感性和内在价值，偏离文学作品的正确研究方向，受到强烈反对。韦勒克还认为实证主义者从作者创作的心理过程阐释作品，将作者写作作品时的心理

---

① [美] 勒内·韦勒克：《辨异：续〈批评的诸种概念〉》，刘象愚、杨德友译，上海人民出版社2015年版，第34—35页。
② [美] 勒内·韦勒克：《批评的诸种概念》，罗钢、王馨钵、杨德友译，上海人民出版社2015年版，第269页。

活动和思想等同作品本身是荒唐可笑的。不可否认，作家创作过程中的情感活动会对作品产生一定的影响，甚至专业作家在作品中都不可避免地有一丝自身心理的痕迹，但是，绝对的主观主义思想把作品完全置于作家创作心理的笼罩下，忽视作品本身所蕴含的思想，这种方法是错误的。由于唯事实主义、唯历史主义从绝对的历史事实出发，排除一切当今的文学批评标准，唯科学主义诉诸科学的客观态度，摒弃一切情感因素的价值标准。传统的传记文学把文学作品完全客观化，心理主义的研究方法则将作品完全视为作者的创作经验。实证主义研究方法在文学领域大肆盛行，最终导致绝对主义和相对主义两种极端的批评标准。

当时欧洲的不少学者也对实证主义式的文学研究提出怀疑，如法国的保罗·梵第根、意大利的克罗齐、英国的格雷格和威尔逊、德国的列奥·施皮策和奥斯卡·瓦尔策尔都在努力摆脱实证主义的研究方法。在《比较文学论》中，梵第根率先提出使用"总体文学观"的观念①摆脱实证主义的束缚。他认为机械僵化的实证主义研究缩小了文学研究的范围，"凡同时属于许多国文学的文学性的事实均属于一般文学（总体文学）的领域之中。总体文学是与各国文学以及比较文学有别的，这是关于文学本身的美学或心理学的研究，和文学史的发展无关"。② 梵第根的总体文学观念强调跨越多民族的文学现象的共时性研究，重视文学的内在形式和审美价值。他提出从结构主义语言学和形式主义那里吸收新的方法引入文学研究，努力走出文学、艺术"嗜古"的深渊，摆脱历史和科学甚至哲学等其他学科对文学的影响。反实证主义者力图将文学作品本身置于文学研究的中心位置，认为真正的文学研究建立在正确分析作品内在的语言系统的基础上，文学研

---

① 梵第根、克罗齐等提出的"总体文学观"主要是继承歌德"世界文学"发展而来。它可以消除比较文学研究重复的缺陷，揭示普遍的文学现象和规律，培养一种整体的、超越国家和民族的理论视野。

② [法] 梵第根：《比较文学论》，戴望舒译，吉林出版集团有限责任公司2010年版，第9页。

究的目的在于揭示作品的独特审美价值。他们主张把文学作品视为独立自足的统一体，重点关注作品自身的节奏韵律、技巧风格等内部特征。

同上述反对实证主义研究方法的学者一样，韦勒克清楚地认识到实证主义对文学研究的损害：实证主义者将文学研究等同自然科学的研究方法是不切实际的。韦勒克认为文学研究是一种系统的知识体系，有自己独特的方法和目的，其核心问题是要把文学既作为艺术，又作为人类文明的一种表达。就学科对象而言，文学应同历史、科学一样具有系统而严谨的知识体系，严谨性和科学性是每一门学科所具有的学术规范。文学研究不能将文学视为冷冰冰的实验对象，不能按照自然科学的研究步骤分析，因为文学是人类创造的艺术作品，深深打上人类的情感烙印，不可避免地带有某种主观倾向，表达出某些细腻情感。韦勒克睿智地意识到实证主义通过自然科学的方法、因果关系甚至一系列外部因素进行文学研究，极大地削弱文学作品的审美性，造成20世纪初不同的欧洲国家出现反抗实证主义的思想运动。[1] 20世纪初，欧洲学术界普遍意识到实证主义的研究方法对文学研究造成的危害，遂兴起反抗实证主义的运动。同时，韦勒克指出20世纪30年代学术界错误的研究方法与混乱的批评方式，过于单一、机械且错误，扭曲了文学研究的正常发展。从外部条件对文学作品的评价无法触及文学的本质，更不会涉及理解文学的审美价值和层次结构。实证主义僵化的研究方法阻碍了正确的文学研究和批评标准，削弱文学作品本身的审美性。

实证主义研究的弊端日益明显，它成为韦勒克思考文学作品如何存在以及迫切构建文学作品存在论的现实动因。与实证主义不同，韦勒克文学作品存在论认为文学研究合情合理的出发点是正确解释和分析作品本身。他坚信只有作品才能够为了解作家的生平经历、创作心理和所处的时代环境提供正当的理由。在韦勒克看来，实证主义研究

---

[1] [美] 勒内·韦勒克：《批评的诸种概念》，罗钢、王馨钵、杨德友译，上海人民出版社2015年版，第241页。

过分关注文学作品的社会历史背景、现实环境,轻视作品本身的做法是不正确的。在文学研究中,僵化的实证主义研究不是一种正确的研究方法。韦勒克提出构建新的文学作品存在论,重新认识文学研究的对象和任务。他强调采用一种健康的倾向,集中精力理解和评价文学作品。韦勒克文学作品存在论围绕作品本身,试图分析作品的多层次结构,阐释作品的审美价值和审美意义,建构了一套完整而系统的文学研究方法。但是,韦勒克把作品分析局限在内部结构和规律,集中探讨作品的表现手法和语言形式,未能深入考虑它与社会结构的互动关系,是其理论的缺陷。

四 新人文主义的衰落

20世纪初美国兴起了短暂的新人文主义思潮。面对实证主义影响的各个领域,新人文主义的批评家深刻感悟到自然科学的研究方式严重阻碍文学的正常发展。他们将目光投向传统的古希腊文明,提出恢复人的精神价值,在一定程度上扭转了盛行的实证主义文风。由于无法改变经济大萧条后的美国现实,也无力改变颓废迷茫的社会风气,新人文主义在40年代后逐渐走向衰落。面对的历史语境是动乱的第二次世界大战和经济的大萧条,社会危机严重,阶级矛盾空前激化。新人文主义的没落对韦勒克思考文学作品提供了借鉴。

新人文主义流行于美国20世纪20—30年代,是20世纪上半叶颇有影响的一个批评流派。自诞生之初,新人文主义主要针对浪漫主义、现实主义和自然主义。新人文主义不是一种"新"的文学理论,而是古希腊、罗马时期提倡的文学批评观点在20世纪初"新"形势下的复活。新人文主义者大多具有基督教的伦理精神,把人的独特性归于永恒的道德和伦理,强调道德在完善人格和促进社会发展过程中的重要作用。他们认为文学作品的功能在于宣传道德、传播伦理精神、提高和完善人性。这一流派以维护传统、崇尚保守为特征。

新人文主义最早的代表人物是布罗纳尔,早在1901年他就提出新人文主义的基本观点是文学批评必须依靠基督教的伦理原则、柏拉图关于形式的思想和亚里士多德对理性的强调。布罗纳尔主张在美国恢复传统的文学批评方法，尤其是柏拉图和亚里士多德的文论观点，扭转泛滥的实证主义思潮。1910—1930 年，美国的新人文主义思潮受到马修·阿诺德的新人文主义观点的启发，并得到当时一些大学教授的支持，成为美国世纪之交的一场"进步运动"[1]，这一思潮运动的影响力逐渐扩大。鼎盛时期，新人文主义的代表人物有欧文·白璧德（Irving Babbitt）和保罗·埃尔默·莫尔（Paul Elmer More），他们提倡当时的美国批评界应该恢复采用古典主义的批评标准，强调人的主体性和绝对价值观念。新人文主义者认为文学批评的标准应该从人的绝对本质中寻找体现出人的独特价值。基于此，他们十分抵触现实主义（特别是自然主义）的某些观点，认为现实主义和自然主义过分强调人的动物性，忽视人的主观价值。新人文主义反对清教主义和工业资本主义的结合，确立人性的二元论，认为人自身存在理性与欲望的冲突、高级自我与低级自我之间的矛盾，倡导道德约束、节制、自律和得体。他们反对浪漫主义盲目追求自我膨胀和自然主义的悲观决定论，提出把关注的目光投向过去，力图恢复人文主义精神，以文明传统作为赖以生存的价值，致力于改善人文思潮混乱的情况。

作为新人文主义的推动者，白璧德主张用"人的法则"取代"事物的法则"，强调理性和道德意志是人的特征，提出文学的作用就在于给予人以道德知识，文学作品的价值取决于"适当性"。在《什么是人文主义?》一文中，白璧德指出："出于最实用的目的，适度的法则是最高的人生法则，因为它限制并包含了所有其他法则。"[2] 他认为文学的功能是维护传统，表现人的良知和自我克制。白璧德攻击了文

---

[1] "进步运动"指的是 20 世纪初，美国在政治、经济和文化方面改革的多种思潮统称。针对自由资本主义和社会达尔文主义引发的各种社会弊端，它试图重建经济秩序和社会价值体系。

[2] [美] 欧文·白璧德：《什么是人文主义?》，王琛译，三联书店编辑部、美国人文杂志社编：《人文主义：全盘反思》，生活·读书·新知三联书店 2006 年版，第 13 页。

艺复兴以来的科学、浪漫主义、现实主义以及一切有进步倾向的文学流派，认为这些流派思想都服从"事物的法则"而否定"人的法则"。他反对各种形式过度、极端和怪异的思想，主张传承西方文明共有的人的美德：适中、适度和合理。白璧德指出："我们可以把某些古人和少数最为杰出的今人看成文学中的恒星。我们可以放心大胆地用来借鉴参考我们的行为，并以他们为指导来判断什么是人性中的本质，什么是人性中的偶然因素。他们是具体的 idea homins（拉丁语：人性典型——译者）。在他们对待生活的方式中具有某种确定不移的东西，这种东西洗荡肃清了一切地方主义色彩，足以被认为是典范。"[①] 白璧德把古典主义大师比作文学中的"恒星"，他们流传的经典著作为"典范"凸显了某种确定的品质——人性光辉，值得后世传承和学习。

　　白璧德高举新古典主义旗帜，激烈地批判浪漫主义，将卢梭视为现代文明沦落的罪魁祸首。他否认浪漫主义的天才、想象、理想和现实的道德、爱情方面的观点，抨击浪漫主义嘲讽、自然和忧郁的反传统的艺术风格。白璧德严厉斥责卢梭推动下的浪漫主义追求欲望、扩张自由的方式，带来混乱的价值观。古典主义创立超越自我的内心法则，认为忠诚这一法则，才能赋予幻想以一种更高的真实。白璧德认为浪漫主义打碎幻想，毫无节制的欲望满足和情绪扩张，逃避道德责任。[②] 白璧德坚定地捍卫传统文化，淡化浪漫主义的革新作用。他执着于复兴古典主义文学批评的标准，强调文学作品的道德因素使新人文主义愈加抽象。韦勒克曾为白璧德的《卢梭与浪漫主义》一书辩护，认为白璧德对浪漫主义的斥责是假象，不是为反对浪漫主义思想站到新人文主义的阵地，而是因为白璧德强调诗歌自由的想象力，幻

[①] ［美］欧文·白璧德：《文学与美国的大学》，张沛、张源译，北京大学出版社2004年版，第126页。

[②] ［美］欧文·白璧德：《卢梭与浪漫主义》，孙宜学译，商务印书馆2016年版，第250页。

觉与无限意识的融合。在韦勒克看来，白璧德由于赞同想象只有与理智和伦理目的相结合转向新人文主义的阵营。他评价白璧德理论重申文学研究的职能在于解释和批评，但在普通求知欲和审美感受力方面具有局限性。[1] 韦勒克文学作品存在论将作品的道德批评视为外部研究，聚焦在作品的审美结构和审美价值。

如果说白璧德是新人文主义的发展者和规则制定者，那么保罗·埃尔默·莫尔便是新人文主义的实践者。倡导者莫尔是一位标准的古典主义者，在《论丁尼生》一文中充分表明了态度，"否定我们内心存在的两条对立原则，一条代表着统一性及平和，还有无限生命的声音，一条则要求我们面对无穷变化，以及分裂和不和"。[2] 莫尔具有矛盾式的古典情怀，他提出文学批评的标准应将美学原则与道德原则相结合，决定作品意义和价值的是其本身表现出的"平衡""温和""内心克制"等美德。莫尔认为人具有人性和兽性两重性，具有高级的自我与低级的自我两个方面。与此相连，人的情绪也分为永久性的快感和暂时性的快感。按照人的本能，人只有通过自我克制和艰苦的努力，才会获得永久性的满足感。在莫尔看来，浪漫主义、现实主义和自然主义文学能够使读者惊异，引发读者的激情，但这种惊异和激情是低级的情绪，一旦达到饱和就会变得令人厌恶。莫尔赞同的批评标准是强调人的自我约束和自我克制，文学作品的价值在于平衡温和。韦勒克曾回忆1927年第一次到美国在普林斯顿大学与莫尔相交，发现那里新人文主义运动盛行，人们无所顾忌地表达对实证主义研究的不满。

1939年，韦勒克移民美国，受惠于艾奥瓦大学文学院院长诺曼·福斯特（Norman Foerster），加盟该校的英文系。福斯特就是一位

---

[1] ［美］雷纳·韦勒克：《近代文学批评史》（第六卷），杨自伍译，上海译文出版社2020年版，第68—69页。
[2] ［美］雷纳·韦勒克：《近代文学批评史》（第六卷），杨自伍译，上海译文出版社2020年版，第65页。

坚定的人文主义者，他在艾奥瓦大学唤醒了许多学生，使他们认识恢复伟大传统的思想对文学研究的紧迫有益。福斯特反对自然主义轻视生活的意义，提出人文主义的核心信念在于人与自然的二元对立。他坚信人的意志是自由的，节制的内心可以抵御自然的欲望。① 福斯特在大学教育中积极推动和传播新人文主义思想，抵抗自然主义对美国社会文化的侵蚀。韦勒克的合作者奥斯汀·沃伦曾是白璧德的学生。② 韦勒克初到美国，受惠于这两位学者，容易接受新人文主义观念。

无论是早期的布罗纳尔还是鼎盛期的白璧德、莫尔和福斯特，新人文主义者从人的特点出发，主张采用古典主义的批评标准，强调人的绝对价值和美德，成为当时美国文学批评的一个流派。后来新人文主义的思想在理论上走向了极端，但对之后的文学批评（尤其是美国大学中的文学教育）产生了不容忽视的影响。经济危机的出现，新人文主义思想的局限性逐渐显现，无力挽救经济危机的萧条，也无力改变混乱的社会现状。

韦勒克明显感受到新人文主义思潮重古轻今、重实证轻批评，并指出其理论的缺陷：新人文主义衰落是其理论脱离时代环境的原因。韦勒克意识到"新人文主义保守的社会主张同经济大萧条时期民族的精神状态是冲突的"。③ 他反对把古典主义时代的批评标准强行引入美国，忽视美国社会的现实情况和社会环境。经济危机的爆发带来严重的社会动乱和恐慌，导致人们普遍严重的自我怀疑。白璧德的宗教哲学原则诉诸儒家学说和佛教思想，不符合美国本土的现实情况。新人文主义面对残酷萧条的社会现状，企图仅靠人自身的主体性和绝对价值是无法改变现实的；另外，新人文主义严厉的道德要求损害文学的艺术本质，把文学批评标准等同于绝对的道德标准，抹杀文学的审

---

① 乔国强等著：《美国文学批评史》，上海外语教育出版社2019年版，第82页。
② [美] 勒内·韦勒克：《辨异：续〈批评的诸种概念〉》，刘象愚、杨德友译，上海人民出版社2015年版，第39—40页。
③ [美] 勒内·韦勒克：《批评的诸种概念》，罗钢、王馨钵、杨德友译，上海人民出版社2015年版，第280页。

美价值是不现实的。韦勒克曾评价："白璧德作为一位文学批评家而言，在审美感受力和普通求知欲方面，流露出自身的局限性。"① 他认为白璧德过分追求批评的道德化和政治化，远离了文学作品具有的艺术价值。

新批评派的兴起促使新人文主义走向衰落。20世纪40年代，在反驳"新人文主义"的阵营中出现了一种新的流派思想——新批评派。韦勒克指出新批评学者对20世纪初美国批评界与社会上盛行的某些思潮有着强烈的反感，他们反对传统的社会历史方法，不满于印象主义和浪漫主义的批评方式，也对新人文主义僵化的文学道德观敌视当代文学创作的态度感到不快。新批评家主张研究文学作品的内在价值，强调作品的结构和形式，新批评派理论的兴起在一定程度上促使新人文主义衰落。韦勒克先后结识"新批评"的主要成员沃伦、维姆萨特、布鲁克斯、泰特。不同于新人文主义将人的绝对价值作为文学批评的标准，新批评派集中考察现代诗歌，注重分析文学作品的形式、节奏、风格、韵律等方面。他们强调一部作品的独特性和有机整体性，把目光转向作品自身。

面对新的研究方法，韦勒克意识到新人文主义对文学作品的研究是单薄的，对作品道德价值和政治思想的强调是片面的、僵化的。客观而言，新人文主义的衰落既无法适应当时美国社会环境改变的客观结果，也同新批评派的崛起有关，更为重要的衰落因素则是其理论自身的狭隘化。新人文主义把古典文学作为评判一切的标准，否定个体间的差异，抹杀人创造力的发展。20世纪三四十年代，新人文主义经过短暂兴起而走向衰落的过程，促使韦勒克反思文学批评的标准和原则，思考文学研究的正确方向。新人文主义的衰落对韦勒克文学作品存在论产生的积极影响体现在两个方面。一是重视文学作品的审美价值，不能把文学的性质抽离成为严厉的道德标准。韦勒克极为不

---

① [美]雷纳·韦勒克：《近代文学批评史》（第六卷），杨自伍译，上海译文出版社2020年版，第67—68页。

满新人文主义过分强调文艺作品在传播道德和完善人格修养方面发挥的作用，不赞同把文学批评标准设定成一些抽象的、非文学的理想。二是重视文学的独立性和独特性，不能让文学沦为道德的工具。韦勒克认为文学批评完全成为一种道德批评的方式无益于正常的文学研究。透过新人文主义的衰落，韦勒克在建构文学作品存在论时更多地重视理解和分析作品，有意识地坚守文学的文学性、审美性、艺术价值。新人文主义的衰落对韦勒克文学作品存在论的消极影响体现在：无视作家潜意识的道德观念，忽视作品中的伦理思想。新人文主义试图诉诸古典主义作品中的规范性和典雅性，对提升人们的心理良知、自我克制等精神有一定的借鉴意义。韦勒克断然拒绝文学作品中的道德因素，愈加封闭作品的同时，失去文学批评的道德和伦理维度是不明智的。

第二节　西方文艺批评的现场

有论者指出，19世纪后半期兴起的唯美主义文论和象征主义文论确证了文学研究的对象是艺术本身，研究思路转向艺术内部，进入了现代主义文论阶段。[①] 韦勒克文学作品存在论形成于20世纪30—40年代间，不可避免地受到其他现代主义文论思潮的影响。如果要更好地了解其理论现场，需要追溯至19世纪末的唯美主义批评和象征主义批评。韦勒克文学作品存在论借鉴汲取了唯美主义批评重视艺术形式，强调艺术本体的理论观点，扬弃艺术批评的主观主义和印象式的批评方法。象征主义批评对诗歌象征手法的分析，启发韦勒克将这一概念运用于分析文学作品的象征和神话层面。因此，梳理19世纪末至20世纪上半叶西方现代文艺的创作活动与批评实践，有助于了解韦勒克文学作品存在论面临的现实环境和思考作品存在的理论困境。

---

① 刘象愚：《韦勒克和他的文学理论》，《外国文学研究》1986年第9期。

一 唯美主义批评

唯美主义文论最早出现在 19 世纪 30 年代后期，代表人物包括法国的戈蒂耶，英国的佩特、王尔德和意大利的桑克蒂斯，强调"为艺术而艺术"，追求"形式美"至上等主张。盛宁指出："由于'世纪末'流行的唯美主义、表现主义思潮的影响，美国文学批评中也出现了侧重于艺术形式批评的倾向。"[1] 唯美主义文论的重要观点在探讨艺术的本质和艺术目的方面给韦勒克文学作品存在论提供了正面价值，而唯美主义的文学批评观过分追求艺术批评的个体经验，导致了绝对的主观主义，从反面给予韦勒克文学作品存在论提供借鉴。

就艺术的本质而言，韦勒克赞同唯美主义者主张艺术独立道德和政治之外，艺术有自己的独立性。法国戈蒂耶提出"艺术无功利"是其唯美主义思想的核心观点，也是整个 19 世纪唯美主义思潮的理论出发点。"一般来说，一件东西一旦变得有用，就不再是美的了；一旦进入实际生活，诗歌就变成了散文，自由就变成了奴役。"[2] 在他看来，艺术需要独立于道德和政治之外，有用的东西不是艺术，艺术是完全无用的；艺术有自己的独特的目标，这个目标就是艺术本身，与任何外在因素无关。艺术的目的是求得纯粹美。同样，王尔德曾说道："艺术除表现它自身之外，不表现任何东西。"[3] 在唯美主义者看来，艺术是远离社会现实和道德生活，艺术高于一切。因此，他们在诗歌、戏剧等作品中提倡书写"不真实的美""非现实的美"。在唯美主义看来艺术美是虚构的、抽象的、理想化的。受唯美主义思潮的影响，韦勒克认为文学研究的出发点是作品本身，只有恰当的作品分析才能正确理解作品蕴含的美学价值。

---

[1] 盛宁：《二十世纪美国文论》，北京大学出版社 1993 年版，第 28 页。
[2] [法] 戈蒂耶：《阿贝杜斯》序言，黄晋凯译，赵澧、徐京安主编：《唯美主义》，中国人民大学出版社 1988 年版，第 16 页。
[3] [英] 王尔德：《谎言的衰朽》，杨恒达译，《王尔德全集·评论随笔卷》，杨东霞、杨烈等译，中国文学出版社 2000 年版，第 356 页。

就艺术目的而言，唯美主义批评强调艺术的本体地位，艺术本身就是目的，艺术形式至上原则，形式就是一切。戈蒂耶将艺术提高到生命活动的地位，主张艺术意味自由、享乐和放浪。艺术不是纯粹的精神活动，不以教育和认知为目的，而是独立于政治、道德和社会独立自足的地位。戈蒂耶认为艺术的对象是单纯的美和形式，由于美、形式、艺术三位一体，艺术对象之外的各种界限关系完全消解，留下的只是纯粹的形式、纯净的美，以此达到艺术的最高标准，即享受生命。唯美主义者对艺术形式十分看重，戈蒂耶将艺术的美置于万事万物之上，艺术的美在于造型、在于形式。所谓造型指用文字塑造形象，使其具有绘画、雕刻那样的三维效果，即"将艺术品移植"。佩特也主张对艺术美的追求，艺术的生命始于充实刹那间的美感，归于无关现实的形式之美。王尔德提出："生活的自觉目的在于寻求表现；艺术为它提供了某些美的形式，通过这些形式，它可以实行它那种积极的活动。"① 王尔德坚信艺术的独立生命和自身的审美价值，反对艺术的功利性，倡导艺术不应受政治和道德的束缚。受唯美主义批评追求艺术本体的影响，韦勒克从作品内部出发，通过分析作品韵律、节奏、格律、文体风格等形式，探究其审美因素。

唯美主义主观式的艺术批评从反面为韦勒克文学作品存在论提供借鉴。王尔德指出："批评家与他所评论的艺术作品之间的关系，同艺术家与形式和色彩的视觉世界或者情感和思想的非视觉世界之间的关系相同。"② 王尔德将批评看作独立于艺术创作，认为艺术批评是再创作，这种批评方法绝不是模仿，而是批评家通过这种方式赋予艺术品魅力的一部分，揭示美的意义所在。唯美主义者区分艺术家和批

---

① [英]王尔德：《谎言的衰朽》，杨恒达译，《王尔德全集·评论随笔卷》，杨东霞、杨烈等译，中国文学出版社2000年版，第357页。
② [英]王尔德：《作为艺术家的批评家》，杨慧林译，赵澧、徐京安主编：《唯美主义》，中国人民大学出版社1988年版，第159页。

评家各自的独立地位，意识到艺术批评独立于艺术创作的重要性，但其强调批评的直觉感性，主张个人印象式、纯粹的批评方法，不得不陷入主观印象式批评的窠臼。韦勒克指出："19世纪末出现的唯美主义，它强调对艺术品的个别体验。无疑，这是一切有成效的文学研究的先决条件，它自身却只能导致绝对的主观主义。它不可能产生一种系统的知识体系，而系统的知识体系始终是文学研究的目的。"① 韦勒克意识到，尽管唯美主义立足于艺术本身，但是过分强调艺术审美的直觉化、个体性，显然不是科学客观的批评方式。韦勒克看到唯美主义批评的弊端后，提出新的综合的"透视主义"的批评方法，规避印象式的主观主义研究方法。文学作品需要经过一代又一代读者的阅读体验、批评家的分析阐释和艺术家的批评鉴赏。在这样一个历史过程中，它不断发生变化，但是存在一种稳定的"结构"。韦勒克文学作品存在论力图辩证地多角度地阐释作品，与唯美主义过分追求主观式批评形成差异。

二 象征主义批评

最早瓦雷里在《象征主义的存在》一文中，曾尝试界定象征主义，"在这文学宇宙的某个区域，即一八六〇至一九〇〇年的法国（如果可以的话），我们无疑发现了某种东西，某个截然不同的体系，某个星团（我不愿说得太明白以免惊动持各种观点的人），某个已形成一派而有别于其它群体的作品与作家星团。它似乎叫'象征主义'"。② 1886年，法国诗人莫雷亚斯发表《象征主义宣言》，"象征主义"正式得名。"我们曾建议用象征主义作为目前这一种在艺术方面具有创造精神的新的倾向的定名，只有这个名称能恰当地表明其特

---

① ［美］勒内·韦勒克：《批评的诸种概念》，罗钢、王馨钵、杨德友译，上海人民出版社2015年版，第241页。
② ［法］保尔·瓦雷里：《象征主义的存在》，胡经之、张首映主编：《西方二十世纪文论选》（第1卷 作者系统），中国社会科学出版社1989年版，第69页。

点。这个名称可以保留。"① 瓦莱里和莫雷亚斯对象征主义所作的概括绝非公认的经典定义，他们提供重要的参考价值，我们透过亲历者的界说可以管中窥豹。20世纪20年代，象征主义出现第二次高潮。它处在第一次世界大战前后，用其独特的创作实践和艺术手法深刻地体现世界各国局势动乱触及人类灵魂的恐惧和迷茫。象征主义批评重视诗歌作品本身、坚持作品自身的独立地位以及诗歌语言的象征形式方面启示了韦勒克文学作品存在论。

其一，启示韦勒克作品的象征、神话层面。象征主义诗人的意象选择多为否定性、非常规的意象，通过意象之间的象征关系暗示调动读者的通感感知，从而寻求一种"最高的美"。他们不赞同浪漫主义诗人的热情迸发的表现方式，主张象征手法的暗示方式表达。正如波德莱尔所说，"因为激情是一种自然之物，甚至过于自然，不能不给纯粹美的领域带来一种刺人的、不和谐的色调；它也太亲切、太猛烈、不能不败坏居住在诗的超自然领域中的纯粹欲望、优雅的忧郁和高贵的绝望"②。马拉梅甚至提出："文学完全是个人的"，"我们这个时代，诗人是对整个社会罢工了"。③ 后期象征主义诗人艾略特宣称："诗歌不是感情的放纵，而是感情的脱离；诗歌不是个性的表现，而是个性的脱离。"④ 可见，象征主义诗人运用各种意象之间的象征关系，力图确立诗歌自身的独立性，它提供了一种不同于传统的创作手法和创作方式。诗歌不再是再现客观现实世界，而是创造艺术世界，表现诗歌的语言美，寻找一种不固定、无形、朦胧而隐晦的审美世界。韦勒克在作品不同层面的分析中，指出"存在于象征和象征系统

---

① [法]莫雷亚斯：《象征主义宣言》，王泰来译，黄晋凯、张秉真、杨恒达主编：《象征主义·意象派》，中国人民大学出版社1989年版，第45页。

② [法]波德莱尔：《论泰奥菲尔·戈蒂耶》，《波德莱尔美学论文选》，郭宏安译，人民文学出版社2008年版，第69页。

③ [法]马拉梅：《关于文学的发展》，伍蠡甫主编：《西方古今文论选》，复旦大学出版社1984年版，第268页。

④ [英]T. S. 艾略特：《艾略特文学论文集》，李赋宁译，人民文学出版社2018年版，第10页。

中的诗的特殊'世界'"①,也就是把象征和象征系统构成诗的"神话"。他还在文学理论中界定象征的含义:"甲事物暗示了乙事物,但甲事物本身作为一种表现手段,也要求给予充分的注意。"② 之后,韦勒克进一步比较象征与意象、隐喻三者的联系与区别,提出象征具有重复与持续的意义,属于作品意义追求的形而上性质。"象征"成为作品层面的重要组成部分,具有内在的审美价值。

其二,启示韦勒克重视诗歌的象征语言。象征主义诗人关注到诗歌语言的独特性,他们认为诗歌语言不同于日常语言,日常语言是社会约定俗成的共同产物,具有丰富性和歧义性。诗歌语言需要音律、节奏、凝练和整体感,具有审美特性和稳定性。瓦莱里提出诗包括两方面:诗情和语言。诗歌之所以成为诗歌,诗情发挥了重要作用。对此,他提出"纯诗""绝对的诗",首先,诗歌应该是表达共同审美追求,而非诗人个性情感表达的延伸;其次,诗歌不应该具有功利性目的,不使用日常语言,指向远方未知的审美世界;最后,诗歌表达的意义应处于无限绵延之中。象征主义强调诗歌的独立性,通过对其语言的音乐性、暗示性、独特性,追求一种纯粹的诗歌,表现为无功利性和无目的性。象征主义诗人对纯诗的追求,在一定程度上避免了浪漫主义诗人无节制地抒发情感,但他们对诗歌纯粹意义的向往终究只是一种审美理想。受象征主义批评对诗歌语言的重视,韦勒克关注到象征语言黑暗、幽深的独特性,他分析《林畔驻马》一诗中,"word are lovely, dark and deep",尽管是赞扬性的诗句,在使用象征语言后却带有了死亡的含义,给人们以新奇感和陌生化。

19世纪下半叶至20世纪初,唯美主义批评和象征主义批评的盛行对文学批评的发展产生了重要影响。唯美主义批评主张艺术的无功

---

① [美] 勒内·韦勒克、[美] 奥斯汀·沃伦:《文学理论》(新修订版),刘象愚等译,浙江人民出版社2017年版,第145页。
② [美] 勒内·韦勒克、[美] 奥斯汀·沃伦:《文学理论》(新修订版),刘象愚等译,浙江人民出版社2017年版,第178页。

利，追求艺术的自足世界，它与康德提出的审美无功利一脉相承。唯美主义者倾向艺术的无功利，追求纯粹的艺术和艺术的独立性。积极意义上，唯美主义批评力图将艺术独立于道德和政治之外，具有重视艺术自身的独特目的。它探索诗歌作品中的形式美，将艺术提升到自由生命的本体地位，在一定程度上标志了艺术自觉时代的到来。否定方面而言，作为反映现实生活的艺术，它始终无法摆脱社会现实的束缚和枷锁。唯美主义批评过分推崇"形式"至上，导致对作品纯粹美的追求走向华而不实，最终陷入绝美的幻想。象征主义批评对象征意象的重视和追求，挖掘诗歌自身的独特性，指向彼岸世界的真与美。诗歌不再是模仿和表现现实世界的产物，也不再是诗人主观热烈情感的抒发结果，而是象征、暗示、模糊，不同于日常语言的诗性审美语言。象征主义批评试图通过意象间的象征关系创造一个独立自足的艺术世界，传递朦胧隐晦、含蓄内敛的语言风格。受唯美主义批评和象征主义批评的影响，韦勒克文学作品存在论主张摒弃个人主观感受式的批评方法，重视诗歌的自足性、诗歌语言的审美性以及追求形式美。

三 俄国形式主义批评

佛克马曾说：欧洲各种新流派的文学理论中，几乎每一流派都从这一"形式主义"传统中得到启示，都在强调俄国形式主义传统中的不同趋向，并竭力把自己对它的解释说成唯一正确的看法。[①] 传统文学研究中，文学是附属于其他学科研究，文学作品被当作研究社会、历史、风俗的文献材料。20世纪初，俄国形式主义把索绪尔现代语言学的思想运用于文学研究中，在转变文学的研究对象、批评标准和批评方法方面具有重要贡献。1914年，什克洛夫斯基发表《词语的复活》标志了俄国形式主义思潮的诞生。他与艾亨鲍姆、蒂尼亚

---

① [荷兰] D·W·佛克马、E·贡内-易布思：《二十世纪文学理论》，林书武等译，生活·读书·新知三联书店1988年版，第13—14页。

诺夫、日尔蒙斯基等共同创立彼得堡诗歌语言研究会,旨在研究文学作品诗歌、小说和散文的语言特征。1917年,雅各布森、托马舍夫斯、勃里克等组成莫斯科语言研究会,他们旨在探究建立一门科学的文学研究,把"文学性"作为研究对象。由于两个小组关于文学研究的倾向基本一致,因而联系紧密、交流频繁。

俄国形式主义主张文学的独立自主,对韦勒克建构文学作品存在论产生影响。之前的文学研究一直围绕作品之外的因素研究,作品的作家生活、思想环境、经济基础研究,这些研究只是文学研究的某一部分,是现有的学科体系,文学研究依附在其他科学中。俄国形式主义反对文学艺术模仿现实、反映现实,主张文学本身的独立。他们致力于建立科学的、客观的文学学科,认为文学研究的重点是文学语言、手法、形式等内部方面,而非把目光落在作品之外的事实材料中。什克洛夫斯基提出:"艺术永远是独立于生活的,它的颜色从不反映飘扬在城堡上空的旗帜的颜色。"[1] 雅各布森提出文学理论的科学是文学作品的文学性,它是一部文学作品的本质属性。蒂尼亚诺夫也提出相似的看法,"一种自称是艺术研究的研究,其对象应是区别艺术和其它智力活动领域的特点,而这些特点就是研究的材料或工具"[2],雅各布森和蒂尼亚诺夫认为文学研究不同于其他实证研究的科学,有自身的独特性和审美性。文学作品的"文学性"就是文学研究的主要对象。文学研究应该关注作品本身,文学学科具有自主性,不依附于其他学科。对俄国形式主义而言,文学研究的对象是区别于其他艺术形式的自身独特性,也就是"文学性"。只有明确文学学科的特殊性,才能使它摆脱沦为社会学、历史学、心理学、哲学等其他学科的附庸。为此,他们主张文学研究的任务是要研究文学的内

---

[1] [俄]什克洛夫斯基:《文艺散论·沉思和分析》,[俄]维克托·什克洛夫斯基等:《俄国形式主义文论选》,方珊等译,生活·读书·新知三联书店1989年版,前言第11页。
[2] [法]茨维坦·托多罗夫编选:《俄苏形式主义文论选》,蔡鸿滨译,中国社会科学出版社1989年版,第48页。

部规律，提倡从作品语言的分析入手，探究文学形式的变化，把握文学研究的内部规律。文学作品是通过特殊的程序创造出来的，只有这样才能把自然材料升华为审美对象，使读者感受到"文学性"。

韦勒克十分欣赏俄国形式主义在明确文学研究对象方面做出的贡献，并把它视为一种正确的研究方法。他指出："那就是认识到文学研究的当务之急就是集中精力去分析研究实际的作品。"[①] 它启发了韦勒克对文学作品的详细分析和阐述。韦勒克说道："艺术作品和它特有的'文学性'被坚定地置于了文学研究的中心。作品和作者生平和社会的所有联系都变得微不足道或被看作纯粹外在的东西。"[②] 韦勒克一方面认为俄国形式主义对作品"文学性"的倚重有助于集中精力分析作品本身；另一方面指出追求"文学性"的弊端，俄国形式主义着眼技巧的、科学性的文学研究途径，提升文学作品的艺术性，但是切断了作品的评价同历史的联系。韦勒克不赞同把追求"文学性"视为分析和评价作品的唯一标准，这会导致文学批评投身在语言声音的结构研究中，使作品丧失社会现实、道德伦理等批评维度。由于他反对俄国形式主义强烈的实证主义研究倾向，缺乏对作品的审美价值判断。在吸收弥补俄国形式主义的理论局限后，韦勒克提出面对文学作品，不仅需要考虑作品的"文学性"一面的审美意义，而且需要注意文学是一种社会性的实践，作品是一种社会创造的精神产物。

四　美国左翼文学批评

20 世纪 20—30 年代，美国陷入大萧条的经济危机，阶级矛盾空前激化。人们普遍对资本主义失去信心，使得左翼运动进入蓬勃发展

[①] [美] 勒内·韦勒克、[美] 奥斯汀·沃伦：《文学理论》（新修订版），刘象愚等译，浙江人民出版社 2017 年版，第 129 页。
[②] [美] 勒内·韦勒克：《批评的诸种概念》，罗钢、王馨钵、杨德友译，上海人民出版社 2015 年版，第 256 页。

阶段。一部分学者对马克思主义产生浓厚的兴趣，希望拯救美国社会，左翼文学批评活跃起来。其中，最有影响力的是迈克尔·戈尔德（原名欧文·格兰奇）和格兰维尔·希克斯。这一批评流派的成员是多元化的，社会立场和文艺观点各不相同，内部宗派纷争不断。他们共同主张要求变革不公正的资本主义制度，对抗资产阶级的主流价值体系和传统的文化观。左翼文学运动的学者认为经济基础决定上层建筑的马克思文学批评观，相继引发社会学批评和文化批评。韦勒克关注到左翼文学批评思潮，他们对文学研究和文学作品的分析理解，促使韦勒克关注文学与社会的复杂关系、文学现象之于文学评价的意义。

韦勒克不赞同左翼文学批评强调文学的社会价值，损害文学本身的审美价值。20世纪20年代，马克思主义文学批评的倡导者戈尔德创立《新群众》发表热情洋溢的论文，他提出作品不应该仅仅当作文学看待，"它是一个意义重大的阶级意识觉醒的先兆。它是反对资本主义斗争的一个胜利"。[①] 戈尔德认为无产阶级在绝望而动荡的现实生活中，需要重新唤醒自觉意识。他们发表大量文学作品，希望借助作品的社会影响力，宣传社会主义，反对资本主义和法西斯主义。他们认为马克思主义的全部作用在于启发批评家去认识历史发展的本质，而非成为评判伟大作家的标准。他们强调作家的社会责任、文学作品的社会功能。韦勒克认为大萧条时期，左翼文学批评占据了20世纪30年代美国批评界的突出位置，但是，他们并非指实际掌握的马克思主义学说，仅仅指笼统的反资本主义，同情工人革命，仰慕十月革命。[②] 韦勒克认为左翼文学批评受到社会革命的影响，文学作品成为改变社会现实的手段，轻视文学研究自身的价值和意义。

韦勒克反对左翼文学批评简单地使用马克思主义观点评价文学作

[①] 盛宁：《二十世纪美国文论》，北京大学出版社1993年版，第64页。
[②] [美]雷纳·韦勒克：《近代文学批评史》（第六卷），杨自伍译，上海译文出版社2020年版，第166页。

品，文学作品沦为文学现象的附庸。20世纪30年代以后，美国共产党和左翼运动内部围绕如何理解马克思主义文艺理论展开激烈的论战，出现比较有影响力的批评家格兰维尔·希克斯。希克斯的代表作《伟大的传统：内战以来的美国文学阐说》是左翼批评最主要的论著，他试图以马克思主义的观点总结美国的文学传统。希克斯认为美国经典作家反复崇尚自由民主平等，反抗受压迫的价值观在资本主义条件下无法实现。他希望作家学习马克思、恩格斯的著作，深入现实生活的核心，成为更好的作家。在希克斯看来，文学作为反映现实的力量，文学作品必然成为革命斗争的武器，这样能够重塑新的伟大的美国文学传统。希克斯主张把社会存在决定社会意识观点作为评价文学作品的标准。韦勒克反对希克斯的观点，他认为希克斯把马克思主义当作一个有用的工具只能够说明文学现象与评价文学现象关系不大。[①] 马克思主义批评家研究文学与社会的诸种关系，梳理这些关系的过去和现在，并指出它们是如何形成的。在这个意义上说，马克思主义文学批评是未来的预言家，具有优越性。然而，20世纪30年代的美国左翼文学批评家对马克思主义并不熟悉，无法完整准确理解马克思主义，自身缺乏文学实践的经验，仅凭借一腔热血抓住马克思、恩格斯的只言片语，难以制定出切实可行的无产阶级文学纲领。他们粗略地从社会经济方面评价文学作品，使文学成为社会学或政治学的附庸。二战后，美国出台冷战政策，推行麦卡锡主义，迫害左翼知识分子，左翼文学批评也受到打击。尽管它在美国出现的时间不长，但为混乱的文论界注入新活力这一事实是无法抹杀的。韦勒克思考文学作品的存在方式的过程中，一定程度上参考了20世纪30年代左翼文学批评的弊端。韦勒克文学作品存在论力图合理看待文学作品同社会、历史、现实的复杂关系，避免作品成为忠实记录社会生活的文献资料。他试图把追求作品的独立性同作品之外的各种因素联系，但其

---

① ［美］雷纳·韦勒克：《近代文学批评史》（第六卷），杨自伍译，上海译文出版社2020年版，第171页。

第一章　文学作品存在论的理论现场

理论出发点和重心仍是文学作品。

通过简要梳理唯美主义批评和象征主义批评的主要观点，可以发现他们追求诗歌批评的独立性，关注语言的审美性，探索象征的表达手法，大大改变了文学理论的研究对象、研究方式和方法。随着语言学的现代转向开启20世纪上半叶现代主义文论追求文学作品的独立性和自足性，崇尚语言本体论的探究，直接开创了形式主义文论，如俄国形式主义、英美新批评和法国结构主义。受其影响，韦勒克文学作品存在论坚信文学作品是一个独立自足的审美世界，重视对作品内部形式和语言结构的分析和阐释。与其他流派不同，处于现代主义文论发展的高峰时期，韦勒克文学作品存在论包含着古典主义的情怀。它一方面批判地继承唯美主义批评对艺术独立性的追求；另一方面承袭象征主义对诗歌意象、象征、神话等形式的发展。

唯美主义批评和象征主义批评对艺术形式至上和纯粹美的追求是不切实际的幻想，它们的作品中大多采用晦涩难懂的意象，散发颓废悲观的情绪，表现出反理性主义、唯心主义和形式主义的倾向，对文艺思潮的发展造成一定程度的危害，但是，在艺术手法上的开拓创新以及具体诗歌分析方面，具有一定的合理性。因此，作为勾连古典文论和现代文论的中间环节，唯美主义批评和象征主义批评对韦勒克探究文学作品的独立地位具有重要意义。俄国形式主义聚焦作品自身，过分追求作品的文学性，实证主义、新人文主义、美国左翼文学批评分别关注作品同自然社会、道德伦理和现实经济的关系。同样，这些流派对韦勒克构建作品存在论提供借鉴价值。

韦勒克文学作品存在论提出于20世纪30—40年代。当时西方学界经历着语言学转向和非理性主义转向，两个转向从哲学领域辐射到文学研究。一方面，语言学的现代转向促使人们关注语言本身。受此影响，无论是现象学哲学还是现代语言学，都强调语言本身的地位和意义，尤其是受索绪尔结构主义语言学影响对20世纪上半叶主要文艺理论流派产生的深远影响。另一方面，非理性主义看到审美活动中直觉、想象发挥的重要作用，对韦勒克全面思考文学作品的存在方式提供了诸多借鉴。此外，当时的美国学界在文学领域盛行的实证主义研究方法，将文学作品当作历史文献、作家心理的研究方式普遍引起学者们的不满，韦勒克也认为实证主义研究忽视作品自身，无法真正触及作品内涵。加之，在经济危机的大萧条时期，韦勒克反思先前欣赏和接受的新人文主义把道德标准和社会责任加诸文学作品中的方法，同样没有触及真正的文学作品。唯美主义批评和象征主义批评共同指向追求文学作品的独立自足。俄国形式主义批评重视文学语言的特殊性、赋予作品的审美性等方面，为韦勒克回答文学作品是什么提供富有启发的研究思路和理论观点。20世纪30年代的美国左翼文学批评启发韦勒克关注文学作品与社会经济之间的复杂关系。经过客观分析，韦勒克对上述主要流派的思想取其精华，去其糟粕，尝试建构一种新的文学作品观，扭转文学研究与批评的混乱局面。

第 二 章
文学作品的存在方式

韦勒克文学作品存在论需要回答的基本问题为什么是真正的文学作品、文学作品如何存在。对这一核心问题的探讨,韦勒克一一驳斥了传统文学作品观点,认为它们的回答都没有触及真正的文学作品,进而,他提出文学作品存在的两个基本规定性:"经验的客体"和"决定性的结构"。其一,不同于实在的客体和观念的客体,文学作品是一种"经验的客体",需要读者的具体化过程,得以不断地存在;其二,文学作品的存在方式是一些标准组成的结构,具有一种普遍动态的"决定性的结构"。文学作品诞生于历史中的某一时刻,随着历史的变化而变化,也会消亡。

第一节 反驳传统的文学作品存在观

韦勒克指出分析文学作品之前,需要明确什么是真正的文学作品、文学作品是如何存在的、存在的标准有哪些。只有正确分析作品的存在方式,才能恰当地理解和评价作品。关于文学作品究竟是什么以及文学的本质,传统的文学作品观如下:实在的物质客体;观念的客体;声音的序列;读者体验;作者创作意图;作者经验。韦勒克不满这些看待文学作品的观点,给予强烈的反驳和批判。

第一，文学作品不是一种实在的物质客体。最古老的答案把文学作品视为一种"人工制品"，具有和一幅画、一件雕塑同样的性质。文学作品就等同于一张白纸或羊皮张上留下的黑墨水线条，诗歌就是砖上刻着的槽子。物质材料如铅字的大小、类型、纸张的大小等因素决定了文学作品。① 作为物质实体的文学作品，吉尔逊提出作品本身与它的物质层面之间不应该有区别，制造两者对立的矛盾。哈特曼则把作品同它的物质基础看作两个层面，文学作品的物质基础成为作品结构中的一个基本层面。一幅画、一件雕塑，作为一种客观的物质实体，具有客观性，但随着历史的变化，这些物质实体也会消亡，具有可变性。可以说，一幅画、一件雕塑同其物质载体是同一性的关系。对于文学作品而言，比如口头文学，它从来没有固定的形式记录，但通过人们的口耳相传也存在下来了。可见，文学作品并非完全需要一定的媒介才能保存下来，甚至有时在具体媒介消失后，文学作品依然流传着。所以，文学作品同其物质载体存在依附关系，但不具有同一性。记录作品笔墨文字会被摧毁，但是文学作品不会随之消亡。从另一角度看，韦勒克指出印刷好的"人工制品"并不是真正意义上的"文学作品"，纸张笔墨上呈现出的并非"文学作品"本身。因为，每一本书都存在不同的印刷版本，读者在阅读不同版本中会发现其中的印刷错误并进行指正。这点说明，读者并未把手上印刷的文字当作真正的文学作品，真正的作品本身在纸张笔墨之外。读者通过竹简和纸张等载体，理解作品的内容和意义。在这一层面看，韦勒克认为文学作品的存在方式具有一定的客观物质性，会随着历史发展的变化发生改变，同时呈现永恒不变的精神意义。

第二，文学作品不是一个观念的客体。柏拉图认为理念是万事万物的本原，现实世界只不过是理念的摹本，而文学艺术则是对现实世界的摹本，是理念世界摹本的摹本。"神只造就了本质的床，

---

① 参见［美］勒内·韦勒克、［美］奥斯汀·沃伦《文学理论》（新修订版），刘象愚等译，浙江人民出版社2017年版，第132页。

真正的床""木匠只是制造一个特定床""画家是对影像的模仿"①。另外,英加登在探讨文学作品存在方式问题时,指出康拉德把文学作品当作一种观念的客体,"像童话中的《小红帽》或者莎士比亚的《哈姆雷特》如果放在一起,它们的存在并不依赖于我的和每个人的再现,它们全是一个独立的存在。这种诗的构思只要是真正创造出来的,就不能把它们从'存在'的写字板上永远擦掉,让它们成为时间之外的造体"。② 观念的客体不可能产生和活动在某个时间,具有超时间性。韦勒克反驳道:文学作品诞生在某一具体时间,会随着历史发展消亡,不同于数字、三角形之类具有永恒性,文学作品需要依赖声音系统和意义结构得以存在,并在历史发展中不断变化。

第三,文学作品不是讲述者或者诗歌读者发出的声音序列。传统的答案认为,文学作品存在于诗歌朗诵者或表演者的诵读中。比如,康拉德提出作品的本质在于它的发音而不是它的视觉象征。诵读作品的声音属于作品。③ 他看法的错误在于分开了朗读作品的声音和具体的声音材料,混淆了作品的语音与具体的发音整体同声音素材的区别。韦勒克反驳说,除了存在大量无法表演也根本无法诵读的文学作品之外,每一次的诵读和表演都会产生不同声音的高低、发音的音调、诵读的语速、重音的安排和强度等。现实情况是,每一次诵读者或表演者都加入自身情感外,甚至还有可能因个人理解差异对原诗的误读,都会变得同原诗不一样。此外,作品的每一次诵读都是一个接着一个的语词,形成一种接连不断的音流,上述具体的声音材料会发生变化,因而每一次都是构建新的作品。韦勒克以抒情诗为例作为反

---

① [古希腊]柏拉图:《理想国》,郭斌和、张竹明译,商务印书馆2019年版,第393、395、396页。
② [波]罗曼·英加登:《论文学作品》,张振辉译,河南大学出版社2008年版,第32页。
③ [波]罗曼·英加登:《论文学作品》,张振辉译,河南大学出版社2008年版,第54页。

驳作品存在诵读中的观点，他指出抒情诗的格律、头韵、脚韵、字音连缀等方式，甚至一些潜在的音响模式更为重要，这些都会对理解诗歌意义产生重要作用。因而，韦勒克认为简单地把文学作品本质归结于声音的序列，并且认为不诵读作品就存在的观点是可笑荒谬的。文学作品的存在不能等同于发音序列。

第四，文学作品不是读者的阅读心理体验。瑞恰慈认为文学作品存在读者的阅读心理体验中，若在读者的心理活动之外，文学作品就不存在。他指出："诗是一种情感的语言，是一种虚拟陈述或神话那套基本观点。"[1] 韦勒克批评瑞恰慈的语义批评和心理分析——尽管自称为科学的，而且常常寄希望于神经病学未来的发展——最终却把我们带进入了批评的死胡同，它导致了作为客观结构的诗歌同读者心灵的完全分裂。[2] 瑞恰慈只注重诗歌心理方面的文学研究，却不承认一个审美价值的世界。在瑞恰慈看来，艺术的唯一价值就是它对我们心理所起的一种组织作用："冲动的形式"，即艺术所引起的各种情绪的平衡。艺术家几乎成了我们的精神医生，艺术对我们的神经来说就成了治疗和补药。此外，当读者在阅读作品之前，就存在"前阅读理解"。这种"前阅读理解"是由读者之前的阅读经验积淀而成的，它不仅受到读者学识素养、个人情绪等的影响，同时也会受到当时的时代风气、社会背景等方面的感染，甚至由于疲劳、焦虑等暂时性的因素都可能影响读者当时的阅读感受和阅读体验。不同层次的读者会产生不同的审美情感，对文学作品作出不同的审美选择和审美评价。"一千个读者眼中就会有一千个哈姆雷特"。因而，韦勒克不赞同他们把文学作品等同于读者阅读诗的心理状态或过程，这种从"心理学"意义上对文学作品本质的探讨，实在无法令人信服。韦勒克认为

---

[1] ［美］勒内·韦勒克：《批评的诸种概念》，罗钢、王馨钵、杨德友译，上海人民出版社2015年版，第298页。

[2] ［美］勒内·韦勒克：《批评的诸种概念》，罗钢、王馨钵、杨德友译，上海人民出版社2015年版，第324页。

"读者的心理体验是诗本身的观点必然导致荒谬的结论,即诗除非去体验就不存在,同时,每次体验都是对原诗的一次再创造"。① 韦勒克极力排斥把文学作品等同于读者的心理体验,因为无论读者心理何等有趣、在教学上何等有用,这些都是处于文学作品本身之外的,不可能触及文学作品的本质,自然不会同文学作品的结构和价值发生联系。

第五,文学作品不是作者的创作意图。19 世纪文学重建论主张排除先入之见,必须设身处地体察作者的内心世界,遵循古人的标准。克雷格提出,近代学术最新与最好的一面就是"避免认错时代的思考方法"。斯托尔在研究伊丽莎白时期的舞台艺术时,指出坚持文学重建的目的在于重新探索出作者的创作意图。图夫甚至曾根据邓恩及其同时代人受到的思维训练解释玄学诗派的诗歌意象的含义与意义。② 上述文学重建论者主张通过重建历史能够确定作者的创作意图。他们认为既然了解到作者的创作目的,就可以解决文学作品的批评标准问题,就能够真正理解作品的含义。韦勒克承认不同时代有不同的文学批评观念和判断标准,但是他进一步考虑到作者的创作意图受到某些因素的影响,可能高于或低于最初设定的创作目的,从而偏离创作的既定目标。③ 韦勒克还反驳作者在表达自己的创作意图时,很有可能会受到同时代批评风气的影响,导致自觉的创作意图与创作实践相去甚远。比如,列夫·托尔斯泰对安娜的矛盾态度。托尔斯泰的创作受时代的影响,新兴的资本主义制度势不可当地冲击了封建贵族阶级,社会的经济结构、法律制度、风俗习惯发生了史无前例的大变革。一开始托尔斯泰想将安娜塑造为一位轻浮放荡的女性形象,但在写作过程中,他感动安娜的悲剧命运,最终塑造出一位高贵、大方、

---

① [美] 勒内·韦勒克、[美] 奥斯汀·沃伦:《文学理论》(新修订版),刘象愚等译,浙江人民出版社 2017 年版,第 136 页。
② [美] 勒内·韦勒克、[美] 奥斯汀·沃伦:《文学理论》(新修订版),刘象愚等译,浙江人民出版社 2017 年版,第 28—29 页。
③ 王雪:《浅析韦勒克文学作品的存在方式》,《长春教育学院学报》2018 年第 1 期。

热情、善良的安娜形象。托尔斯泰的创作受现实环境的制约，同时被人物的命运驱使产生了矛盾的创作意图。在韦勒克看来，作者的创作意图是文学作品之外的因素，它不同于真正的"文学作品"。一部文学作品的全部意义，绝不仅仅在于作家的创作意图，而是有其独特的生命，是历代的读者对作品批评的结果。因此，文学作品不只是存在于作家的创作意图中。

第六，文学作品不是创作过程中作家有意识的经验与无意识经验的总和。蒂利亚德认为《失乐园》是关于作者创作时的心理状态，把诗同作者体验等同起来了。首先，从创作实践看，韦勒克驳斥了把文学作品完全置于过去的主观经验中。因为，如果作者的创作经验在作品存在的刹那已然停止，读者就永远无法触及作品本身。其次，韦勒克驳斥了以社会的经验和集体的经验界定文学作品。文学作品被视为过去的以及可能存在的一切经验的总和的观点，只是将读者的阅读体验无穷放大，却无法真正理解文学作品。在驳斥将作品归于个人的或社会心理学的观点后，韦勒克提出："一首诗不是个人的经验，也不是一切经验的总和，而只能是造成各种经验的一个潜在的原因。"[1]每个人在阅读文学作品时，只有很小部分触及其真正的本质。而"真正的诗必然是由一些标准组成的一种结构，它只能在其许多读者的实际经验中部分地获得实现。每一个单独的经验（阅读、背诵等）仅仅是一种尝试——一种或多或少是成功和完整的尝试——为了抓住这套标准的尝试"[2]。韦勒克认为只有对"潜在原因"的追寻和"标准"的把握，才能获得真正的"文学作品"，从而确立文学本体论的地位。

关于文学作品的存在方式，韦勒克无法满意上述传统的文学作品

---

[1] ［美］勒内·韦勒克、［美］奥斯汀·沃伦：《文学理论》（新修订版），刘象愚等译，浙江人民出版社2017年版，第139页。
[2] ［美］勒内·韦勒克、［美］奥斯汀·沃伦：《文学理论》（新修订版），刘象愚等译，浙江人民出版社2017年版，第139页。

观。他认为这些观点没能触及真正的文学作品，没能揭示文学作品的本质特征，无法获得文学作品的审美意义。韦勒克得出的结论：一部文学作品的存在既不是个人的经验，也不是一切经验的总和，它的存在只能是造成各种经验的一个潜在的原因。无论将文学作品视为物质实体或是心理体验，它们都不能把真正的诗的标准、特性阐释清楚，无法对其作出正确的理解和恰当的评价。韦勒克认为真正的文学作品是一种"经验的客体"，它是由一些标准组成的符号结构，具有一种普遍的"决定性的结构"。

第二节　文学作品是一个"经验的客体"

作为文艺学学科的主要研究对象文学作品，沃尔夫冈·凯塞尔说道："对于文艺学对象的规定，乃至对于文学作品存在的阐明，近代两个最重要的著作是哲学家胡瑟尔的学生，波兰研究家罗曼·英嘉登的《文学的艺术作品》和龚特·米勒尔的《论诗的存在方式》"[①]。凯塞尔认为现象学哲学和还原方法把文学作品提高到本体论研究，同时以作品为中心展开对作品的产生、来源、创作过程、效果和影响等研究，有助厘清文艺学的概念和理论次序。现象学美学家英加登出于建构自身哲学体系，关注到文学艺术作品的存在方式和层次结构，开拓了本体论美学不仅在哲学和美学领域产生重要影响，还对文学研究领域提供极大的启示。现象学哲学观念把研究事物视为"意向性对象"，与意识主体发生意向性关系；英加登提出文学艺术品是一种"纯意向性客体"。韦勒克曾提到现象学家胡塞尔对波兰哲学家英加登现象学美学的影响。他赞同胡塞尔现象学理论，欣赏英加登对胡塞尔现象学方法的运用。可见，现象学哲学和方法对韦勒克构建文学作品存在论提供了极大帮助。

[①] ［瑞士］沃尔夫冈·凯塞尔：《语言的艺术作品——文艺学引论》，陈铨译，上海译文出版社1984年版，第10页。

韦勒克充分借用胡塞尔"意向性"理论、英加登"纯意向性客体"的观点，摒除研究对象的先验唯心主义成分和纯粹的意向性特征，汲取建构文学作品存在论。他指出文学作品的存在是一个"经验的客体"。韦勒克提出文学作品是一个经验的客体就是源自有选择地借用胡塞尔现象学方法和英加登"纯意向性客体"，但是，韦勒克没有把文学作品当作纯粹的意向客体，只是悬搁与作品内在结构无关的部分。

一 胡塞尔的"意向性理论"

1900年，埃德蒙德·胡塞尔指出创建一门新的学科——纯粹逻辑学，旨在科学地认识事物，排除一切经验和心理因素，研究意识对象与事物之间的意向性关系，获得事物的本质。胡塞尔认为，现象学研究的重点是意识活动与客观物体存在的关系，它是一门纯粹的"经验"的科学。胡塞尔通过介绍"意向性"理论明确现象学的研究对象，指出体验是对某种意识，与事实性心理相关联，对纯粹观念的直观把握。[①] 这种体验隐藏在每一个意识主体的观念中，胡塞尔称其"意向性体验"。在意识行为，意识体验是由意向活动和意向相关项组成的，它们是每一个意识行为中不可分割的两个有机组成部分。其中，意向相关项是胡塞尔意向性结构中的关键，意识通过意向相关项指向意识对象，意识对象才能被意向，意义是意向对象相关项的根本成分。胡塞尔认为，意识对象无论是实在的还是观念的存在，都不一定是真实的存在。意向活动本身不受意向相关项的影响，意向相关项被赋予一种意义，它不是纯粹的主观，而是在自身意识中显现出来的，是意识结构的产物。意向活动通过意向相关项指向意向对象。意向对象既非实在的对象，也非观念对象，而是意向性对象，它是被意义激活的感性材料，成为对象的意义。

[①] [德] 胡塞尔：《纯粹现象学通论：纯粹现象学和现象学哲学的观念》（第一卷），李幼蒸译，商务印书馆2017年版，第122—123页。

胡塞尔提出现象学哲学的重要思想就是对除意识外的客观世界进行纯意向性的研究，一般体验都包含意向性，是意识主体对研究客体的直接感受，同时具有时间性。① 胡塞尔认为意识总是对某物的意识是自明的，但同时又是难以理解的关系。胡塞尔悬搁了传统哲学上的"主体—客体""自我—对象"的关系，而用"意向活动—意向客体"，意识的本质在于它的意向性特征。意识主体的意向性行为决定意象对象的呈现方式，没有主体行动，意识对象不会存在。此外，意识主体还赋予意识对象以意义，意识活动与意义产生密切相关、相互依存。胡塞尔强调对象的意向性和意识的意向性，指一切对象都是在意识中生成的意向性对象，一切意识都必须指向意向对象。胡塞尔现象学理论的出发点是反对心理主义的立场，重视意识主体同意识对象的复杂联系，从而把握两者的意向性关系，还原意识对象的本质内容。胡塞尔通过本质还原的现象学方法，把握意向主体与意向对象的本质关系。

胡塞尔的意向性理论打破了客观实在与主观观念之间的二元对立，它为认识意向对象提供了一种新的理论视角。意向性理论广泛运用在美学研究中，区分了一般认识对象与审美对象。审美对象既非纯粹的物质实在，也非永恒的观念客体，而是一种与主体意识相关的意向对象。胡塞尔的意向性理论启发了韦勒克思考文学作品的存在方式，促使他直观观照文学作品本身。

二 英加登的"纯意向性客体"

波兰现象学和美学大家的罗曼·英加登早年在格丁根和弗赖堡求学，师从现象学创始人胡塞尔。胡塞尔曾评价英加登为"我最亲近和最忠实的老学生"。② 英加登承认受胡塞尔意向性理论和本质还原的

---

① [德] 胡塞尔：《纯粹现象学通论：纯粹现象学和现象学哲学的观念》（第一卷），李幼蒸译，商务印书馆2017年版，第242页。
② [美] 施皮格伯格：《现象学运动》，王炳文、张金言译，商务印书馆2011年版，第312页。

现象学方法的影响，提出文学的艺术品是一种特殊的纯意向性客体，首次把胡塞尔现象学哲学的研究思想和方法应用到分析艺术品的结构形式中。①

其一，英加登批判地继承胡塞尔意向性理论，把文学作品作为一种纯意向性客体。他反对传统的观点把文学作品当作实在的客体只能依附具体的物质载体存在，同时反对把文学作品视为观念的客体，一种永恒不变和超时间性的存在。文学作品并非如此，它有自身的诞生时间，处于特定的历史情况中，不断变化和发展，同时作品必然受到主体意识行动的制约。英加登纯意向性的文学作品存在，排除了上述两种传统作品的观点忽视作品自身的特点。他一方面肯定作品的存在需要一定的物质材料，另一方面赞同作品同意识主体的意向性关系。接下来，英加登进一步借用胡塞尔意向性理论分析作品存在的基本结构。

英加登提出："文学作品是一个纯粹意向性构成（a purely intentional formation），它存在的根源是作家意识的创造活动，它存在的物理基础是以书面形式记录的本文或通过其他可能的物理复制手段（例如录音磁带）。"② 文学作品这一纯意向性活动，它的产生受到主体意识行动的制约和控制，并非纯粹的心理现状，而是处于主体间性之间，同读者和社会保持关联，并超越所有意识经验的存在。与纯粹的观念客体不同，文学作品具有实际的物质材料，随不同历史时期的改变而变化；与能够独立客观存在的实在客体不同，文学作品需要依赖意识主体存在。在英加登看来，文学作品具有超越心理行为和物质复制品的同一性，但作品不是永恒的，它有诞生的具体时间，在历史过

---

① 在《论文学作品》译文的前言中，张振辉指出胡塞尔对英加登的影响集中体现在胡塞尔的两部重要著作，分别是发表于1900年和1901年的代表现象学新突破的《逻辑研究》和1931年出版的象征胡塞尔走向"先验唯心主义"的《观念——纯粹现象学的一般性导论》。参见［波］罗曼·英加登《论文学作品》，张振辉译，河南大学出版社2008年版，第2页。

② ［波］罗曼·英加登：《对文学的艺术作品的认识》，陈燕谷、晓未译，中国文联出版公司1988年版，第12页。

第二章 文学作品的存在方式

程中不断变化,甚至可能消亡。文学作品是一种异律性的存在物,它的存在和本质都依赖于现实世界和主观意识。奎多·孔恩在《罗曼·茵加登(1893—1970):本体论现象学》一文中,指出英加登对文学作品的界定克服了心理主义的主观主义,又不致陷入非历史的客观主义的泥淖。[①] 英加登文学作品纯意向性的存在极大启发了艺术哲学和美学,他富有开创意义的文学作品存在论廓清了先前错误文学作品的观念。

其二,胡塞尔"回到事情本身"本质直观的现象学方法影响英加登建立文学作品层次论。胡塞尔说道:"本质直观是对某物、对某一对象的意识,这个某物是直观目光所朝向的,而且是在直观中'自所与的';然而它是也可在其他行为中被'表象的'、被模糊地或清楚地思考的某种东西。"[②] 胡塞尔现象学与传统心理学科学和自然科学追求和强调事物的既定规律和系统知识不同,胡塞尔主张对观念的对象采用意向性还原的方式,把个人直观的体验或者单独体验的各个部分同意向对象相联系,对意向行为进行本质直观。[③] 他主张的直观方法是一种直接的、无中介的精神之看,而非肉眼所见。英加登借用胡塞尔"本质还原"的现象学方式进行描述性分析作品结构,没有割裂文学艺术品与审美主体间的关系。一方面,文学作品具有意向性特征,独立于现实世界的存在;另一方面,文学作品发挥着联系现实世界与意识主体的勾连互动作用,它具有的意向性属性成为弥合主客观的中介。文学作品无法脱离意识主体而单纯存在,却并非完全由意识主体建构,也具有其自身的客观属性。

英加登提出文学作品在未被读者阅读前,它的语音造体层、意义

---

① 参见[美]施皮格伯格《现象学运动》,王炳文、张金言译,商务印书馆2011年版,第319页。

② [德]胡塞尔:《纯粹现象学通论:纯粹现象学和现象学哲学的观念》(第一卷),李幼蒸译,商务印书馆2017年版,第61页。

③ 参见[德]胡塞尔《逻辑研究》(第二卷 现象学与认识论研究),倪梁康译,商务印书馆2017年版,第883页。

单元层、图示观相层、再现客体层都处于一种潜在状态，等待读者的阅读发掘填充。英加登认为只有经过读者"具体化"的阅读过程，作品中的潜在状态，以及各个层次才能构成一种"复调和谐"的统一体。胡塞尔"意向性理论"和英加登"纯意向性客体"的观点，主张将文学作品视为一种纯意向性客体，这引起韦勒克强烈的兴趣，契合了他探寻真正的文学作品的理论目标。

三 韦勒克的"经验的客体"

胡塞尔的意向性理论和英加登的艺术作品多层次论，为韦勒克构建作品存在论提供了关键思路和基本框架。韦勒克对现象学创始人胡塞尔以及其学生英加登现象学美学思想的关注和赞扬，言语间透露出对现象学哲学研究方法的认同。[①] 韦勒克吸收英加登纯意向性理论确立文学作品的基本存在方式。他继承英加登认为一部文学的艺术作品，既非一个理想的客体，也非一个实在的客体，而是一个包含图式具有再现的客体。文学作品通过一系列具体的人物，以一个具体的客体为目标创造出来的。文学作品的存在形式既是客观的，具有一定的物质性，也是主体经验的集合。

韦勒克文学作品存在论思考的理论起点是真正的文学作品是什么以及作品如何存在。他驳斥把文学作品当作一种作者创作过程的心理体验，认为一旦作品创作完成，作家经验就无法影响作品分析。传统作品观把文学作品认为是作家创作时体验到的东西，是十分荒谬的。他列举了电影艺术中的字幕和声音，人们能够直接接触它们，却无法了解作者的体验。同时，韦勒克认为从单纯语言文字的想象性出发，解释作品也是不可靠的。这种观点仅把作品当作一个个写在纸上的文字符号，是文学作品的"物理学主义"而非正确的作品分析。另外，韦勒克驳斥文学作品是一种读者阅读体验。他认为读者每一次新的阅

---

① 《近代文学批评史》（第七卷）、《西方四大批评家》、《批评的诸种概念》、《辨异：续〈批评的诸种概念〉》中均有论述。

读体验都不是不同的,有时候读者的阅读体验是间断的,这样用读者的阅读事实判断文学作品会产生多种不同的作品。文学作品的形式是不能用读者心理状态写成的,读者的阅读也不会改变作品固有的语言风格。因此,韦勒克认为分析文学作品需要避免上述两种心理主义的观点。

韦勒克意识到从个人的或社会心理学出发看待文学作品,仍旧无法回答什么是真正的文学作品。不同于英加登强烈反对心理主义的文学作品观,韦勒克相对缓和地承认各种阅读体验只是体验到文学作品的一部分,个人经验是诸多作品潜在原因的一个方面。[①] 韦勒克认为采用作者创作和读者阅读时的心理状态解释文学作品是无法把作品的独特性解释清楚,因为他们的阅读体验只是作品体验的一部分,一部文学作品可以通过个人的体验去认识,但是不等同于作品就是个人体验的结果。无论是作家创作心理还是读者的阅读体验都包含属于个人经历与气质的东西,甚至不同时代、阶级、民族和身份的主体对作品的体验各不相同,差异极大。因此,作家心理和读者体验都没有触及真正的作品本质。读者每一次的阅读体验仅仅是触及作品本质的一次次尝试,只有探寻到普遍的标准才能找到真正的文学作品。

韦勒克区分了文学作品的本体存在和经验的事实,提出文学作品是一个"经验的客体"。文学作品并非单纯的实在的客体或观念的客体。文学作品诞生于某个具体的时候,构成作品的字音和语句不是实在的,而是由许多观念性的意思构建起来的一个整体。由于声音材料绝对不可能是实在的,因而文学作品也非实在的客体。文学作品随着不同时代会产生变化,作品不同于特定的图形格式、几何数字的观念客体,而是处于不断变化中的。韦勒克指出文学作品是一种实在的客体否认了作品的精神性指向,观念的客体则绝对化作品,否认了作品

[①] [美]勒内·韦勒克、[美]奥斯汀·沃伦:《文学理论》(新修订版),刘象愚等译,浙江人民出版社2017年版,第139页。

的变化和消亡。两种看待文学作品的观点都无法明确文学作品的真正本质，找寻作品的存在方式。

韦勒克提出："文学作品既非一个经验的事实，即非任何一个特定的个人的或任何一组个人的心理状态，也非一个像三角形那样理想的、毫无变化的客体。"① 一是不同于物理客体，"经验的客体"物质和形式不具有同一性。物理的客体与其存在方式紧密联系，不可分割。一座雕像、一幅画无法脱离它所依附的石墨、水泥、线条和色彩等物质材料。物理实体的主要特征是可见、可感、可触。经验的客体需要一定的物质载体，但它不必非要依赖物质载体而存在，它具有超越具体材料的特征。一首抒情诗、一部小说可以印刷出来供读者阅读，读者也可以通过口述的方式获得内容和意义，还可以通过其他形式呈现。作品的价值和内涵不会因形式的改变而减少。"经验的客体"的主要特征是不依赖物质载体，与读者意识紧密联系。不同于物理客体，"经验的客体"与其存在方式不具有同一性。二是不同于观念客体的理想化，"经验的客体"有其历史性。观念的客体（比如数字、公式、图形等抽象客体）是永恒不变的，不依赖现实世界，也不存在于主体意识中，具有超时空性和不变性。文学作品既需要客观世界的呈现，也需要读者主体的填充和完善。作品的意义和内涵无法脱离意识主体的支配和控制，也不能脱离社会环境、政治经济、文化思潮的影响。文学作品的存在是一种融合了客观与主观、永恒与历史、不变与可变的"经验的客体"。②

韦勒克立足反对把文学作品视为心理学的产物，也反对作品存在是一种实在的客体或观念的客体的观念。韦勒克有选择性地借鉴吸收胡塞尔现象学的"意向性"理论和本质直观的方法分析作品，以及

---

① ［美］勒内·韦勒克、［美］奥斯汀·沃伦：《文学理论》（新修订版），刘象愚等译，浙江人民出版社2017年版，第143页。
② 参见王雪《现象学哲学和结构主义语言学的汇融——以韦勒克的文学作品存在论为透视》，《重庆三峡学院学报》2021年第3期。

英加登"纯意向性客体"这一重要概念。韦勒克认为真正的文学作品是"经验的客体"的存在方式,具有客观稳定的标准结构。同时,它与主体意识紧密联系,在历史发展过程中不断积累,读者每一次单独的阅读经验只会触及结构的某一部分。文学作品的存在方式是物质客体与主体对象的统一,是普遍的标准结构与个体读者体验的统一,是永恒性与历史性的统一。

第三节　文学作品的"决定性的结构"

作为"经验的客体"的文学作品既包含一定的物质载体,同时需要主体经验得以不断地发生变化。韦勒克认识到这些还不足以明确文学作品的特性。他坚持认为真正的文学作品是由一些标准组成的一种结构,所有的文学作品都具有并包括某种固定的结构。为此,韦勒克平行借用结构主义语言观念中语言与言语的区分,通过寻找文学作品不同的内在"标准",确定文学作品的某种普遍的"决定性的结构",同时具有大量的"经验的事实"。

在分析文学作品的本质"决定性的结构"时,韦勒克文学作品存在论深受索绪尔和布拉格学派结构主义语言学的影响。青年时期,韦勒克就读布拉格大学,师从布拉格学派创始人威廉·马泰修斯。韦勒克与布拉格学派的其他成员也保持密切联系,特别是雅各布森和穆卡洛夫斯基。因此,韦勒克对索绪尔现代语言学和布拉格学派的结构主义语言学中的诸多观点十分熟悉。在构建文学作品的存在方式过程中,韦勒克从索绪尔和布拉格学派的理论中汲取了大量观点,揭示文学作品的本质特征为"决定性的结构"。这一结构具有共时性特征,处于动态的发展中。

一　"决定性的结构"与"经验的事实"

韦勒克在思考作品结构与作品经验的过程中,平行运用索绪尔结构主义语言学对语言与言语的区分方式。他提出作为一个符号系统，文学作品的普遍结构与读者的具体阅读之间存在差异。① 韦勒克认为现代语言学家索绪尔明确了语言在言语活动研究中的重要地位，促进阐释文学作品的存在方式。韦勒克提出文学作品的本质特征"决定性的结构"以及除作品之外的其他方面"经验的事实"。

索绪尔确立语言是语言学研究的对象，并且明确语言在言语活动中的重要地位，契合了韦勒克明确文学研究的对象文学作品及其地位。索绪尔提出探寻在一切语言中的决定性力量，概括一切语言的历史现象，总结普遍的一般的规律。② 索绪尔语言学是为了在寻求诸多言语活动中的一般的普遍的规律。为此，他把语言学的研究对象区分出语言和言语，指出："它（指语言——引者注）在言语互动事实的混杂的总体中一个十分确定的对象""语言是言语活动的社会部分，个人以外的东西；个人独自不能创造语言，也不能改变语言；它只凭社会的成员间通过的一种契约而存在"。③ 索绪尔区分语言规律和言语活动，语言学研究对象是语言的普遍规则，而非具体的言语活动。个人的言语活动受到语言规则的制约，个人无法创造语言规则。同时，他指出语言规律受到社会成员的习惯和风俗的影响，具有相对稳定性，作为个人行为的言语活动是混乱的。这一观点对韦勒克明确文学研究的对象具有重要启发。

韦勒克汲取索绪尔语言学对研究对象的直接把握，提出文学研究的对象是文学作品，重点是分析作品本身。韦勒克指出围绕作品的社会环境、作家生平、作家创作心理、读者阅读体验等研究忽视作品自身的关注，过分倚重条件、环境轻视作品的做法令他非常不满，上述

---

① ［美］勒内·韦勒克、［美］奥斯汀·沃伦：《文学理论》（新修订版），刘象愚等译，浙江人民出版社2017年版，第141页。
② ［瑞士］费尔迪南·德·索绪尔：《普通语言学教程》，高名凯译，商务印书馆2017年版，第12页。
③ ［瑞士］费尔迪南·德·索绪尔：《普通语言学教程》，高名凯译，商务印书馆2017年版，第22页。

与作品相关的研究遇到文学作品的实际分析和评价就会一筹莫展。与索绪尔截然区分出语言与言语,只关注语言系统不同,韦勒克从文学作品自身出发,区分作品自身和围绕作品的外部条件研究。他不赞同只重视外部研究轻视作品自身的方式,而是主张作品内部规律与外部规律结合的"整体论"。

语言指语言系统一般的、普遍的规律;言语指个人说话行为。韦勒克借鉴语言与言语的区分,他把文学作品的存在方式分为作品本体存在,即"决定性的结构"和每一次读者单独的阅读体验,即"经验的事实"。韦勒克认为尽管单独的说话人每一次所说的话是差别的、不完整的,由于语言系统的惯例和标准的连贯性和同一性,每一次说话人都会认识到语言系统的普遍规律的某一部分。因此,韦勒克认为至少在这一方面,一部文学作品与一个语言系统是完全相同的。作为个体的说话者永远不可能完全理解语言运行的一切规则和惯例,永远不会完整而全面地使用自己的语言。同样,读者每一次阅读文学作品的体验都是个人的经验,它只是触及作品本质的一次次尝试,永远不可能完美地认识到作品的全部内容和意义。韦勒克吸收索绪尔对语言与言语的二分观念,把语言的惯例和标准同个人说话行为之间的差异应用到文学作品的分析中,确认文学研究的主要对象是文学作品。文学作品具有普遍的、稳定的"决定性的结构"。

二 "决定性的结构"的共时性

韦勒克平行移用语言与言语的区别,提出文学作品具有普遍的结构系统和个别的阅读体验,划分出"决定性的结构"和"经验的事实"。他进一步借用语言的共时性和历时性规律,揭示出作品的"决定性结构"是共时性的本质特征。韦勒克始终强调作品的本质在于"决定性的结构",因此他把文学研究的重点放在分析作品的内部形式,力求更好地把握作品对象。同时,韦勒克也考虑到"决定性的结构"与读者主观体验之间的关系,这一"结构"的具体呈现方式是通过读者的每一次阅读。他极力避免分裂主体心理与客观世界，尝试将主体和客观相统一，力图达到深入把握作品的意义，从作品的客观存在达成作品的现实存在。韦勒克探究文学作品存在两种不同的观点：一种观点把文学作品视作一种共时结构的序列；另一种观点把文学作品当作历时排列及其发展的历史进程。韦勒克既没有孤立地从共时性观点看待文学作品，也没有一味从历史变化中探究作品存在。韦勒克综合两种观点后，提出文学作品是一种共时性与历时性统一的存在方式。

索绪尔澄清语言学研究对象为语言，深入探究语言的共时性与历时性关系。他提出："任何共时事实都有一定的规律性，但是没有命令的性质；相反，历时事实却是强加于语言的，但是它们没有任何一般的东西。"① 他把语言系统分为共时性和历时性，尽管语言的历时性属于它的外部因素，从语言的共时性入手确认语言的主要特征。索绪尔主张重视语言共时性的结构研究，追求语言系统的普遍规律。历时性的发展变化是从共时性系统规律派生的，强调共时性是针对语言本身，但是语言的历时性规律是语言系统不可或缺的一部分。索绪尔关注到语言共时性与历时性的联系与区别，分别指出两者在语言学研究的地位和作用，重视共时性的同时没有忽视历时性的变化和发展。乔纳森·卡勒评价索绪尔的贡献：索绪尔区分语言的共时性研究和历时性研究的观点受到批评。② 语言的共时性研究指从同一类型的语言系统研究语言的内部结构；语言的历时性研究指语言不断在历史发展中变化。

布拉格学派绝大部分成员受索绪尔语言学理论的直接或间接影响，布拉格学派后期学者瓦海克说道："索绪尔关于语言是一个系统的思想在雅各布森那里得到了发展和合乎逻辑的结果。"③ 布拉格学

---

① [瑞士] 费尔迪南·德·索绪尔：《普通语言学教程》，高名凯译，商务印书馆 2017 年版，第 130 页。
② [美] J·卡勒：《索绪尔》，张景智译，刘润清校，中国社会科学出版社 1989 年版，第 41—42 页。
③ [捷克] 瓦海克：《布拉格语言学派》，钱军导读，世界图书出版公司 2016 年版，第 33 页。

派成员一方面在索绪尔现代语言学的道路上前进，另一方面旨在发展一种连贯的理论，结构主义的文学与美学理论。他们主张使用"结构"一词取代"形式"，布拉格学派的这一追求给文学理论和美学理论带来了许多新的思考。韦勒克毫不掩饰地说道："在我和沃伦合著的《文学理论》中至少有部分刻意要把我作为这个学派的年轻成员获得的认识与我关于美国新批评的新知识结合起来。"[1] 韦勒克身为布拉格学派的成员，师从马泰修斯，并同其他重要成员雅各布森、穆卡洛夫斯基交往密切，非常熟悉他们的理论。他在回答文学作品的存在方式时，自然而然地受到布拉格学派的影响，把他们的语言学理论观点，运用在分析和理解作品本身上。作为布拉格学派的成员，韦勒克曾自豪地承认自己属于布拉格学派成员，指出布拉格学派运用结构主义语言学对文学研究的极大贡献。文学研究引入语言学方法，促进作品分析的兴起。[2] 这段话可以明显看出，韦勒克赞赏布拉格学派继承和发展索绪尔现代语言学的努力，使之更加哲学化，并且能感受到文学研究的重要因素语言的强调。

第一，布拉格学派对语言和言语的理解，影响到韦勒克直接把这一区分整体移用到区分文学作品自身与作品的其他条件研究中。韦勒克区分了作品的"决定性的结构"与"经验的事实"；区分了作品的普遍结构与主观体验，并且意识到虽然文学作品处于不断的变化过程中，是读者个人的阅读体验和尝试，但是并不是无法把握作品的普遍规律。同语言系统一样，文学作品具有某种确定的、受现实条件制约的"结构"。如果我们能触及"决定性的结构"，就可以更好地认识文学作品这一"经验的客体"。在此基础上，韦勒克进一步指明"决定性的结构"是共时性与历时性的统一，是动态的与静态的统一，是

---

[1] ［美］勒内·韦勒克：《辨异：续〈批评的诸种概念〉》，刘象愚、杨德友译，上海人民出版社2015年版，第248页。
[2] ［美］勒内·韦勒克：《批评的诸种概念》，罗钢、王馨钵、杨德友译，上海人民出版社2015年版，第258页。

普遍的与特殊的统一。

第二，布拉格学派考虑到语言系统与历史变化之间的张力，促使韦勒克思考作品存在的"决定性的结构"具有共时性特征与"经验的客体"的历时性相结合。雅各布森和特尼亚诺夫提出现代语言学的重要贡献是区分语言和言语，需要谨慎地把这种区分方式运用到文学研究中，因为个别的言语行为必不可少地受到复杂的语言系统规范的制约。① 布拉格学派承袭索绪尔的语言系统与个人言语行为的区别，认为应该把这一区分移用到文学作品的分析中，而且指出了注意这对概念在不同范畴、不同环境中的复杂变化。按照索绪尔的理解，语言具有系统性，它的变化表现在各种言语中，变化会对语言结构产生影响，如此一来，语言的系统性和任意性之间变得无法调和。

就语言系统的共时性与历时性关系而言，布拉格学派对索绪尔的区分出现误读。雅各布森和特尼亚诺夫指出索绪尔对语言特征的区分是徒劳的，尽管索绪尔指出历时性的重要作用，但他始终把语言的共时性放在首位，横向研究语言系统，忽视不断变化的语言现象和语言的历史事实。雅各布森和特尼亚诺夫注意到语言与言语之间的关系，并不是简单的对立，而是有着复杂的变化。他们试图解决语言在言语中的变化丧失系统性的矛盾，着力探究语言的本质。尤里·特尼亚诺夫和罗曼·雅各布森提出："纯粹的共时性现在看来是一种幻想，因为每一个共时性系统都有自己作为系统不可分割的过去和将来的结构成分（a. 作为文体事实的古词语；被理解为陈旧样式的文体的语言和文学的背景；b. 在语言和文学方面被理解为系统创新的革新倾向）。"② 特尼亚诺夫和雅各布森重新考察语言的历时性，语言的共时

---

① [俄] 尤里·特尼亚诺夫、罗曼·雅各布森：《文学与语言研究诸问题》，腾守尧译，赵毅衡编选：《符号学文学论文集》，百花文艺出版社2004年版，第4—5页。

② [法] 茨维坦·托多罗夫编选：《俄苏形式主义文论选》，蔡鸿滨译，中国社会科学出版社1989年版，第117页。

性与历时性无法分开,纯粹的共时性理论不存在,共时性本身包含着过去的和未来的。他们的出发点是避免索绪尔极端的语言共时性掩盖语言的历时性,更好地兼顾语言共时性与历时性,两者既有特殊的价值,同时完整地统一在一起。他们认为文学艺术的历史同其他的历史序列一样,是同时展开的,它具有极为复杂和特殊的结构规律。共时性研究的"系统"和"结构"概念取代了机械拼凑。与简单设想按时间顺序的时代概念并不一致,文学的共时性研究不但有时间顺序上相近的艺术作品,而且有从外国文学和古代引进到系统范围内的作品。人们将一些共存现象不加区别地编入目录,并不值得效仿,重要的是它们对于该时代的等级意义。诚然,文学共时性体系的概念并非如人们通常所想的那样与历史的年代相重合;因为它的组成不仅包括在编年顺序上最为接近的文学作品,而且包括从外国引进的和过去时代的作品。这样一来,把同一时期的作品不加区分地归为一类是不行的,对既定时期的作品按等级划分才是关键所在。

韦勒克吸收借鉴雅各布森和特尼亚诺夫对文学问题的思考,对文学作品历时性存在过程中的内在进化的问题作了意义重大的修正。韦勒克提出:批评家(诗人也同样)有从过去进行选择的自由,批评家(他也可能是诗人)必须有多重的价值标准。文学和人的心灵之间必然存在着相似之处。① 文学作品存在于各种主观意识形态中,不同内涵的标准组成"决定性的结构"。同一个历史阶段,读者和批评家头脑中的作品结构是普遍的。随着人类历史的发展,"决定性的结构"的共时性特征始终是有效的在场。批评家对文学作品的价值判断从历史中抽离,作出自我评判,同时他的价值选择也会成为整个时代价值选择的一部分。文学史是一个动态发展的系统,尽管随着新作品的不断加入,整个作品系统发生改变,但是作品的价值判断和批评标准具有一定的稳定性。优秀的艺术鉴赏家和批评家需要把握文学史中

---

① [美]勒内·韦勒克:《批评的诸种概念》,罗钢、王馨钵、杨德友译,上海人民出版社2015年版,第57页。

的普遍共同特征，作出有价值的、有意义的作品分析。①

穆卡洛夫斯基把"功能"引入文学研究，一部文学作品同具体的时代结构相结合呈现积极价值；如果作品只是承袭这一历时结构不作任何改变，则呈现消极价值。文学研究不能仅仅从共时的角度出发，进行作品批评和纯价值判断，还需要从历时的角度切入，了解和贯穿文学作品的传统和惯例。前者从文学批评角度，揭示作品稳定不变的结构分析，从而作出准确的批评判断；后者从文学史角度，探究作品在历史发展中不断变化，超越之前时代的作品。韦勒克赞同穆卡洛夫斯基重视文学史的发展，指出这一文学史只关注到新颖标准，未能解释作品不断变化的根本动力和方向。

布拉格学派不仅重视语言系统的研究，还关注语言在言语活动中的变化，力图在诸多变化中探究到语言的本质所在。布拉格学派指出语言系统与变化之间的复杂关系，不能简单机械地看待语言变化。他们提出用"系统"或"结构"的概念取代"形式"概念，在语言变化过程中，尝试调和共时的语言系统与历时的语言变化的矛盾关系。韦勒克高度评价这一贡献，"对语言学和文学史而言，直至晚近都是一个具有启发作用的工作假说"②。布拉格学派不仅重新审视语言的共时性，而且突出强调语言在每个历史时刻都会发生变化，始终存在语言的系统性质，在共时与历时的对比中，从结构方式把握语言的本质。受布拉格学派结构主义语言观的影响，韦勒克主张文学研究的是作品本身，力求从历史和当下两个方面把握文学作品。一方面，韦勒克指出文学作品的"经验的事实"总是不断变化的。不同历史阶段，作者创作风格、读者的阅读习惯、主体气质、时代风尚等因素，它们会对作品的存在方式产生直接或间接的影响。就阅读活动而言，每一

---

① [美]勒内·韦勒克：《批评的诸种概念》，罗钢、王馨钵、杨德友译，上海人民出版社2015年版，第57—58页。
② [美]雷纳·韦勒克：《近代文学批评史》（第七卷），杨自伍译，上海译文出版社2020年版，第610页。

第二章 文学作品的存在方式

位读者先前的自我经验和阅读能力的不同,只能在有限认知范围内获得单独的阅读体验,只能认识到整个作品系统的特定部分,无法观照和领悟作品的全部意义和审美价值。韦勒克肯定作品的存在处于不断变化的过程中。另一方面,韦勒克认为我们总会抓住作为"经验的客体"的文学作品的某个性质,指出:"这就使我们认知一个客体的行动不是随心所欲的创造或者主观的区分,而是认出现实强加给我们的某些标准。"[①] 韦勒克把这一特质称为"决定性的结构"。尽管我们无法了解整个文学作品的运行规则,却能感受到阅读中某些不变的标准指引。主体阅读活动不是对作品任意阐发和理解,而是受到"决定性的结构"的制约和影响。

韦勒克采用索绪尔和布拉格学派的结构主义语言学的平行观念,他把所有文学作品视为一个整体系统,划分出"决定性的结构"和"经验的事实"。韦勒克把声音、韵律、节奏、类型、意象、世界、文学史评价因素归于文学作品的"内部研究",这些因素受到"决定性的结构"的影响。韦勒克提出与作品相关的作者生平、社会环境、创作心理、哲学思潮等因素归于文学作品的"外部研究",它们属于"经验的事实"不触及作品的本质结构。他提倡文学学科研究的重点是内部研究的内在规律,强调关注作品本身的内在形式和结构,但是他并没有否定与作品相关的外部研究。韦勒克划分文学作品的内部研究与外部研究,认为不同于文学的内部研究占据作品分析的关键位置,外部研究的重要性略低但非完全忽视的。文学作品的存在方式,除稳定不变的"决定性的结构",它还会在不同历史阶段,受到不同知识水平的不同读者对主体认知和阅读体验。韦勒克将这些因素归于作品的"经验的事实",它们没有触及作品的本质结构,只是"决定性的结构"变化的外在表现。

韦勒克受索绪尔和布拉格学派对语言本身的重视,揭示出文学作

---

① [美]勒内·韦勒克、[美]奥斯汀·沃伦:《文学理论》(新修订版),刘象愚等译,浙江人民出版社 2017 年版,第 141 页。

品的本质"决定性的结构"的动态性与历时性的结合,对理解和分析作品具有重要意义。"决定性的结构"隐藏在每一个作品结构中,它制约读者的阅读方向,具有普遍的稳定性。有时候作品没有具体的物质外衣,读者只能通过一次次的阅读经验触及"决定性的结构"中的某一小部分,随着不断地深化认识,进而把握这一特殊的"结构",获得作品的内涵和意义。"决定性的结构"是无法忽视的作品存在。在确定"决定性的结构"后,韦勒克探究文学作品的主体因素与作品本身的密切关系,避免主客观的分离。不同于索绪尔和布拉格学派的结构主义语言学关注探究语言的系统性、共时性以及共时性与历时性的相结合。韦勒克在揭示文学作品的本质在"决定性的结构"后,明确读者这一重要的主体因素与其之间的互动关系。韦勒克揭示了文学作品存在的"决定性的结构"对我们理解和把握作品意义、判断具有重要价值。同时,韦勒克清晰地意识到作品的存在形式无法脱离现实世界的客观影响,也无法割裂它与主观读者的阅读实践。因为围绕作品的现实条件和历史环境研究属于作品的"经验的事实"。我们对文学作品的每一次单独的阅读体验,虽然仅仅是触及"决定性的结构"的某一个部分,但是一次次的努力和尝试加深读者对文学作品的认识和把握。"决定性的结构"与读者主体阅读之间是密不可分的,避免两者的分裂。

三 "决定性的结构"的动态性

文学作品历史性地存在于主体的价值判断中,是共时性与历时性的统一。不同类型和种类的作品构成的文学史成为一种动态结构,作品不断在历史中流传变化,得以持续存在。韦勒克文学史观指出:文学作品存在的某个特殊时期是时间的横切面,作品共时性的存在状态被整个系统的规范支配,无法完整透视到作品规律。随着文学作品的不断变化,从现在所处的阶段流传到另一个阶段,共时性系统会随之改变。在某个阶段中,文学作品的共时性特征相对固定不变,具有明

第二章　文学作品的存在方式

显的规范体系，但随着文学作品在不同历史阶段的出现，各个不同阶段的共时性特征不可避免出现差异，形成一种稳定的适合当下的规范系统。[1] 与新批评家相对狭隘的历史意识不同，韦勒克探讨文学作品的"决定性结构"时，展现出更为恢宏的文学史观，即包含具体文学作品的历史性，以及整个作品系统中抽取的某种"规范体系"，呈现出动态的文学史。韦勒克文学史重点研究文学作品共时性结构的变化过程，随着新的作品类型、风格、题材等其他因素的加入，作品系统不断丰富构成一个规范体系。韦勒克还深入探究同一位作者不同阶段的作品类型，挖掘它的变化过程，进而探索整个作品共时性结构的动态发展过程。[2]

文学作品的存在不仅具有共时性的内部结构层次，文学作品还会随着历史发展的变化不断发生改变。文学作品具有一种"决定性的结构"的动态历史性，确保文学作品的普遍性能够持续保留下去。为此，韦勒克指出整个文学作品系统具有共时性和历时性的双重性质。文学作品的存在自诞生以来，同一时代的读者和批评家会一次次的阅读、鉴赏与批评，不同时代的文学作品由于"决定性的结构"的存在，这一审美结构能够持续吸引读者和批评家的阅读和鉴赏，并随历代不同的主观意识形态的变化而改变。文学作品既是永恒不变的，又是历史变化的。韦勒克在剖析作品在历史过程中存在某种的永恒性与历史性的"结构"后，进一步指出文学作品在声音结构的基础上，还存在于主体意识形态中。可惜的是，韦勒克只看到主观意识的变化，没能进一步思考变化的根源是主体受客观社会生活发生改变。韦勒克指出文学作品存在的历史与价值紧密结合。一部文学作品不仅仅是共时序列系统中的一个个单元要素，也并非过去历史和现代链条中

---

[1] ［美］勒内·韦勒克、［美］奥斯汀·沃伦：《文学理论》（新修订版），刘象愚等译，浙江人民出版社2017年版，第256、264页。
[2] ［美］勒内·韦勒克、［美］奥斯汀·沃伦：《文学理论》（新修订版），刘象愚等译，浙江人民出版社2017年版，第256、264页。

的某一具体的中间环节。文学作品处于过去一切事物的联系中,它由不同主观意识形态的标准组成,价值标准并不固存在结构之上,而是成为组成作品结构的一部分。① 韦勒克反对否定文学作品的价值判断,分裂作品结构同价值关联的观点都是错误的。文学作品能够不断变化得以存在的动因在于,其中蕴含的价值观念对人们产生的影响。一部文学作品的历史性存在还体现在与历史和价值相结合的动态结构中。

韦勒克看待文学作品始终力图兼顾历史和价值,具有历史意识和历史感。无数作品构成的文学史既不是不连续的、无意义的流动着,也不是简单地从某一单独作品中寻求普遍化、一般化的过程。作品生成的历史过程中,根据价值标准的不同出现相应的作品类型形式,价值来自文学作品的历史和传统,同时历史发展对价值产生影响,历史与价值构成一个逻辑循环。② 历史与价值是一组相互对应的关系,每一个独特的文学作品对应一个特殊的价值判断,而特殊的价值尺度在历史发展过程中不断变化,不断构建新的价值判断和标准。韦勒克为我们设想了一种永恒的上升的文学史:文学作品的价值尺度是从历史中取得的,是从每一个文学作品中不断生成的历史,并非断裂的、无意义的历史。仔细想来,看似循环的文学史观是一种理想状态,而永恒上升的文学史观更是不切实际的。于文学作品本身而言,时间流是衡量它的重要参照标准,是包含外部标准的文学史价值判断过程。比如,阶级、时代、趣味、风尚等外部条件都会影响或改变评判文学作品的存在方式。韦勒克力图摒弃超文学的标准试图建立纯粹文学史观,但最终失败的原因是忽视价值尺度的历史化过程必然受其外部环境的影响,因而企图从历史中抽离绝对纯粹的价值标准是虚妄的。实际上,韦勒克对文学作品存在的历史性认识仍坚持文学的内部研究路

---

① [美]勒内·韦勒克:《批评的诸种概念》,罗钢、王馨钵、杨德友译,上海人民出版社2015年版,第58页。
② [美]勒内·韦勒克、[美]奥斯汀·沃伦:《文学理论》(新修订版),刘象愚等译,浙江人民出版社2017年版,第256页。

径，摒除不相关的社会、历史、思想、心理等外部研究。尽管韦勒克极力追求辩证宏观的文学史视域，但其文学史观没有超越新批评对文学的认识范围。他们看待文学作品的存在方式一贯主张从具体作品本身内部，或者从文学作品之间互动而成的系统联系考察这一历史变化。韦勒克重视文学史的价值尺度和价值判断是值得赞同的。

  文学作品作为"经验的客体"的存在方式，韦勒克对作品同一时代出现的秩序以及在不同时代的历史性存在两方面归纳、提炼出"决定性的结构"和"价值标准"。他反对历史重建论，主张采用多元透视主义的方式直接或间接地考察作品存在方式。韦勒克的文学史观是一种动态发展而非绝对不变的文学史观。韦勒克强烈反对实证主义将文学作品视为外部社会环境的机械决定论，忽视文学形式自身的规律，提倡文学的内部研究。面对文学史的变化，韦勒克保持开放包容的态度，既关注文学作品存在的决定性的结构，而且重视作品的价值判断。韦勒克坚持探究文学自身的发展规律，却忽视这一精神活动产物的社会实践基础。文学作品的价值标准并非从真空的观念世界中抽离出来的，它在历史过程中会发生相应的改变。文学作品的存在方式始终处于历史实践的场域中不断生成、变化、发展，并与其社会的生产与读者接受紧密相关。文学作品的存在形式不仅仅是复杂的符号结构，更是自身规律与外在环境之间相互转化和相互作用的结果。

第 三 章
文学作品存在的层面

韦勒克认为文学作品是一个"经验的客体",具有一种普遍的"决定性的结构"。他赞同把作品看作结构,而不是实在的客体、心理的客体或观念的客体,把目光聚焦作品这一个复杂的多层面的组合体。首先,韦勒克分析了流行的文学作品层面说,不满他们没能把握真正的文学作品的分层。其次,韦勒克在整体借鉴英加登对单一的艺术品的分析的基础上,把文学作品的范围扩大到整个文学作品系统的分析。最后,韦勒克提出文学作品是一个多层次结构复调和谐的组合体,主张从不同层面、维度和标准透视作品存在。

第一节 传统的文学作品层面理论

韦勒克不赞同传统的形式与内容二分法,不满意俄国形式主义"素材"和"手法"的划分方式,不认可兰色姆的"构架"和"肌质"说,提出采用"材料""结构"代替"形式""内容",并且假设文学作品的存在方式为复调和谐的多层次作品层面。在吸收英加登单一艺术品多层面分析后,韦勒克扩展作品分析的范围,从具体的文学作品,到某种文学类型,再到整个文学作品系统,力图完整揭示作品存在的不同层面。文学作品层面理论的代表观点可以概括为:旧有的形式与内容的二分法;俄国形式主义的"素材"和"手法";新批评的作品结构观,这些观点帮助韦勒克提出文学作品层面论。

一 形式与内容的二分法

关于形式与内容关系的探讨在西方文论史上有着悠久的历史,从最早亚里士多德提出的形式与质料关系到黑格尔"内容与形式"的辩证关系,确立形式与内容的二分方式。在哲学意义上,古希腊亚里士多德提出事物产生、变化的四种内在因素,即质料、形式、动力、目的,把艺术作为形式的统一体。亚里士多德提出形式是艺术的具体存在和本质存在,他把事物的呈现要素分为质料因和形式因,质料是客观组成事物的原始材料,形式是事物本身的现实存在。对"质料与形式"关系范畴的理解,应考虑亚里士多德"四因说"中所指的形式因包含动力因和目的因,形式是事物成为事物本身的规定性所在。亚里士多德将形式的概念提升到本体地位。之后,古罗马贺拉斯确立形式与内容的二分观念,再到黑格尔提出内容与形式的辩证观念。黑格尔是"内容与形式"二分法的代表人物,他认为内容与形式是同一事物相互依存的两方面。黑格尔分析艺术品的内容与形式二者的对立关系,他指出:"内容不是没有形式的,反之,内容既具有形式于自身内,同时形式又是一种外在于内容的东西。"[①] 黑格尔将内容与形式的矛盾关系解释为既相互对立又相互转换。他认为没有无形式的内容,也没有无内容的形式,但是,内容与形式区别在形式本身没有形式,却显示了与形式不相干的存在,内容依赖于成熟的形式的存在。黑格尔关于内容与形式关系的思考,与其对艺术品的整体性探究不可分。在他看来,真正的艺术品是内容与形式的彻底同一,艺术的内容就是理念,艺术的形式就是诉诸感官的形象。作品是调和主观想象与感官经验为一个自由的整体的产物。[②] 绝对精神外化的活生生的形式,形式的价值不在于自身,而是作为符号存在代表、显现着内

[①] [德]黑格尔:《小逻辑》,贺麟译,商务印书馆2019年版,第280页。
[②] [德]黑格尔:《美学》(第一卷),朱光潜译,商务印书馆2017年版,第87页。

容。在克罗齐那里，形式与内容是同一的关系，他极力否认从内容中抽离出的单独形式，提出："审美的事实就是形式，而且只是形式。"①克罗齐所谓的"形式"与传统含义不同，艺术品的形式是一种纯粹的内在形式，即使外在的内容也包含在形式中。换言之，在直觉即表现的观点统摄下，克罗齐认为直觉是我们见到一个艺术品时，不依赖于概念赋予事物形式，而是不假思索地审美意识活动，直觉本质上是一种表现，表现是赋予所直觉到的东西以具体形式。在这一含义上，克罗齐所指的形式即内容，形式充满了内容。尽管克罗齐反对从内容中抽离出单独的形式，却把形式当成抽空了内容的形式，颠倒了黑格尔内容与形式的观点。

关于内容与形式两者关系的探讨，从最早的亚里士多德、贺拉斯到集大成者黑格尔、克罗齐。他们区分形式与内容，认为形式是彰显内容必不可少的形式，内容是包含形式的内容。不同的是，对形式的思考逐步从本体层面的形而上学的思考过渡到艺术品思考中。他们对内容与形式、质料与内容关系的研究囿于庞大的哲学体系，即使在对真正艺术品、完整艺术品的研究中，内容与形式的探究仍处在形而上层面。

二 俄国形式主义的"素材"和"手法"说

20世纪初，俄国形式主义激烈反对旧有内容与形式的二分法，他们意识到简单地把内容归于形式，或形式归于内容的说法是远远不够的。抽象概念的形式是不存在的，形式一定依附内容表达意义，内容也一定是形式中的内容。日尔蒙斯基认为传统内容与形式二分法的缺陷仅仅是在诸多科学论著中，从哲学意义上区分"是什么"即内容，"怎么写"即形式。即使黑格尔谈及艺术品的内容与形式关系，也无法脱离其艺术哲学范畴。日尔蒙斯基把这对关系运用到文学艺

---

① [意]克罗齐：《美学原理》，朱光潜译，商务印书馆2017年版，第19页。

品的讨论中，探讨作为审美对象的艺术品的形式与内容，指出两者相互统一的关系。形式的改变直观地影响了内容，而新内容的展现也是由新形式引起的。一方面，形式与内容统一于审美对象，文学作品的任何新内容必定展现新形式；另一方面，传统形式与内容的界限是模糊的、划分是苍白无力的。他重点考察纯形式之于审美对象艺术品的特殊作用，不能把作品中的内容当作文学世界之外的现实生活，将作品内容等同于客观社会。在日尔蒙斯基看来，艺术内容无法脱离形式结构的普遍规律而单独存在，形式是一定内容的表达程序。同样，什克洛夫斯基非常重视艺术品的内容与形式的互动关系，尤其是形式因素。他进一步指出艺术作品新出现的形式并不是为了表现内容，而是取代旧有的艺术形式。① 形式的演变是在于形式本身的变化，旧的形式如果失去艺术特性就会被新的形式取代。之所以这样是因为旧的形式已经无法唤起人们的新鲜感，必须变革，重新激发人们的兴趣。什克洛夫斯基提出陌生化手法，打破旧有形式，延长人们的审美过程。

艾亨鲍姆探讨诗歌的形式与内容关系，真正的诗歌内容中包含了形式，诗歌表现形式与具体内容不是对立的关系，而是一种融合关系，材料本身就是形式的，极力主张形式概念的整体性意义。对此，他提出："根据某一个具体内容确定的形式。一个具体问题出乎意料地变成了普遍性的问题，理论和历史结合起来了。"② 这说明形式自身演化和发展与内容密切相关的，只有摒弃形式与内容相对立的二分法，采取整体意义才能更好地理解诗歌作品。艾亨鲍姆进一步把内容与形式关系的思考延伸到悲剧中，认为悲剧是二者关系融合的最完美的艺术品。悲剧创作者成功地把形式与内容统一起来，形式隐含在内容（排斥内容与支配内容）中。内容本身不断通过悄无声息的情节、

---

① ［苏］维·什克洛夫斯基：《散文理论》，刘宗次译，百花洲文艺出版社2010年版，第31页。
② ［法］茨维坦·托多罗夫选编：《俄苏形式主义文论选》，蔡鸿滨译，中国社会科学出版社1989年版，第50页。

性格、音乐等形式吸引和感动观众。人们被悲剧吸引、感动的原因在于审美过程中对悲剧性的把握,即艺术家创作悲剧的形式,而非内容原因。悲剧艺术巧妙使用形式,精彩的形式孕育引人入胜的内容,动人的内容蕴含丰富的形式特性,不仅是艺术家创作成功之处,而且具备了完美艺术的属性。不难看出,俄国形式主义反对传统内容与形式的二分法,主张采取形式与内容的整体看法,形式消灭了内容,内容融入形式,提出了"手法"和"素材"的作品观。他们提升了形式在文学作品研究中的地位,扩大了形式的意义,重视艺术手法引发的审美效果,带给读者的审美过程和审美感受,但是,他们极端过分突出审美形式本身,竭力排斥作品中的思想情感内容,成为最激烈、最极端的形式论者。

在文学作品存在形式的关系中,韦勒克肯定俄国形式主义对传统内容与形式二分法的强烈反对,并且关注德国瓦尔策尔和伯克曼试图用"内在形式"和"外在形式"取代形式与材料的二分法。随后,这一观点在夏夫兹伯里、温克尔曼、歌德、洪堡那里得到进一步发展,但仍无法将"内在形式"与"外在形式"截然区分开来,"内在形式"转化为某一预设的世界观、精神史观,既不是形式,也没有了内容。韦勒克肯定了俄国形式主义和德国人反驳传统内容与形式观点方面作出的努力,进一步思考到这些观点中形式与内容关系的界限仍是模糊不清的。在韦勒克看来,传统内容与形式是不明确的,我们对一部文学作品或一件艺术品内容的理解,首先通过对作品形式的阅读和欣赏,内容必然暗示形式的某些因素,无论是语言因素和故事情节还是线条、色彩、声音等因素。关于内容与形式关系的探讨,韦勒克主张从审美价值角度切入,提出放弃对内容与形式的整体性、总体性和特殊性的尝试和努力,回归具体的文学艺术品的分析,作出深入的美学批评与探讨。

三　新批评派的作品结构观

新批评派看待文学作品结构的观点给韦勒克很大的启发。新批评派主将兰色姆基于对世界的观照，比较科学与艺术的不同，提出诗歌的"构架"和"肌质"说。兰色姆认为一首诗具有一种特定的逻辑结构，其中各个要素之间具有独特性。诗歌局部要素的特性不容忽视，诗歌的"构架"本身就是诗歌的散文释义，它几乎可以是任何性质的逻辑话语，可以表达适合于逻辑话语的任何内容。"肌质"则是诗人随意想到的任何真实的内容。① 兰色姆认为构架相当于内容，只是作品中负载肌质的材料；肌质相当于形式，它才是作品的本质和精华。诗歌的构架和肌质的关系说明将感性材料融入理性形式，两者的和谐互补方可塑造完美健康的诗歌世界。布鲁克斯的艺术作品观表现为一种混沌的有机整体论，他指出一件艺术品的形式与内容密不可分，意义就是形式，形式就是意义。②

新批评为更好地探究诗歌形式蕴含的审美价值，发明含混、反讽、悖论、张力等解释方法，力求阐发诗歌言外之意。韦勒克认为新批评的作品结构方法适用范围十分有限，偏重抒情诗，欣赏玄学诗的晦涩艰深，是其理论的局限所在。韦勒克规避新批评轻易抹杀其他文学类型的审美意义，主张探讨文学作品时需要涵盖不同类型、不同种类的作品。韦勒克肯定新批评在诗歌在批评和鉴赏方面发挥了重要贡献，由于自身的理论缺陷，它的批评方法所适用的作品范围较为狭窄。同时，新批评对作家的选择视野不够宽广，只集中在特定国家的作家风格；缺少厚重的历史观。③ 韦勒克认为上述因素导致新批评的批评方法只是关注作品的韵律、修辞、象征、文体等形式文体，没能走出个别的作品分析，进入更广阔的文学作品系统。韦勒克批评新批评沉迷探究诗歌语言和内部结构过于枯燥乏味，企图从内部要素中寻求的审美价值也缺乏感受力。他努力突破任何形式的二分结构以及混

---

① [美]兰色姆：《新批评》，王腊宝、张哲译，文化艺术出版社2010年版，第170页。
② 赵毅衡编选：《"新批评"文集》，中国社会科学出版社1988年版，第487页。
③ [美]勒内·韦勒克：《批评的诸种概念》，罗钢、王馨钵、杨德友译，上海人民出版社2015年版，第330页。

沌的有机整体论，继承发扬新批评以文本为中心的作品观，拓宽丰富新批评狭隘的文学作品观。与新批评简单化的作品结构观的不同，韦勒克文学作品存在论十分关注作品层面的整体性与复杂性。

鉴于传统形式与内容相互依存、互不可分的观点，两者的关系仍是混沌模糊的。韦勒克立足文学作品的审美目的和审美效果，采用"材料"和"结构"重新命名艺术品。他指出："'材料'是包括了原先认为是内容的部分，也包括了原先认为是形式的一些部分。'结构'这一概念也同样包括了原先的内容和形式中依审美目的组织起来的部分。"① 从积极方面看，韦勒克跳脱传统内容与形式的含混区别，进而从艺术品的审美效果出发分析艺术品，挖掘艺术手法对于表现艺术内容的重要作用，结构是包含一切与审美相关的形式要素，材料是组成结构的审美素材。从消极意义上讲，韦勒克继俄国形式主义之后，又一次推高了艺术品的审美形式或审美结构，忽视现实内容的丰富内涵。韦勒克对作品的分析不止于"材料"和"结构"的划分，还进一步深入探究文学作品的不同层面、不同标准。韦勒克吸收借鉴英加登单一艺术作品的四层次论，创造性地拓展文学作品的研究范围。韦勒克文学作品的不同层面包括具体的文学作品、文学作品的类型以及所有文学作品的集合，涵盖整个文学作品的系统模式。

第二节　英加登文学作品层次论

一　英加登文学作品层次论的具体内容

历来，诸多文学理论家、批评家和美学史家对英加登艺术作品的四层次结构理论给予了极高的评价。在介绍英加登个人学术贡献时，人们绝不会忘记其作为胡塞尔最忠诚的学生，富有创建性地把胡塞尔"意向性理论"运用于分析艺术作品的层次结构，建立从语音造体层

---

① ［美］勒内·韦勒克：《批评的诸种概念》，罗钢、王馨钵、杨德友译，上海人民出版社2015年版，第131页。

次到图式观相层面的作品结构模式。李幼蒸指出:"茵格尔顿的文学作品四层次说提出了研究文学理论的一个新的方向。"① 英加登创立的文学作品层次对分析作品十分有益,韦勒克继承了他的艺术层次理论,杜夫海纳批判继承英加登审美意象理论,苏珊·朗格也从他的学术思想中汲取到符号形式特征。英加登把文学作品分为四个层次:(1) 字音和建立在字音基础上的更高级的语音造体的层次;(2) 不同等级的意义单元或整体的层次;(3) 文学作品中的再现客体和它们的命运的层次;(4) 不同类型的图式的观相、观相的联系或系列观相的层次。②

(一) 语音造体层次

语音造体层次是文学作品最基础的组成部分,它与作品意义的存在密不可分。一部文学作品的语音包括语词和语句两种类型。英加登提出文学作品的语言发音造体包括语词的发音、语句的发音、其他的纯发音以及基于发音的更高级的非发音的形象质的语言造体。

其一,单一的语词和它的发音。英加登区分语词的发音和声音材料,提出只有语音的发音属于作品层次,而非具体的声音材料,具有表现意义的功能。通常我们会通过讲话者多次说出的某个语词确认出典型的发音形象,这种形象被称为"语词的发音"。它不是对具体发音材料中多次重复部分的简单选择,而是在此基础上的提炼和具体化,是一种独立的存在。英加登反复强调不能把语词的发音等同于具体的声音材料,因为它是一种典型的发音、一种典型的形象,只有一个,而在语词的发音基础上的声音材料却是各种各样的。在任何情况下,语词的发音是不变的、稳定的,声音材料的每一次都是新的。英加登确认了语词发音的形成是由多种因素决定的,比如音调的变化、重音的读法、表达的方式等。他进一步指出声音材料具有承载意义的

---

① 李幼蒸:《罗曼·茵格尔顿的现象学美学》,《美学》1980 年第 2 期。
② [波] 罗曼·英加登:《论文学作品》,张振辉译,河南大学出版社 2008 年版,第 49 页。

功能,促进语词的某种典型形象的形成。意义需要借助外部的表达方式才能在讲话过程中被传达出来,而外部表达在许多不同的情况下可以被用来表达同一意义。外部的表达方式是由具体的声音材料的属性决定的,是语词的发音的基础,关联着同一个意义。当听话者收到一个语词的发音,头脑中就会反映出一个典型的形象,通过外部的表达被认识,从而传达出意义。语音的发音的性质和主要功能表现在确定语词的意义。

其二,不同类型的发音和它们的功能。英加登指出语词的发音和意义之间的关联是任意的,它会受到社会历史和生活变化的影响,表达出某种特定的意义。正因如此,英加登划分出"死的"语词、"新的"和"强有力"的语词、"活的"语词。"死的"语词不是以偶然出现和混乱状态的语词的发音作为依据,而是根据统一的原则构建起的一个术语系统,它的全部功能就是表达确定的意义。"新的"和"强有力"语词具有特殊的性质,它的功能是生动形象地表现说话者的具体的心理状态,使得听话者直接了解到说话者的心理状态。"活的"语词的功能是一定程度地表现出意义所赋予的感情特性,使听话者直观领会到所投射的客体。语词的发音的不同性质与它们表达的意义和具有的功能密切相关。

其三,更高级的语音——发音的造体,即语句和它的性质。英加登认为真正独立的语音造体层次的是语句,是一个意思单元和造体的语句,而非语词的堆积。语句中语词的发音不仅是它们自己的发音,而且在这些发音的基础上,形成一种特色的语句的乐调。与语词的发音不同,语句的发音创造了一种类型整体的语言发音的因素,语言发音的现象包含节奏和速度。一种语言发音的现象是节奏由于不断重复一个接着一个地发音,产生出一种特殊的形象质。节奏通常表现为押韵、整齐,有一定的规律。英加登认为每一部文学作品中都有某些节奏质,只是表现的方式和程度不同,唤醒读者的感受不一样。另一种语言发音的现象速度,它是由节奏的属性决定的,表现为发音的长短、阅读的速度等。除了节奏和速度，语言发音的特殊现象还表现为各种各样的激动质或情绪质。无论语词的发音还是语句的发音，都与它们所投射的外部表现密切关联。

其四，语言发音造体对文学作品构建的作用。英加登指出语音造体层次具有特殊的审美价值质，它的性质、变化、声调和表达方式丰富了整体的复调结构。它还是构建文学作品的最基础的层次，与更高级的意义层次密切相关，成为承载意义的外壳。如果没有语言发音层次，作品的意义就没有附着。因而，语言造体层次对文学作品的其他层次起到重要作用，具有无可替代的功能，成为文学作品必不可少的组成部分。

（二）意义造体层次

意义造体层次是文学作品最核心的部分，对其他层次起着决定性的制约作用。意义是所有和语词发音有联系并且和它一起创造了语词的东西，它存在于语词、句子和句群中。英加登把语词的意义分为名称的意义、功能语词的意义和特定的动词的意义三种类型。

其一，分析名称的意义。英加登认为作为一个整体的名称意义，有相互依存的五个因素。（1）意向性的方向，指语词关系同意向对象的联系。语词的意义具有指标特征，它的意义与意向对象的关系具有方向性。[1]（2）物质内容，指确定了客体的装备质的语词意义的因素。[2] 无论语词的意义还是语句或句群的意义，它带有客体的物质外衣。英加登以"桌子"一词的意义为例作出解释。他指出"桌子"既可以指一个单独的客体，如果加上数字"一张桌子"后指标就是潜在的和变化的。随后，英加登提出意向性指标的种类和性质取决于名称的意义的物质内容。只有物质内容确认了一个意义的投射的意向性客体时，意向性的方向指标才是固定不变的，而物质内容通过多种

---

[1] ［波］罗曼·英加登：《论文学作品》，张振辉译，河南大学出版社2008年版，第83页。

[2] ［波］罗曼·英加登：《论文学作品》，张振辉译，河南大学出版社2008年版，第83页。

共性确定了一个名称的意义客体,它的方向指标就是潜在的和变化的。(3)形式内容,可能是某一种"物体"、"某个东西的一种属性"、一个"过程"、一种"状态"等。① 通常情况,名称的意义内容包括意向主体的性质、事物的状况和属性,通过特殊的形式呈现内容。客体的形式内容是客体本质属性的具体体现,呈现某种状态和情境。(4)存在主义描述的因素指的是什么东西存在,是一般的存在。(5)存在方式的因素指事实的这样或那样的形式存在。客体事物以某种具体的形式展现自身。英加登认为普遍情况下,两种因素都会出现在一个名称的意义中,有时候则是没有"存在的肯定"的因素,仅有"存在的描述"因素。比如,"首都北京"不仅是一个实在的存在,还是一个实际存在的对象,具有存在的描述和存在方式的因素。"林黛玉"则是一个从未出现在现实中的客体,这一虚构的客体存在《红楼梦》的文本世界中,具有存在的描述因素,而不具有存在方式的因素。总之,英加登区分名称的意义的五种因素,并且指出它们不是单独地存在的松散整体,而是彼此依存的紧密整体。英加登还指出名称、功能语词和特定的动词的不同。一是名称的意义具有意向性的方向指标和物质内容,它具有明确性的内容形式。功能语词的意义则不具备这些因素。二是名称的表现形式不行使任何功能,功能语词由于无法投射意向性对象,只能确认其他语词的意义,从而能够行使各种不同的功能。三是名称的意义是通过意向性展现一种特殊的主体存在。它没有改变形式内容确认的意向性的对应物的结构,特殊的动词的物质和形式内容是以一种特定的确认方式使纯粹的活动获得发展,丧失了它所指引的意向性的方向指标。

其二,语词的意义的存在及其变化。英加登提出对单独存在的语词而言,语词的意义既可以是潜在的存在,也可以是处于现实的状态,但是意义中的每一个潜在因素能够现实化的程度不一样。最容易

---

① [波]罗曼·英加登:《论文学作品》,张振辉译,河南大学出版社2008年版,第91—92页。

现实化的首先是名称的意义，因为它既有物质内容也包含形式内容，在现实化过程中主体意识和特殊的形式表现都会起作用。要完成名称的意义的现实化需要一个相应的客体，运用语言系统的意义，分析它的概念和内容。我们阅读一部文学作品就是通过这种方式，使之现实化。就语句中的语词存在而言，语词在一个完整的句子中存在时，由于出现的位置和结构不同，它的意义也会发生变化。然后，英加登分析了意义单元的存在方式。当语词的每一个意义独立存在时，它是一个自我封闭的意思单元，经语词的意义融入一个完整的句子，形成一个个语句，再过渡到一群内部组合的语句中形成一个句群。一个语句需要空的图式作为基础，同时要用一些特定的物质内容及其相关的语词意义充实空图表，成为一个完整意义的语句，这一过程中主体行动会对语词的意义的变化起到关键作用。英加登说："每个语词意义为了形成一个语句整体的改变，完全取决于那个造句的行动，这种改变在这个行动的进行过程中便出现在语词确切的意义中，它就是这个行动造成的。"[1] 他把造句行动分成：原始的造句的方式和派生的再造的方式。第一种方式需要主体意识自由地参与并且积极地创造；第二种方式是一种机械的行动，受主体意识的干预，被动的形式展开。此外，由于构建句群的类型不同，创造句群的主体行动也不同。英加登指出："句群不能独立自主的存在，它们的产生和存在具有派生的性质，完全取决于特定的主体意识的行动。"[2]

其三，意义单元的纯意向性存在与作用。纯意向性指客体直接或间接由意识行动或者由许多这样内在的意向性的驱使采取的行动创造的。[3] 意向性既不是纯名称的确定的东西，也不是纯动词促使行

---

[1] [波]罗曼·英加登：《论文学作品》，张振辉译，河南大学出版社2008年版，第127—128页。

[2] [波]罗曼·英加登：《论文学作品》，张振辉译，河南大学出版社2008年版，第131—132页。

[3] [波]罗曼·英加登：《论文学作品》，张振辉译，河南大学出版社2008年版，第143页。

动展开的东西，它是一种需要主体行动直观把握的特别的东西。在英加登看来，文学作品就是一种纯意向性客体，它的存在、显现和变化取决于意识行动。主体行动根据判断和想象以观念的形式表现投射到作品中，使它表现出现实世界中的事物的状态。纯意向性事物的存在形式或状态是一种观念上的精神。它以一种可能的或潜在的方式存在，而非一种实际的、事实的存在，这是因为文学作品具有虚拟的判断的性质，表面上作品中的肯定语句是判断句，但绝不可能成为现实的判断句。作品的拟判断性质具有一种特殊的确认功能，它表现的意向性的事物的状况可能与真实生活有部分的吻合，却不能等同。之后，英加登总结意义单元层次的作用如下。一是语句的创造功能。语句能详细构建文学作品的其他层次，呈现作品不同的意义单元。作为一种特殊的语言材料，语句的特殊属性包含在整个作品复调和谐的审美之中。二是意义单元层次的事物状况的再现功能。意义单元层次由主体行动创造，经由确定事物的状况或特殊的观相表现出来。

（三）再现客体层次

再现客体的层次是最为大家熟知的一个文学作品的层次，也是作品中唯一一个完全得到有意识的充分理解的层次。普通读者只要懂得文本意义的意向，在阅读的过程中，最先接触的就是再现客体。

其一，再现客体的特殊性是一种纯意向性的客体，既有实在的观相，也是想象的对象。英加登指出："再现客体是在语言造体层次的意义单元中的意向所创造的一种纯意向性客体，是派生的。"[1] 再现客体具有特殊的属性，一种类型的现实客体，却没有植根在现实世界中，也没有处于现实的时空中的，因为它受到主体意识的引导，要把实体变成一种现实的存在。再现客体还有一个独特的空间，它是被想

---

[1] 英加登界定了"再现客体"包括"设计"的一切，不管是它的客体属于什么种类、有什么本质。这不仅涉及事物，也涉及人物，涉及一切可能产生的过程、事件、状况和人物采取的行动等，包括所有再现的东西。参见 [波] 罗曼·英加登《论文学作品》，张振辉译，河南大学出版社2008年版，第219、221页。

象出来的属于再现的现实世界。主体意向促成了想象活动，想象体验不仅包括了想象的行动和采取行动的方法，还能促使整个想象活动变得逐渐明朗。想象活动的意向直接针对意向性的想象客体，使客体看起来像穿上了观相的外衣。英加登进一步指明，想象行动确认的纯意向性客体依存于行动，但是对于意识体验来说都是超验的。再现客体创造出不同于现实世界的想象世界。它既有一定的客观性，同时蕴含主体经验。

其二，通过空间的观点认识再现客体的不同的方法。英加登认为文学作品中再现客体世界中的空间既不是抽象的，也不是观念的，更不是单一的物理空间，而是被模仿的空间，一个和看得见的空间相应的空间。以空间的观点再现客体的不同方法包括，以叙事者所看、所听为中心再现客体中的人物、事件，或者以某一再现人物为中心，从特定视角再现客体世界，还可以先后以几个人物为认识中心，轮流跟随人物的视角再现世界。想象世界中物质空间的变化，一定程度能够拓展讲述者所处的空间位置，展现出更加丰富的故事情节和人物形象。空间的转换使再现客体的世界呈现出更加多样性、多元化、丰富性的不同场景和不同地域，激发了读者的阅读兴趣和审美感知。

其三，再现客体的时间及其透视。再现客体中人们参与的事件和过程，本质上都是有时间的，它们的先后时间由语句意思的相关组成部分意向性地确认。英加登区分了再现客体中的各种时间情况不同于心理时间、客观的空泛的时间、交互主体的时间。文学作品中再现的不是客观的世界时间，而是接近于具体的交互主体和主体时间。英加登说道："再现的时间（交互主体和主体的时间）在结构上和实在的时间也不同，它是以一种特殊的方式出现，成为某种理性或现实世界的时间的变种。"[①] 他认为再现客体是派生的纯意向性客体，不是单

[①] ［波］罗曼·英加登：《论文学作品》，张振辉译，河南大学出版社2008年版，第235页。

独存在的，是对现实存在的模仿，被再现的时间是一种接近于实在时间的东西。实在的时间是连续不断的中介，作品不可能再现这样一种时间，只能是一个相对的时间阶段。我们只能透视时间，却无法完整地把握它，并且某个时间中再现发生的一切方法，也会使再现时间发生一种特殊的变化。

其四，再现客体的功能。一是复原功能，它可以把一些存在和活动过的事物、人物和事件复原，它们一定也会代表这些复原的东西。再现既要体现出那些复原的东西，同时也使复原的东西变为再现客体的东西。然而，不是每一部文学作品中的再现客体都有复原的功能。二是代表功能。如果把再现客体成功复原的性质隐藏起来，那么具有代表性的客体就会把被复原的东西遮蔽当作表现或代表了事物的状况。表现功能和复原功能很相似，表现功能是再现客体复原的前提。作品中的一切东西都可以表现出来，复原却很难，因为复原的东西完全不是那个被复原的东西。三是最重要的功能表现形而上学质。英加登指出："通常是在一些复杂的、常常是在相互之间有很大的不同的生活环境或者人们之间发生的一些事件中出现的一种特殊的气氛。"[①] 作品中时常出现某种崇高、悲壮、不可理解的撄人心的东西。再现客体最重要的功能在于显示形而上学质。它不是客体的属性性质，也非心理状态的特征，而是一种凌驾于所有层次之上的特殊气氛，像光一样照亮一切。英加登认为作品形而上学质因素使作品的艺术价值到达顶峰。[②] 它以特有的方式存在于作品中，造成再现客体充满未定域。由于再现客体是一种派生的纯意向性客体，并非独立的存在，形而上学质因素需要经过具体化和现实化得到特殊的审美价值体现。

其五，再现客体的层次中未确定的位置。由于再现客体的重建过

---

① ［波］罗曼·英加登：《论文学作品》，张振辉译，河南大学出版社2008年版，第283页。

② ［波］罗曼·英加登：《论文学作品》，张振辉译，河南大学出版社2008年版，第286页。

程中会对所表现事物的状况不断增补，以及再现客体的个体性是假想的而非实在的，再现客体只是一种整体的形式。文学作品的再现客体层面包含许多"未确定点"和"空白"，它们有待读者积极体验和填补，呈现作品的丰富意义。

（四）图式化观相层次

再现客体层次处理的是作品同现实的关系，图式化观相层次处理的则是作品同读者的关系。某种程度上图式化观相层次属于再现客体层次，它是文学作品的第四个层次，具有一种特殊的要素。图式化观相让再现客体的内容成为实在的，能够明晰地显现出来。

其一，观相的定义。英加登以球为例解释什么是观相，当我们看见一个球时，把握了它表现的形状以及相应的变化。我们观察感知到的总是这些变化，而不是球的观相。观相不是球本身，但是球需要通过观相显现出来。球有自己的存在方式，不会因为被人偶然地洞见而发生任何改变，球的观相却随着主体洞见产生变化。英加登提出："那许多不断地在我的面前移过和我感知的观相的存在和它的质的内涵，都总是和作为一个洞见主体的'我'有某种关系。"[1] 一方面，观相与洞见主体密切相关却不完全是纯粹的主体，也不是表现主体心灵的一部分，也不在被洞见的空间中；另一方面，不断增加的观相也在不断变化，与它的时间结构密切相关。当下感知的观相在功能上依存前面的已经不现实的观相，观相从来不是独立存在的。

其二，观相中未被填充的质。英加登以球为例继续区分观相的内容和客体的内容不同，说明被填充的质和未被填充的质的不同。一个确定的球，它有自己的内部，有朝向我们的一面，还有背对我们的一面。在相应的观相中，我们只能看到球面向我们的一面，同时另一面与我们相背。就球本身来说没有前面的一面和背后的一面的区分，它前面的一面在观相中被填充过，背后的一面未被填充根据观相内容的

---

[1] ［波］罗曼·英加登：《论文学作品》，张振辉译，河南大学出版社2008年版，第253—254页。

明见的性质一起给予主体。英加登把"没有得到任何质的填充,但是它却明见地显现出了一种特定的质(颜色、形状等等),称它为'未被填充的质'"[1]。未被填充的质并不总要使物体背面或者它的内部特性得以显现。如果不注意许多未被填充的质的存在,就无法正确把握观相。观相是主体在特定时间、特定环境中对事物洞见的角度,使事物的状况清晰地展现出来。

其三,文学作品中的图式观相。英加登把观相分为具体观相和图式观相。具体观相处于不断动态的变化。图式观相属于具体观相中稳定不变的因素,它指去除再现客体的具体内容留下的各种规则和图式。图式化观相能使事物的同一属性原初地显现,既不是具体的,也不是个体心理感知的产物,而是建构中的一个特殊的层次。它只能是图式的,让读者在阅读中见到事先在设定的范围内的、不同变化的观相。比如,巴尔扎克笔下的葛朗台的守财奴形象。虽然读者没有见过葛朗台本人,却可以凭借自身经验和想象把贪婪吝啬、老奸巨猾的守财奴形象现实化。读者的原初洞见没有感知到观相,但能够从他感知到的另外一些具体的观相中填补被确定的图式的许多细节。某种意义上说,读者从直接经验出发重建再现的客体,他感知的观相不一定是作品中想要表现的。读者能够把适合的观相现实化还需要再现客体之外的其他因素。英加登提出:"在作品本身中图式化外观只是处于潜在的待机状态;它们在作品中仅仅'包含在待机状态'中。"[2] 文学作品中的未定域和洞见主体的心理都会影响观相的现实化。图式化观相只在读者阅读的情况下属于再现客体,它们处于展示的可能状态中。作品中的图式化观相需要读者活动,才能被实际地体验到,使再现客体直观地展现出来。

---

[1] [波] 罗曼·英加登:《论文学作品》,张振辉译,河南大学出版社2008年版,第255页。

[2] [波] 罗曼·英加登:《对文学的艺术作品的认识》,陈燕谷、晓未译,中国文联出版公司1988年版,第56页。

其四，文学作品图式观相层次的功能。一是图式观相能够以确定明晰的方式显示再现客体符合作品的属性。读者通过阅读直观感知到活生生的再现客体，使之具体化和现实化。二是图式观相层次有独特的审美价值质，赋予作品以特殊的审美魅力。图式观相的审美特殊性在诗歌作品中占有极大的优势。华兹华斯描写了绵延不绝的水仙花宛如灿烂的繁星，闪烁在寂静的银河里。它们茂密地盛开着，沿着湖湾的边缘，延伸成无穷无尽的一行。[①] 读者在阅读中，能够生动直观地领会到水仙的繁茂，脑海中呈现出金色的水仙遍地盛开，密集得如银河中的繁星的景象。同时，读者通过这些观相可以感受到诗人钟爱宁静的乡村生活，如同随风摇曳的水仙一样自由洒脱、拥抱自然的愉悦之感。图式化观相层次表现了客体的独特性和风格，丰富了作品的审美价值属性。

英加登文学作品存在论中的语音造体层次、意义造体层次、再现客体层次和图式化观相层次。每一层次并非独立的存在。它们有不同的特殊性，对整个作品起到不同的功能和作用。语音造体层次是构建其他层次的最基础；意义造体层次是整个作品结构中的最核心部分，成为再现客体层次和图式化观相层次的基础。各个层次彼此内在的密切相连，每一层次的审美价值质相互融合，它们复调和谐地构成作品的统一体。

二 英加登文学作品层次论对韦勒克文学作品存在论的影响

韦勒克曾说到，在英语世界他是最早介绍和传播英加登重要思想的。他指出英加登的贡献："诸如一部文学的艺术作品的存在方式，多层构成的作品结构，我们体验作品的方式，和任何一位本人熟悉的美学家相比起来，他的说法更为清晰而敏锐。"[②] 韦勒克还把英加登与克罗齐、瓦勒里、卢卡奇并称为西方著名的四大批评家。他评价英

[①] 参见［英］华兹华斯《华兹华斯诗选》，王忠祥编选，杨德豫、楚至大译，时代文艺出版社2020年版，第123页。

[②] ［美］雷纳·韦勒克：《近代文学批评史》（第七卷），杨自伍译，上海译文出版社2020年版，第665页。

◆◆ 韦勒克文学作品存在论研究

加登文学作品存在论具有清晰的逻辑性和连贯性,并且指出自己对文学作品如何存在的思考、探究文学作品的真正本质等问题受到英加登理论的深刻影响。① 战争原因造成了两位理论家之间的沟通不便,韦勒克错误理解了英加登的某些具体思想,从而遭到英加登的严厉批评,但是,韦勒克依然对英加登的创造性观念给予高度赞赏。他自信地相信在所有注意到英加登英译本的学者中,自己是第一个发现英加登独特的理论思想的人。英加登文学作品层次论对韦勒克文学作品存在论的影响主要体现在以下三个方面。

第一,英加登对文学作品采用分层的思想影响韦勒克不再把作品看作单一的内容与形式,而是复杂的多层面的组合体。英加登对单一文学艺术品存在形式的独到分析渗透到韦勒克对自身作品存在论的构建中。韦勒克诚恳地借鉴胡塞尔现象学理论和英加登的哲学方法,区分作品的不同层面。他提出文学作品不是混沌的整体存在,也非简单形式与内容的区分。若要理解真正的文学作品,需要把它看成几个不同的层面。每个层面具有各自的属性,它们共同组成一个完整的作品结构。韦勒克整体借用英加登文学作品四层面理论,从不同标准把文学作品区分为八个层面,包括从单一文学作品到某类具体文学作品,再到某种的整个文学作品系统。

第二,韦勒克批评英加登文学作品结构论过分区分图式化观相和形而上学质两个层面。韦勒克认为图式化观相隐含在再现客体层面,不一定要单独分出来,形而上学质的层面表现某些特殊的品质并非客体的特性,或者心理状态,呈现在各种事件和环境中,类似"象征",于文学作品而言却不是必需的层面。韦勒克文学作品存在论在文学作品层面划分中,把英加登的图式化观相和再现客体层面合并为意象和隐喻层面,成为作品最核心的层面。韦勒克还把作品表现崇高的、神圣的、悲壮的情感归入某种特殊的"世界"层面,具有形而

---

① [美]雷纳·威莱克:《西方四大批评家》,林骧华译,复旦大学出版社1983年版,第97页。

上意义。韦勒克在英加登理论的基础上，对单一的文学作品分析作出细微的调整。在韦勒克看来，没有必要在作品表现世界的层面中再单独划分出再现事物层面。文学作品的世界层面包含象征和神话，它们在表现事物的同时本身蕴含了崇高性、神圣性特征，具有形而上的精神和氛围。因此，英加登区分再现客体层面与图式化观相层面有相互重复的部分。韦勒克在构建自己的文学作品层面论时，把这两个层面统一归入被表现事物的世界层面。

第三，韦勒克误解英加登对文学作品的研究缺少价值判断。韦勒克认为不谈作品的价值，我们无法理解和分析任何作品。英加登把价值附着于作品的结构、固存在作品之中的观点是错误的。韦勒克反对英加登假定作品存在一个永恒的"实质"秩序，经验的个体化只是以后才加上去的。在韦勒克看来，绝对主义的观点用一种普遍不变的标准衡量文学作品，切断个别的相对判断，使作品成为没有价值的客体。从韦勒克对英加登严厉的批评中可以看出，韦勒克非常强调文学作品的独特审美价值和审美批评。为此，他提出采用一种新的综合的方法"透视主义"分析作品。所谓"透视主义"，韦勒克将它比喻为我们从不同角度观察同一座房屋的时候，有明确的尺寸、布局、材料、颜色等，可以得到准确和客观的确认。[①]这一观点并非随心所欲地解释价值和崇拜个体经验，而是强调从各种不同的维度、批评视角来认识文学作品的存在方式。"透视主义"将一切文学作品纳入系统，不同类型的作品可以相互比较、变化、发展。它们相互影响，充满各种可能性。"透视主义"是新的文学作品批评标准和价值判断的方法。

第三节　韦勒克文学作品存在层面论

韦勒克文学作品存在论依次探讨了三个层面。第一，具体的文学

---

① René Wellek, *The Attack on Literature and Other Essays*, Chapel Hill: The University of North Carolina Press, 1982, p. 51.

作品层面：(1) 声音层面，包含谐音、节奏和格律；(2) 意义单元层面，涉及作品的形式、结构、风格、文体等；意象和隐喻，文学作品中最核心层面；存在于象征和象征系统中的特殊"世界"，是作品中形而上的意义；(3) 叙事性小说的性质和模式。第二，文学作品的类型层面：(1) 文学类型的性质。(2) 文学作品的评价。第三，文学史层面：文学史的本质以及可否有一个作为艺术史内在的文学史。[①] 韦勒克详细论述作品层面，声音层面是其他层面的基础，意义单元层面是作品层面最核心的部分，象征和神话揭示作品的形而上质的意义，赋予作品神秘的、崇高的色彩。文学作品的不同层面，各个层面彼此联系，不可分割。每一个作品层面都具有独立的审美意义，它们和谐地组成统一的作品结构。韦勒克文学作品存在层面论较为全面完整地分析作品结构的理论，把作品的静态存在与动态形式辩证地结合。

一 具体的文学作品层面

(一) 声音层面

无论抒情散文还是叙事小说，声音层面是文学作品最基础的层面。作为一种语言声音系统，它是产生意义的先决条件。声音产生的效果成为构成整个作品审美特色的重要部分。韦勒克重点分析文学作品的声音层面具有一系列基本的关系，主要包括谐音、节奏和格律三种类型。

其一，谐音，又称"音乐性"。它是音质的固有差别，表现声音的特殊的个性，与音量无关。谐音是声音产生效果的基础。韦勒克提

[①] 关于韦勒克对文学作品的八层次划分并未出现在 René Wellek and Austin Warren, *Theory of Literature*, "The Analysis of the Literary Work of Art"，而是分列为第十三至第十九章的标题，译者刘象愚将其整理罗列到中文版第十二章"文学作品的存在方式"译文中。详见英文版 René Wellek and Austin Warren, *Theory of Literature*, New York and London: Harcourt, Brace and Company, 1949 和中文版［美］勒内·韦勒克、［美］奥斯汀·沃伦《文学理论》（新修订版），刘象愚等译，浙江人民出版社 2017 年版，第 140 页。

出声音效果的两条原则。第一条原则，区分声音的表演与声音的模拟。韦勒克认为一部文学作品的诵读只是一种声音的表演，这一表演过程建立在作品声音的模式基础上。它增添了许多朗诵者的个人情感色彩，有时会歪曲作品固有的声音模式。第二条原则，区分声音模式与声音模拟之间的差异。声音模式指相同的或相关的音质的复现，一首诗的头韵、脚韵或准押韵等现象，表现不同的声音模式的效果。韦勒克以押韵为例，说明作品的声音效果还同意义语调关系密切。押韵指在一行诗的终结，是诗节模式的组织者作为一种声音的重复，押韵产生了节奏悦耳的声音效果。它把文字组织在一起，发生对照联系，影响语词之间的意义关系。声音模拟指富于表现力的声音的使用，具有三个不同的层次。第一个层次，声音的模拟实际模仿物理的音响。"拟声词"模仿自动物的叫声或某种具体行为的声音，如蜜蜂的嗡嗡声，它通常是对物理音响的模仿。第二个层次，声音的模拟区别于声音的描绘。声音的描绘通过诗歌上下文的声音重建自然界中的声音，刻意引入某种声音模式，没有拟声效果。第三个层次也是最重要的层次，声音的模拟与声音的象征与隐喻相关，具有既定的惯例和模式，需要联想和想象理解它的意义。

　　其二，节奏，原本是音乐术语，现被运用到文学研究中，指音响的轻重缓急与节拍的强弱长短交替运行合乎一定的规律。节奏成为一般的语言现象，表现为声音关系因素之间的差别。比如音高的高低、音的延续长短、重音的轻重、复现的频率，表现量的区别。节奏包含节奏和旋律两方面，具有两种类型：固定的周期性和重复性的节奏和非重复性的节奏。韦勒克指出所有散文都具有某种节奏性，探究散文节奏的特色。不同于散文的一般性节奏具有平衡重音和音高的差异，散文的艺术性节奏的重音分布更具规律性，加强了声音效果和美感因素。节奏性散文能够使文章变得紧凑，更好地理解作品文本。

　　其三，格律，又称韵律，指诗歌的音韵、结构和语调等因素。格律是在节奏数量的基础上形成的，诗歌每一行的节奏组成了若干重复的格律单位。比如，现代英语诗歌的格律要求一定数量的音节、不同的重音类型等。韦勒克辨析四种主要类型的格律理论。第一种类型是古老的图解式格律法。它指图解符号描述重音和轻音、长音和短音，如抑扬格、扬抑格、扬扬格之类。图解式格律采用图式方式理解声音模式的变化，有效回避了朗诵者的个人情感和其他细微特质的变化。第二种类型是音乐性格律法。诗歌中的格律类似于歌曲中的节奏，每一个音节都可以对应一个音符。诗歌的长音、短音、重音和轻音分别配以不同音符的长度和高度。第三种类型是客观格律法。它使用示波器等科学测量的仪器研究诗歌的格律。客观格律法研究能够清楚地描述朗诵者在进行诗歌朗读的每一个音节的音波频率、振幅、波形和波长，也可以清晰地显示诗歌朗读的每一行的音高、响度、延续性和时值。韦勒克认为客观格律法在准确测量声音效果的变化方面具有一定的效用，但是测量结果随着朗诵者每一次阅读产生变化，不具有稳定性和普遍性。客观格律法很大程度上损害了诗歌的艺术价值。第四种类型是格式塔理论。它着眼于整首诗歌的结构，每一个音节效果在诗歌中的位置而呈现不同的独特性。俄国形式主义还把这种方法运用区分格律模式和口语节奏，格律模式指图解式的、静止的；口语节奏则是动态的、进行式的。诗歌的格律和节奏直接影响到诗歌文字和句型的选择，它关系到整首诗的意义。

　　文学作品的声音层面是作品最基础的层面，它由最小单位谐音构成，包含音节、韵律、节奏、格律与它们产生的意义。文学作品不存在单纯的声音模式和语音材料。每一部文学作品都有自身的语言系统，不同的语言规律产生不同的声音效果。声音效果的产生与诗歌的音节、音响、音高、押韵、节奏、韵律，以及每一个语词在诗歌中的位置密切相关。文学作品的谐音、节奏和格律必须同语调的意义一起构成艺术作品的整体因素，呈现一定的审美效果。声音层面也同作品的其他层面共同构成统一的审美结构。

　　（二）意义单元层面

　　文学作品重要层面是意义单元层面，它决定文学作品的语言结构、形式风格等文体特征。每一部文学作品都是一种特定语言系统的选择，作品的意义结构受到语言分析的制约，但是文学作品不能仅仅被视为语言研究的材料。意义单元层面包括：文体和文体学、意象、隐喻、象征、神话层面。

1. 文体和文体学

文体指文学语言的表达方式，由于它的意义生成取决于社会文化或作家气质，不同语言表达的方式呈现出不同的风格特征。文体学具体指研究作品中的语言规律、句法结构、修辞方法，属于文学研究的一个分支。[①] 文体学针对文学语言的特殊用法、作家遣词造句的修辞手法，重点研究语言系统的格律、隐喻和象征。韦勒克提出："只有当它（语言研究——引者注）成为文体学时，才算得上文学的研究。"[②] 文体学重点关注作品语言风格，呈现不同的体裁风格，它成为文学作品表现意义单元的构成部分。

文体学强调文学语言的特殊用法和风格。语言的一般用法多用于日常生活的沟通交流。不同于日常语言的一般用法，文体学重点研究作品某些特殊的节奏和格律、反复出现的句法结构。文体学不仅仅是语言学的一个分支。广义上说，语言中的一切修辞手段和句法结构模式都属于文体学的研究范畴。文体学泛指具有特殊表现力和表达方式的语言手段，甚至包括修辞学的研究范围。它依据某种修辞手段与其他修辞手段共同呈现的意义，把文学作品分为喜剧的、悲剧的、崇高的、神秘的等类型；依据语言词汇与表达事物的关系，把文学作品分为简洁的、直接的、夸张的、繁复的等类型；依据词汇间的关系，把文学作品分为松散型或紧凑型；依据词汇在整个语言系统中的作用，把文学作品分为偏重口语的、书面的、个性化的等类型。文体学的分

[①] 参见［英］罗吉·福勒《现代西方文学批评术语词典》，袁德成译，朱通伯校，四川人民出版社1987年版，第269—271页。

[②] ［美］勒内·韦勒克、［美］奥斯汀·沃伦：《文学理论》（新修订版），刘象愚等译，浙江人民出版社2017年版，第166页。

类研究有利于直接把握不同作品的共性和特殊性,但是,文体学只有探究文学作品的审美功能、审美效用与审美意义,揭示文学作品的审美特质时,它才真正属于文学研究的一部分。韦勒克重视文体学之于文学作品研究的重要价值,倾向从审美角度进行作品的语言分析,观照作品的意义结构,把它限制在纯文学的审美研究。

韦勒克探讨德国文体学"母题与文字"和"心理文体学"方法。第一种"母题与文字"的文体学方法重点研究文学作品中反复出现的母题与之语言文字的对应关系。母题指作品主题的简单归纳,包含某种价值判断,它是故事成分中的最小部分。母题的重要特点是以类型化的结构或程式化的言说形态,反复出现在不同的作品中,具有某种一般的、普遍的、被人识别出来的表达方式或语言形式。[1] 母题能够清晰体现文学作品的语言特性和意义结构之间的平行关系。比如,乌托邦与自然主义、记忆与历史、悲痛与成长、爱情与悲剧、滑稽与恐怖等类型,它们反复出现在作品中,构成作品的情节内核,成为作品鲜明的母题。第二种"心理文体学"把反复出现的文体风格同作家心理相对应,从心理学出发论证作品语言的特征。韦勒克反对这一研究方法,指出假定艺术作品必然包含作家的经验,认定作品风格与作家某种心理状态具有必然的关系,是荒谬的。作家的心理状态与作品的语言表达之间的关系含混复杂。作家创作的精神情感与作品文体表达并非一致的,作家游离不定的心理状态无法揭示作品语言的特性。

总之,通过一部文学作品或一个作家的文体风格,我们可以观察某一时期或某一时代不同文学流派的作品特征。古典主义时期的作品崇高的自由和理性的风格特征;哥特式风格作品呈现黑暗幽深、孤独绝望的特征;浪漫主义时期的文学作品热爱自然、情感真挚的风格特征;巴洛克文学作品华丽浮夸、怪异夸张的风格特征。不同文学作品的文体风格各异。韦勒克指出文体研究的重要意义在于建立整个文学

---

[1] 孙文宪:《作为结构形式的母题分析——语言批评方法论之二》,《华中师范大学学报》(人文社会科学版) 2001 年第 6 期。

作品的普遍存在的系统原则，揭示作品一般的审美目的，说明语言词汇与表达事物之间的关系。文学作品的文体和文体学层面不仅仅是语言科学的材料，它更需要从审美效果角度入手，分析文学作品中一切语言手段的特殊表达方式，注重作品语言结构与意义内容之间的平行关系。尽管文学作品的文体类型不同，但是各种类型文学作品会具有某种普遍的、稳定的风格特征，这一风格或者体现在同一时期，或是同一作家的某一阶段的固定文体风格。文体学对作品语言系统的分析，探究作品语言不同于其他语言系统的特殊性，呈现作品的审美意义。

2. 意象和隐喻

文体学按照不同文学作品的语言风格、题材类型确定作品的意义。意象、隐喻、象征、神话通过探究作品系统的复杂结构确定意义，它们属于作品的修辞范畴。韦勒克认为这四个术语具有一些重复之处，大致分为具体感官和抽象思辨两种表达方式，意象和象征诉诸感官的特殊性的表达方式，直接唤醒读者的审美感受。隐喻和神话通过比喻或者换喻的间接表达方式，以拟人的修辞手法使读者把握作品的主题和意义。

意象，又称形象。它指人们通过想象或联想的方式对过去的感觉或知觉上的回忆或重现。意象分为静态意象、动态意象、限定的或自由的意象。瑞恰慈指出，一直以来，人们过分重视意象的感官特征、生动性和形象性。"意象作为一个和感觉奇特地联系在一起的精神活动的特性。"[①] 意象与感官的感觉相类似，借助生动的形象帮助人们唤醒和重现过去的感觉，没有直接的感觉无法形成意象。不同于瑞恰慈从心理学意义上界定意象，庞德把意象概念定义为"在瞬息间呈现出的一个理性和感情的复合体"[②]。意象作为理性与感性情感的复合体，冲破时空的限制，给人们自由自在的感觉。它是融合理智和主观

---

① [英] 瑞恰慈：《文学批评原理》，杨自伍译，百花洲文艺出版社2010年版，第112页。
② [美] 庞德：《论文书信选》，郑敏、张文锋、裘小龙、黄晋凯、张秉真、杨恒达主编：《象征主义·意象派》，中国人民大学出版社1989年版，第135页。

经验的综合物,以个性化的方式,或清晰或含蓄地传达给读者,具有强大的吸引力。意象既表现为视觉形象,也可以成为一种隐喻性或象征性的存在。比如,玫瑰不仅是鲜艳的红色花朵,而且蕴含热烈奔放的情感。隐喻性或象征性的意象更多是一种约定俗成的文化反映和思维方式。比如,潮湿的古堡具体描述事物属性的同时,透露出黑暗、阴冷的氛围。无论是视觉意象还是隐喻性或象征性的意象存在,都可以借助想象或联想的方式,给予读者强烈的感官刺激,促使读者深入挖掘其蕴含的意义。

隐喻指用打比方的方式传达意义,用一种事物暗示另一种事物,在两种事物之间建立起某种联系。作为一种修辞手法,隐喻主要是思维过程的一种组合方式,潜伏在各种日常语言中,文学语言具有极强的隐喻性。最早,亚里士多德提出隐喻指用一个表示某物的词借喻他物。[1] 隐喻使人产生由此及彼的联想,增强诗歌语言的表现力和感染性。亚里士多德将隐喻视为教学工具,通过隐喻能够更好地了解事物,揭示事物的意义。由于人类具有隐喻性的思维,可以借助隐喻手法叙述诗歌的内容,雪莱曾说诗歌是隐喻的语言。瑞恰慈指出隐喻由一个词或短语将两种关于不同事物的想法组合在一起,是它们相互作用的结果。[2] 他认为隐喻不仅是语言问题,本质上是两种思想之间的交流。隐喻是一种语境之间的交换,具有丰富的意义,能够使人生动形象地感受到不可思议的魔力。当把某一人的性格描述为小猫对应听话温顺、兔子对应活泼开朗、老虎对应残暴霸道,同一个人物可以隐喻不同的动物表现出不同的性格特点。韦勒克还提出诗歌隐喻的四个基本要素:类比、双重视野、感官意象、泛灵观的投射。[3] 四个要素在诗歌中的地位并非同等重要,从不同角度揭示不同时期的隐喻。巴

---

[1] [古希腊] 亚里士多德:《诗学》,陈中梅译,商务印书馆2017年版,第149页。
[2] I. A. Richards, *The Philosophy of Rhetoric*, New York: Oxford University Press, 1965, p. 93.
[3] [美] 勒内·韦勒克、[美] 奥斯汀·沃伦:《文学理论》(新修订版),刘象愚等译,浙江人民出版社2017年版,第188页。

洛克时期，隐喻的典型方式逆向比喻，采用矛盾相反的意象表达情感和意义。新古典主义时期多使用换喻式，从个别到一般，或者从大众到特殊的视角展现丰富多彩的作品世界。隐喻的功用在于达到新奇惊人的艺术效果。

韦勒克进一步分析了隐喻性的意象。最粗糙、最浅显的意象是装饰意象和强合（或浮夸）意象，这些意象使用大量的技巧隐喻。比如，锡德尼在《小爱神》中借用讲活地狱、晴空风暴和冰冻火焰三组矛盾的修饰词组，抒发爱情的热烈与悲伤。强合意象多呈现人类早期文化的特征，处于较低的文学形式。这两种意象方式的局限性在把一个意象强行联系起另一个意象，而非把外部的自然事物与人的内心世界紧密联系起来。它们由于缺乏主观情感的渗入，这一隐喻关系导致意象与表现意义的分离与割裂。更高一级的是繁复意象和精致意象，它们从简单松散的意象关系提升到较为紧密精致的层次。布莱克的《病玫瑰》将生病的玫瑰象征爱情出现危机，在黑暗中的蛀虫象征疯狂可怕的嫉妒，吞噬爱情的美好。风暴、生病、蛀虫的共同特征是残酷黑暗的性质，它们同原本象征浓烈爱情的玫瑰构成矛盾的修饰组合。精致意象较多出现在宗教诗歌中，包含一套惯用的整体视觉意象。但丁笔下的地狱出现在密集的山丘上，一座宽阔的坟场，里面的棺材敞开着，林立的墓碑矗立着，悲鸣之声不绝于耳。坟场和墓碑同地狱构成惯用的意象，充满直接的视觉想象。

最高级的要数潜沉意象、基本意象和扩张意象，它们的主要特征是反对直接的视觉图式，暗示意象之间具有紧密的隐喻式关系，彼此融合。潜沉意象主要是古典诗歌意象，它潜伏在视觉感官之下的具体意象，缺乏明晰的指向性。蒲柏的《夺发记》中直接引用"秀发"暗示女性的独特吸引力以及使男性陷入疯狂的魅力。基本意象指将没有明显联想关系的抽象意象作为隐喻的工具，它集中在邓恩的玄学派诗歌意象。邓恩描写了一只跳蚤先后叮咬了男女主人公，跳蚤混合他们的血成为两人的媒人。"这跳蚤就是你和我，它的腹腔就是我们的婚床，和婚庆礼堂。"① 诗人把看似毫无关系的两个意象联系起来，令人厌恶的跳蚤与高贵纯洁的爱情奇妙地组合在一起，隐喻不顾世俗爱情的神圣，强烈的对照给予全新的意义表达。扩张意象则是莎士比亚和伯克的意象。韦勒克指出扩张意象多包含进步和预言思想，具有"强烈的感情和独创性的思想"②。莎士比亚《麦克白》中的白昼象征美好的事物，它不好意思地抬头以及阳光应该亲吻黑暗，寓意由光明转向黑暗。③ 这些具体意象被赋予抬头、亲吻直接性的比喻含义，刺激人们的视觉感官，明晰光明最终会战胜黑暗。

3. 象征和神话

象征指甲事物暗示乙事物，但甲事物本身作为一种表现手段，也要求给予充分的注意。④ 象征作为一种修辞手段，采用生动的形象想象、联想、暗示、对比等方式表达主体意识领悟到的潜在的现实，增添作品意义的朦胧和歧义。象征揭示作品语言的隐喻或换喻，具有重复和持续的意义。法国象征主义诗人马拉美使用纯洁、活泼、美丽的天鹅猛烈地抖动翅膀，希望腾空而起，它疯狂扑动却无法飞起呈现幻想挣脱坎坷人生的象征意义，努力走出黑暗生活，暗示了不惜一切代价追求自由的形象。象征给人以丰富的想象和深刻的印象。韦勒克依据不同类型形象将象征分为：私用象征、传统象征、自然的象征。私用象征通常指不容易让人理解的诗歌象征，不同寻常的形象，读者只能细心品味才能发现它。雪莱诗歌中的轮子象征苦难，布莱克诗歌中的老虎象征至高无上的权威，隐喻残暴的统治，羊羔象征被压迫的贫苦大众。诗人为追求特殊的审美效果和感受把常见的形象变成象征。

---

① ［英］约翰·邓恩：《跳蚤》，傅浩译，胥少先编译：《英国文学诗歌选》，电子科技大学出版社2016年版，第42页。
② ［美］勒内·韦勒克、［美］奥斯汀·沃伦：《文学理论》（新修订版），刘象愚等译，浙江人民出版社2017年版，第196页。
③ ［英］威廉·莎士比亚：《莎士比亚悲剧喜剧全集：悲剧Ⅰ》，朱生豪译，青岛出版社2020年版，第230页。
④ ［美］勒内·韦勒克、［美］奥斯汀·沃伦：《文学理论》（新修订版），刘象愚等译，浙江人民出版社2017年版，第178页。

传统象征指传统的、约定俗成的，已经被大众普遍接受的象征。自然的象征指自然界中的各种事物，山峰、森林、田野、湖泊、溪流等形象。自然的象征反对既定的社会道德原则和约束，赋予形象以扭曲、丑恶、怪诞的审美色彩，具有强烈的反传统，它们是最不容易把握和领悟的。韦勒克把主体情感融于自然的客体形象，主客体交互影响的象征称为"自然的"象征。他以雪莱对勃朗峰的描述说明自然的象征。万物的永恒宇宙，流过了心灵，掀起迅疾的波浪，时而黑暗，时而闪光，时而映出阴郁，时而放出异彩。[1] 诗人将自然界中的山峰视为一种流动的情感，象征个人的情感被广阔的世界容纳，在人的心灵和意识之外，一切都不存在。韦勒克认为诗歌中自然的象征，丰富读者阅读和想象的可能性，但是过分联想自然的象征容易僵硬地解释诗歌意义，甚至会扭曲诗歌的内涵。

　　韦勒克区分意象、隐喻、象征三者的关系。一个意象出现一次可以转换成一个隐喻，不断重复和持久出现的意象成为一个象征。诗歌中的意象具有隐喻性的或象征性的特征，表现丰富的意义。意象与隐喻紧密联系，诗人通过隐喻赋予意象移情作用，展示自我情感色彩，抽象的情感得以具象化。意象经过隐喻手法具有了神秘性色彩，转换为象征。象征揭示了文学作品中普遍的语言结构。意象、隐喻、象征没有截然分明的界限，它们是作品的组织结构和故事情节的重要因素，旨在明确作品蕴含丰富想象的可能性。

　　神话指直觉的、非理性的叙述方式，是一种寓言故事。它涵盖范围广，包括人类学、社会学、心理学、宗教和美学领域，与系统的、科学的、哲学的言说方式相对照。原始社会时期，人们通过神话讲述自身与世界的关系。启蒙主义时期，神话站在科学的对立面，代表蒙昧、神秘、不真实。尽管神话被视作真理的存在，却不同于科学的真理和历史的真理，而是诗歌作品的真理。现代社会中，神话成为永恒

---

[1] ［美］勒内·韦勒克：《批评的诸种概念》，罗钢、王馨钵、杨德友译，上海人民出版社2015年版，第178页。

的存在，填补现代人的空虚生活。神话的起源与神秘的宗教仪式密不可分，诗歌神话与宗教同样具有虚构性和神秘性。文学批评意义上的神话是现实、真实的反义词。神话是集体创作的结果，不加修饰地表现出朴素的集体精神。现代批评家非常重视神话这一术语，注重作品中反复出现的神话情节、英雄形象，通常这些素材反映神话的普遍性和永恒性。在韦勒克看来，文学作品通过语言分析可以探究神话的共同属性，发现各种各样的交流方式的普遍结构，揭示作品的意义和内涵。

韦勒克注重文学作品中的意象、隐喻、象征和神话，共同属于诗歌结构的重要部分。它们蕴含的意义范围广泛，涉及心理学、人类学、神话学和宗教学等，呈现作品世界的非真实性、想象性和虚构性。作为意义单元层面的组成因素，这四个术语各自具有独特的审美性，需要同其他层面分开研究，同时它们属于整个作品的要素，同其他层面组成复调和谐的作品。作品的文体和文体学首先帮助读者区分作品的类型、风格和题材，意象、隐喻、象征和神话则是从诗歌组织结构入手，将习以为常的事物类比或比喻为深刻的哲思，激发读者的阅读兴趣。意象、隐喻、象征和神话好比作品的路标，引导读者走进虚幻的文本世界，把握作者塑造的各类意象和故事情节，发现各种暗示、感觉和模仿，从而生动形象地领悟主观情感和审美感受。

(三) 叙事性小说的性质和模式

小说形成于近代社会，它被视为史诗和戏剧文学形式的结合。小说通过叙事方式描述某种生活及其时代的历史。亚里士多德认为"诗比历史更真实"，诗以虚构的、超感性的方式更能使人接近历史的真实。作品的世界层面集中体现在叙事小说。"世界"这一术语，原本指地理空间，在叙事性小说中称作"故事"，侧重叙事时间以及时间的连续。小说的时间顺序可以分为持久的长时间和短时间的叙述结构。大幅度的跨越较长时间的小说多见于传记或史诗，如某一个人物出生、成长、死亡的过程；或者某一个朝代或家族由盛到衰的兴亡史。小说世界层面的时间维度值得认真关注。短时间的叙述结构呈现一个时间段与一个时间段各自独立的故事，如侦探小说和流浪汉小说，前后因果联系紧密，环环相扣，各自独立。小说表现现实生活，并非照搬现实环境和一切细节的真实。小说运用艺术手法呈现典型的事件和人物，反映生活。

韦勒克指出小说由作家经验虚构而成的世界，包含人物、环境、情节、世界观、氛围、结构要素。当我们试图分析一部小说时，不能单纯通过道德意义或社会意义进行批评，不应以某一事件的细节真实进行评判。韦勒克认为小说呈现的想象世界有其自身的模式和规则，小说批评分析主要是情节、人物塑造和背景三部分。

情节，又称故事情节。它既可以指作品的故事，也可以用于人物、描述、语调、肌质、虚构等手法塑造的真实感的叙述线索。对小说这种叙事形式来说，情节至关重要。亚里士多德提出"情节是对行动的模仿"①，是悲剧的组成部分之一。情节有一定的规则和模式，或按照时间顺序，或按照因果逻辑顺序，分为开端、发展、高潮和结局。小说特殊的社会环境和典型的行动者是推动情节发展的不可缺少的因素。高尔基指出："情节，即人物之间的联系、矛盾、同情、反感和一般的相互关系——某种性格、典型的成长和构成的历史。"②情节是叙事小说的核心要素，作家通过情节控制作品中所有人物形象，并赋予他们以不同的情感，展现人物性格发展变化的过程。《水浒传》描写林冲夜宿山神庙投奔梁山的情节，林冲受高衙内陷害后被发配到草料场，高衙内与陆谦密谋火烧草料场诬陷林冲。最终一再委曲求全的林冲对官场正义的憧憬破灭，不得不奋起反抗，毅然杀敌。这一典型情节从林冲与高衙内的冲突开始，发展到高衙内联合陆谦继

---

① ［古希腊］亚里士多德：《诗学》，陈中梅译，商务印书馆2017年版，第63页。
② ［苏］高尔基：《和青年作家谈话》，《论文学》，孟昌、曹葆华、戈宝权译，人民文学出版社1978年版，第335页。

续迫害林冲，再到林冲在山神庙杀敌，结尾是林冲彻底绝望被迫走上梁山。情节由许多小的叙述结构（如插曲或者事件）组成，按照因果关系使人物形象更加丰富饱满，故事更加引人入胜，具有想象性和可读性。

人物指文学作品中人格化的形象，塑造人物形象即赋予人物以人性的过程，包括中心人物、边缘人物、主角、配角等多种多样形象。叙事小说中各类人物是作为独立存在的人物与作为品质和道德象征的非人格化的复合体。人物塑造主要有两种方式：静态型的扁平人物与动态型的圆形人物。短篇小说中人物形象多为扁平塑造方式，较为单一和突出。福斯特提出"扁形人物"指"最纯粹的形式"[1]，即表现一种单一的思想或品质塑造的人物，如视财如命的葛朗台先生是只老虎，是条巨蟒，还有契诃夫笔下见风使舵、阿谀奉承的奥楚蔑洛夫。扁形人物尤使读者容易辨认和了解，给他们留下直接的印象。长篇小说中的人物形象更多属于圆形人物塑造方式，具有发展变化的过程。圆形人物的性格特征不是稳定不变的，而是逐渐鲜明、富有流动感的。圆形人物指在单一性格结构的人物身上增加多重性格结构，呈现人物形象的不同面向，使之饱满和立体。如追求自由却无法摆脱道德束缚的安娜、渴望纯洁爱情却冲动虚荣的娜塔莎、圆滑不失算计的王熙凤，她们更深入、更复杂地展现人性的矛盾。扁形人物形象起伏变化不大，单一性格容易导致极端的表现方式，圆形人物的性格丰富多彩，它是对现实生活的深刻把握。

背景，又称环境，指特定的历史时代或者家庭内景，表现人物换喻性的环境氛围。小说中的背景分为自然背景和社会背景。自然背景借助自然风景投射一种心理状态，如人物在阳光下表现为开朗乐观的性格，武侠小说中的风雨环境更是为激烈的武打场面增添紧张氛围。社会背景是由庞大的物质力量决定的，具有特定的时代因素。欧·亨

---

[1] [英] E·M·福斯特：《小说面面观》，冯涛译，上海译文出版社2020年版，第61页。

利描写吉姆、乔和迪莉娅等小人物的悲惨命运，揭露资产阶级的道貌岸然和资本主义社会的不平等，德莱塞创作的《美国的悲剧》讲述穷苦出身的格里菲斯不择手段地追求金钱和权力，滋生爱慕虚荣之心，一步步沦为杀人犯的故事，批判资本主义腐朽的生活方式。

叙事性小说三要素：情节组织安排小说的结构、需要人物和背景的作用。人物是小说塑造的主要要素，离不开情节和背景的观照。背景为情节发展和塑造人物提供环境描写。情节、人物和背景，三者彼此作用、相互融合。

除探讨叙事性小说的基本要素外，韦勒克还论述叙事性小说的技巧，如叙事结构、寓言时间、叙事视角。叙事结构指讲述小说的顺序安排，包括顺序法直接从故事的开始讲起，倒叙法从后向前讲述故事，插叙法从故事的某一个中间开始讲述。寓言时间指讲述故事跨越的总时间，它由小说家控制，体现作者经验时间。通常小说家凭借一句特定的时间或几句简短的话语交代拉开故事的序幕，如"多年以后""一九四二年"。同时，寓言时间是读者的阅读时间，引导读者进入故事情节。叙事视角，或称叙事焦点，分为第一人称和第三人称两种方式。第一人称"我"的口吻描写、议论和抒情，指小说家借用作品中人物或充当事件的发起者，或成为故事发展的目击者。第一人称的叙事方式成为作家自我坦白和强烈情感的直接表达。在《孔乙己》中，鲁迅以自己的视角见证孔乙己的穷苦不得志、清高迂腐，以及他是如何成为封建科举制度的牺牲品。鲁迅通过揭露孔乙己的悲剧命运，表达对底层大众的同情，批判漠视人情的时代。作家笔下的人物始终处于情节中，以人物的眼睛观察生活。第三人称指小说家以叙述者的身份讲述故事，以"第三者"的方式交代事情的来龙去脉，叙述者游离在情节之外，知晓过去和预知未来，是一种全知全能的视角。在《达洛维夫人》中，伍尔芙通过叙述达洛维夫人在一天的所见、所听、所说描写闲散家庭主妇的生活意义与塞普蒂默斯对战友的怀念。伍尔芙借助达洛维夫人的经历表现一战后英国社会的荒芜、人们精神的空虚彷徨。相较第一人称的叙述视角单一直接,第三人称视角更为自由和灵活,讲述者不受时空限制,洞察人物的内心活动。第一人称和第三人称两种叙述视角在文学作品中可以交替使用,既包含讲述者又包含故事的主人公。

韦勒克专门论述叙事性小说以情节、人物、背景为主的世界层面,指出这一层面同样适用于戏剧。同小说一样,戏剧中的空间设置、场景架构、情节发展、人物造型、语言对白等方面有着严格的程式规定。同样,戏剧呈现出的虚构世界,离不开情节、人物、背景等各种组织结构的安排。

文学作品的世界层面与形而上的性质层面紧密相关。形而上的性质层面是一种表现事物的崇高性、神圣性、悲壮性的情感特色。它是从作品本身生发出的世界观,而非作者刻意强加在作品中的观点。作品的世界层面反映作家对待现实生活的态度,蕴含一种独特的语调,形而上学的性质层面同样有一种氛围,关系到作品的评价。

二 文学作品的类型层面

(一) 文学类型的性质

文学作品是一个集合体,包括诗、戏剧、小说、史诗、散文的不同类型。一部文学作品的种类性质由它参与在内的文学传统与惯例决定。随着新作品的出现,种类逐渐增多,作品类型发生改变。文学作品的类型是一种共时存在的秩序结构。文学类型是一种对文学作品的分类编组,建立在特殊的外在形式以及内在形式的根据之上。韦勒克认为文学类型的概念应该倾向形式主义以便探究特殊的情节结构和作品内在的态度、情调以及读者范围等。类型研究能够引起人们对文学作品内在发展的注意。

按照作品的题材和属性,最早亚里士多德把文学作品分为戏剧、史诗和抒情诗。现代文学理论倾向把作品分为长篇小说、短篇小说和史诗、戏剧、散文、诗等类型。抒情诗指诗人的自我表达和情感抒发，史诗和小说融入诗人个人经历，戏剧中诗人隐藏在全部角色之后。按照主题，诗的类型可以细分为英雄诗、讽刺诗、田园诗。上述文学作品的类型有时混合在一起，如传统小说中加入客观的史诗叙述，增加了直接的对话性。散文中融入抒情诗歌，增强感情的感染力。不同时代，文学作品的类型观念会发生改变。18世纪启蒙运动时期，歌颂新兴资产阶级的开拓，追求奋斗和实干精神，出现一批昂扬向上的小说。如笛福描写鲁滨孙开垦荒岛反映资产阶级敢于进取的冒险精神。辛格顿船长航海冒险，到印度掠夺黄金珠宝，表现资产阶级实干进取的精神面貌，同时展现早期资产阶级的殖民生活。19世纪随着出版物的迅速传播，出现自由体诗、具有讽喻的政治小说，令人怜悯和恐惧的哥特式小说。

韦勒克认为文学类型被视为对文学作品的分类编组，具有外在形式和内在形式两部分。[1] 外在形式包括特殊的韵律、节奏和格律或结构，内在形式含有情感、态度、目的、题材和接受者范围等。古典主义文学类型多以题材为划分依据，如小说分为家庭小说、政治小说和工厂小说。这一时期或者以社会阶级的地位为依据，如戏剧中叙述国王和贵族的严肃剧和史诗，描写中产阶级的喜剧，闹剧和讽刺剧中的小人物。根据人物阶级身份和等级不同，戏剧分为喜剧、讽刺剧和闹剧。现代文学类型更倾向以节奏、音律和结构为依据，重视作品的形式主义。即使短篇小说也强调精心的情节安排和组织结构。18世纪之后对既定形式的追求和反复出现的结构模型已然过时，19世纪随着读者观众数量的增多，文学类型的概念发生变化，文学形式变化多样，20世纪后，文学类型的研究转向文学内部发展规律的研究，更加专注分析作品的内在形式。在不同阶段，由于文学类型的概念、划分标准的变化，某一类型会过时消失，也会在既有类型的基础上，涌现出新的文学类型。

---

[1] ［美］勒内·韦勒克、［美］奥斯汀·沃伦：《文学理论》（新修订版），刘象愚等译，浙江人民出版社2017年版，第228—229页。

韦勒克指出文学类型处于不断演变的过程中，他探讨文学的原始类型与发达类型之间的关系。原始的文学类型（如口头文学或民间文学），随着文字的出现和印刷技术的普及，它们强调直接的对话性和生动的故事性融入了后来的叙事小说。又如，抒情诗吸收借鉴其他类型形式，勃洛克的抒情长诗中有吉卜赛的歌谣，具有音乐性；马雅可夫斯基的抒情诗从漫画中的滑稽诗改造而来。更复杂的文学类型往往由最简单的类型单元发展而成，几种基本的文学类型混合成一些更高级的其他类型。如叙事小说中有简单的自传体、书信、日记、游记等类型的痕迹。

韦勒克还论述文学类型变化和继承关系。文学类型不是固定不变的，而是依据不同时代的变化发生改变，同一时代的文学类型还会相互影响。俄国形式主义特尼亚诺夫指出一种文学类型的变化会引起另一种类型的变化，它与另一种类型的变化相联系。① 散文在演变，同时诗也在演变，经过几个世纪后，诗的特征功能已经成功运用到散文上。文学类型的关系并非截然割裂，而是有一定的承袭关系。如古希腊时期的悲剧、伊丽莎白时期的悲剧、古典主义时期的悲剧、19世纪的德国悲剧，随着时代的变化，悲剧的形式要素发生变化，它们虽各自独立，却属于同一类型。

在文学发展的历史长河中，文学作品的类型不断发生变化，随着新作品的不断增加，类型概念会发生改变。它的性质始终由外在形式和内部结构规律共同规定。一个文学作品的类型总是处于文学作品的美学惯例中，从简单的、基本的类型走向较为复杂的、混合的作品类型。

（二）文学作品的评价

文学的评价揭示文学作品的益处和价值所在。判断和评价一部文学作品需要参照某种规范和标准，把一部作品同其他具有相同性质的

---

① ［法］茨维坦·托多罗夫编选：《俄苏形式主义文论选》，蔡鸿滨译，中国社会科学出版社1989年版，第107页。

作品加以比较。文学作品的评价主要是挖掘作品的风格性质和形式结构具有的功用,研究作品通过何种形式手法表现它的效用。韦勒克说道:"判断某一东西具有价值时,必须以它是什么和能做什么为依据。"① 文学作品的用途是什么和文学作品如何发挥它的作用,成为评价文学作品的主要标准。它分为实用性评价、作家等级评价和审美评价。

第一,文学作品以实用和说教的评价。古希腊、古罗马时期文学作品的评价强调文学作品的用途,这一时期主要依据社会思想或道德,强调作品实用目的和教化作用。文学作品必须遵循特定的宣传,具有感染力和直接的行动力,并需要提供科学的知识。柏拉图提出文学作品在于引起人们的"快感";亚里士多德提出悲剧作品的"净化"功能;贺拉斯认为作品表现"寓教于乐"的观点;狄德罗重视作品的教化作用;福楼拜提出作品具有强大的精神传递作用;席勒指出通过作品的审美教育,人获得自由的发展;别林斯基认为作品是引导人人变好的社会美学;车尔尼雪夫斯基强调作品是"生活的教科书"。他们把文学作品当作社会生活的反映,滋养人们精神生活的养料,成为人们的情感寄托。文学作品具有认识功能、教化功能和娱乐功能,产生独特的魅力。如果文学作品的评价以教化为目的,只能够揭示作品的相对价值和特定效用,那么会导致作品评价的碎片化和原子化。

第二,文学作品的评价以作家等级为标准。古典主义时期文学作品的评价总是被赞美、被欣赏的。古希腊和古罗马的作家水平永远是固定不变的,他们创作的永远是典范。卓越的古典作家的文学作品经历世世代代仍是最优秀的作品,但是古典主义作品评价标准忽视了不同时代审美趣味的变化,作品审美结构的复杂和丰富。一部分优秀的经典作品会在一定程度上满足后世人们的审美趣味。随着时代的改

---

① [美]勒内·韦勒克、[美]奥斯汀·沃伦:《文学理论》(新修订版),刘象愚等译,浙江人民出版社2017年版,第237页。

变、审美价值的更替转换，古典作家创作的经典作品吸引读者阅读的理由会出现各种原因，同读者的共鸣程度出现相应的改变。同时期作家创作的文学作品由于距离阅读者的时间距离相近，某种程度上更了解他们的阅读倾向和趣味。文学作品的评价以作家等级为标准的判断是不可靠的，文学批评家不应该根据作家固定的等级简单地评价作品。一部文学作品的评价应该发现作品蕴含的审美结构、潜在的审美价值，以及这一结构能够超越具体时代，唤醒不断增加的读者和批评家的兴趣和热情。

第三，文学作品的评价以审美形式为标准。不同于文学作品实用性和作家等级的评价，文学作品需要分析和评价作品结构特征，发掘作品的审美价值和作用。韦勒克提出文学作品的纯粹性评价，依据文学自身的性质等级作出作品的整体性评价。文学作品首先是一种审美对象，能够激起读者的审美感受和审美经验。形式主义在这方面作出重要贡献，他们依据作品的语言结构和审美经验，判断作品是不是一部好的文学作品以及是否具有特殊性。形式主义重点研究作品的审美结构，他们强调的"形式"是融化了材料之后的形式，形式与材料审美地组织在一起。材料完全融入形式，它包含了从最基础的语言材料到人类的行为经验，再到人类的思想和态度。这些材料都以另外的方式存在到作品之中，通过审美目的组织在一起，构成复调和谐的组合体。

韦勒克指出文学研究的不是作品的要素是什么，而是这些要素如何组织在一起、具有什么样的功能，组织和功能成为文学评价的重要标准。从作品的组织结构和功能作用入手进行作品分析，作出作品的审美价值判断。同时，一部好的文学作品并非抽离实用和科学用途之后的纯文学，也不是不能进行功利性的阅读，而是从整体上判断作品的形式技巧同思想主题相互协调。文学作品的评价还需要依据具体的价值情境。韦勒克认为一部文学作品的评价无法完全抽离具体的历史。读者阅读作品和批评家进行作品批评都把作品置于一种被品味、被欣赏的具体情境，他们依据时代的美学标准和价值原则作出具体的评价。他不赞同作品的直接感性判断和抽象的、理性的、推论性的判断，直接的感性判断缺乏理论概括性的陈述，理性判断建立在感性的基础上，才能系统地表达。文学作品的评价似乎可以分为显明的判断和含蓄的判断，把作品的形式和材料融合在一起，分析其审美效用。

韦勒克提出文学作品的评价并非单一的认识和教化作用，而是揭示潜在存在于文学作品结构中的多种价值，作出审美评价。文学作品的评价需要读者的阅读观照，将审美结构具体化和现实化，从整体上阐释作品的审美价值。

三 文学史层面

文学史究竟是文学的还是历史的。关于文学史有如下三种看法。一是文学史是一个民族的发展史或者社会的进步史。英国诗歌史家华顿提出文学作品反映时代风貌，忠实地记录当时的社会生活，保存最富有意味的风俗习惯，并把这些传递给后世。[①] 莫利认为文学作品是民族的记忆，是时代精神的故事。[②] 斯蒂芬提出文学作品是整个社会有机体的一种特殊产物，是社会变化的一种副产品。[③] 他们把文学作品当作记录社会进步发展的历史文献。二是认为文学作品是个别经典作家的作品评价，试图探究作家之间的相互影响。埃尔顿坦白地说道，对作家作品研究的批评史，不是真正的文学史。[④]三是认为文学作品是文学艺术发展的整个概念。作品研究包括作品产生的条件、

[①] René Wellek, *The Rise of English Literary History*, Chapel Hill: The University of North Carolina Press, 1941, pp. 169 – 170.

[②] Henry Morley, *English Writers: An Attempt Towards a History of English Literature*, London: Nabu Press, 2010, p. 1.

[③] Lesile Stephen, *English Literature and Society in the Eighteenth Century*, London: Duckworth and Co. 3 Henrietta Street, W. C., 1904, pp. 14 – 22.

[④] Oliver Elton, *A Survey of English Literature: 1780 – 1830*, Vol. 2, London: Edward Arnold, 1912, p. vii.

批评鉴赏和评价，以及作品同其他艺术之间的关系。韦勒克认为文学史的研究对象是一部部具体的文学作品编纂而成的历史过程，具有一定的连贯性和系统性。韦勒克提出文学史在于探索作为一门独特艺术的文学的历史，它区别于社会史、作家传记史、时代思想史、个人心理史，也不是对个别文学作品的鉴赏、比较和区别。文学史是涵盖一切作品的动态发展史，不同时期、不同类型的文学作品构成一个历时性的结构。

在历史进程中，一部单独的文学作品不是固定不变的，作品的决定性的结构是动态的。面对同一部作品，读者的阅读、批评家的批评以及艺术家的鉴赏和看法是不断变化的，但是，对文学作品的解释、评价和判断的过程一直持续着，从没有中断过，并将无限持续下去。韦勒克提出文学史的两个主要任务：一是探究读者和批评家对文学作品评价的动态历史；二是探索同一个作者不同时期的作品在主题、题材、语言形式、风格特征方面的发展过程，由此揭示整个文学作品内在结构的普遍规律。从历时角度看，文学作品的存在方式经过历代读者和批评家的阅读积累而成；从共时角度看，文学作品的存在方式在同一时期或共同的作者的作品发展中，具有内在的稳定的结构。韦勒克强调一系列文学作品的发展过程，以及同它相邻的艺术作品的不连续的结构。他注重一个个文学作品不是完全孤立的存在，把文学视为一个包含着作品的完整体系。整个文学系统随着新作品的加入发生相应的变化，这一体系始终处于不断增长的动态发展。韦勒克将生物学的进化概念引入文学史研究，出现三种文学进化观点：连续性线性的文学进化观、辩证法的文学进化观和共时性的文学史观点。

一种是连续性线性的文学进化观认为文学的发展由低级到高级的不断发展，达到一定高度后便会停止变化，甚至消亡。亚里士多德指出悲剧是缓慢成长起来的，诗人结合新出现的成分对它不断改进，达到完美的高度后停止了发展。① 同生物周期类似，悲剧的自然属性都已具备了，进入成熟期后定型。亚里士多德的生物进化的文学史观被新古典主义的文学批评家广泛接受。赫尔德把"器官学"的进化概念引入希腊诗歌断片史的研究。施莱格尔指出，希腊诗歌的不同类型按照一定的进化顺序排列而成，经历了生长、繁殖、开花、成熟、僵化和衰亡的进化过程。西蒙兹把生物学的类比坚定地运用到伊丽莎白时期的戏剧研究中，论证戏剧的发展经历萌芽、扩张、鼎盛和消亡等阶段的线性过程。他们假定存在一种与生物成长类似的文学进化过程，这种观点将文学作品的发展看作不断向上发展的过程。韦勒克认为生物进化观忽视个体作品的单独价值，它把文学作品当作一个个社会历史文献，僵硬地将一部部单独的作品价值缩小到最低限度的决定论，从而使整个文学史的发展进程成为连续不断的机械进化过程。

二是辩证法的文学进化观。黑格尔引入一种辩证的文学进化观，丢弃了单纯的、类似生物进化的文学史观念。他把文学发展看作客观精神的自我发展过程，与社会历史的发展不断协调。他主张采用辩证的文学进化观取代连续渐进的文学发展观，突然的、激烈的变化替代了缓慢的、平稳的变化。黑格尔认为一件艺术作品就是一个总体，它的每个部分是组织者创造的封闭的世界。他探讨从史诗到抒情诗，到悲剧，从象征型艺术到古典型艺术，再到浪漫型艺术的复杂关系。文学史的发展会有革命性的突变、对立的转化、扬弃的历史过程。韦勒克认为黑格尔的文学进化观正确地指出了文学与社会历史的辩证关系，但是否定文学存在渐变的发展阶段，是一种僵化的决定论文学史观。

三是共时性的文学史观。艾略特主张文学作品不仅包含自己所处时代、所处国家的作品，还应包含其他地区、其他历史阶段的全部文学作品。它们的存在具有共时性，构成一个共时结构。新批评派追随

---

① ［古希腊］亚里士多德：《诗学》，陈中梅译，商务印书馆2017年版，第48页。

了艾略特的共时性文学观,从一般的文学史和一般的批评史中得到启示,但是,新批评家总体上忽视文学史和文学的演化发展。俄国形式主义指出当一件文学作品对之前时代作品的审美结构作出一定的更新时,表现一种积极的文学史价值;若还是延续先前的审美结构没有任何改变时,表现一种消极的文学史价值。[1] 穆卡洛夫斯基提出文学史必须在不断地运动中揭示作品具有的审美结构,探究组成文学作品的各个因素之间的变化关系。他认为判断文学史变化发展的标准为新颖程度。韦勒克肯定穆卡洛夫斯基注重文学作品结构与价值的紧密关系,但仅仅注意到文学史存在变化无法清楚解释变化的方向,这一方向究竟是对立的还是围绕同一轴心不断地旋转。

韦勒克反对将生物学的进化观点运用于文学史研究,文学作品的类型不同于生物学上的物种进化。文学作品的发展变化并非必然地成长,不断地成熟直至退化,也不存在一种文学作品的类型突变为另一种作品类型,各个作品类型之间也非对立的竞争关系。韦勒克强调一种新的、不那么外在的文学史,是一种内部的文学史。他认为解决文学史进化问题的关键在于把历史过程同某种价值或评价标准联系起来。文学作品的价值判断从历史中而来,历史发展不断出现新的文学形式。尽管这里有一个循环论证的问题:"历史的过程得由价值来判断,而价值本身却又从历史中取得。"[2] 这样,描述文学史的发展过程就不会成为一个个独立作品的鉴赏史,而是赋予价值意义的历史过程。韦勒克把全部文学作品视为一个"规范性的观念"或"整体的观念体系",通过具体的作品分析解释文学史的发展过程。文学的进化不仅是作品历时顺序的排列,作品的价值判断也并非完全取决于新颖程度。文学史的发展以及文学的进化涉及整个文学作品系统的过去

---

[1] Jan Mukařovský, *The Word and Verbal Art: Selected Essays by Jan Mukařovský*, trans. by John Burbank and Peter Steiner, New Haven and London: Yale University Press, 1978, p. 32.

[2] [美] 勒内·韦勒克、[美] 奥斯汀·沃伦:《文学理论》(新修订版),刘象愚等译,浙江人民出版社2017年版,第256页。

和现在，它们的结构形式和价值观念处于千变万变的发展中。

韦勒克主张采用透视主义的观点，从不同层面、不同角度分析、理解和评价文学作品。韦勒克将不同时期、不同类型的文学作品视为一个统一的整体。韦勒克突破诸多传统的文学作品观点，假设文学作品具有多层面结构。从横向看，韦勒克文学作品的层面从某一个具体的文学作品，扩大到某种类型的作品层面，最后建立一种艺术史在内的文学史层面。从纵向看，韦勒克对单一文学作品的分析从声音层面到意义层面，再到世界层面以及形而上质的层面。韦勒克建构的文学作品多层面有助于完整地把握作品结构，从最基本的语音、语词到蕴含崇高的形而上学的性质层面。韦勒克文学作品的层面分析经过具体化过程，有助于揭示作品的审美结构和审美意义。

第四章
文学作品的具体化与审美价值

文学作品是一个多层次的符号体系，诞生于某一时刻，在历史进程中不断变化，甚至会消亡。文学作品发展变化的过程是特定的文学作品在历史上一系列的具体化。文学作品的具体化需要批评家的判断、读者的阅读、艺术家的鉴赏以及一件特定的文学作品对其他文学作品的影响。在具体化过程中，文学作品的审美价值得以呈现。文学作品作为审美的独立存在，它的语言具有陌生化、想象性和虚构性特征，表现特殊的审美价值，需要对其进行审美观照和审美批评。

第一节 文学作品的具体化

韦勒克主张文学作品是一种"经验的客体"，具有八个不同的层面。在具体化过程中，文学作品的各个层面需要读者的阅读和批评家的鉴赏才得以显现。韦勒克提出文学作品具体化的基本内涵和必要条件。

一 文学作品具体化的内涵

文学作品的存在不是静止不变的，而是处在历史发展中的。韦勒克指出文学作品具体化的过程不是别的，而是一件件特定的作品在历

第四章 文学作品的具体化与审美价值

史上一系列的具体化。① 韦勒克文学作品具有八层次结构，这一静态的结构层次需要审美主体与审美对象之间的互动，形成一种动态的审美阅读活动，才能够显示出文学作品的特性。文学作品的具体化需要读者的阅读活动，填充很多抽象和模糊的地方。文学作品的存在方式取决于意向主体的意向性活动，这一活动填补了作品结构中许多的未确定点和空白，丰富了作品意义。文学作品的具体化使得作品获得现实的存在。韦勒克意识到作品的存在无法割裂读者因素，读者阅读行为之于文学作品的存在具有关键意义。韦勒克不赞同针对作品的节奏、韵律、象征和世界层面的分析，但是承认对上述因素的转化还需要读者主体阅读体验和批评家的判断，获得新的创造意义。韦勒克意识到文学作品具体化的必然性以及读者积极阅读的重要作用。读者的每一次阅读都会接触文学作品的结构的某一个部分，不同读者阅读不同类型的文学作品，尽可能触及整个文学作品的普遍结构和规则。同时，韦勒克没有放任读者阅读活动。他指出文学作品的"决定性的结构"引导意识主体的阅读行动。文学作品作为意向性对象受到意识主体约束，同时把自身本质属性投射到主体活动中。

诚如英加登所说："文学作品本身是一个图式化构成（a schematic formation），这就是说：它的某些层次，特别是被再现的客体层次和外观层次，包含着若干'不定点'（places of indeterminacy）。这些不定点在具体化中部分地消除了。"② 受英加登文学作品具体化理论的影响，韦勒克认为文学作品的人物、情节、形象、意象等，它们是以图式化、象征的方式存在，具有大量的"空白"和"未确定的点"。这些形象因素何以能显现，需要依靠读者的想象、虚构和创造性的补充。读者在文学作品中的"未确定的""空白"的召唤下，根

---

① [美] 勒内·韦勒克、[美] 奥斯汀·沃伦：《文学理论》（新修订版），刘象愚等译，浙江人民出版社 2017 年版，第 143 页。
② [波] 罗曼·英加登：《对文学的艺术作品的认识》，陈燕谷、晓未译，中国文联出版公司 1988 年版，第 12 页。

据自身阅读经验,通过想象,将这些图像、符号、形式、结构变得丰富化、具体化。文学作品具体化的过程必然是作品与读者双向互动的过程,读者经验激活文学作品的沉默的、潜在的状态。文学作品是"经验的客体",具有一种共时性与历时性结合的"决定性的结构"。文学作品不同于物理实体不依赖主体意识,它无法切断与世界和读者的联系而自足存在,必须经过阅读,即意识主体的意向性投射,才能真正地显现和现实化。韦勒克分析了文学作品的声音层面、意象、隐喻、象征、神话层面以及世界层面,指出这些层面与主体行动发生"意向性关系"。文学作品的具体化需要读者和批评家的参与,它是一种文学作品存在的显现方式。文学作品本身通过读者的经验和批评家的批评得到具体化。文学作品的具体化包含各种各样作品中没有的因素。对作品来说,它有一些完全陌生的或多或少被遮蔽的因素。文学作品的存在本体不依赖于确定的心理结构,只有在每一次个体的审美活动中,它才尽可能获得完整的呈现。

二 文学作品具体化的必要条件

文学作品是一个"经验的客体"。它由多层次的符号系统组成,具有大量未确定点和空白。作为一个符号系统,文学作品所表现的事物层面以及更高一级的形而上的性质层面塑造了大量象征、意象和神话,成为作品中的未确定点。作家根据环境和人物创作象征意象,需要读者在阅读中如解码员一样,破解这些意象的象征含义。由于读者的知识储备和阅读经验的不同,在不同的语境中象征意象的解释不一。文学作品是一个虚构的世界,呈现未确定点和空白。韦勒克指出,伟大的小说家都有一个自己的世界,人们可以从中看出这一世界和经验世界的部分重合,但是从它的自我连贯的可理解性来说,它又是一个与经验世界不同的独特世界。[①] 作者笔下的城市和教堂不一定

---

① [美]勒内·韦勒克、[美]奥斯汀·沃伦:《文学理论》(新修订版),刘象愚等译,浙江人民出版社2017年版,第208页。

第四章 文学作品的具体化与审美价值

是真实存在的，它是作家精神世界的投射，是作家创造出来的。作品中描述的每一个场景、人物和事件都包含许多未确定点，特别是关于人物的性格命运需要一段完整的时间，是不确定的。作品中事物的属性、特性、情态等要素都是不确定的。比如曹雪芹笔下的林黛玉：两弯似蹙非蹙罥烟眉，一双似喜非喜含情目。态生两靥之愁，娇袭一身之病。泪光点点，娇喘微微。娴静时如姣花照水，行动处似弱柳扶风。心较比干多一窍，病如西子胜三分。短短几句话，作者精准写出林黛玉的眉目、五官、神情以及病态。尽管读者不知道林黛玉具体的身高和体重，却能够感受到林黛玉的纤细柔弱、敏感多情。作者在勾勒林黛玉形象的轮廓时有意保持了对象的神秘，留给读者充足的想象空间。

经过具体化的文学作品，每一个层次都与文学作品本身不同。比如谐音、音韵和节奏。文学作品的语音是典型的语音形式，在具体化过程中，语音的形式获得细腻的表达和意义。一首诗歌经由朗诵者的诵读提升了审美价值。在具体化过程中，作品意义单元层面中的意象和隐喻的潜在意义得以实现。读者甚至会在具体阅读中改变语词的意义。在读者的具体化中，象征和隐喻所表现事物的层面从抽象变得具体可感知。读者根据自身理解，充分发挥想象力，填充作品中的空白。表现事物层面被形象化、具象化。形而上层面经过具体化展现出比作品本身更多、更丰富的形式。此外，作家无法使用有限的语词和语句详尽描绘每一个具体对象。文学语言具有虚构性，同时它的意义和含义是有限的。有时候，作家绞尽脑汁地字斟句酌，仍无法达到尽善尽美。语言的有限意义使得作品存在大量的未确定点和空白。

文学作品具体化把作品的未确定点和空白等潜在含义现实化，读者在"决定性的结构"的引导和制约下，走进作品的世界与作者的意向性相结合，保证作品的同一性。小说家的作品世界只能通过读者的个人体验去认识，但它并不等同于这个人的体验。读者每一次的具体化都能把握某一部分诗歌的意义。每一个读者的每一次阅读经验会给作品增加一些外在的东西,但它不属于作品的"决定性的结构"。韦勒克文学本体论中的"作品"分为:符号结构和经验存在。作品存在需要具体化过程,同样具体化过程受限于作品本身。读者对文学作品的意向性投射,依据的是作品本身的符号、结构和形式因素。而读者在阅读过程中的审美观照使作品得以现实存在,丰富了作品意义和蕴含。正如"一千个读者眼中就会有一千个哈姆雷特"。简言之,文学作品的"决定性的结构"规约了读者的意向性投射,作品存在的基本结构是不变的。读者每一次的阅读经验只能触及这一个结构的一部分,无法获得完整的认识。文学作品存在的具体化过程,成为认识、理解和阐释作品结构不可或缺的一环。读者的积极参与一方面使得作品的结构、形式转换成意义存在,另一方面丰富拓展作品的意义和内涵。从这点看,韦勒克并非决然的形式主义者。他注重强调文学作品的内部研究,同时为文学作品的研究留下了一扇能够接触外在世界的大门——读者。韦勒克肯定读者阅读使文学作品的存在现实化、具体化、丰富化。文学作品的现实存在离不开具体化过程。

第二节 文学作品的审美独立性

韦勒克认为真正的文学研究不是有关作品的惰性事实,而是价值和质量,他反对在研究作品中拒绝一切理论和标准,否认文学具有审美价值,甚至不承认对文学作品作出审美判断和批评的可能性。韦勒克一贯重视文学研究中的价值判断,过去一切试图从作品中抽离出价值的尝试都失败了。文学艺术品是一种蕴含各种价值的复杂综合体,价值不仅仅依附作品结构,还是作品本质所在。韦勒克对艺术品审美价值、规范、功能的把握值得我们借鉴,但仅仅将审美价值依附审美结构中的看法有待进一步考虑。尼尔森高度评价韦勒克在文学研究方

第四章 文学作品的具体化与审美价值

面做出的贡献。他指出韦勒克坚定捍卫文学作品的审美价值，反驳一切否定和丢失审美性的文学作品研究。[1] 韦勒克非常注重理解和分析文学作品的审美因素，他主张把文学作品视为一个符号结构，通过文学作品各层面的分析揭示作品的审美价值。韦勒克从文学作品的审美独立性、文学作品语言的审美特质以及对文学作品的审美批评三方面，探讨文学作品的审美价值以及蕴含的审美意义。

西方美学史上对艺术学科的划分，一直存在两种观点：一种认为艺术与社会现实密切相关的"他律论"；另一种认为艺术是独立自主的"自律论"。18世纪德国古典哲学家美学家康德开创了艺术自律论，并在20世纪的克罗齐、俄国形式主义者以及新批评派理论中得到继承和发展。韦勒克汲取借鉴上述学者追求艺术的独立性的观点，运用到文学作品的审美独立的思考中，把文学作品视为一种独立的审美对象，探究其结构中包蕴的审美价值。有论者指出："形式主义不把文学艺术作为社会生活和作者心理的被动反映，强调文学作品产生之后的独立价值。所以形式主义宣称艺术不是其他对象的附属品，它就是它自身。"[2] 同样，诺埃尔·卡罗尔（Noel Carroll）在《艺术的三维度》一书中指出，根据形式主义的说法，艺术的特别之处在于关注发现形式结构以鼓励我们与艺术品之间富有想象力的相互作用。（What is special about art above all else, according to the formalist, is its concern with discovering formal structures that are desinged to encourge our imaginative interplay with artworks.）[3] 在形式主义者看来，艺术品的主要特征就是展示重要形式，使它们成为艺术品的功能。因此，艺术作品的审美独立性构成艺术品的重要特征。

---

[1] Frederick Ungar and Lina Mainiero, *Encyclopedia of World Literature in the 20th Century*, New York: Frederick Ungar Publishing CO., 1975, p. 393.

[2] 刘再复：《文学研究思维空间的拓展（续）——近年来我国文学研究的若干发展动态》，《读书》1985年第3期。

[3] Noel Carroll, *Art in the Three Dimensions*, New York: Oxford University Press, 2010, p. 35.

一 文学作品的审美性

（一）韦勒克文学作品的审美性与康德的艺术审美独立性

作为德国古典美学的重要代表人物伊曼努尔·康德第一次在形而上学和伦理学的对峙中，确立美学学科的独立地位。美学成为沟通感性与理性、自然与精神、理论与实践的中介环节。韦勒克对康德的研究始于《伊曼努尔·康德在英国：1793—1838》一书，阐述康德的思想在英国的传播和影响。韦勒克说道："康德的美学思想只是作为一种最基本的态度为人们所接受，例如，对真、善、美三者的区分，与艺术的独立性的强调等。"① 韦勒克吸收继承康德式和柯勒律治式的传统的德国唯心主义批评家对艺术性质的把握，认同存在一种美学把文学作为文学研究的理想的必要性。在韦勒克看来，文学作品作为一个不可分割的美学整体，应该成为人们审美观照的中心，这一观念来源于从康德到黑格尔德国美学传统。

韦勒克在《伊曼努尔·康德的美学与批评》中，赞扬康德是一位颇有教养、文质彬彬的绅士，熟读古今的文学作品，热爱新古典主义的诗歌。韦勒克评价康德关于艺术形式的知识理解十分有限，康德对艺术经验的思考和论述超越了任何哲学家。康德美学关注的核心问题：审美趣味的判断是主观的还是客观的、是关联的还是绝对的。韦勒克认为，"在美学与批评理论这两个问题上，康德是有话要说的，而他所说的那些话是很有关系的，即使今天看来似乎也还是相当真实的"；"康德必须被看作第一个清晰地确立了美学领域特殊性和自由性的哲学家"②。韦勒克明确而直接地指出康德美学在美学领域的重要贡献。

韦勒克评价："康德的《判断力批判》（1790），应该成为一切讨

---

① René Wellek, *Immanuel Kant in England 1793 – 1838*, Princeton: Princeton University Press, 1931, p.16.

② [美]勒内·韦勒克:《辨异：续〈批评的诸种概念〉》，刘象愚、杨德友译，上海人民出版社2015年版，第114页。

第四章 文学作品的具体化与审美价值

论的起点,因为它的方法和问题,对于以后所有的德国艺术思想产生了巨大影响。"① 康德美学的观点诸多,譬如艺术独立性、无利害计较的满足、审美趣味、无目的的合目的等,对艺术的本质十分有见地,上述重要观点在后世美学和思想运动中产生了深远影响。它们对"德国中心主义"思想的韦勒克自然也产生了不小的影响,提供了许多理论观点的重要思想资源。关于艺术的独立自主性和无功利的满足②,艺术的本质是获得审美体验,这种体验被置于一定的距离之外,要求一种审美态度,把握审美理想。在这一审美体验的过程中,需要发挥想象的作用,对艺术品的再现、表现。在韦勒克看来,康德成功把握了审美的本质。康德之后的美学史都不可避免地打上康德思想的印记,或多或少地保留其理论的影子。"艺术自主性的观念"还被康德的弟子继承并改造。

在《审美教育书简》中,席勒提出艺术承担着极为重大的促进文明的作用。它疗治文明的创伤,弥合人与自然、人的理智与情感之间的分裂。艺术使人再次变得完整,它协调人与世界、人与自身的关系。③ 席勒坚定地赞同康德关于审美领域无利害计较的超脱观点,提出"游戏说"。他认为人们只有进行审美活动的时候,才是完整意义上的人。同样,韦勒克指出谢林吸收康德美学,"哲学或历史都不存在了,诗可以比所有的其他科学与艺术生存得更久远"④。之后,施莱格尔、叔本华坚持审美自主性和独立性。德国伟大的思想运动受康德美学理论的影响深远。审美领域与其他领域的界限变得清晰,越来

---

① [美] 雷纳·韦勒克:《近代文学批评史》(第一卷),杨自伍译,上海译文出版社2020年版,第315页。
② "无功利的满足""无利害计较的满足"指没有欲望的干扰,一种直接进入艺术品的不隔状态。康德强调人们在无障碍、无目的、无利害、无干扰的状态下进入艺术品,获得审美体验。
③ 参见 [德] 席勒《审美教育书简》,张玉能译,译林出版社2012年版,第43—44页。
④ [美] 勒内·韦勒克:《辨异:续〈批评的诸种概念〉》,刘象愚、杨德友译,上海人民出版社2015年版,第122页。

越多地将艺术看作绝对的。韦勒克认为康德对艺术独立性的确立，区分艺术同自然科学的不同，在艺术中看到沟通理性与实践的可能性，弥合必然与自由、决定论的自然界与道德领域的行为界之间的裂隙。康德的美学观：艺术将一般与特殊、直觉与思维、想象与理性统一起来。艺术与我们的自我生存休戚相关，共同指向一种真、善、美。韦勒克把康德对艺术独立性的追求引入文学作品，提出文学作品是一个独立的审美对象，重点分析作品的审美形式。

（二）韦勒克文学作品的审美性与克罗齐的艺术独立性

克罗齐美学的主要命题是"直觉即表现"，指出艺术不是有形的事实；不是快感；不是直接情感的倾泻；不是道德。论及美学中的内容与形式问题，克罗齐否认把审美看作实在的内容，或者形式与内容的杂糅，他主张艺术形式是人们直觉活动的心灵的表现，构成艺术形式的材料只是帮助阐发或加深审美感受。[①] 克罗齐把艺术的直觉活动与艺术的影响分开，艺术的审美活动与艺术的事实活动截然分开，可以说，艺术之于克罗齐，既非科学，亦非哲学。克罗齐坚持认为艺术不是理性知识，不是概念综合，而是直觉。他指出："美学只有一种，就是直觉（或表现的知识）的科学。"[②] 直觉意味着"现实和非现实无所差别，形象的价值仅仅在于形象，形象的纯粹理想性"[③]。在克罗齐看来，凡是认为艺术象征现实的一切理智主义艺术理论，将艺术旨趣表达为创造典型，将艺术变成宗教或神话的一个翻版，都属于混淆艺术与非艺术的界限。克罗齐美学不接受"外部性的东西"，即可塑性的艺术，强调艺术的普遍性特征。

克罗齐明确提出："艺术既独立于科学，又独立于功利和道德。"[④]

[①] ［意］克罗齐：《美学原理》，朱光潜译，商务印书馆2017年版，第18页。
[②] ［意］克罗齐：《美学原理》，朱光潜译，商务印书馆2017年版，第17页。
[③] ［意］贝内德托·克罗齐：《美学纲要·美学精要》，田时纲译，社会科学文献出版社2016年版，第15—16页。
[④] ［意］克罗齐：《作为表现科学和一般语言学的美学的理论》，田时纲译，中国社会科学出版社2007年版，第76页。

第四章　文学作品的具体化与审美价值

他捍卫艺术的自主性，主张为艺术而艺术，维护诗歌和艺术的立场。他认为强加在艺术身上的个人快感和道德主义，属于侵犯艺术的表现。审美价值是远离效用、道德以及一切实践的价值而独立的。如果丧失这种独立性，艺术审美价值就不存在。艺术审美独立性是艺术成为艺术的必要条件。从这一角度看，克罗齐的美学思想同康德的美学观念倾向一样，具有强大的主观主义美学和形式色彩。克罗齐认为在艺术活动中寻求艺术的目的是可笑的，艺术形式使得艺术家成为艺术家，艺术家在艺术创作中必须排除了现实目的，达到无功利的境界。韦勒克认为克罗齐不是彻头彻尾的一元论唯心主义，文学艺术在精神活动中独立存在。他接受克罗齐艺术的一般特性，坚持艺术品与观念客体、直觉与抽象之间的差别，艺术将特殊性与一般性联系起来。韦勒克对克罗齐美学批评理论的吸收和改造，融入自身对文学作品的审美观。韦勒克高度评价克罗齐美学对20世纪文论产生了重要影响，柯林伍德、兰色姆在文学研究领域都引入了克罗齐艺术独立和审美思想。[1] 克罗齐美学启发韦勒克关注艺术自身的审美价值，把文学作品当作一种审美对象，追求无功利的审美活动。

克罗齐坚持区分诗人的生平经历和性格思想与作品本身的评价，韦勒克认为在这点上他取得了成功。克罗齐完全意识到作者的个性、生平和智慧等能引起读者的兴趣，但是他坚定地把传记和批评两者融合起来，克罗齐经常指出传记方法和心理学方法的错误。韦勒克看到克罗齐理论的局限性：具有一种明确的哲学和基本的偶然因素。克罗齐把作者的创作活动、艺术作品和读者的反应三者达到完全的一致，通过贬低为情感诉诸普通事物，追求纯粹的艺术作品。克罗齐认为艺术是一种历史事实，与精神活动中发生的一切都是历史一样，对文学的历史有着强烈的感觉。韦勒克摒弃克罗齐否定艺术有内部历史的可能性，否认把艺术品当作纪念碑。艺术品不是文件，它能直接沟通精

---

[1] [美]雷纳·威莱克：《西方四大批评家》，林骧华译，复旦大学出版社1983年版，第9—10页。

神活动。不管处于何时、何地，必须根据诗本身评判任何一个诗人，而非将其视作链条上的一个环节，或者当作艺术史上的一部分来判断。

二 文学语言的审美特质

（一）文学作品的陌生化

俄国形式主义关注作品语言的陌生化，启发韦勒克重视文学作品语言的特殊性。他们非常重视诗歌语言①与非诗歌语言、作品语言与日常语言的区别。他们提倡诗歌语言是一种特殊的语音和模式，传递的意义具有独立性，指向自身，而日常语言是人们交流思想和表达情感的工具，永远指向自身之外。文学的批评标准是追求语言的陌生化、反常化，重新唤醒阅读的新鲜感。

什克洛夫斯基提出陌生化的观点："为了恢复对生活的感觉，为了感觉到事物，为了使石头成为石头，存在着一种名为艺术的东西。艺术的目的是提供作为视觉而不是作为识别的事物的感觉；艺术的手法就是使事物奇特化的手法，是使形式变得模糊，增加感觉的困难和时间的手法，因为艺术中的感觉行为本身就是目的，应该延长。"②他认为艺术活动的目的通过形式技巧使熟悉的东西变得新奇、陌生，增加读者的阅读时长，提升认识的难度，审美目的就是阅读过程本身，所以必须设法延长。陌生化能够延长读者的阅读时间和感受时间，它把人们日常生活熟悉的对象加以变形，重新塑造文学作品的审美特征。陌生化的目的延长审美时间，延伸审美体验，让读者走进文学作品的世界，获得熟悉而陌生的审美感受。

俄国形式主义重视艺术的手法、形式，通过陌生化的手法，延长读者审美感受的时间，获得特别的审美体验，启发韦勒克关注作品语

---

① 俄国形式主义者使用"诗歌语言"不单单是诗歌的语言，还包括小说、戏剧和散文。
② ［法］茨维坦·托多罗夫编选：《俄苏形式主义文论选》，蔡鸿滨译，中国社会科学出版社1989年版，第65页。

言与日常语言、科学语言的不同。俄国形式主义将文学作品当作一种审美对象,重视文学作品语言陌生化的艺术手法,增加文学作品的语言的新奇化,使之在读者体验时长时间存在,启发韦勒克思考作品语言的特殊性。韦勒克提出作品语言不同于日常语言、科学语言的方面,它是一种符号结构,具有实用性、情感性和歧义性;科学语言趋向逻辑,缺乏实用和表现情意的一面;日常语言表现情意的程度和方式不等,更多的目的在于沟通和交流。① 作品语言具有特殊性:一方面自身符号结构蕴含的丰富意义;另一方面能够给读者营造"想象的世界",获得审美观照。韦勒克认为在日常语言的使用中,一种语言因素,比如声音韵律、句子结构等,它们不会唤醒人们的注意成为一个审美对象,但是,文学作品的语言经过作家有意识地将其放入有机的组织,使之变形,获得陌生化的审美效果,就会引起读者的关注。文学作品成为一个审美感知的对象。

韦勒克曾评价:"在分析文学的语声模式,不同语言的韵律系统、组成原则、诗歌用语的类型等各方面,形式主义者都形成了许多令人叹为观止的富于独创性的方法。"② 韦勒克认同俄国形式主义者注重文学作品的陌生化,具体表现在:赞同俄国形式主义者将人们日常所熟悉的语言组合不会被立即作出知觉反应,陌生化使得文字不再是文字,无法再确切地理解文字联合所指的意义,这样延长读者的审美感受时间。韦勒克欣赏俄国形式主义者舍弃老一套陈腐的语言,使用陌生化语言的方式。作品语言以一种新鲜的、令人吃惊的方式组合在一起,激发读者的审美兴趣。韦勒克肯定俄国形式主义挖掘"变形"后的语言的象征意义,使读者在意识到作品的语言之前,必须了解语言之前的含义,丰富作品的歧义性,增添作品的审美趣味,但是,韦

---

① [美]勒内·韦勒克、[美]奥斯汀·沃伦:《文学理论》(新修订版),刘象愚等译,浙江人民出版社2017年版,第10—12页。
② [美]勒内·韦勒克:《批评的诸种概念》,罗钢、王馨钵、杨德友译,上海人民出版社2015年版,第256—257页。

勒克对俄国形式主义制定的作品标准提出怀疑，纯粹以形式主义者的标准进行作品分析是否可行？新奇化和陌生化是否能充分显示艺术效果，是否能获得作品完整的审美评价？在韦勒克看来，经过陌生化的文学作品的语言蕴含更多的意义，超越了原先用来指称或说明的意义。在文学作品的具体化过程中，读者除了关注语言形式，更需要体会语词的象征含义。

韦勒克吸收穆卡洛夫斯基的诗歌语言观点。穆卡洛夫斯基认为诗歌的本质是有意违反标准语言规范，它不断创造新的用法。诗歌语言的作用在于最大程度的"前推"。前推又称"反自动化"。标准语言借助前推的方式吸引读者关注表达的主题内容，诗歌语言中的前推是为了表达语言行为本身。前推存在文学作品的不同层次中，处于它们相互依存的关系中，这些层次的最高点便是作品的主导成分。诗歌语言的语调、词序、句法和意义相互影响，其中一种成分直接或间接与其他成分构成某种关系。判断诗歌主导地位的两种原则：传统的审美原则和标准语言的规范。在语言成分前推的时期，标准规范占据主导地位；前推较弱时传统原则占据主导地位。传统原则对标准规范的扭曲促成标准规范的调整。文学作品的前推成分与非前推之间的张力构成了作品的整体。诗歌语言通过前推获得丰富的表现形式，传达语言的隐蔽含义，如象征主义诗歌中的非标准语言的意义。穆卡洛夫斯基对诗歌语言与标准语言的关系的论述促进韦勒克思考文学语言的特殊性和复杂性。文学语言的重要特征打破习以为常的日常语言习惯，将读者引入陌生的虚幻世界。

韦勒克认同文学语言是一种特殊的语言，作品语言的陌生化处在文学作品的声音层面，"变形"语言的节奏、韵律、形式第一时间引起读者强烈的阅读兴趣，引导读者走入作品的意义单元面，凸显作品的审美价值。同时，他关注作品的审美意义不仅在声音层面，而且在作品意义、小说技巧、象征、隐喻、神话、世界等不同层面，不同类型、不同种类的文学作品，甚至文学史的动态结构中。文学作品是一个包含多种审美质的复杂组合体。韦勒克避免俄国形式主义只关注诗歌语言陌生化,过高看待声音语言在作品整体结构中的驾驭能力,这点是韦勒克超越俄国形式主义的所在。韦勒克文学作品存在论的局限:将大量语言学的知识引入文学研究,认为语言学的描述能够揭示文学的审美效果。相反,我们应该以效果为出发点,寻求作品审美结构的解释。韦勒克文学作品存在论关注作品语言的陌生化,带给读者新奇、新异、新颖的审美感觉。具有特色的谐音、韵律和节奏,独特的象征和神话丰富语言的陌生化,增添作品的审美效果。

(二)作品语言的想象性与虚构性

作为一种审美意象,文学作品的想象性与虚构性是其重要特征。康德提出:"我们不是把它的表象凭借悟性连系于客体以求得知识,而是凭借想象力(或者想象力和悟性相结合)连系于主体和它的快感和不快感。"[①] 先前人们对客观世界是直接的把握,文学艺术则通过想象力和虚构性,联结人们的悟性和理解力,融合主体和客体的认识活动。文学作品提升人们的审美感受,具有丰富的想象力。受到康德美学的想象力影响,韦勒克阐释了文学作品的特征"想象性"。它是使文学作品脱离科学和工艺的一面。[②] 无论诗歌、故事还是小说、戏剧,不同类型的文学作品都与想象性密切相关。文学作品通过丰富的想象力建立在现实世界的基础上,它不是简单的真实世界的摹本,而是创造性和想象性的产物。

韦勒克非常看重文学作品的想象性,文学是想象的艺术形式,文学语言具有多义性和含混性,激发读者丰富的想象。[③] 他的这一论断是推崇康德对"想象力"的结果。韦勒克界定了文学作品具有以下

---

① [德]康德:《判断力批判》(上卷 审美判断力批判),宗白华译,商务印书馆2017年版,第33—34页。

② René Wellek, "What Is Literature?", in Paul Hernadi eds., *What Is Literature?*, Bloomington: Indiana University Press, 1978, pp. 19–20.

③ [美]勒内·韦勒克、[美]奥斯汀·沃伦:《文学理论》(新修订版),刘象愚等译,浙江人民出版社2017年版,第10页。

特征：虚构性、想象性和创造性。他指出文学作品作为一个审美意象，乃是没有明确思想能够充分表达的想象力的一种表现。审美意象是与自然界具有相似性的想象力的表现，但在艺术中所发生的恰恰是"理性的"意象，通过诗人而变得能够为人所感觉了。① 韦勒克关注康德美学中的想象力的重要作用，想象力作为先验直观的机能，透过表象而想象通往崇高的世界。若没有想象力的参与，我们无法把握既定的表象，无法理解对象的形式，更无法获得审美体验和审美感受。文学作品既是语言规则的符号结构，同时是想象力和行动的方式。

本质上说，文学作品是一种具有想象性、虚构性和创造性的艺术品。同时，韦勒克意识到如果过分强调想象力，过分追求审美会削弱作品的普遍规范。他提出想象对于文学作品分析和批评的重要意义。如果丢失想象无法理解作品的审美内涵，就不能体会作品相关的社会环境和文化思潮，自然无法从文学史的发展脉络、文学创作过程以及文学史的评价等方面，把握作品普遍的审美结构。② 想象力的缺失也会损害人们理解文学作品中的世界。韦勒克把想象力当作文学的评价标准，尤其在文学作品的第三个层面叙事性小说的性质与模式。小说作品中呈现的虚构世界是作家通过艺术想象结合自我经验形成的。读者个人经验不同于作家主观创作的经验。读者在阅读过程中对作品意义的把握可能缺少整体性。③

在康德美学丰硕成果的沃土中，韦勒克牢牢抓住康德对艺术想象力的阐述，他进一步拓展道："就个人意见来说，我更愿意较为大胆地涉足客观结构的领域，进入现存艺术客体的世界。"④ 韦勒克认为，

---

① [美]雷纳·韦勒克：《近代文学批评史》（第一卷），杨自伍译，上海译文出版社2020年版，第318页。
② [美]勒内·韦勒克、[美]奥斯汀·沃伦：《文学理论》（新修订版），刘象愚等译，浙江人民出版社2017年版，第9页。
③ [美]勒内·韦勒克、[美]奥斯汀·沃伦：《文学理论》（新修订版），刘象愚等译，浙江人民出版社2017年版，第209页。
④ [美]勒内·韦勒克：《辨异：续〈批评的诸种概念〉》，刘象愚、杨德友译，上海人民出版社2015年版，第127—128页。

在康德之后的百年发展中，过多地重视和强调了艺术品特殊性的一面，切断了艺术与普遍意义之间的联系，艺术已经被各种所系的描述、内心的世界制约。而韦勒克深刻意识到，艺术品具有个性与普遍性的两面性，此时突出其存在的普遍规则方面更为重要。因此，韦勒克关注文学作品存在相对稳定不变的普遍"决定性的结构"，这一"结构"即使经过不同时代的发展仍然保持不变，它便是文学作品的本质结构和普遍性所在。可惜的是，韦勒克文学作品存在论承袭康德美学中"形式性"的一面，抛弃了康德强调的"主体性""主观表现性"方面，过分看重文学作品的审美形式分析，淡化甚至抹灭作品中丰富的现实因素。

第三节　文学作品的审美评价

韦勒克文学作品存在论特别强调作品的审美批评和价值判断，他对作品的审美性探讨借鉴了俄国形式主义的审美程序、穆卡洛夫斯基的审美功能和新批评的审美批评，提出文学作品的审美评价是客观独立的，作品具有一种审美的规范结构，需要作出审美判断和审美观照。

一　审美程序

韦勒克文学作品的审美性与读者的审美感受密不可分，文学作品中大量审美的程序，激起审美感受。正如什克洛夫斯基所说，文学作品的艺术性是我们的感受方式产生的结果。它是用特殊的手法制作的，制作的目的在于使之一定被感受为艺术性的事物。[①] 艺术手法把各种素材提炼升华为审美对象，运用一系列审美程序使读者在阅读作品的过程中，感受作品的艺术性。审美程序服务于作品的审美目的，

---

① ［苏］维·什克洛夫斯基：《散文理论》，刘宗次译，百花洲文艺出版社2010年版，第6—7页。

增加审美感受，延长审美效果。审美程序并非简单的艺术手法，它包括语言材料的陌生化安排、韵律、节奏、句法等复杂形式的组合，以及叙事方式的反常化。华兹华斯运用大量的陌生化，"瞧这座城市，像披上一领新袍""在烟尘未染的大气里粲然""这整个宏大心脏仍然在歇息"①。清晨的城市宛如无人之境，披上新袍，不着烟尘，不同于川流不息、车马奔腾的城市，诗人笔下的城市异乎寻常的宁谧，给人以陌生之感。中国古代诗歌重视音律、平仄，讲究奇偶相合、长短相间的句式，出现叠字、重章复沓的节奏。"昔我往矣，杨柳依依。今我来思，雨雪霏霏"今昔对比，词语回环往复，一唱三叹，叠词加上和谐的音节，寓情于景抒发的浓浓哀思中蕴含一种音乐美。李清照《声声慢》中"寻寻觅觅，冷冷清清，凄凄惨惨戚戚"七组叠词连用，极富音乐美，浅声吟唱，忧伤凄楚，哀愁久久不散。俄国民间故事中普遍采用延宕、重复的程序。如《一千零一夜》蜿蜒曲折的讲故事方式，延缓死亡。神魔小说往往以复杂曲折、跌宕起伏的叙事方式，扣人心弦，引人入胜。

韦勒克提出：一部成功的诗歌或小说，总是各类审美程序复调地组成在一起。② 韦勒克首先把文学作品视为审美对象，作品具有丰富的审美程序，包含内在的审美经验。文学作品是一种凝神观照的结构形式，我们在进行作品研究中，需要以审美为标准找寻作品的文学性。无论作品的素材还是具体的结构形式，它们以审美目的组成在一起，构成一定的审美程序，从而内化在作品的结构中。

二 审美功能

穆卡洛夫斯基在评价什克洛夫斯基的《散文理论》时，不赞同俄

---

① [英]华兹华斯：《华兹华斯诗选》，王忠祥编选、杨德豫、楚至大译，时代文艺出版社2020年版，第203页。
② [美]勒内·韦勒克、[美]奥斯汀·沃伦：《文学理论》（新修订版），刘象愚等译，浙江人民出版社2017年版，第240页。

国形式主义将一切艺术品视为形式的做法，提出用"结构"和"结构主义"这一术语取代形式。在穆卡洛夫斯基看来，"结构"与"形式"的不同在于：结构的概念建立在整体通过各部分间相互关系而产生的内在统一性。这种关系不仅是正面的关系，一致和谐，而且是矛盾和冲突的。韦勒克十分赞赏这一辩证的关系，跟随俄国形式主义的脚步。穆卡洛夫斯基批判地发展了俄国形式主义的主张，他认为文学有一个"自我运动"只接受来自外部的诸如哲学、宗教、其他艺术、一般社会等其他类似活动的影响。穆卡洛夫斯基提出仅仅从主观视角或者从自身所处的时代情境出发，很难对文学作品作出客观公允的审美判断。他借助一般的符号学理论，认为只有将文学作品视为一种"符号结构"，视为审美客体。只有在对符号的功能、结构、规范或规则的分析中，文学作品才能体现审美价值。穆卡洛夫斯基把作品当作审美符号启发韦勒克思考文学作品符号系统的审美性。韦勒克提出："一个艺术品不是作者主观的事，也不仅是社会语境的反映，而是客观地——也就是独立于作者地——由一种特定艺术总体结构的进化决定的。"[①] 文学作品是一种审美对象，我们需要作出符合一定审美结构的价值判断。作品的审美评价必然要考察作品中普遍的结构。文学作品作为一种符号体系，蕴含着丰富的审美价值和审美意义。

穆卡洛夫斯基进一步分析审美符号的内容。它包含：艺术成品、审美客体、被意指物的关系。艺术成品具有可感的能指并产生功能。审美客体寓于集体的主观意识之中，作为符号的意义产生功能。当作品符号的意义完全取决于集体时，主体及其能动性在产生审美价值过程中发挥的作用会被低估。艺术作品是一个复杂的符号意义，既不是预先设定的能指代码，也非立即呈现。它是一个审美过程，接受主体对作品各个部分的意义组合在一起的过程。艺术作品的审美功能创造审美价值的力量，而在审美功能不占支配地位的情况下，审美价值无

[①] ［美］勒内·韦勒克：《辨异：续〈批评的诸种概念〉》，刘象愚、杨德友译，上海人民出版社2015年版，第258页。

从谈起。穆卡洛夫斯基在讨论价值和规范时，秉持形式主义的一贯传统，但是，符合审美规范并不保证一定有审美价值，因为审美规范从审美价值中产生，是艺术之外的调节原则。对于艺术之外而言，审美价值取决于偏离审美规范的程度；对于艺术之内而言，流行的审美规范在某种程度上受到破坏后，会出现新的规范。审美价值不是固定不变的概念，在艺术传统的背景下，受到特定社会历史、文化环境的影响不断发展。艺术作品在被解释后变为审美客体，审美功能、价值和规范具有能动性。穆卡洛夫斯基假定审美客体受不同时代读者、不同批评家的影响。艺术作品中客观的审美价值是潜在的，只有从审美客体中才能得到审美价值。审美客体是接受者对艺术作品的具体化或实现。[1]

穆卡洛夫斯基探讨艺术作品究竟是作为材料还是一般事物的问题。他将艺术作品比喻为玉石，分别从其物理特性和美学角度看待，"艺术作品也是一种'物'，同时又是美学结构；创作材料在艺术作品中是物的性质或性能的载体。从美学效果来说，这种性质或性能成为构成艺术结构的组成部分"。[2] 穆卡洛夫斯基通过艺术作品的创作材料与结构之间的矛盾和张力，为我们更好理解艺术品这一个整体提供了独特的视角。他认为艺术作品结构的重要组成就是美学性质或性能，创作材料是艺术结构中美学性质的物质载体。穆卡洛夫斯基意识到艺术品的审美性质需要物质、外在的载体依托，材料和美学功能的关系是辩证而矛盾的。当艺术品的美学功能占据主导地位，排斥其他功能时，文学作品的类型多为象征主义、颓废主义、未来诗歌的"为艺术而艺术"思潮。另外则是艺术品中的道德认识功能排除美学功能，比如认识世界的美是我们的追求等思想。穆卡洛夫斯基认为对待

---

[1] John Burbank and Peter Steiner, *Structure, Sign and Function-Selected Essays by Jan Mukařovský*, New Haven: Yale University Press, 1978, p. 86

[2] ［捷克］扬·穆卡若夫斯基：《现代艺术中的辨证矛盾（1935）》，庄继禹译，中国社会科学院外国文学研究所、《世界文论》编辑委员会编：《布拉格学派及其他》，社会科学文献出版社1995年版，第17页。

艺术品，审美功能和道德功能两种对立的极端不可取。在他看来，之所以出现艺术与非艺术之间的对立矛盾集中在美学功能上，是由于美学功能的内在矛盾导致两种极端的艺术追求，即"内容形式"之间的辩证矛盾。穆卡洛夫斯基把"功能"引入文学作品的分析，注重文学作品的审美功能和审美特征。穆卡洛夫斯基提出现代艺术突破了传统艺术美学的常规，引起令人不愉快的感觉。从未来主义的绘画、文学，达达主义、表现主义、象征主义、颓废主义的发展表现中，不难看出，19世纪末至20世纪30年代的现代艺术对一切反传统、反常规、反习惯的追求。在资本主义工业化高速发展时期，在经济与科技极大改变了人们日常生活的时代，现代主义的艺术家们通过寻找陌生突变的形式和风格，夸张的形象、明艳的色彩搭配，冲击人们视觉感觉的同时，更体现出艺术家心灵迸发的激情。

韦勒克认为穆卡洛夫斯基的观点非常有益，任何客体、事件都可以有审美功能，尽管在历史上，这些客体有时受不同时空的各种制约。艺术功能的不同，艺术品的类型选择不同。尽管艺术与非艺术的疆界是起伏变化的，但是审美功能可以起主导作用，也可以从属于交流等其他因素；审美功能可以成为社会性的区别手段，或者将一个社会中的对象分离出来。审美规范也会随时代不同在刚性与弹性之间摇摆。[1] 作为审美客体的文学作品的功能、规范和价值在不同时代发挥的作用不同。由于受到时代和地域的限制，文学作品审美因素的划分不尽相同，但必须承认，文学作品是审美因素占主导的审美客体。最终，穆卡洛夫斯基抛弃了审美观念的价值，艺术品成为审美价值的结合，而且只能是这种结合。然而，韦勒克对文学作品的审美价值不像穆卡洛夫斯基那样完全抛弃。在韦勒克看来，穆卡洛夫斯基对待文学作品的审美价值摇摆于两种极端：宏大的概括与经验的细节，缺乏敏感性、感同身受的细腻。这点从穆卡洛夫斯基断然抛弃审美感受，放

---

[1] [美] 勒内·韦勒克：《辨异：续〈批评的诸种概念〉》，刘象愚、杨德友译，上海人民出版社2015年版，第259页。

弃对艺术的审美价值判断中可以看出，但是，韦勒克赞赏穆卡洛夫斯基对艺术品的结构及其符号结构与文学史之间的关系的阐述。

韦勒克在思考文学作品的存在方式中，受穆卡洛夫斯基的美学影响体现在：穆拉洛夫斯基对艺术品的审美分析必须发现其中具有审美功能的特征。对审美功能而言，艺术品与作者及外在现实的关系是无关紧要的。韦勒克提出："穆拉洛夫斯基决定，最好是将艺术品中与审美无关的因素与那些要求审美效果的因素相区别，他将前者称做'材料'，后者称做'形式'。"① 他认为穆卡洛夫斯基通过对材料的陌生化、变形、调整、激活的方式，强化读者对诗歌或散文的感知力。穆卡洛夫斯基力图在"结构"中发现一种引导或扭曲所有其他因素的主导因素，韦勒克认为这一主导因素便是审美因素。文学作品是一个审美对象，它被看作由声音和意义单元层为基础的多层次结构。文学作品的不同层面关系中包含各种审美因素。

三　审美批评

新批评派开创者艾略特强调："诗歌不是感情的放纵，而是感情的脱离；诗歌不是个性的表现，而是个性的脱离。"② 批评家需要意识到文学作品自身的独立存在方式，对文学作品的分析放置于作品本身，作出整体结构分析。艾略特率先提出一种内部研究的批评观和整体观。之后，美国新批评家兰色姆提出"本体论批评"，把文学作品视为自足的封闭物，维姆萨特和比尔兹利排除作家创作的"意图谬误"和读者体验的"感受谬误"，专注于文学作品本身，明确文学作品的独立自主地位。新批评家认为作者的创作意图和读者的感受意见并没有触及文学作品的本体结构，无法作出价值判断。文学作品作为

---

① ［美］勒内·韦勒克：《辨异：续〈批评的诸种概念〉》，刘象愚、杨德友译，上海人民出版社 2015 年版，第 252 页。
② ［英］T. S. 艾略特：《传统与个人才能》，《艾略特文学论文集》，李赋宁译，人民文学出版社 2018 年版，第 10 页。

第四章 文学作品的具体化与审美价值

一种独立自主的客观存在，其特征和价值需要通过内部结构形式的分析获得，进行审美批评。

从新批评派看待文学作品的审美性，我们或许能够更好地理解韦勒克文学作品存在论中重视审美的因由所在。韦勒克指出新批评有一种特定的文学艺术批评方法，艺术作品具有某种规范和结构，构成一种整体的呼应关系。这种结构是固定不变的，独立于作品的外部世界和读者主观世界。[1] 新批评派主张将文学作品视为一个整体，对其进行结构分析，从而找到蕴含的审美效果。帕尔默认为新批评理论摒弃传记的、历史的或心理的背景资料，转向让文本自己说话。新批评派的研究重心涉及文本的词语、词语的排列及其意图。作为一种特殊类型的存在的作品意图，文本有其自身存在。[2] 新批评的审美批评目标就是摒弃外部研究保存作品存在的完整性，挖掘作品的内在意图。新批评通过揭示诗歌或小说的具体形式（比如采取反讽、张力、隐喻、象征等方式），挖掘到作者背后的态度和看法，理解到诗歌结构本身的含义和矛盾。在审美批评实践的过程中，让读者感受诗歌暗含的审美形式，作出审美判断。新批评派诗歌批评目的是追求审美价值和审美评价，判断诗歌优劣的标准正是审美因素，但是，新批评对文学作品的审美批评以削弱作品的现实性意义为代价，成为一种虚构的审美批评，进而影响到韦勒克思考文学作品的审美批评。

韦勒克文学作品存在论主张对作品进行审美批评和审美价值判断。韦勒克认为审美特征是文学作品的本质特点。一部文学作品各个要素必须同审美结构发生关系，构成文学作品的整体意义。韦勒克文学作品存在论揭示文学作品的价值选择，从具体作品的声音层面、意义层面以及意象、隐喻、象征和世界层面，再到某类文学作品的文体风格研究，最后整个文学史的审美批评。韦勒克文学作品存在

---

[1] René Wellek, *The Attack on Literature and Other Essays*, Chapel Hill: The University of North Carolina Press, 1982, pp. 102 – 103.

[2] 参见［美］帕尔默《诠释学》，潘德荣译，商务印书馆2012年版，第31页。

论建立了一套规范系统，具有"决定性的结构"的动态性和静态性的存在，蕴含在特殊的审美结构中。同新批评一样，韦勒克文学作品的审美批评也陷入虚无缥缈的美学幻觉，丢失了作品生成的社会和实践基础。

第 五 章
韦勒克文学作品存在论与马克思、恩格斯文学作品存在观的比较

韦勒克文学作品存在论和马克思、恩格斯文学作品观同属20世纪西方重要的文学作品观。他们在文学作品的本质观和历史观方面，展现两种不同的作品观。面对文学作品的本质，韦勒克提出以审美为目的的符号结构探讨作品与社会的复杂关系。马克思、恩格斯指出文学作品是一种特殊的社会意识形态。他们没有把作品视作封闭的存在物，而是把它放入一定的视域探究其本质。面对文学作品的历史观，韦勒克指出文学作品具有历时性特征。马克思、恩格斯更深入提出文学作品的历时性取决于社会物质基础，随着社会发展而变化。文学作品还处于生产、交换与消费的过程。他们共同指出文学作品在历史长河中会经历千变万化，并且从理论切入点、理论视野和身份使命角度，分析形成两种不同看待作品存在观的原因所在。

第一节 文学作品本质观的比较

进行文学作品的研究，首先需要解释和回答文学作品的本质是什么。关于文学作品的本质问题，韦勒克与马克思、恩格斯有着不同的看法。韦勒克认为文学作品是由多层面构成的复调和谐的符号结构，

作品的本质在审美性。马克思、恩格斯指出文学作品是一种特殊的社会意识形态，作品的本质在社会性。尽管韦勒克重视文学作品的审美属性，马克思、恩格斯看重文学作品的社会属性，但是他们都揭示到文学作品具有一定特殊的本质特征。韦勒克没有完全切断文学作品同社会的联系，他认为只有社会现实同作品的审美结构发生联系，文学作品中的社会内容才能成为作品研究的一方面。马克思、恩格斯重视文学作品产生的社会根源，他们认为文学作品能动地反映现实，而非完全把文学作品视为机械模仿现实的摹本。

一　韦勒克的文学作品本质观

韦勒克认为作品的本质在于各种主体观念的意识形态性，处于同一时代的读者和批评家的头脑中。他还意识到文学作品存在于主体观念的意识形态中，不断发生变化。韦勒克文学作品存在论提出作品的"决定性的结构"处于动态发展中，具有特殊的审美价值和审美意义。韦勒克认为文学作品的本质是以审美为目的，其结构和形式基于审美特征展开，但是，韦勒克没有进一步指明这一意识形态性的本质规范和根本来源所在，陷入了他一直力求避免的主观主义视域中。

（一）文学作品的审美本质

文学作品的存在具有形象性、虚构性和审美性的特征。依据作品产生的审美效果，韦勒克区分作品的材料和结构，提出文学作品是审美的符号结构。他主张作品研究应该围绕文学作品本身，展开其存在方式的分析，透视它的审美结构和审美意义。韦勒克提出文学作品是想象性的文学艺术，同哲学、历史和其他科学不同，文学作品由特殊的语言组成的材料，演化为不同的艺术类型，采用审美的观点。韦勒克说道："艺术品就被看成是一个为某种特别的审美目的服务的完整的符号体系或者符号结构。"[①] 文学作品作为一种符号结构，它是由

[①] ［美］勒内·韦勒克、［美］奥斯汀·沃伦：《文学理论》（新修订版），刘象愚等译，浙江人民出版社2017年版，第131页。

第五章 韦勒克文学作品存在论与马克思、恩格斯文学作品存在观的比较

单个字、语句、句群、段落构成的话语体系。文学作品强调语词的声音层面,如押韵、头韵、节奏、格律和声音模式等,重视符号本身的意义。韦勒克反对把一切文本都当作文学作品,文学作品不同于政治宣传的手册,不等于哲学的图解,也不是记录社会的历史文献,它有独特的审美意义和价值。文学作品的本质在于形象性、虚构性和审美性。

文学作品具有审美的感性形象。它塑造生动传神的形象、富于感性的审美形态,这是它存在的一种特殊方式。不同于认识活动中的感性形象,文学作品中的审美形象包含感性因素,同时渗透虚构、想象、联想或体验等精神活动。以具体可感的形象存在,文学作品能够以直接的直觉方式把握。文学作品尽管是由不同形象组成的虚构世界,表面上超越理性的存在,但它仍需要感性形象与理性思考结合达到深刻领悟作品的审美内涵。如布莱克在《天真之预言术》中写道:在一颗沙粒中见一个世界,在一朵野花中见一片天空,在你的掌心里容纳无限,在一个钟点里把握无穷。[①] 诗人通过一粒沙、一朵野花、手掌这些简单的意象,融入抽象的概念一个世界、一个天堂、永恒,描述了无论多么渺小的事物也同大千世界一样千变万化,表达微小与宏大、刹那与永恒的对立和谐关系。我们仅仅把握住感性的事物远不能体会诗歌蕴含的深刻哲理,文学作品的审美意义需要借助活生生的形象,通过启发读者的理性思考得以实现其存在。诗人的理性意图隐藏在感性形象的审美直觉中。

文学作品是虚构的世界。文学作品是一种特殊的话语系统。作品中发生的事件、出现的人物、产生的后果和影响只存在虚构的世界中。文学作品不能依靠话语之外的事实验证它的真实性,也不能根据现实生活中已经发生的人和事评价作品的真假。作品中的故事情节、人物命运和环境背景,只要合乎自身的生活逻辑和情感逻辑就可以。

---

① [英]威廉·布莱克:《布莱克诗集》,张炽恒译,上海社会科学院出版社2017年版,第192页。

文学作品反映社会现实，创造了一个虚构的世界，凭借独特的叙事方式、组织安排和情感表达，吸引读者的阅读兴趣，获得审美感受。作品合情合理地虚构的世界，一定程度上反映现实的真实，同时超越具体的、个别的偶然事实。尽管文学作品的虚构不等于现实本身，却能揭示社会现实的普遍意义。

文学作品最重要的特征在于审美性。韦勒克指出文学作品以审美为目的，他着重探究作品的内在规律，认为只有内部研究才能揭示作品的审美意义和价值。韦勒克反对单纯地把文学作品当作反映生活的一面镜子或忠实记录生活的文献。他认为仅仅说明作品描述的生活画面同现实的关系，缺乏具体的理解，容易抹杀文学作品的独特价值。文学作品从生活中汲取素材，这些素材经过艺术手段的加工和改造，创造性地融入作品结构。我们应从审美的角度切入文学作品，将它作为一种审美的对象，关注作品的韵律、修辞和文体研究。一部好的文学作品必然包含一种独特的审美结构，能够引起后世的读者和批评家的审美兴趣，获得新的审美体验。韦勒克提出真正的作品研究旨在对作品作出审美判断。韦勒克主张采取透视主义的方法，审美观照文学作品的不同层面，经过读者的阅读确定审美意义，揭示审美价值。

（二）文学作品的社会属性

作为语言媒介的文学作品是一种社会创造物，也是一种社会性的实践。文学作品的格律、意象、隐喻和象征等艺术手段，本质上都是社会性的。它们只有在社会中才能产生和发挥效用。文学作品的创作者作家也是社会成员，属于特定的阶级，拥有特定的社会地位。文学作品的具体化需要依靠读者阅读，读者同样是社会生活的成员。文学作品具有一定的社会效用，文学作品的研究无法回避文学作品和社会的关系。韦勒克探讨文学作品与社会的相互关系，包含作家的社会学、作品本身的社会内容以及文学对社会的影响。

第一，文学作品是作家的社会实践。每一个作家都是社会成员，作家研究包括作家传记以及作家的社会出身、家庭背景、个人经历、

第五章　韦勒克文学作品存在论与马克思、恩格斯文学作品存在观的比较

生活环境、经济地位等方面。韦勒克指出作家的社会出身不一定决定他的社会意识和社会立场，作家所属的阶级和经济状况不一定直接影响文学作品。如托尔斯泰出身俄国贵族阶级，却背叛自己的阶级，站在广大农民的立场，选择平民化的生活道路。他创作《穷人》揭露地主阶级的种种罪恶，批判腐朽的贵族生活，歌颂穷人的真诚善良。韦勒克认为作家的社会学研究不能把作家的实践活动同他的社会地位相等同，作家的意识形态同文学作品之间具有"社会差距"。一个作家的社会立场、意识形态和态度可以从创作的作品中获得，但是文学作品会超越特定的阶级、集团和意识形态。作家的经济状况与文学作品有关联。早期文学艺术是一种技艺，作家成为吟唱者、卖艺者或行吟诗人。文艺复兴时期出现一批独立的人文主义者，如达·芬奇、拉斐尔和米开朗琪罗，他们在雇主的要求下进行艺术创作。随着出版事业的发展，这些艺术文人脱离贵族雇主，转向迎合读者的趣味，促使作品广泛传播，获得丰厚的经济补偿。作家创作需要满足不同社会阶层的社会趣味。一部文学作品的成功、传播和流变得益于作家的声望和作品的审美趣味。

第二，文学作品本身的社会内容、含义和社会目的。文学作品作为特定社会文化的一部分，发生在特定的社会环境中。韦勒克指出社会环境似乎决定了人们认识的某些审美评价的可能性。他认为某一特定的社会因素可能会影响艺术的形式。如当莎士比亚处于经济上升期，他的戏剧内容是乐观积极的，莎士比亚的悲剧戏剧中隐藏人文精神与社会现实之间的冲突。莎士比亚的戏剧采用喜剧或悲剧不同的艺术形式表达特定的社会内容。

第三，文学作品的社会影响。作家根据社会现实创作作品的虚构世界，它反映社会生活，超越现实生活。文学作品中的人物形象和故事情节遵循自身合情合理的发展规律，现实中的人们可能会参照虚构的人物和活动去生活，产生一定的社会影响。如斯托夫人《汤姆叔叔的小屋》描述美国黑奴受压迫的悲惨生活，引发了南北战争。海明威

《太阳照常升起》开篇写道："你们都是迷惘的一代"，讲述巴恩斯与勃莱特夫人彼此相爱的故事。战争给巴恩斯留下生理的残缺和无法愈合的精神创伤，勃莱特因此出走，但最后重新回到巴恩斯的身边。互相钟情的男女最终依靠在一起，却永远无法真正地结合，小说的结尾陷入了更大的迷惘和孤独。海明威的小说迎合了当时读者的心理需求。战后一代人尽管迷惘和痛苦，但是仍然不放弃、顽强奋斗。海明威的小说发挥鼓舞迷惘时期的读者的社会作用，唤醒读者积极向上的拼搏精神。

韦勒克总结了文学作品的社会性只是一种作品的内容表现，而非主要的一种类型。文学作品无法完整如实地模仿现实生活。文学作品与社会有着迂回复杂的关系，只有在社会对作品的艺术形式的决定性的影响表现出来后，作家的社会立场和态度才能转化为文学作品的组成材料，进而成为审美价值的有效部分。文学作品不能沦为社会学或历史学的产物，作品存在有其自身的目的和价值。

二 马克思、恩格斯的文学作品本质观

马克思、恩格斯注重探究文学作品的社会根源。文学作品反映社会生活，他们把作品视为主体对社会客观现实的认识与反映。马克思和恩格斯对文学艺术品的研究首先是从整个人类解放角度提出的，出于摆脱资产阶级的困扰和压迫的诉求，直接来源于唯物主义的社会历史理论。在马克思、恩格斯眼中，文学作品不再是单纯的文本世界和价值判断，而是包含浓厚的社会现实和人文精神。马克思指出："宗教、家庭、国家、法、道德、科学、艺术等等，都不过是生产的一些特殊的方式，并且受生产的普遍规律的支配。"[1] 马克思认为文学艺术品必然受到社会物质生产规律的支配，同一般的意识形态一样。社会意识形态具有观念的意识形态和一般的意识形态两种类型，文学作

---

[1] 《马克思恩格斯全集》（第四十二卷），人民出版社2016年版，第121页。

第五章 韦勒克文学作品存在论与马克思、恩格斯文学作品存在观的比较

品属于观念的意识形态。

这一观点在之后的《政治经济学批判》序言中得到进一步阐明。马克思和恩格斯首次提出具有丰富内涵的唯物主义历史观。唯物主义历史观能够准确完整地描述现实的物质生产过程，以及在这一过程中不同要素间的相互作用。不同于唯心主义历史观，它始终立足在客观的现实历史，从物质实践活动出发解释社会生活，而非主观地看待这一过程。马克思和恩格斯明确区分社会物质生活与思想的关系，将物质资料的生产作为全部历史的最基本的前提，成为人类历史发展的根本动力和基本结构，提出宗教、哲学、道德属于意识形态的表现形式，与物质生产方式密切相关。作为意识形态之上的文学艺术品，必然站在一定的历史条件中，成为人们对社会现实的种种反映。文学作品不是凭空产生于人们头脑中的幻想，而是作家依据客观现实创作而成。文学作品是以实践为基础的精神产物。马克思、恩格斯认为文学作品的存在必然是现实化、历史化的，而非仅仅是艺术形式、符号结构和审美判断。马克思伟大地将自康德先验假设的纯粹的形式美衍生的空洞的唯美主义"纯形式"转向"实践"的物质基础；将黑格尔所主张"理念"转化为社会现实的感性显现；将韦勒克观照的审美价值转化为历史化的真实性和倾向性。文学作品走出封闭自足的审美王国，走进社会现实的转化便是马克思和恩格斯在历史唯物主义的基础上建构的，他们十分看重文学作品的社会功能和社会价值。

马克思提出："物质生活的生产方式制约着整个社会生活、政治生活和精神生活的过程。不是人们的意识决定人们的存在，相反，是人们的社会存在决定人们的意识。"[1] 马克思认为物质基础决定观念意识，文学艺术作为社会意识，它的变革取决于社会存在。他们从唯物主义历史观出发，提出社会经济基础是文学艺术发展和变化的根本动力，主张从整个人类社会的基本结构考察文学艺术。马克思、

---

[1] 《马克思恩格斯全集》（第十三卷），人民出版社2016年版，第8页。

恩格斯强调文学艺术是一种特殊的意识形态，是社会存在的反映，并揭示文学作品的本质由社会存在决定。文学作品的客观存在反映一定的社会现实存在，是一种特殊的掌握世界的方式，具有文学艺术意识形态的普遍规律和自身的独特性。

从属性特征看，马克思和恩格斯把人类社会类型分为物质生产和精神生产，把文学活动归于精神生产。马克思和恩格斯指明意识形态生产的主要观点，人们的思想观念、语言习惯直接与物质生产联系，是物质关系的直接反映。[①] 人们成为观念和精神的生产者，受一定物质生活实践的制约。马克思、恩格斯始终坚持唯物史观，认为人类社会生活本质上是实践的。文学艺术等观念性的意识形态不仅深深根植于社会生活的实践中，而且它的生产过程本身就是一种实践行为。

三 两者的异同

无论是韦勒克还是马克思、恩格斯思考文学作品时，都希望透过文学作品的阐释求得文学本质的回答。他们都没有把作品视为孤立的存在形式，而是突出作品与之相互关联因素的互构关系。韦勒克认为作品的本质在于各种主体观念的意识形态性，处于同一时代的读者和批评家的头脑中，不断发生变化，但是，他没有进一步指明这一意识形态性的规范和来源所在，最终陷入一直力求避免的主观主义泥淖。韦勒克主张文学作品是一种共时性与历时性的统一，追求探究文学作品的内部层面各要素间的关系，以及读者对作品的具体化。他始终聚焦在作品本身，分析作品的存在形式，探究其具体化和审美价值。相较韦勒克提出文学作品存在的各种不同的意识形态，马克思和恩格斯首先指出文学作品是客观社会生活在人们头脑中的能动反映；其次社会现实生活是创作文学作品的唯一来源，文学作品经由作家头脑中的加工创作，成为一种精神产品；最后在读者阅读消费中作品获得现实

---

① 《马克思恩格斯全集》（第三卷），人民出版社2016年版，第29页。

第五章　韦勒克文学作品存在论与马克思、恩格斯文学作品存在观的比较

性存在。文学作品是由作家创作的一种特殊产品。它既用艺术方式反映世界，同世界辩证地联系，又是作家的主体精神的外化对象。马克思、恩格斯认为文学作品"按照美的规律塑造"，是生活世界与审美世界的辩证统一。

对待文学与社会的关系，韦勒克力求把作品的形式要素与社会性相结合。他提出文学作品无法脱离一定的社会实践。作家处在一定的现实生活中，作品内容是现实生活的缩影。另外，文学作品还具有一定的社会教化和道德宣传功能。马克思、恩格斯一开始就从宏观的社会视角切入作品，将文学作品的本质归于一定的社会物质基础。马克思、恩格斯提出文学作品能动地反映社会现实。作为一种精神产物，文学作品并不总是与社会物质基础同步发展。文学作品具有一定的相对性。同样，韦勒克赞同文学作品的生产不一定总是与物质基础同步，有时候文学作品能够借助虚构的表现手法超前反映超越当下的现实生活。韦勒克只是在一定程度上承认作品中的社会内容是社会现实的缩影。马克思、恩格斯则从整个社会结构出发，阐述文学作品反映社会现实的客观性，体现出虚构的真实性。不可否认的是，韦勒克文学作品存在论与马克思、恩格斯文学作品存在观都肯定文学作品与社会现实之间具有某种密切的关系。

不同之处在于，韦勒克文学作品存在论只承认社会环境似乎可能影响作品的审美评价，却不触及审美价值本身。他认为社会环境与文学作品之间的关系十分模糊。不同时期的艺术作品类型各异，社会环境一定程度上会影响人们对文学作品形式的审美价值选择，却不触及作品审美价值本身。因为社会环境无法预言作品的未来发展。在韦勒克看来，决定一部文学作品的本质因素是作品系统的传统和惯例。因此，我们可以看到韦勒克所谓社会性的文学作品只是文学作品存在方式的一种，并不是最重要的一种。物质基础对文学发展的决定性作用以明晰的方式呈现。社会生活与文学作品的"决定性的结构"发生关系。社会因素成为作品的要素之一，成为评价作品的有效标准。韦

勒克把目光投向作品内部层次的分析，详细论述了作品存在的不同层面，从具体的声音结构、节奏、韵律，到意象、隐喻、象征、风格、叙事技巧，再到不同类型、不同种类的文学作品，通过透视作品的不同层面，韦勒克以期探究到作品结构中的审美因素，从而作出审美批评和价值判断。

马克思、恩格斯文学作品存在观则着重阐明社会生活是文学作品的客观来源，强调作品的思想内容，更加注重文学作品与社会生活的互动关系，如何影响文学作品的创作生产与消费接受。他们在思考作品如何反映社会现实、作品的艺术技巧形式方面，往往从大处着笔，提倡典型环境中的典型人物。从宏观的社会视域出发，马克思、恩格斯较少谈及具体的文学作品中的布局安排、语言风格、人物形象、故事情节。他们反对抽象空洞的作品，反对作品细致烦琐的分析方式，不赞同把作品研究仅仅局限在作品的内部。马克思、恩格斯主张探究文学作品的社会基础。同时，马克思提倡文学作品的"莎士比亚化"，而不要"席勒式"①。他反对把文学作品变为时代精神的单纯的传声筒。韦勒克误解马克思和恩格斯混淆虚构与现实，指出他们将文学作品建立在不可能实现的冲突上。② 马克思、恩格斯根据一定的社会环境和现实基础切入，走进文学作品的虚构世界，从中探寻作品的审美意义和社会价值。与韦勒克文学审美本质观不同，马克思、恩格斯强调文学作品的形式特征与社会内容紧密结合。

第二节　文学作品历史观的比较

文学作品从来不是固定不变的存在。韦勒克文学作品存在论考察文学作品的历时性发展，指出作品的内部结构和既定的规范结构是它

---

① 《马克思恩格斯全集》（第二十九卷），人民出版社2016年版，第574页。
② [美]雷纳·韦勒克：《近代文学批评史》（第三卷），杨自伍译，上海译文出版社2020年版，第316页。

第五章　韦勒克文学作品存在论与马克思、恩格斯文学作品存在观的比较　◆◇◆

不断变化的推动力。马克思、恩格斯把文学作品放入资本主义发展过程，观察它随着社会发展的变化而改变。他们揭示文学作品的商品属性，提出作品的历时性变化处于生产、交换与消费的过程中。

一　韦勒克文学作品的历时性

韦勒克曾赞赏艾略特赋予文学作品以丰富的历史意识。艾略特认为，对于诗人来说历史意识非常重要，在写作过程中，诗人不仅需要对当下所处时代了如指掌，而且需要对自《荷马史诗》以来的全部欧洲文学（尤其对自己国家的全部文学）了然于胸，它们构成一个同时存在的整体或体系。这一历史意识联系着过去的传统以及现在性，诗人在写作时需要借鉴学习大量已有的经典流传的著作，还需要对其他国家的文学传统有一定的认识和了解。艾略特的"历史意识"具有横向和纵向两方面的延伸。他把文学作品视为一个共时性存在的整体，同时具有超越当下的时间性。[1] 诗人具有历史意识就从大量的传统文学作品中汲取丰富的知识素材，融会贯通到自己的作品中，同时，历史意识赋予诗人的作品以传统性、经典性，有助于作品的持久存在和传播，屹立在经典著作之林。艾略特的"历史意识"是一种历史传统与共时现在结合的文学作品观。韦勒克质疑艾略特所谓文学作品是一个没有时间性的共时性秩序，认为艾略特把整个作品系统看作静止不变的共时秩序，这种文学无时间性的观念（奇怪的是艾略特称之为"历史感"）忽略了文学的历时性变化[2]。韦勒克提出艾略特一味推崇古典的传统，强调"统一感受力""无个性诗歌"观念，使文学作品具有普遍性，但是，韦勒克不满艾略特把文学作品当作一种同时共存的序次，重视作品的共时性，忽视其不断发展变化的历时

---

[1]　［英］T. S. 艾略特：《传统与个人才能》，《艾略特文学论文集》，李赋宁译，人民文学出版社2018年版，第2页。
[2]　参见［美］勒内·韦勒克《批评的诸种概念》，罗钢、王馨钵、杨德友译，上海人民出版社2015年版，第53—54页。

性。韦勒克主张探寻文学作品普遍存在的历时性。

韦勒克认为文学作品按照历时顺序排列，在时间长河中，它处于历史变化中，不断进化和发展。文学作品与历史紧密联系，处于动态的历史过程中。无论目前时代的作品还是数千年前的作品，一旦作品完成，它就进入历时序列中。个别的文学作品在历史进程中不是一直保持不变的，作品的"决定性的结构"是动态发展的。文学作品的存在始终处于读者和批评家的头脑中，在不同时期引起不同的关注。文学作品的历时性系统不是孤立的单一的作品，而是一个独立的文学作品与之相邻的文学作品的结构关系。它们共同构成一个系统秩序，具有继承性、发展性和创新性。

文学作品的标准、原则和惯例是历史发展过程中建构的。文学作品的历时性是一个规范性体系，它的价值判断与历史变化密切相关。韦勒克将文学作品的历时性存在分为细小的时间段，作品成为一个参照历史不断变化的价值系统。它的价值标准从历史发展中抽象得出，同时作品的历时性制约作品的价值评价。不同类型、不同种类文学作品的出现是由于历史发展过程中，从一个时期的规范体系演化到另一个阶段的规范体系。不同时期的文学作品并非一个理性的、永恒的、抽象的存在，无论某一类型还是某一种类的文学作品都处于历史的横断面，作品的历时性存在受整个规范体系的支配。作为一个规范体系的文学作品系统，特定时期中作品的历时性具有相对的统一性，上一个时期的文学作品不可避免地延续到下一个时期的作品系统。韦勒克解释文学作品动态发展的历时性，探究更深入、更广泛的作品系统。

韦勒克指出文学作品的历时性是一个复杂的变化过程。它是由内在结构的进化需要和既定的规范系统枯竭和对变化的渴望引起的，同时肯定部分是由作品的社会、文化外在的因素引起的。14—16世纪文艺复兴时期，肯定人的力量，宣扬人的尊贵和卓越，涌现一批悲喜剧、历史剧和随笔散文等文学类型。18世纪启蒙运动，宣传启蒙思想，创作出市民悲剧、严肃喜剧、书信体小说、对话体小说和哲理小说等文学类型。19世纪早期的浪漫主义运动，涌现歌咏和赞美自然、崇尚自我、抒发主观情感的长篇抒情诗歌和民间文学。19世纪中期出现反抗资本主义的情绪催生出现实主义文学。它以人道主义为武器展开对社会现象深刻的批判，创作出长篇小说、中短篇小说、历史戏剧等文学类型。20世纪上半叶现代主义风行于世，它反叛传统，追求新奇，出现象征主义文学、未来派诗歌、达达主义文学、超现实主义文学、表现主义文学、意识流小说等文学类型。20世纪后半叶，后现代主义解构现代主义的真实性和主体性，呈现非线性叙述、碎片化、先锋性，涌现存在主义文学、荒诞派戏剧、黑色幽默小说等文学类型。文学作品在不同历史时期发生变化，每一个时期文学作品都有既定的规范体系，同一时期的作品类型受到规范体系的制约。由于文学作品产生的社会背景和文化思潮不同，文学作品的历时性存在具有多样性。韦勒克把文学作品的历时性变化归结于内部规范体系的更替，对历史变化的渴望以及部分的社会和文化原因。文学作品的历时性存在既非一系列破碎故事片段的拼接，也非与其他类型艺术品没有联系的孤立存在，更非禁锢于某一个特定时代观念的僵硬文本。[①] 文学作品在历史长河中，不断演进变化，呈现出不同的作品类型，具有一种特定的规范结构。

二 马克思、恩格斯的文学作品历史观

19世纪，马克思和恩格斯用丰富的知识储备和广阔的人文视野共同创立了马克思主义，他们并非专业的诗人和文艺理论家，但在研究资本主义社会和无产阶级革命运动的同时，将目光投向了广袤的艺术文学，对文学世界产生极大的兴趣。马克思遵从历史唯物主义思想，提出一种全新的理论观念和研究视野解读文学艺术。他们提出文学作品具有历时性存在，随着社会的发展变化，揭示作品历史观的根

[①] 王雪：《返回作品自身——韦勒克文学作品存在论研究》，《中国社会科学院研究生院学报》2021年第2期。

源在于特殊的生产方式和社会基础。他们还探讨文学作品处于生产与消费的过程中。马克思、恩格斯的文学作品历史观在西方文艺理论和美学发展史上占据重要位置,具有世界性、时代性的影响,获得广泛的认同。

(一)文学作品随社会发展而变化

马克思和恩格斯在《德意志意识形态》中首次指出具有丰富内涵的"唯物主义历史观":这种历史观就在于从直接生活的物质生产出发来考察现实的生产过程,并把与该生产方式相联系的、它所产生的交往形式(即各个不同阶段上的市民社会),理解为整个历史的基础,然后必须在国家生活的范围内描述市民社会的活动,同时从市民和社会出发阐明各种不同的理论产物和意识形态,如宗教、哲学、道德等,并在这个基础上追溯它们产生的过程。这样做当然就能够完整地描述全部过程(因而也就能够描述这个过程的各个不同方面之间的相互作用)了。这种历史观和唯心主义历史观不同,它不是在每个时代中寻找某种范畴,而是始终站在现实历史的基础上,不是从观念出发来解释实践,而是从物质实践出发来解释观念的东西。[①]

马克思、恩格斯没有孤立地看待文学作品的意识形态性,而是把它同社会物质基础相联系,探究两者的互构关系。马克思提出:"物质生活的生产方式制约着整个社会生活、政治生活和精神生活的过程。不是人们的意识决定人们的存在,相反,是人们的社会存在决定人们的意识。"[②]马克思阐明了意识形态及其各种表现形式在社会结构中的作用和位置,人们的物质生产活动不以主观意识为转移,一定阶段的生产力水平有与之相适应的生产关系。生产关系共同构成社会的经济结构,观念的上层建筑等一定的意识形态依赖于现实的经济基础。由于上层建筑受物质生活条件的制约,随着物质基础的变革全部上层建筑或快或慢地发生变化。因而,马克思提出在考察社会变革

[①]《马克思恩格斯全集》(第三卷),人民出版社2016年版,第42—43页。
[②]《马克思恩格斯全集》(第十三卷),人民出版社2016年版,第8页。

第五章 韦勒克文学作品存在论与马克思、恩格斯文学作品存在观的比较

时,需要进一步区分上层建筑的两大类:生产的物质结构以及相关的上层建筑。马克思将文学艺术同法律、宗教、哲学一样定位在上层建筑领域中的意识形态范畴中。

恩格斯依据现实结果和历史顺序考察了人类社会关系、物质生活、国家形式以及与之相适应的法律、宗教和哲学观念。恩格斯指出法律、宗教、哲学、艺术都属于上层建筑,它们或多或少都一定会受到社会物质基础的制约。社会经济基础决定文学艺术的发展,作为一种精神生产的产物,文学作品是作家头脑中对现实生活的集中反映。文学艺术是生产关系的总和,它是能动地反映社会经济基础的上层建筑,属于上层建筑中的特殊的社会意识形态。与其政治直接反映经济基础,表现统治阶级利益不同,文学艺术"更高地悬浮于空中的思想领域"①,与一定的社会经济条件相适应的客观生活在作家头脑中的精神产物。看待评价文学艺术作品时,马克思和恩格斯始终用发展的眼光,观察作品同物质基础、社会生活和其他意识形态的关系,找寻作品的特殊性。他们提出属于上层建筑的文学艺术的变化和发展必然受到物质条件的制约,取决于经济基础的状况,离不开整个社会结构的历史。同时,文学艺术与经济基础的关系并非直接的或紧密相关的,而是间接的反映。这表明文学作品具有相对的特殊性和独立性,是一种特殊的意识形态。马克思、恩格斯的文学作品历史观的出发点是一定的历史条件,文学作品反映出的社会现实,意识形态性恰恰成为作品存在的重要形式之一。不同于韦勒克文学史观注重作品内部或整个文学系统的"历史性""审美性"和特殊的"符号形式",马克思、恩格斯文学作品的历史观更为看重作品的意识形态性和宏大的历史视野,这成为他们同韦勒克文学作品历史观的根本区别。

马克思指出文学艺术作为特殊的意识形态,并非社会现实的纯粹原本式的反映,而是具有相对独立性,表现如下。其一,作为社会意

---

① 《马克思恩格斯全集》(第三十七卷),人民出版社2016年版,第489页。

识形态，文学艺术在社会现实的基础上，需要符合自身发展规律。文学作品的产生、变化和发展取决于一定的经济基础，具有承袭前人历史成果的传统性并符合文艺自身规律发展的内在逻辑。划分为历史学科的文学艺术是经过历代创作者、阅读者和欣赏者共同创造积累而成的。文学作品的存在是一种特殊的意识形态，有其渊源、传承性和独立性。每一部文学作品都基于一定的现实生活，在继承前代文艺成果的基础上发展而来的。

其二，文学作品的生产同物质生产具有不平衡性。马克思提出："关于艺术，大家知道，它的一定的繁盛时期决不是同社会的一般发展成比例的，因而也决不是同仿佛是社会组织的骨骼的物质基础的一般发展成比例的。"① 高度发达的物质基础不一定会出现兴盛的文学艺术，反之生产力发展水平较低的情况下，有可能取得繁荣的艺术成就，有时也会出现倒退或停滞状态。文学作品的创作受一定社会现实和物质基础的制约，具有自身的独立性。马克思十分欣赏希腊神话，它是由希腊人想象力和创造力孕育的，根植于当时的社会现实土壤中，不仅是希腊时期艺术的结晶，更成为世界之林的瑰宝。神话艺术是人类早期不成熟状态下萌生的艺术形式，成为人类掌握世界的特殊艺术形式之一，显示出永久的艺术魅力。文学艺术品作为社会意识形态，具有自身的独特规律。

其三，文学艺术还与其他各种意识形态之间相互作用和相互影响。比如，政治、哲学、宗教等意识形态会影响文学艺术，文学艺术直接或间接地对其他意识形态产生作用。诸种意识形态之间相互渗透、相互影响，对经济基础发生作用。相较其他意识形态，文学艺术具有相对独立性能动地反映社会物质基础，呈现特殊的发展逻辑。作为意识形态的文学艺术，同丰富复杂的其他意识形态间有着特殊的关系。

---

① 《马克思恩格斯全集》（第十二卷），人民出版社2016年版，第760—761页。

第五章　韦勒克文学作品存在论与马克思、恩格斯文学作品存在观的比较

马克思、恩格斯文学作品历史观创建性地从唯物主义历史发展和社会结构两方面阐释文学作品的作用和位置，提出文学作品是一种特殊的意识形态，受生产方式的制约这一重要见解。在马克思主义唯物史观的基础上，文学作品的意识形态呈现结构性和功能性特征：一方面它反映现实生活的种种现象，具有教育功能和认识属性；另一方面文学作品的意识形态性具有强烈的实践意向，满足了接受主体的审美需求。文学作品的意识形态性具有基本的社会结构与实践性，同社会物质基础密切相关。

（二）文学作品处于生产与消费的过程

马克思从唯物史观出发，精辟地阐明各种生产过程和各个要素间的辩证关系，强调生产的物质基础和历史阶段性特征。他还从社会经济基础出发，考察上层建筑与经济基础的相互关系和作用。马克思专门论述生产与消费的辩证关系，指出生产活动直接创造了消费的具体材料，消费活动也会影响生产。马克思指出："生产直接是消费。消费直接也是生产。每一方直接是它的对方。可是同时在两者之间存在着一种媒介运动。"[1] 马克思的艺术生产理论体现了对文学艺术活动规律的完整思考，文学作品处于这一链条过程中，成为中介环节。马克思将文学活动分为：生产、作品和消费等因素和环节。他将政治经济学的相关术语引入文学艺术，比如将生产称为创作；将诗人和作家称为生产者；将作品称为产品。通过这些术语可以发现思考文学艺术时，马克思把它放入与其他生产关系的活动中考察，尤其是物质生产关系的框架中。

马克思结合艺术生产与消费的辩证关系理解文学活动和文学作品本身。在整个文学活动中，文学消费是重要一环，是文学生产的延续和深化。马克思所说的一般生产规律同样适用文学艺术的生产和消费过程，具体表现在两个方面。一是文学生产制约了文学消费。

---

[1]《马克思恩格斯全集》（第十二卷），人民出版社2016年版，第741页。

在马克思看来,生产与消费是矛盾统一的。文学创作是整个文学作品系统的生产与消费过程的起点,它处于支配地位为文学作品的接受提供物质材料。生产为消费创造对象的需要和动力,同时它规定了消费的性质。马克思将这一思路引入文学艺术活动,文学生产和消费的对象是文学作品,作品不仅是主体生产的对象,同时成为对象生产的主体,是文学活动的中间环节。文学作品包含文学生产者对社会物质基础的反映和作家主观的个人禀性。二是文学消费制约着文学生产。虽然生产规定了消费,但是消费绝非被动的行为。消费不仅在观念上重新创造生产需求,制造新的主观形式的生产资料,消费还刺激新的生产需要的出现。文学消费是文学活动的最后一个环节,缺少这一要素就不会有完整的文学生产活动。文学作品是文学生产创造的,但只有经过读者消费活动的文学作品,才能获得完整的意义和现实的存在。文学消费是文学生产的目的和动力。由于接受主体的需要不断变化,促使文学消费不断推动新的文学生产。

马克思、恩格斯还提出:"与资本主义生产方式相适应的精神生产,就和与中世纪生产方式相适应的精神生产不同。"[1] 中世纪时期,基督教文化在欧洲占据绝对的垄断地位,它将封建制度神圣化。这一时期的文学作品带有宗教性质,出现教会文学和世俗文学,多以宗教抒情诗、宗教颂神诗为主要的文学类型。资本主义的生产方式和意识形态出现,这一时期的艺术生产摆脱神学宗教的束缚,精神生产的文学作品受到资本力量的推动,作品成为谋取利润的工具。文学作品变成商品,处于交换过程中,"资本主义生产就同某些精神生产部门如艺术和诗歌相敌对"[2]。马克思、恩格斯认同把文学作品放入一定的社会生活和实践,他们十分欣赏狄更斯、巴尔扎克创作的现实主义文学,褒扬海涅的浪漫主义诗歌,批评哈克奈斯脱离社会历史的小说创作。马克思、恩格斯立足点在资本主义时代,主张探讨文学作品的全

---

[1] 《马克思恩格斯全集》(第二十六卷 第一册),人民出版社2016年版,第296页。
[2] 《马克思恩格斯全集》(第二十六卷 第一册),人民出版社2016年版,第296页。

部历史进程。他们把文学作品置于资本主义的社会基础,辩证思考文学作品的历史性发展及其发展过程。

马克思、恩格斯认为文学作品是一种特殊的意识形态,具有自身的独立性。他们拓宽文学艺术的领域,从经济基础角度赋予文学作品以商品属性。他们重新考察文学活动从生产到消费的完整过程。他们把文学作品视为沟通文学生产和文学消费运动的中间环节。同时,他们没有忽视作品本身的独特性和内在规律。面对文学作品的历史观,马克思、恩格斯强调作品同其他生产关系的相互影响、相互作用。这表明文学作品不是孤立的单独存在,而是一种特殊的精神生产,掌握世界的方式。文学作品处于一定的生产和消费的过程中。

三 两者的异同

韦勒克文学作品的历时观与马克思、恩格斯文学作品的历史观共同之处在于指出文学作品的存在处于历史的不断变化过程中。他们没有把作品当作永恒不变的、抽象的存在形式,而是主张对文学作品进行历史性、具体的分析。在探究文学作品的历史发展过程中,韦勒克与马克思、恩格斯都意识到作品历史变化外在的社会原因,而非片面化、绝对化地分析作品。他们都将文学作品的发展视为动态的历史过程,以期解释作品历史性存在的根源。不同之处:韦勒克将文学作品的历时性研究局限在作品内部,把引起文学作品历时性的原因归结于作品内部既定规范系统的更替,以及与作品相关的部分外在的社会文化原因。尽管韦勒克部分肯定引起文学作品历时性变化的社会和其他文化的原因,但是没有进一步探究文学作品历史变化的社会根源。此外,韦勒克意识到文学作品与社会的复杂关系,却没能回答作品历时性变化的根本动力。

马克思、恩格斯从宏大的社会历史角度切入,分析文学作品的历史发展过程。他们提出文学作品的发展变化在于社会历史的变化,作品历史存在的根源在于社会物质基础。不同于韦勒克局限的文学作品历时性，马克思、恩格斯立足历史唯物主义，从宏观的社会角度出发，分析文学作品的全部历史，指出文学作品历史变化的根源在于生产方式的变化和社会意识形态的改变。马克思、恩格斯没有孤立地看待文学作品的历史发展，他们敏锐地考察作品与时代、社会的互动关系。文学作品能动地反映现实生活，受社会物质基础的制约。它具有相对的独立性。马克思、恩格斯进一步考察作为商品的文学作品，它处于一定的生产与消费的过程中。他们既着眼社会宏观角度探讨文学作品的历史性，也从经济角度探究文学作品的存在过程。

第三节　韦勒克文学作品存在论与马克思、恩格斯文学作品观不同的原因

我们梳理了韦勒克与马克思、恩格斯两种视域的文学作品观，他们共同追求文学作品的历史性。不过两者寻求作品历史的蕴含不同，前者主张从作品内部透视文学作品的不同层次和符号结构，探求作品在文学的历史传统中的审美价值尺度。韦勒克多次提出文学研究是理解和评价作品中的历史性和价值性。后者强调从作品外部的宏观视域出发，考察文学作品的生产和消费过程，挖掘文学艺术的社会性和历史性以及认知教育等功能。接下来，我们从研究理论的出发点、理论视野和身份使命角度，比较韦勒克文学作品存在论与马克思、恩格斯文学作品存在观不同的原因所在。

一　理论出发点

韦勒克文学作品存在论的出发点是建构一套包含文学作品本体论、层次论、结构论、方法论、批评标准论等完整的文学理论。韦勒克在思考文学作品的存在方式，一方面悬搁作品的外部因素，如社会、历史、现实、思想、心理等条件，追求作品自身的独立自足位置；另一方面接受索绪尔和布拉格学派的现代语言观念，关注作品的

第五章 韦勒克文学作品存在论与马克思、恩格斯文学作品存在观的比较

共时结构，探究作品内在的声音、意义、意蕴、象征、隐喻等结构形式，主张一种纯粹的文学作品的审美形式。马克思和恩格斯在分析文学艺术的基本形态时，将它作为反映社会存在的社会意识，定位于上层建筑中的特殊的意识形态。他们看待文学艺术立足于唯物主义的历史观，纳入物质基础与意识形态的关系中探究作品的存在方式，在这一框架中揭示文学的本质规定，以及艺术生产同物质生产发展的不平衡。马克思和恩格斯根据唯物主义历史观，提出关于文学作品的独到见解。他们意识到文学作品并非一个独立、自主的存在物，而是处于生产和消费的过程中。马克思、恩格斯始终从总体性定位分析和把握文学作品，把它放入一定的历史现实。文学作品的存在必然深深根植于整个社会的基本结构。他们主张以"美学的和历史的"批评标准阐释作品丰富的内涵。

马克思、恩格斯看待文学作品的立足点是唯物史观和实践性，他们对文艺现象和文学活动的阐述具有科学性，同时没有忽视文学作品的特殊性和内在规律。可以说，马克思、恩格斯的文学作品观兼顾作品存在的社会历史性和审美形式性。恩格斯的艺术典型论提出："每个人都是典型，但同时又是一定的单个人，正如老黑格尔所说，是一个'这个'。"[①] 马克思、恩格斯强调文学作品以感性形式表现理性内容，使共性与个性统一、普遍性与特殊性臻于完善。马克思、恩格斯既重视文学作品的社会性，同时关心艺术创作的形式问题，更加多样的艺术形式展现生动的现实生活和人物形象。

由于韦勒克和马克思、恩格斯研究文学艺术不同的出发点，韦勒克倾向于从文学作品内部寻求作品的历时性和整个作品系统的惯例与传统，探究单独文学作品内部的符号含义和审美价值，以及文学作品存在的共同结构和普遍规律。马克思、恩格斯基于唯物史观和恢宏的理论体系，他们没有将文学作品限制在自身的内部世界，而是关注文

---

① 《马克思恩格斯全集》（第三十六卷），人民出版社2016年版，第384页。

学作品与广阔的外部环境，与各种生产关系之间的相互关系、相互作用、相互影响。文学作品的存在方式不再局限在符号结构、意义层次、象征、隐喻等层面，而是处于更为复杂、多元的关系网络中。两者看待文学作品的不同存在形式，为我们进一步思考作品的现实化和社会化提供价值。

二 理论视野

韦勒克聚焦在文学作品的语言形式和意义符号结构方面，尽管韦勒克文学作品历史观中蕴含着重视文学作品的传统和历史性，但由于将作品局限在自身的独立结构中，作品借以音韵、节奏、隐喻、象征、叙事等方面显现出的历史性是弱小的。尽管他力图通过封闭作品，追求作品的纯粹审美形式美，但是作品的价值尺度和价值判断不是凭空地出现，作品的审美价值标准是从历史中得来的。韦勒克提出的文学作品"历史"仍倾向于内部的"文学史观"，忽视社会现实和经济结构的影响。韦勒克文学作品微弱的历史性体现了他反对极端实证主义后自身省思，更是作品自身规律的规定。面对社会和历史，文学作品需要敞开，而不是逃避。可以说，韦勒克文学作品观中的历史性是消极的、被动的，具有无力的抵抗感。

马克思、恩格斯一开始就站在唯物历史观和辩证唯物主义的立场上思考文学艺术，他们采取更为宏大、宽阔的理论视野，使文学作品的创作能积极反映社会现实生活，揭示文学艺术作为特殊的意识形态的相对独立性。作为精神生产的文学作品，处于艺术生产过程中，文学生产和文学消费具有同一性。马克思、恩格斯明确指出文学作品受一定的社会经济基础的限制，具有自身的能动性。文学作品是一种特殊的意识形态。马克思和恩格斯探讨文学的本质问题，面对文学作品的存在方式，始终聚焦社会历史结构的视野中，阐明文学艺术的特殊作用。

由于两种不同的理论视野，马克思、恩格斯看待文学作品采取广

第五章 韦勒克文学作品存在论与马克思、恩格斯文学作品存在观的比较

阔而复杂的理论视野，将文学作品置于人类历史和社会结构中，文学艺术的变化发展与资本主义社会的生产方式密切相关，作家创作的文学作品受到社会经济需求的影响，而文学作品的消费主体反过来也会对作品生产发生作用。文学作品存在于生产消费和与其他生产关系的互动中。相较而言，韦勒克文学作品存在论聚焦在作品内部世界，显得较为狭小。韦勒克论述了文学作品的经验性存在、决定性的结构、不同层面以及透视主义，力图全面分析作品的存在方式。另外，韦勒克追求作品的纯审美价值，强调价值依从于历史，但他所言的"历史"是文学传统、惯例、继承的历史，而没有触及作品创作的现实土壤和本质内容。我们不能否认韦勒克重视作品的细读分析，阐释符号结构所指的含义以及观照作品审美价值等方面的贡献。遗憾的是，韦勒克没有深究文学作品的符号系统蕴含的意义从何而来。文学作品的审美价值除结构形式，还受其他因素的影响。归根结底，韦勒克文学作品存在论和马克思、恩格斯文学作品存在观不同的原因是理论切入点和理论视野的不同。

三 身份使命

韦勒克是20世纪西方著名的文艺理论家、文学批评家和比较文学家，他在文学基础理论、文学批评史研究以及比较文学与总体文学方面贡献卓著。韦勒克深耕在文学理论研究，在探究文学作品的存在形式、多层次结构、透视主义批评标准和研究方法、文学史观等方面提出了自己独到的见解。他毕生追求文学的纯粹审美，坚信文学研究就是绝对的文学，力求建构一套不太外部，偏向内部研究的文学理论。韦勒克把目光停留在作品的语言、形式、修辞、结构等内部规律的探讨上，突出文艺作品的审美价值，较少强调作品的社会功能和道德教育功能。

马克思、恩格斯是伟大的思想家、革命家和理论家，他们倾其毕生精力全面研究了资本主义社会的发展向社会主义的过渡和共产主义

社会等关乎全人类命运的宏大命题。他们对文学艺术的思考和研究始终在社会结构的总体框架下，文学艺术与哲学、宗教、法律等意识形态一样成为社会变革的重要力量。身为马克思主义的创始人，马克思、恩格斯立足唯物史观的立场，他们关于文学艺术的看法、观点和研究从历史和社会角度出发，不仅关注文学艺术的一般规律，而且重视文学具有的特殊性和独立性。他们没有沉迷在文学艺术的审美世界中，也没有囿于语言符号的王国，而是强调文艺担负的社会功能，主张把文艺与社会每一个成员获得自由而全面发展相结合。马克思、恩格斯从全人类视野和恢宏的视野研究文学艺术与他们肩负的历史使命，同他们的个人气质密不可分。

  由于两者不同的身份使命，韦勒克和马克思、恩格斯面对文学艺术出现不同倾向的文学作品观。他们共同认为文学作品通过艺术方式表达人类丰富的情感。韦勒克文学作品存在论倾向于揭示作品本质在于审美形式，把文学作品视为自足世界。韦勒克提出作品的历时性来源于内部规律和既定的规范体系的变化。马克思、恩格斯则把文学艺术放入人类历史长河，并结合社会基本结构思考文学作品的历时性处于生产和消费的过程中。囿于两者的使命不同，相较马克思、恩格斯恢宏宽阔的理论视域和研究方式，作为文艺理论家的韦勒克稍逊一筹，但韦勒克在文学理论、文学批评方面做出的重要贡献不容忽视。他们在各自专注的领域提出许多重要的理论观点，同样思考文学作品的本质属性。韦勒克与马克思、恩格斯都关注文学作品的历史性。韦勒克追求作品内部的历时性，马克思、恩格斯力求将作品置于自身之外的社会历史。在韦勒克文学作品的历史观中，作品不得不向历史和社会敞开，被迫赋予历史意识和历史感。马克思、恩格斯文学作品的历史观则表现出积极拥抱历史和社会、主动回应现实生活、关切社会问题。

  通过分析理论出发点、理论视野和肩负的身份使命三方面，我们可以看到韦勒克文学作品存在论秉持的形式主义和审美主义的立场，

第五章 韦勒克文学作品存在论与马克思、恩格斯文学作品存在观的比较 ◇◆◇

也能够感受文学作品不得不对历史敞开的无奈。韦勒克文学作品存在论更多地给予我们坚守作品的独特性和审美性启示，重视作品自身的语言结构研究。马克思、恩格斯文学作品存在观思考作品的立足点、视野和方式拓宽了文学艺术的领域，尤其是探究作品与物质生产的各种互动关系，表明作品的存在方式是多元复杂的。马克思、恩格斯文学作品存在观以宽阔的视野丰富了作品的存在和意义。通过上述思考，能够帮助我们更好地厘清韦勒克文学作品存在论与马克思、恩格斯文学作品观之间的异同及其不同的原因，而非用一方贬低另一方。

第六章
韦勒克文学作品存在论的影响及评价

韦勒克文学作品存在论对结构主义、解构主义和新历史主义产生重要影响。作为坚守文学性和审美价值的巅峰,韦勒克文学作品存在论引导的文学内部研究成为转折点,20世纪60年代之后的文学研究从内在形式研究走向外部文化历史研究。本章主要探讨韦勒克文学作品存在论对西方文论发展的影响,一方面,它为西方文学理论提供理论体系、概念范畴、核心命题等学术参照;另一方面,由于其理论自身存在的结构性矛盾暴露出诸种弊端,后世学者开始寻求突破困境。从理论发展、批评标准和创作实践三方面,阐述韦勒克文学作品存在论在20世纪40—60年代、20世纪70年代之间对西方文论发展和西方文学批评的重要意义。韦勒克文学作品的内在形式探索,在节奏、音律、意象、象征、隐喻和世界层面的作品形式分析是可供借鉴的。关于文学语言形式的关注、叙事性小说的表现方面的研究是有价值的,对西方文学创作提供启示意义。

第一节 对西方文学理论的影响

韦勒克文学作品存在论是20世纪上半叶重要的文学理论之一,对西方文学理论的发展产生影响,其理论突破体现在:韦勒克文学作品存在论启发了结构主义在文学系统、语言超越性和叙事性小说分析方面，对作品深层次的发现和挖掘；触发了解构主义对语言逻各斯中心主义的消解；激发了新历史主义重新思考文学作品的历史维度。尽管韦勒克文学作品存在论有不尽完善之处，但是为20世纪60年代的文学形式研究留下的理论探索空间是宽阔的。

一 启发结构主义深化作品的深层结构

韦勒克文学作品存在论是20世纪40年代新批评派的重要理论之一，主张文学研究的内在形式分析，在细读文本方面有着重要价值。然而，兴起在20世纪60年代的法国结构主义在探究文学作品的内在形式的道路上向前一步，更具深刻性和系统性。从学殖渊源看，韦勒克文学作品存在论和法国结构主义的直接思想来源都可追溯到现代语言家索绪尔结构主义语言学、俄国形式主义和布拉格学派的艺术美学观。从时代征候看，韦勒克和结构主义者共同面对的是传统实证主义批评方式对作品任意化、主观式的解读。他们认为，文学作品并非每一个读者自身阅读经验所能把握的，而是存在一种固定的结构形式，我们始终只能触及其中的一部分。韦勒克意识到作品存在的"决定性的结构"，结构主义则更为深刻地把握这一结构的系统性和科学性。因此，从学殖渊源和时代征候两方面看，韦勒克文学作品存在论同结构主义既有联系又有区别，体现出韦勒克文学作品存在论对结构主义的影响，又体现了后者对前者的超越。

第一，关于文学作品存在的类型化问题，结构主义吸收了韦勒克文学作品存在论的类型观念，探索文学的更深层次。韦勒克深受黑格尔进化论的影响，提出从不同层面分析文学作品，将其视为从单一文学作品到某类型文学作品再到某种文学作品的类型。[1] 他将文学作品的存在状态从单一作品形式延伸扩展到某种类型的作品形态。首先，关于单一文学作品，韦勒克注重从声音层面、意义单元层面、文体层

---

[1] ［美］勒内·韦勒克、［美］奥斯汀·沃伦：《文学理论》（新修订版），刘象愚等译，浙江人民出版社2017年版，第223页。

面、叙事性小说世界层面加以分析。其次，关于文学类型，韦勒克探讨文学类型的性质及对同类型作品的评价文体。最后，关于某种文学作品，韦勒克回到文学进化观念上，探讨建立艺术史在内的文学史构想。他提出文学作品是一个包含形式分析、类型阐述和文学史层面的规范系统。这一体系纵向延伸与横向扩展：结构、符号、价值形成了对文学作品存在方式的全面探讨。纵向层面的延伸可以准确把握文学作品的符号结构；横向层面的扩展能够确定文学作品的审美价值，两方面共同构成理解分析作品的方式，不可分离。

韦勒克指出文学作品不是包含单一绝对标准的系统，而是由多个不同层面构成的组合体，每一个层面隐含各自的标准，共同形成一个复杂的多层面的整体。韦勒克认为这套标准的体系是假设性而非作品的现实标准，作品建立在不同的主观意识形态中，读者通过具体的声音层面和意义层面得以把握。一方面，韦勒克肯定文学作品存在的层面分析基础在声音层面；另一方面，他指出这套标准是假设的，离不开集体的意识形态的土壤。由于作品的标准存在没有触及价值问题，还需要横向层面的扩展，韦勒克认为文学作品的存在是一个包含纵向层面和横向层面两方面的标准和价值体系。他将文学作品视为一种符号体系或符号结构的观点，启发了结构主义的发展，突破文学作品单一的能指范围。相较于其他新批评家，韦勒克对作品存在的形式分析从某一作品的声音层面扩展到整个文学史层面，丰富文学作品存在的样态，以期从标准和价值两个维度准确把握作品。在结构主义看来，韦勒克的努力仍没有把握作品的深层形式。

第二，韦勒克探讨文学作品的符号结构，强调作品的审美意义，对结构主义强调作品更深层次的模式产生影响。巴特开辟了文学形式研究的新途径，使文学批评获得坚固实在的出发点。韦勒克对文学作品的认识是声音形式、意义形式和世界形式。巴特指出语言形式是社会成员共同约定的一种强制力量，具有客观的物质性，写作形式则独立于社会之外，成为自我封闭的符号指涉。巴特把文学作品当作系

第六章 韦勒克文学作品存在论的影响及评价

统，作品的各个部分按照相互关系形成横向组合和纵向组合的系统，他还提出文学作品的名词、动词、形容词分别对应不同的作品功能。巴特认为结构主义的任务不是具体阐释文学作品的意义，而是说明约定俗成的程序如何使作品产生的意义。韦勒克对文学作品的关注停留在分析作品语言和结构，巴特的文学作品研究更加强调作品结构的批评，更愿意把文学作品当作形成各种阐释活动的一种习俗惯例。

韦勒克对文学语言的关注抽离了语言习惯或系统生成的土壤。文学作品是一种符号结构，它的语言具有能指和所指关系。韦勒克看重语言作为符号本身的所指意义，指出文学语言深深地植根于语言的历史中，强调对符号本身的把握。在巴特的视野中，语言具有物质性、社会历史性与心理方面的特性，是各种有关因素的相互作用场，呈现不同的形式特征。巴特提出文学作品的语言规则是所有作家共同遵守的既定习惯，"语言结构象是一种'自然'，它全面贯穿于作家的言语表达之中，然而却并不赋予后者以任何形式，甚至不包含形式"。[①]语言结构包括全部文学创作，如同天空、大地、动物、草木一样是构成了一个生态系统。语言结构与其说像材料的存储所，更像一块平行的栖息地。语言结构并非简单的形式构成，而是一种行为场所。作家在进行创作过程中，使用语言时摇摆在"废弃的形式"与"未知的形式"之间。巴特将文学结构和风格视为物质性、社会性的基础是其语言的意向性。尽管作家在形式之间摇摆，但是语言是显现的，风格是隐喻的，源自作家的内心深处，是私人习惯的产物，通过语言符号的意向社会显现。巴特认为文学作品作为象征的符号，不止向人们提供单一的意义，而且它向一个人暗示了几种不同的意思。

韦勒克简单地将语言与言语的区分平移借用区分文学作品结构与单独的文学作品，主张从形式方面探究语言结构的规则。巴特更关注文学结构的社会性方面，尤其在语言结构和言语之间的区分。他以服

[①] [法] 罗兰·巴尔特：《符号学原理》，李幼蒸译，生活·读书·新知三联书店1988年版，第67页。

装现象为例，分为三个系统：一是书写的服装现象处于纯粹的语言结构，不是一次个别的实现，而是一种符号体系；二是在被摄影的服装现象中，服装永远附在模特的身上，模特相当于标准化的语言，摄影的服装好比任意的言语活动；三是在被穿戴的服装现象中，服装的言语呈现外观因素和材料因素。借助三种服饰的区分，巴特指明语言学中的言语并非纯粹的结构，言语是一套包含个别的现象，语言和言语是辩证的关系。不同的语言类型有各自的决定性作用，由同一类型的所有言语受一套语言规则的制约。[1] 巴特超越了韦勒克单纯借用语言与言语的区分，精细地思考语言整体结构中的社会属性。作为符号的语言存在一种习惯性、标准化的结构。巴特还具体、细致地考察了写作方式中的语言形式。在韦勒克作品语言的符号的基础上，巴特探索出新的文学形式观。在更大范围、更广的视野中研究文学作品中的语言，他意识到语言系统的复杂性和物质性。

  第三，在叙事性小说分析方面，阐述结构主义对韦勒克思想的超越性。文艺作品的结构分析和创造性阅读方法。韦勒克指出作家创造出的独特的作品世界，包括人物、环境、情节、行动等结构模式。读者时常把作品同现实生活联系起来，从伦理道德或社会功用的视角评价作品。批评家不能这样混淆虚构世界同真实世界的差异，不应过分追问某个细节是否真实存在，妨碍作出正确的价值判断。[2] 韦勒克希望在分析小说时，理解小说的虚构性所在，不要以道德标准评判小说，因为小说中的虚构世界有自身的逻辑，探索其中的情节、人物塑造和背景等因素的象征意义是重要的。在继承韦勒克文学作品存在论对语言和形式的细读分析之后，巴特强调从语言学出发来分析文学作品，探索"文字的实际革命的理论"。他提出："文学仍然只是某一

---

[1] ［法］罗兰·巴尔特：《符号学原理》，李幼蒸译，生活·读书·新知三联书店1988年版，第127页。
[2] ［美］勒内·韦勒克、［美］奥斯汀·沃伦：《文学理论》（新修订版），刘象愚等译，浙江人民出版社2017年版，第208页。

第六章　韦勒克文学作品存在论的影响及评价

社会的使用价值，它是由一个社会所消费的字词和意义的形式本身所传达的。反之，当人们拒绝了故事而选择其它文学体裁时，或者当在叙事行为内部简单过去时被较少装饰性的、更新鲜、更浓密、更接近言语的形式（如现在时或复合过去时）所取代时，文学就成为丰富的存在的贮积所，而不再是其意义的贮存所了。和历史分离了的行为不再同人物分离。"① 巴特认为似真性的小说中，简单过去时的社会本身包含过去和其可能性的行为本身，是一种形式的辩证法。这种形式必须适应普遍性神话。

巴特嘲笑漂浮在语言、文字形式方面的写作，关心作家承担阶级责任，写作形式具有使用价值和美学目的的双重作用。比如，巴特在评价现实主义作家福楼拜时，指出：他把资产阶级的生活看作一种缠绕着作家的不可救药的恶，只能明确地加以接受，这就是一种悲剧性情感的本色。资产阶级存在的必然性，要求一种艺术应是一种包含法则必要性的体现物。可见，巴特冲破了韦勒克对文学作品中的语言形式的固定理解，而是置于社会文化体系中综合考察，既包含了艺术的本质规范性，同时是一种韵律、节奏等技法的体现，不是简单的形式构成，而是"被加工的形式"。文学写作是对语言境界的热切想象的追求。结构主义提供了一种文学作品理论，更好地让我们理解作品意义如何生产。卡勒曾评价：结构主义致力于为文本游戏所使用并置身于其中的各种语言命名，超越显见的内容而深入一系列语言形式之中，然后把这些形式、对立项或符号示义模式被视为文本的全部负荷。② 结构主义就是孜孜不倦地分离出代码，为文本游戏所使用并置身于其中的各种语言命名，超越显见的内容而深入一系列语言形式之中。在叙事性小说形式分析方面，巴特同样意识到虚构性小说，叙事

---

① ［法］罗兰·巴尔特：《符号学原理》，李幼蒸译，生活·读书·新知三联书店1988年版，第80页。
② ［美］乔纳森·卡勒：《结构主义诗学》，盛宁译，中国人民大学出版社2018年版，第301—302页。

性作品中的形式规则有自身的规范性,不仅是技巧方法的体现,更有着统一的深层次形式。正如穆卡洛夫斯基曾评价结构主义:"符号学不仅把眼光放在内部系统上,更放在外部系统上,进入多重系统的错综关系。"① 诚然,结构主义对叙事作品的关注点由突出文本内部转而向更广的外部系统,从更高的文化层面探究作品的视角、叙事方式、变形等特征,触及文本的深层次结构。

综上,韦勒克文学作品存在论对内在形式的追求、对作品形式细致入微的解读分析,强调文学作品的艺术自主性,忽略作品外在的标准或考虑来评判。霍克斯认为新批评注重作品如何通过精心组织的语词形式,呈现一个完整的复杂的主体经验,过分重视作品的拟陈述判断,忽视了现实世界对意识形态的影响。② 尽管韦勒克在文学作品存在论中极力调节作品形式与外部世界的关系,兼顾内在形式与外在研究,一方面朝着文学内部的深处发展;另一方面朝向自主自足的超然独立体发展,但是韦勒克对作品审美价值的执着追求,必然走向形式的审美化一极,相对忽略作品的历史化一极。诚然,文学作品是"经验的客体""意向性对象",拥有客观规则和主观心理两重因素。结构主义意识到文学作品的社会体系功能是超越韦勒克文学作品存在论之处。可惜的是,他们对文学作品社会性结构的探索走向追求形式的更深层、更普遍模式,未能摆脱形式主义固有的局限性。结构主义超越韦勒克文学作品存在论之处在于将文学作品视为一整个系统,挖掘这个系统的深层规律。

二 促进解构主义消解作品的"文学性"

20世纪60年代后,韦勒克文学作品存在论逐渐式微。反驳内在批评的解构主义出现,两者在理论出发点、批评标准与方法方面存在差

---

① 赵毅衡编选:《符号学文学论文集》,百花文艺出版社2004年版,第36—37页。
② 参见[英]泰伦斯·霍克斯《结构主义与符号学》,瞿晶译,知识产权出版社2018年版,第141—142页。

第六章 韦勒克文学作品存在论的影响及评价

异,解构主义文学批评从韦勒克文学作品存在论吸收借鉴了诸多经验和教训。1946年,韦勒克进入耶鲁大学出任比较文学系主任,他结识了解构主义四位学者:保罗·德曼、哈罗德·布鲁姆、希利斯·米勒、杰弗里·哈特曼,他们之间关系密切。接下来,以德曼和哈特曼的解构主义文学观阐述解构主义对韦勒克文学作品存在论继承性的反驳。

第一,在文学研究方面的"文学性"上,解构主义打破韦勒克主张的自足作品世界。韦勒克认为文学作品的对象是作品中的语言、文字、形式、结构、文体、隐喻、象征、母题等方面,主张对作品进行细读式的分析和考察。解构主义一反之前对文学作品所作的内在形式分析,打破自足、自律、自主的封闭作品世界,提出采取开放的视界分析文本。韦勒克提出:"艺术作品和它特有的'文学性'被坚定地置于了文学研究的中心。作品与作者生平和社会的所有联系都变得微不足道或被看做纯粹外在的东西"[1],"要想抽出一部作品的文学性,要将这一抽象的性质按照编年顺序来排列几乎是不可能的"。[2] 韦勒克对"文学性"高度关注,"文学性"不是真空出来的抽象概念,而是依附体现在作品的语言形式之中,存在于能够揭示审美价值和体现审美感受的形式分析中的。

同样,德曼秉持对文学审美的观照,明确指出:"如果文学性不是一种审美品质,那么也不是主要的模仿性。模仿成为其中一个比喻,语言选择模仿一个非语言实体,就像'模仿'一种声音,没有任何声称语言和非语言元素之间的身份。对文学性最具误导性的表现,也是对当代文学理论的反对,就是认为'文学性'是纯粹的口头主义"。[3] 的确,德曼首先坚守了作品的"文学性",提出"文学

---

[1] [美]勒内·韦勒克:《批评的诸种概念》,罗钢、王馨钵、杨德友译,上海人民出版社2015年版,第256页。

[2] [美]勒内·韦勒克:《辨异:续〈批评的诸种概念〉》,刘象愚、杨德友译,上海人民出版社2015年版,第258页。

[3] Paul de Man, "In the Resistance to Theory", *Resistance to Theory*, Minneapolis: University of Minnesota Press, 1986, p.10.

性"是一种审美品质,这点继承了韦勒克文学作品存在论所提倡文学作品服务于某种审美目的的观点。关注文学内在的文学性、审美性方面,解构主义站在了韦勒克文学作品存在论一脉相承的学术传统中。不同的是,德曼反对韦勒克强调文学性和审美性的追求是普遍的、稳定的。德曼打破语言能指与所指一一对应的固定关系,语言的意义是延异、流动的。解构主义消解文学作品的固定意义,作品意义处于不断的绵延中。

第二,文学阅读方面,解构主义主张"修辞性阅读"超越了韦勒克对读者阅读的简单认识。20世纪60年代始,美国解构主义大师保罗·德曼针对新批评的局限撰写了不少颇有理论深度的论文。德曼提出:"批评阐释活动本身都有一种'内向性',包括两层意思:首先,语言文字与其说是指向一个外在之物,毋宁说是指向一个语言符号,因此说是指向语言的本身;其次,'内向性'指批评家的'阅读活动'是一种'理解行为',它是永远无法观察到,不能以任何方式描述出来或加以证明的活动。"[①] 德曼式的"解构"显然更符合英美人自己的文学理论传统和思维习惯,它是对美国本土的新批评的扬弃和超越。长期以来,新批评提倡"细读",打下了重视文本、重视语言的基础,这本身成了再向前跨越一步轻而易举地接受"解构"的跳板。

不同于大陆哲学强调理性思辨,英美的文学批评传统接受更多的是理性主义和实用主义的影响,长期流行的新批评的阅读方法和批评标准就是一个很好的证明。早在20世纪60年代初期,德曼在《美国新批评的形式与内容》("Form and Intent in the American New Criticism")讲座中,指出新批评缺乏欧陆批评的理论自觉,新批评对所谓"意图谬误"的抨击,首先是出于一种对"意向性"的误解。"意向性"的本质其实并不是新批评所认为的那样,它不是物质性的或心

[①] Paul de Man, "In the Resistance to Theory", *Resistance to Theory*, Minneapolis: University of Minnesota Press, 1986, p. 11.

第六章　韦勒克文学作品存在论的影响及评价

理性的，而是结构性的，它是主体的一种意向性的建构活动。正是这种意向性的建构决定了认识对象各构成部分之间的关系，它非但不会影响诗性存在实体的统一性，相反，正是它确定了这种统一性。然而，出于误解，新批评坠入不可解脱的自我矛盾：在认识前提上它把诗假定设为有机统一体，得出的结论是诗以反讽、含混和矛盾的形式存在。德曼认为美国的新批评之所以没有产生有分量的批评力作，是因为未能够深刻理解作品具有的意向性结构。本质而言，新批评理论狭隘化了美国文学研究，局限在晦涩难懂的玄学诗和固定题材的小说作品。德曼进一步思考美国的文学批评面临着极大的危机，那么出路何在？德曼以及20世纪60年代之后大多数的美国文论家都认为应该借鉴欧洲。出于这样一种认识，兴起了解构主义。虽然它本身只是文学批评的一种形式，甚至只是对于文学文本的一种误解，却伴随"解构"思潮从文学观念到批评方法全方位地与欧陆的接轨。于是出现了美国大学英文系所开设的哲学论课甚至超过了哲学系的奇怪现象。

第三，在文学的历史观方面，解构主义对韦勒克文学作品存在论发起挑战。在文学作品阐述时，韦勒克提出"透视主义"观点综合绝对主义和相对主义的缺陷，避免绝对主义固定不变的文学批评标准，相对主义个人化的文学批评。他希望从不同维度、视野和方向透视作品的不同层面和结构，分析作品的过程中理解把握作品的价值标准。[①] 韦勒克所说的"透视主义"观点目的为克服历史绝对主义和历史相对主义而采取的一种综合的观点。在这一层面看，"透视主义"修正了之前文学历史观，综合辩证地看待文学作品的努力是值得肯定的。不足之处在于，韦勒克所指的"透视主义"需要从文学作品的整个系统看，不同时代、不同地域、不同风格的文学艺术作品不尽相同。那么，如何在这些不同文体形式的作品中寻求一个永恒性与历史性相结合的"决定性的结构"是非常困难的。"透视主义"成为调和

---

① ［美］勒内·韦勒克、［美］奥斯汀·沃伦：《文学理论》（新修订版），刘象愚等译，浙江人民出版社2017年版，第31页。

文学作品普遍性与个人经验性之间的一次尝试，却不是一次成功的尝试。韦勒克追求作品的审美价值和普遍性，无法弥合绝对主义和相对主义两种文学批评观的裂隙。

在解构主义看来，韦勒克在阐述文学作品的存在样态时，尽管力图克服历史相对主义和绝对主义，但是无法克服反历史主义偏见，无法做出重大贡献。即使韦勒克对文学作品的内部研究方面的影响达到了极限，仍然被限制在最初的边界内，并被允许这样做而不会受到严重的挑战。德曼说道：无论是美国还是欧洲，无论是面向形式还是历史，过去几十年的主要关键方法都是建立在隐含的假设文学是一个自主的活动上，一种独特的方式被理解自己的目的和意图。现在，这种自主性再次受到巨大的挑战。20 世纪 60 年代后，结构主义吸收借鉴语言学、人类学、社会学、心理学等其他学科理论，探究文学作品的深层模式。这种情形在 20 世纪七八十年代的美国文学研究中同样盛行，他们重新燃起兴趣投向作品之外的世界，激进反对文学的审美形式。[1] 德曼认为，韦勒克对文学的自主性信念可能建立在那些来自非文学模式的先入之见之上。"批评就是对文学的解构，就是把文学还原成修辞神秘化的语法的严谨。"[2] 在文学作品中可以找到不言而喻的自主性。当我们能够探寻作品的"文学性"是否以回归趋势的名义面临挑战之前，我们必须重新定义它，这些方法适用于比文学语言中不那么严格的模式。深入了解作品的形式与意图的关系，本质上提供了一种可能的方法和方式。

第四，对待文学作品与读者的关系方面，解构主义借鉴吸收韦勒克文学作品的读者经验性阅读。解构主义澄清"意图"的概念对美国批评的评价非常重要，因为新批评者同意在理论上表达自己的时

---

[1] Paul de Man, "Form and Intent in the American New Criticism", *Blindness and Insight: Essays in the Rhetoric of Contemporary Criticism*, Minneapolis: University od Minnesota Press, 1971, p. 20.

[2] [美] 保罗·德曼：《符号学与修辞》，《解构之图》，李自修等译，中国社会科学出版社 1998 年版，第 66 页。

第六章 韦勒克文学作品存在论的影响及评价

候，意图的概念总是发挥着突出的作用，尽管它大多是负面的。1942年，维姆萨特和比尔兹利创造"意图谬误"，这个公式比其他任何公式都更好，界定了这种批评的作用范围。这个表达后来被维姆萨特用来维护诗的自主性和有机性，促使诗歌批评不受外部心理和历史的介入。德曼指出，维姆萨特关注意图的概念，即这些异物进入诗歌领域的突破，但是，在这样做的时候，它让我们观察到他对自主权的关注本身最合法的时刻，导致文学作品的本体论地位产生相互矛盾的假设。"意图"从作者的主观精神中转移到读者头脑中，如同把水从壶中倒向杯中。意图的改变导致作品意义不断延异。意向性的概念在本质上不是物理的也不是心理的，而是解构性的。它涉及一个主体的活动，不论其经验问题，除非它们与结构的意图性有关。结构意图决定结构对象的各个部分的成分之间的关系，参与结构化行为的人的特定精神状态与结构化对象的关系是完全偶然的。如同椅子的所有结构取决于它的结构，但这个结构绝不取决于正在组装其部件的木匠的精神状态。文学作品的案例当然更为复杂，行为的意图远未能威胁诗歌实体的统一，而是更明确地建立了这种统一。美国批评中所发生的事情可以解释为：由于对形式的阅读给予了如此耐心和微妙的关注，批评者务实地进入解释的阐释学循环，误以为这是自然过程的有机循环。这是自然发生的，施皮策认为新批评主义的影响只局限于一个很小的领域，韦勒克文学作品存在论同样将目光聚焦于作品的内部世界。

　　解构主义在韦勒克文学作品存在论和美国形式主义的批评的演变中，得到的教训是双重的。其一，解构主义重申一个综合阅读原则的必要存在，将其视为作品批评的关键进程。在新批评中，这一原则是纯粹的经验概念的文学形式的完整性，然而仅仅存在这样的原则可能导致披露独特的文学语言的结构，如模棱两可和讽刺，尽管这些结构矛盾是新批评理论的前提。其二，解构主义对意图原则的拒绝被认为是错误的。它把这些阅读原则整合到一个真正连贯的文学形式理论中，美国形式主义的矛盾心理必然会导致一种瘫痪的状态。问题仍然

209

是如何制定适用于文学语言的综合模式，并允许对其独特方面的描述。解构主义在韦勒克文学作品存在论的超越性体现在对文学语言固定关系的破除，而局限之处则在对作品的客观主义和科学性的追求。语言学转向促进人们意识语言的自主性存在以及语言自身的意义。①

在文学作品存在方式的探讨中，韦勒克始终坚守文学作品的审美判断和审美价值，试图发现作品的审美价值。无论是解构主义还是后现代主义和文化研究，只要文学研究存在，始终需要追问作品"文学性"，探究作品审美意义和价值判断。韦勒克文学作品存在论对解构主义的理论贡献：一是它对作品内部的形式分析精细入微，能够在一定程度上精确把握作品意义；二是韦勒克试图平衡文学作品结构的普遍性与读者个体阅读经验之间矛盾的努力是值得肯定的；三是韦勒克假设建立文学类型和整个文学史系统中作品阐释的宏大愿景，但是，韦勒克聚焦在作品内部形式结构，忽视作品上的文化系统和历史维度，是其理论的缺陷所在之一。结构主义和解构主义吸收、借鉴、改造和发展了韦勒克文学作品存在论，它们突破固有的作品形式，提出新的作品存在方式。

无论是韦勒克文学作品存在论对文学性、审美性的简单追求还是结构主义对文学性结构更深层的发掘，到解构主义打破文学作品中能指与所指的固定关系，消解语言神圣性，它们都属于形式主义文论，仍未摆脱作品内在结构这一层面。人们在追求文学语言形式的道路上越走越深入，从语言符号层面的追求转移到语言系统，再到解构主义打破语言的固定关系，始终在作品语言的牢笼中，从一个陷阱跳出后，不知不觉地跌入另一个陷阱。这些理论始终无法逃离"语言决定性论"的枷锁。诚然，文学作品是由一连串语言文字组成的，但作品存在的研究将语言形式置于本体层面的探究，遮蔽了作品的真正丰富的意蕴内涵。解构主义和韦勒克文学作品存在论一样都是非历史的。

---

① 盛宁：《人文困惑与反思：西方后现代主义思潮批判》，生活·读书·新知三联书店1997年版，第101页。

三 激发新历史主义对文学与历史关系的思考

韦勒克文学作品存在论以对作品的自足研究为切入,悬搁与作品相关的社会、历史、现实、思想、传统等方面,提倡聚焦作品的形式结构,获得审美感受和审美价值。新历史主义正是对韦勒克内部研究方法的反驳。新历史主义反对抽空社会现实,把审美形式从物质领域独立出来,拒绝把审美与历史分离、作品与现实割裂,从而掀起一场转向历史的范式革命。在新历史主义学家看来,文学既是由社会生产的,又生产社会。他们拒斥把文学作品视为纯客观的、科学式的文本,而是把文学置于文化、政治、历史的系统中考察,强调历史和意识形态批评。新历史主义的初衷是超越新批评、结构主义和解构主义的形式主义,提出"每时每刻都要历史化"。

第一,关于文学与历史的关系。虽然韦勒克和新历史主义都是以反对传统历史编纂出场的,从建构理论的出发点看,两者面对实证主义历史的泛滥,都采取反对极端的历史主义。新历史主义理论从韦勒克那里汲取到诸多经验和教训。韦勒克反对历史绝对主义和历史相对主义,提出"透视主义"的方法,可以说是新批评学派中为数不多的保持文学的历史性立场的学者。在反驳传统的实证主义历史观方面,韦勒克文学作品存在论启发了新历史主义重新思考文学与历史的关系。不同于旧历史主义,托马斯意识到文学作品附属于世界和作家,新历史主义借鉴结构主义的历史观。[①] 一方面,韦勒克文学作品存在论对形式审美的推崇,导致与现实生活和社会现实的疏离,启示新历史主义文学并非一个完全封闭自足的世界,文学应是敞开的世界;另一方面,韦勒克采用"透视主义"方法探究作品层次和结构,激发了新历史主义重视文学与历史的互动关系。一定程度上说,新历史主义不是反对文学作品的历史性存在,而是不赞同文本自足论。他

---

① Brook Thomas, *The New Historicism and Other Old-Fashioned Topics*, Princeton: Princeton University Press, 1991, p. 25.

们反对韦勒克忽视文学作品的外部历史，批判了韦勒克文本中心的主张。因此，新历史主义克服韦勒克文学作品存在的弊端：把文学作品看作孤立现象，不是纯文学手法自我封闭的文本世界，而是看成实践的、文本与语境之间的关系。他们企图恢复文学研究中的历史维度，倡导文学与历史同属一符号系统。文学作品中的虚构世界同历史的叙事成分具有类似之处。① 新历史主义希望突破文学作品自身的边界，将作品置于更大范围内，探讨作品与实践、文本、历史与语境的关系。

葛林伯雷提倡新历史主义的初衷旨在对话过去的事物。通过作品的时间距离理解过去发生了什么？那些重大事件在各自的时代具有历史意义，以及延续至今的审美意义。历史和审美两种阐释维度共同构成了作品的意义内涵，彼此联系。② 新历史主义家致力于修正和完善韦勒克追求形式研究丢失的作品外部历史性，把历史维度重新拉回作品中，再现文学作品的历史。新历史主义指出韦勒克曾就历史主义问题，斥责凡·韦克·布鲁克斯攻击现代作家，并且毫无批评地赞美美国的文学过去。韦勒克同时指出："我们可以而且应该哀叹布鲁克斯先生对现代作家的无情抨击，以及他对一流文学与二流文学的过于粗糙的区分。"③ 韦勒克替布鲁克斯辩解是一种感情冲动，不顾理论的方式道出了时代的真正需要，即回归美国民族传统的源泉，这恰好也是整个人类的希望。新历史主义发源地在美国，美国遇到的历史主义危机与欧洲的历史危机是不同的。韦勒克看待历史主义在美国民族文学传统的源泉。此时，具有德国传统文化和欧陆视野的韦勒克主张采用一种综合辩证的"透视主义"研究方法看待历史主义。韦勒克文学作品存在论对新历史主义的理论观点提供了一定的学术给养，新历

---

① 参见［美］海登·怀特《作为文学虚构的历史本文》，张京媛主编：《新历史主义与文学批评》，北京大学出版社1997年版，第169页。

② 参见［美］斯蒂芬·葛林伯雷《通向一种文化诗学》，张京媛主编：《新历史主义与文学批评》，北京大学出版社1997年版，第9页。

③ Brook Thomas, *The New Historicism and Other Old-Fashioned Topics*, Princeton: Princeton University Press, 1991, pp. 94–95.

第六章　韦勒克文学作品存在论的影响及评价

史主义克服韦勒克弱小的历史观，提出文学作品需要从"文本的历史性"与"历史的文本性"两方面综合考虑。

第二，文学与社会关系看，韦勒克认为文学作品是一个服务于审美目的的符号体系或符号系统。韦勒克提出："我们应该承认，社会环境似乎决定了人们认识某些审美评价的可能性，但并不决定审美价值本身。"[①] 韦勒克追求文学作品的文学性和审美价值，坚定地捍卫纯文学的审美性。面对文学与社会的关系，韦勒克反对的是社会环境决定论，韦勒克十分赞赏马克思观察到文学同社会的复杂迂回的关系。[②] 他所指的关系是马克思著名的"艺术发展不平衡论"。支宇提出韦勒克思考文学作品时，只讲究社会环境同作品结构发生审美关系的部分，没有触及作品的真正标准。韦勒克排除作品之外绝大部分的社会因素，求得作品的审美性。[③] 的确，韦勒克不排斥文学与社会关系，更没有否认文学作品来自社会，只不过他关注的是"结构""形式"发生的影响，相对遮蔽作品的社会性，更注重作品的文学性和审美性。韦勒克认为文学作品的审美结构、审美形式、审美感受、审美目的同作品的存在发生直接关联，只有探究文学作品结构才是有益的。新历史主义在坚守作品文学性的同时，积极吸收融合了阿尔都塞的结构主义马克思主义的观点，从社会生产、流通、交换的关系说明文学作品的存在形式。新历史主义在文学研究领域中引入历史维度，拓宽了作品范围。

第三，文学与文化关系。受德国传统浪漫主义的影响，韦勒克认为将作品附属于时代精神的观点是荒谬的，它无法解释为何出现变幻多样的作品。时代精神只能提供了解和认识作品的资料和素材，谈不

---

① ［美］勒内·韦勒克、［美］奥斯汀·沃伦：《文学理论》（新修订版），刘象愚等译，浙江人民出版社2017年版，第95页。
② ［美］勒内·韦勒克、［美］奥斯汀·沃伦：《文学理论》（新修订版），刘象愚等译，浙江人民出版社2017年版，第96页。
③ 支宇：《文学批评的批评：韦勒克文学理论研究》，中国社会科学出版社2004年版，第103页。

上思想问题。韦勒克认为思想文化只有同作品的审美结构发生关系，与作品的肌理交织在一起，它才成为作品的基本要素。本质上说，只有思想不再使观念变成一种象征或神话模式，变成作品的审美结构。[①] 韦勒克仍旧用文学结构本体的判断标准，只有思想与"结构"发生关系，思想成为"象征""神话"才能被称为文学作品中的思想。

在文学与历史的关系方面，韦勒克对文学作品的思考与新历史主义的观点是决裂的。韦勒克文学作品存在论围绕作品本身，追求作品内部世界既定规范结构的历史。出于这一目的，新历史主义希望改变他对作品历史性的思考。新历史主义反对新批评纯形式主义的细读方式，也反对将文学与历史孤立起来，或将历史简化为文学创作的背景。韦勒克的文学历史观并非割裂断绝文学与历史的关系，而是一种弱小的历史观。韦勒克承认作家与作品具有某种联系，强烈反对把作品当作作家生活的再现观点。他指出传记文学家总是忘记，文学作品不仅是作家主观精神的表现，不断有新的作品出现，新的类型产生。在韦勒克看来，文学作品本质上受传统和惯例的影响。[②] 韦勒克认为文学作品的历史存在是传统和惯例，但传统从何而来？惯例又从哪里来？答案自然是社会经济基础。文学作品的存在形式是符号体系，作品的深层形式是符号结构背后组合而成的意义、象征、世界，但是，韦勒克遮蔽符号结构的根基，由社会基础决定语言含义。文学作品的存在方式是作者创作动机和读者阅读经验共同构成的。然而，新历史主义的局限在于没有意识到文本的历史性和历史的文本性，它成为相对主义的又一次卷土重来。韦勒克代表的新批评直接影响了新历史主义的理论思想。朱静指出："新历史主义的众多的实践者当初都受到过新批评的训练，但新历史主义寻求的却是摧毁新批评的原则和方法。"[③] 新历史主

---

① [美] 勒内·韦勒克、[美] 奥斯汀·沃伦：《文学理论》（新修订版），刘象愚等译，浙江人民出版社2017年版，第114页。
② [美] 勒内·韦勒克、[美] 奥斯汀·沃伦：《文学理论》（新修订版），刘象愚等译，浙江人民出版社2017年版，第66页。
③ 朱静：《格林布拉特新历史主义研究》，人民出版社2015年版，第38页。

义的初衷是反对新批评对文学符号语言的过分执着。新历史主义主张将文本放在历史语境中考察。

20世纪40年代，韦勒克文学作品的思考试图把新批评的理论观点与欧陆的语言哲学、精神分析方法相结合，尝试建立一门科学的文学研究。他力图客观、科学的作品结构和分析似乎完成了这一目标，始终聚焦在作品内部。20世纪60年代之后，文学研究发生巨大转向。从历史角度看，韦勒克文学作品存在论与其说是新批评形式主义理论的成熟之作，不如说是在反思文学急剧变化过程汇总的一次暂时性的总结。韦勒克文学作品存在论中的重要观点被结构主义吸收、继承和超越，被解构主义消解文学的逻各斯中心主义，被新历史主义改造、发展、融入更大的历史性。韦勒克对文学作品存在方式的分析和阐释不是思考的结束，而是思考文学如何存在的起点。

第二节 对西方文学批评的影响

在文学作品存在论中，韦勒克提出"透视主义"的批评标准和方法，强调从不同视角探讨文学作品，打破了历史相对主义的单一文学批评标准，同时冲破相对主义对作品缺乏理性科学的研究方法。在此基础上，韦勒克"透视主义"批评标准和方法成为文学批评的一种范式，为弗莱的原型批评、赫施的解释学提供借鉴意义。

一 丰富批评的概念

韦勒克确立文学批评的概念是其理论的重要贡献之一。韦勒克指出：文学理论是文学规律范畴和判断标准的研究；文学批评是静态的、具体的作品的价值判断；文学史是研究整个文学作品的动态的历史发展过程。广义上的文学批评包括文学理论。[1] 他的观点有助于人

---

[1] [美]勒内·韦勒克、[美]奥斯汀·沃伦：《文学理论》（新修订版），刘象愚等译，浙江人民出版社2017年版，第27页。

们理解把握三者的联系和区分。文学的理论、历史与批评密切相关,彼此渗透,不可分离。文学理论指文学研究的基础,指导文学批评实践和制定文学史规范。文学批评指对具体作家和具体的分析和解读,属于静态的发展。文学史指在历史发展过程中,不同类型的文学作品共同构成的整体系统,属于动态的变化。后来,韦勒克修正了在《文学理论》一书中试图对文学研究的某些主要分支加以区分并认为三者间的区分是显而易见的观点,认为这一结论是天真的。韦勒克致力于重构一种完整而科学的文学理论,使用一套普遍的原则和价值标准。这一价值标准来自作品系统"决定性的结构",它也从历史变化中抽离出来。[①] 韦勒克意识到三种学科的关系是彼此独立、相互依存的。韦勒克指出很难截然区分三者的关系,只能大概理解它们的联系和区别。韦勒克对文学理论、文学批评和文学史三者关系的探讨影响了原型理论诺思罗普·弗莱在吸收借鉴韦勒克文学批评方面,包括以下两方面。

第一,同韦勒克对待文学批评的态度一致,韦勒克始终捍卫文学批评的独立性,与文学理论和文学史共同构成文学研究。同样,弗莱认为文学批评应是关于文学的理论,而不是创作的附庸,具有独立性。他们赞同将文学批评当作一门真正独立的学科,探究其客观性、科学性和系统性。不同的是,弗莱比韦勒克看待文学批评的视野更为宽阔、更为深入、更为细致,具体表现为两个方面。

其一,韦勒克指出评价作品的审美判断之前,首先需要分析作品层次,正确认识作品结构。[②] 文学批评是文学理论的批评,文学批评与文学理论是相互统一的关系。弗莱在《批评的剖析》中指出:"文

[①] 参见[美]勒内·韦勒克《批评的诸种概念》,罗钢、王馨钵、杨德友译,上海人民出版社2015年版,第27页。

[②] [美]勒内·韦勒克:《批评的诸种概念》,罗钢、王馨钵、杨德友译,上海人民出版社2015年版,第13页。

第六章 韦勒克文学作品存在论的影响及评价

学批评的对象是一种艺术,批评显然易见地也是一种艺术""批评家是一些具有一定艺术鉴赏力的知识分子"[①]。他驳斥了艺术界流行的观点,鉴赏家和批评家依附于艺术家,无法独立评价艺术品。韦勒克在分析文学作品的存在方式时,提出:"把诗、其他类型的文学,看作一个整体,这个整体在不同时代都发展着,变化着,可以互相比较,而且充满各种可能性。"[②] 在韦勒克看来,文学作品不是个别独特反映文学想象的作品,而是充满着各种可能性,包含丰富复杂层面的组合体。"透视主义"观点从不同层面、不同维度分析作品的层次结构,尽可能把握作品的内在结构和丰富意义。整个文学作品系统中有不同的作品类型,它们具有差异性和共同性。文学批评需要透视把握作品之间的相通性,比较其相异之处,从而把握文学作品的类型特征和历史发展。文学批评家的任务是把握文学的审美结构和对文学作品作出审美评价。李凤亮提出:韦勒克文学研究三个分支的区分克服了之前的混乱关系,大大拓宽了批评的内涵和外延,还原到真正的批评。[③] 韦勒克对文学批评独立性的坚守与弗莱不谋而合。

其二,弗莱指出文学批评有自己的独立性。批评的自主性保证了文学研究的正常发展,同其他学科一样,文学批评建立的方法、范畴和标准需要作品的正确分析和价值判断,给人指明鉴赏的方向。[④] 文学批评的经验确立了某些文学价值观念,却与作品的评价无直接的关系。文学作品的价值判断只能间接地而不能直接地交流,总是主观的。韦勒克追求文学批评的独立性启发弗莱的文学批评观。[⑤] 弗莱反

[①] [加拿大]诺思罗普·弗莱:《批评的剖析》,陈慧译,北京大学出版社2021年版,第2页。

[②] [美]勒内·韦勒克、[美]奥斯汀·沃伦:《文学理论》(新修订版),刘象愚等译,浙江人民出版社2017年版,第31页。

[③] 李凤亮:《功能·尺度·方法:文学批评何为——重读韦勒克札记》,《暨南学报》(哲学社会科学)1997年第4期。

[④] [加拿大]诺思罗普·弗莱:《批评的剖析》,陈慧译,北京大学出版社2021年版,第25页。

[⑤] [美]勒内·韦勒克:《批评的诸种概念》,罗钢、王馨钵、杨德友译,上海人民出版社2015年版,第13页。

对把文学理论和文学批评当作文学研究的寄生虫、批评家与艺术家混用的状况。

第二,弗莱纠正了韦勒克只针对文学内部的批评,发展延伸了批评的功能。他将文学作品的批评放入文化传统中考察,概括为两个方面。

其一,弗莱借鉴韦勒克将批评从"动态性"维度的作品分析,提出开阔的眼界视野多角度、全方位、多维度、多关系、多层面考察文学作品。韦勒克在反对文学绝对主义和相对主义的基础上,提出一种新的综合的观点——"透视主义",它既是动态的,同时又具有稳定性。① 韦勒克主张文学批评加入历史维度,成一个动态的批评体系。不止于此,弗莱认为,文学作品自身的层次方面也需要相应的深入层次,层层深化才能准确把握文学作品。否则,文学批评容易只看到作品的某一层面。弗莱的文学批评观提倡微观研究同宏观批评相结合,立足不同的角度、技巧和方法进行作品分析,挖掘作品的丰富意义。相比韦勒克对文学作品存在从声音层面、意义层面、意象和隐喻层面、世界和象征层面、文学类型和文学史层面的阐述,弗莱的文学批评视野更为宽阔。他将文学批评放入一个文化传统,考察作品批评的方法,这成为其文学批评的重要特色。

其二,弗莱认为文学批评建立在作品自身和现实世界的张力中。韦勒克主张从文学作品的层面结构形式方面探究作文学批评,仍是一种作品内部的形式批评。弗莱反对韦勒克的褊狭观念,反对单一类型的批评方式。弗莱提出,文学批评的内容不应局限在单一的批评模式,而是融合多种批评层面。弗莱创建一种多角度、全方位的批评体系。在文学理论和文学批评方面,弗莱较之韦勒克的视野更为开阔、细致的划分,确立批评的独立性。仔细想想,整体的文学批评和对具体作品的批评是否一定是割裂的。韦勒克认为,文学批评的审美判断依附于审美结构,弗莱却指出:"在价值判断方面,具体的东西胜过

---

① [美] 勒内·韦勒克、[美] 奥斯汀·沃伦:《文学理论》(新修订版),刘象愚等译,浙江人民出版社2017年版,第145页。

抽象的，积极胜过消极，动态胜过静态，统一胜过多样，简单胜过复杂。"① 在韦勒克看来，文学理论与价值判断无直接关系是错误观点，弗莱推崇纯粹的文学批评和纯文学理论的观点显得不切实际。无论是文学理论、文学批评还是文学史，其标准都是凭空产生，存在于真空之中。即使弗莱主张宏观批评与微观批评结合，都是在同具体的艺术作品的接触中完善理论。文学批评标准来自对具体作品的选择、解析、分析和评判。

二 关注理解与批评的关系

韦勒克文学作品存在论中的批评概念影响到赫施的批评观。赫施与韦勒克的学术关系十分密切。赫施说道："莱纳·韦勒克就是一位我应致以最深诚谢意的人，他慷慨地连续几年给了我帮助，我与他的一些闲聊和书信往来，他那广泛的兴趣爱好和渊博的学识，使我不断获得收益。"② 赫施表示自己在学术思想上受到韦勒克的帮助和影响很大，韦勒克文学作品存在论对其理论产生很多启示。韦勒克提出文学研究必须从文学作品本身出发，坚持分析和阐述作品的不同层面和文学性，主张对作品的审美判断和批评。赫施对此评价道："在这个纲领性的思想背后（韦勒克和沃伦提出的文学解释命题），潜藏着这样一个正确的思路：文学性的文学研究并不单纯地是一种合适的解释方法，而是一种独一无二、真正正确的解释方法。"③ 可见，赫施赞同文学作品分析时回到作品自身。他认为，对文学作品的一切正确解释的出发点和基础都是从文本出发的解释，但他指出在先行存在的正确性解读背后，需要对不同文本的不同解释类型加以区分。

---

① ［加拿大］诺思罗普·弗莱：《批评的剖析》，陈慧译，北京大学出版社2021年版，第483页。
② ［美］E·D·赫施：《解释的有效性》，王才勇译，生活·读书·新知三联书店1991年版，第7页。
③ ［美］E·D·赫施：《解释的有效性》，王才勇译，生活·读书·新知三联书店1991年版，第137页。

其一，赫施修正了韦勒克"文学批评"概念。韦勒克指出广泛的文学批评包括文学理论。各自时代的批评标准和范畴体系与文学史相关。批评必须保证客观科学的态度，超越个人主观爱好，不应以自身好恶轻易下判断。韦勒克进一步提出从不同时期、不同国家、不同语法对"批评"这一个复杂丰富的概念，得出结论：文学批评这样一个难以捉摸的研究对象中的术语是不可能凝固不变的，而是随着时代语境的变化发生变化。① 因此，韦勒克拒绝将文学批评与文学史相分离，反对"文学批评"的固定标准。韦勒克还指出一部文学作品具有"活的"生命力，它全部的意义和内涵不只是同时代的读者和批评家赋予的，而是一个不断累积发展的结果，是不同历史时期的不同读者阅读体验的总和。② 韦勒克不仅意识到文学批评的复杂性，试图作出不同的区分尝试，探索文学作品的"文学性"分析，而且明确了批评中读者这一重要因素，但他没有充分考虑读者与批评的互动、变化关系。赫施敏锐地看到，这一区分背后没有充分注意文学作品解释的界限和规范。赫施认为，韦勒克对作品批评的固定正确性的追求，并不寓于潜在的文本含义中，而是处于变化中的读者群中。赫施指出："读者的文化给定性是随着时间发生变化的，但是，这个变化包含着文本含义本身的变化吗？"③ 的确，每一时代都会有属于时代的文学作品解读，读者对文学作品的阅读有着自己的时代规范，读者的作品批评是变化、流动、多样而非固定的。鉴于此，赫施提出捍卫作者意图，保证作品的意义准确性。

其二，意义与含义的区分。韦勒克引用玛弗尔的诗说明含义的变化对批评理解的重要性。比如，我那能生长的爱情会生长的，会比帝

---

① 参见［美］勒内·韦勒克《批评的诸种概念》，罗钢、王馨钵、杨德友译，上海人民出版社2015年版，第44页。
② ［美］勒内·韦勒克、［美］奥斯汀·沃伦：《文学理论》（新修订版），刘象愚等译，浙江人民出版社2017年版，第30页。
③ ［美］E·D·赫施：《解释的有效性》，王才勇译，生活·读书·新知三联书店1991年版，第144页。

第六章 韦勒克文学作品存在论的影响及评价

国生长得更广大、更缓慢长存。"能生长"一词在今天意味着"用植物性的",在文学作品的解读中,不可避免地进行现代意义上的联想。韦勒克建议作出这一词的丰富含义,用读者体验代替文学批评变化的原则。韦勒克承认,含义具有丰富性,读者的联想会滋生诗歌创造气氛,但是,赫施指出韦勒克未能准确把握这样的暗示。韦勒克认为文学作品本质特征"决定性的结构"具有稳定性。单独的文学作品在历史进程中不断变化,它的"结构"是动态发展的,不断地在各种读者和批评家的头脑中发生变化,阅读、背诵、鉴赏活动从来没有终止,文学作品的传统一直延续着。[①] 韦勒克认为文学艺术品的完整体系是不断变化的同时,解释和批评也是不会中断的。赫施则指明韦勒克在界定和检验解释之正确性中遇到了难题:追求文学正确性解释需要囊括丰富的内容,但是解释永远不圆满地实现。韦勒克只是在原则上把握了对象,没有一个解释能够穷尽作品丰富的含义可能性的广泛系统。公共语言规范中所作出的每个明确的解说,只要在其规定的界限内都是正确的。在赫施看来,一切解说不可避免地只是局部性的,无法穷尽作品本文的所有可能性。文学批评的主导规则、解释应该尽可能包容更多的内容,从而揭示本文"最合适的"的潜在含义。

其三,关于作者意图。韦勒克指出作者意图不能完全在作品中体现,它有可能远远超出作品意图,也有可能低于作品呈现的意义。韦勒克认为作者意图的不确定性,不足以触及作品本质结构。作者创作意图、创作实践,以及完成的作品之间有着巨大差异和变化。[②] 在韦勒克看来,作者意图不足以构成评价和分析作品的批评标准,原因在于作者创作意图与创作实践、结果之间存在差距,无法判定作家意图对作品审美价值的决定性作用。韦勒克不赞同作家意图成为文学作品

[①] [美] 勒内·韦勒克、[美] 奥斯汀·沃伦:《文学理论》(新修订版),刘象愚等译,浙江人民出版社2017年版,第253—254页。

[②] [美] 勒内·韦勒克、[美] 奥斯汀·沃伦:《文学理论》(新修订版),刘象愚等译,浙江人民出版社2017年版,第137页。

分析的标准。相反，赫施坚定地捍卫作者意图，提出："对作者意图的拒斥，这就表明，人们优先采纳了其他的意图，同时，这也表明，作者的意图能以其他的方式得到更出色的实现——所有这些判断都顾及到了作者意指的目标。"① 赫施把对作者意旨含义的正确分析和解释视为批评家理解作品的最高和最首要的职责，过于夸大作者意图对作品的绝对权威，消解了作品的自在含义和读者的能动性阅读。

第三节 对创作实践的启示意义

诗人创作力图把文学作品当作客体的存在，实现非个性化创作。韦恩·布思在《小说中的"客观性"》中说道："作家的客观性首先表现在对于一切是非准则都保持中立立场，对于一切事物无论是好是坏都力求以公正无私的态度进行报道。"② 布思提出福楼拜倡导的"作家隐匿"的超然原则，没有一个作家能够做到，但这种态度警告作家不要轻易将自己的偏见毫不隐讳地写入作品中。布思提出"隐含的作者"概念，追求客观阐释。同样，韦勒克探究作品结构方面，力求通过对作品声音和意义结构的分析，作出科学而客观的作品阐释。

一 文学语言与意义相结合

韦勒克文学作品存在论中对作品不同层面的分析，其中包含了诸多具有创作实践指导意义的观点，可以概括为以下三方面。

第一，就单个文学作品而言，韦勒克重视文学作品的声音层面和意义层面的整体性，促使作家重视作品的语言形式与意义结合。

首先，韦勒克分析作品的谐音、节奏和格律。单纯的发音材料不

---

① [美] E·D·赫施：《解释的有效性》，王才勇译，生活·读书·新知三联书店 1991 年版，第 184—185 页。
② [美] 韦恩·布思：《小说中的"客观性"》，范仲英译，[英] 戴维·洛奇编：《二十世纪文学评论》（下），葛林等译，上海译文出版社 1993 年版，第 303 页。

第六章　韦勒克文学作品存在论的影响及评价

是作品结构，它们必须产生意义才属于作品的结构因素。文学作品声音层面同意义单元层面紧密相关，是意义层次产生的基础，也是分析整部作品的最基本层次。其次，韦勒克提出文体学对文学研究的重要价值。文体学指研究作品中的语言形式、风格类型和结构模式的审美效果，对文学要素的审美把握。更深层次地说，作品呈现的意象和象征层面也属于文体学的研究范畴。韦勒克非常看重意象分析，把它当作文体层面的重要部分。意象层面不能与其他层面分开研究，而是要作为文学作品整体中的一个要素来研究。再次，韦勒克对叙事性小说和戏剧的分析具有借鉴意义，提出文学作品需要审美趣味。文学作品有一个结构和审美目的，能够达到一个整体的连贯性和效果。叙事的第三个层次"世界"层面，包括情节、人物和背景，这三个要素同样适用于文学作品的戏剧。① 最后，作品存在形而上的性质层面与世界层面结合紧密。这一层面呈现作品的神秘性、高尚性和悲壮感。韦勒克完整阐释了作品的内部结构形式，尤其注重将语言形式及其产生的意义统一起来。

　　第二，就文学作品的系统而言，促使作家把握作品创作的不同层面。一方面，韦勒克指出分析文学类型有助于更好地透视文学作品存在的不同层面。文学类型指在特定文学发展阶段的过程中，总结文学作品的不同形式风格和种类特征，具有多个独立单元的存在方式。另一方面，韦勒克的文学评价为文学批评提供参照价值。韦勒克认为通过探究作品的审美结构有助于理解作品意义，文学作品的层次不同于简单的传统的形式与内容。俄国形式主义倡导的素材与形式缺乏正确的概括，韦勒克提出文学作品分为与审美结构无关的材料以及有审美功能的结构。文学作品存在主观意识形态中，包括人类各种行为经验，在更高层次上体现形而上的性质。文学作品从声音层面到意义层面和再现世界层面都成功地折射出自身的存在方式。韦勒克还特别强

---

　　① ［美］勒内·韦勒克、［美］奥斯汀·沃伦：《文学理论》（新修订版），刘象愚等译，浙江人民出版社2017年版，第221页。

调文学作品依照审美目的组成的复调和谐的组合体。①

第三，在文学史方面，韦勒克提倡文学作品的价值判断和价值标准从历史中得来，从传统和惯例中获得。他坚信文学作品依赖审美的标准，通过分析作品中的符号结构力图揭示审美结构的审美价值。韦勒克对作品审美形式的重视，值得吸收借鉴。韦勒克文学作品存在论的萌芽环境原因之一是不满遍及大学内外的印象主义、浪漫主义和心理主义的文学批评，也不赞同纯粹新闻似的评论及其对美国自然小说的赞扬。在韦勒克看来，无论作家传记批评、浪漫主义批评、作家或读者心理主义批评还是纯粹自然式的文学批评，都不能成为真正的文学研究。

针对现代诗歌，韦勒克强调一部作品的独立性，主张对作品自身研究，拒绝作品的"决定式""因果式"的批评。他希望从作品的结构分析中探寻审美价值，即作品的艺术普遍性。韦勒克重视诗歌的风格、节奏、韵律、意象、隐喻方面的研究，看重叙事性小说的情节、人物、环境、背景、世界层面的研究。韦勒克文学作品存在论对现代诗歌和现代小说的内在形式结构的分析，启发一些作家创作时关注诗歌语言的作用、文体风格等方面。一方面，促进作家重视诗歌节奏和诗律的重要作用，选择何种诗歌形式基于两方面的考量，一种是外在形式，如特殊的格律和结构；另一种是内在形式需要考虑作者的情感态度、情节和读者观众。诗歌的结构、句法和韵律、意象、主题、情调以及情节具有一种的复杂结构性。正如捷克诗人塞弗尔特指出："语音的音律在我的诗中起着重要作用，也许，我的诗难译之处就在这里。"② 诗人采用何种韵脚、语言方式对诗歌主题表达具有重要作用。另一方面，韦勒克文学作品存在论中对诗歌韵脚、节奏、隐喻、象征等艺术特征的过分关注，容易滑向"矫揉造作"而流于技巧。

---

① ［美］勒内·韦勒克、［美］奥斯汀·沃伦：《文学理论》（新修订版），刘象愚等译，浙江人民出版社2017年版，第240页。
② 王诜编：《世界著名作家访谈录》，江苏文艺出版社1992年版，第147页。

诗歌内容缺乏深刻的思想性和现实感。塞弗尔特认为文学作品首先具有艺术性，强大直觉的感受力触及引发人们走进作品的世界，与之产生共情和欣赏。① 诗本身就是诗，它不能完全没有思想性，也不能完全运用技巧，最重要的是二者的平衡才能创造出伟大的诗歌。

二 叙事性小说的虚构性

韦勒克还尝试将作品结构对叙事性小说的分析移植到小说批评领域，他对文学作品的思考影响，某种程度上改变了小说观念。从本体论上说，促使探究小说类型的本质。传统小说是反映社会现实的摹本。形式主义关注小说本体存在，转向深入小说的语言特征、形式风格层面，对小说创作和批评提供了很多帮助。韦勒克认为小说作品展示的世界不是真实发生的事实，虚构的叙述和非理性的语言陈述不能当真。文学作品自身便构成了一个封闭的虚拟世界。② 叙事性小说表面写作生活的人物和日常事件，其实也不例外。伊安·沃特指出：新批评把文学作品看作一种惯例语言，它使用各种艺术手法和方式接近真实的叙述，让读者感受和体验到现实世界，却非真正的现实世界。③ 诗歌创作需要遵循诗歌内在的客观规律，阅读起来给人以虚构的真实感。

韦勒克叙事性小说的分析和探索启发了作家关注作品的虚构性和神话分析。对作品层面而言，无论小说、诗歌还是戏剧，它们内容的陈述都是非真实的，需要符合创作逻辑的真实，"虚构性"成为小说的重要特征。韦勒克反复强调：叙事小说、抒情诗歌、史诗、散文等类型的文学作品呈现的都是一个想象、虚构的作品世界。韦勒克十分赞同汉伯格小姐提出的，诗有两个种类：虚构的或模仿的、抒情的或

---

① 王诜编：《世界著名作家访谈录》，江苏文艺出版社1992年版，第148页。
② [美] 勒内·韦勒克、[美] 奥斯汀·沃伦：《文学理论》（新修订版），刘象愚等译，浙江人民出版社2017年版，第14页。
③ 盛宁：《现代主义·现代派·现代话语——对"现代主义"的再审视》，北京大学出版社2011年版，第152页。

存在的。抒情诗是一种"真实的言说",犹如一封信或一个历时陈述,而史诗和戏剧则是"虚构",人物及其行动都是创造的。①

在叙事性小说中,韦勒克提出:"我们考虑的是他的人物的创造和故事的'虚构'。"② 文学作品是由作家创作的,作品中的人物是作家通过想象、联想虚构出来的,是作家气质、精神、生活经历投射到虚构的作品中写成的。韦勒克指出小说中虚构世界的经验和个人阅读中想象的世界不同,文本世界是完整的、丰富的,具有一致性;想象的世界是单薄的,缺乏连贯性。韦勒克关注叙事性小说的虚构性特征,指出侦探小说和悬疑故事就是按照时间顺序,一个事件接着一个事件地发生。每一个故事是一个独立单元,所有的故事通过主线串联为一个整体。小说叙述中的事件、人物、情节、环境,作者在创作小说时都需要认真考虑。比如,霍桑的小说《红字》中创作一种旧式笨拙的神秘情节。《哈克贝利·费恩历险记》中的旅行情节中包含一种追逐解放、动作与反动作的叙述。韦勒克认同叙述者的奇思异想,小说家创作目的包含一种虚构性。又如,美国著名作家威廉·福克纳曾说:"在开始写《萨托里斯》时我发现我乡我土的小天地不但值得就地取材,而且有生之年取用不尽,更何况借着把事实升华为虚构,我可以任意发挥自己的才华。"③ 他指出在小说创作过程中借助虚构手法,好比打开其他人心中的一座金矿,可以任意创造发挥自己的天地,此时的作家好像上帝一样,在时间上、空间上、人物塑造方面"摆布"它们。"虚构"成为文学创作的重要基石。

仅仅否认作品与外部世界的关系,阻止读者指涉现实的思考是不能奏效的。形式主义成功地剖析了文学作品的意义层面,让人们获得体验感和真实感。读者审美愉悦的阅读促进走入作品的虚构世界,探

---

① [美] 勒内·韦勒克:《辨异:续〈批评的诸种概念〉》,刘象愚、杨德友译,上海人民出版社 2015 年版,第 203 页。
② [美] 勒内·韦勒克、[美] 奥斯汀·沃伦:《文学理论》(新修订版),刘象愚等译,浙江人民出版社 2017 年版,第 78 页。
③ 王诜编:《世界著名作家访谈录》,江苏文艺出版社 1992 年版,第 108 页。

第六章 韦勒克文学作品存在论的影响及评价

究它的内在结构,把握其内容和意义。小说通过塑造人物形象、描绘社会环境、情节发展、主题和风格转化,出现多样的形式和类型。读者通过分析特殊的形式触及作品的审美结构。小说内在形式服务于审美体验和审美感受,它成为作品传统中的一个组成部分。韦勒克认为阅读小说、理解小说的结构及其内在逻辑,能够更好地理解小说的意义。有人批评韦勒克忽视小说的思想内容,只关注形式。在韦勒克看来,批评家的任务在于评价作品结构、分析作品形式,而非割裂形式与意义。抛开内容只谈论艺术技巧,无法理解作品丰富内涵,重视艺术形式是理解艺术内容的唯一方式。韦勒克还在实用意义上区别文学语言和日常语言。真正的文学作品必须有某种框架叙述,它是从现象世界中抽取的东西。韦勒克指出:"诗是一种强加给日常语言的'有组织的破坏'。"[1] 相较日常语言,文学语言给人带来一种新奇感、惊异感和破坏感。墨西哥作家鲁佛在一次访谈中提出:"字句是用来组织语言的一种工具。字词的组合就是句子,对我来说,一个句子应该和一个故事联结在一起。我相信故事。没有故事,就没有文学。小说的含义就说明了这一点。"[2] 小说语言与故事相联系,许多小说家都是"讲故事的人"。

21世纪以来,科学技术蓬勃发展,电子媒介日新月异。文学作品的类型丰富多彩,文学研究转向政治、经济、文化、历史等更大的视野。韦勒克文学作品存在论主张文学作品的内在形式分析观念已然不适应当下的研究,但它对作品的内容、存在方式、价值和评价等问题的探索为结构主义、解构主义、新历史主义、原型批评、解释学等理论提供了重要借鉴和启示。韦勒克文学作品论的内部研究对西方文学理论的发展趋势产生影响。希利斯·米勒概括道:在20世纪80年

---

[1] [美]勒内·韦勒克、[美]奥斯汀·沃伦:《文学理论》(新修订版),刘象愚等译,浙江人民出版社2017年版,第160页。
[2] [墨西哥]璜·冈萨雷兹:《鲁佛访谈》,张淑英编译:《鲁佛》,光复书局1992年版,第262页。

代后，文学研究重心发生大转移，从之前关注作品内部形式、风格、修辞、技巧转向外部世界，把人类学、社会学、历史学、语言学以及心理学等学科知识引入文学研究。文学研究的对象从集中在作品语言到阐释作品同外部世界的关联。① 女权主义、阐释学、后殖民主义等理论思潮普遍兴起，它们回归到了韦勒克所反驳的文学的外部研究。文学研究的疆域不断扩大，文学作品走出封闭的内部研究，它与外部世界发生紧密联系。

还有学者指出："韦勒克和沃伦关于'文学理论'的观念同今天流行的看法无疑相去甚远。但它却早已预见最近理论的相当大一部分研究内容——诸如：一种文本的'存在方式'，意图同文学意义的关系，文学价值的性质，文学指称与事实的问题，'内部'批评和'外部'批评的关系等。近期的理论家们对于是否应把理论设想成一种方法的原则的问题，是否应将其设想成对一切方法上的主张的一种严厉批判的问题，已经提出了疑问：他们已经怀疑文学是否有可独立于（各式各样的）语境的存在方式，并对内部和外部的划分提出了挑战。然而在近期文学理论中所争论的许多问题，却仍然是《文学理论》一书所界定的问题。"② 按照历史唯物主义的观点，文学作品应从最高的文学批评标准，"历史的"和"美学的"拓展为"历史的""人民的""审美的""艺术的"多重标准，更加辩证和完整，多重透视文学作品的存在方式和不同面向。

第四节 评价韦勒克文学作品存在论

20世纪西方文论涌现许多重要影响的理论思潮，可以划分为上

---

① 参见[美] J. 希利斯·米勒《文学理论在今天的功能》，[美]拉尔夫·科恩主编：《文学理论的未来》，程锡麟等译，万千校，中国社会科学出版社1993年版，第121—122页。

② [美]杰拉尔德·格拉夫：《理论在文学教学中的未来》，[美]拉尔夫·科恩主编：《文学理论的未来》，程锡麟等译，万千校，中国社会科学出版社1993年版，第332页。

第六章　韦勒克文学作品存在论的影响及评价

半叶在"语言学转向"影响下重视作品形式结构的形式主义文论；下半叶西方文论发生"向外转"思潮的影响下提倡作品与外部世界的互动关系的社会历史文论。韦勒克文学作品存在论萌发于20世纪40年代，深受语言学的现代转向和其他形式主义文论思想的影响。在文学作品存在论中，韦勒克探讨文学的本质、作品层次结构、历史性的批评标准，尝试构建一套从单个作品到整个作品系统的文学作品存在论。韦勒克文学作品存在论具有重要的理论意义，同时有着局限性。

一　理论贡献

韦勒克文学作品存在论捍卫文学作品的独立地位，提出"整体论"的研究方法。韦勒克反驳实证主义的作品研究方法，主张围绕文学作品本身理解分析作品。唯事实主义认为文学作品是机械地反映社会现实的文献材料；唯历史主义把文学作品当作忠实记录生活的历史资料；唯心理主义将文学作品视为作家主观心理的产物。极端的实证主义研究忽视文学作品自身的独立价值。韦勒克提出文学作品是多层次结构的组合体，详细探究文学作品的不同层面。他深入文学作品内部，阐述具体的文学作品层面、文学类型层面和文学史层面。韦勒克文学作品存在论聚焦文学作品自身，将作品与外部事实相区分，确立文学作品的独立价值。文学作品的意义不再附属于客观的现实世界，不再依附作家的主观情感，它的存在方式有自身含义。不同于其他作品中心论认为作品即形式的观点，韦勒克文学作品存在论关注文学作品本身的同时，没有蔑视作品的渊源关系研究。它将表现作品的意义的一部分融入作品的结构。文学作品是一个千差万别的符号结构、一个复杂的组合体、一个隐藏价值和判断的多层次结构。韦勒克文学作品存在论提醒人们不能忽视作品的独立性，要辩证地看待作品的结构和意义。

韦勒克文学作品存在论考察文学作品的历时性存在方式，具有较为开阔的历史视野。韦勒克主张采取"透视主义"的观点,从不同角度和不同层面对文学作品作出价值判断,挖掘作品存在的历时性特征。不同于固定不变的物质实体和永恒的观念客体,文学作品与它依附的物质载体不具有同一性。文学作品在历史发展中,随着读者和批评家的主观意识产生变化。韦勒克文学作品存在论强调文学作品的共时性与历时性相统一,具有辩证色彩。韦勒克认为决定一部文学作品的标准是传统与惯例,作品处于不断变化的历时过程中。不同于俄国形式主义忽视文学史变化中的进化观点,也不同于新批评只是关注具体作品的内部历史,韦勒克文学作品存在论呈现较为开阔的历史视域。它的历史视野包括同一时期作品出现的不同类型,同一作者不同阶段的作品变化。同时,韦勒克力图探究文学作品存在的稳定的结构特征,把握作品的规范体系,总结作品的共时规律。

韦勒克文学作品存在论坚守文学作品的审美特征。韦勒克认为文学作品以审美为目的的符号结构,具有强烈的审美意识。他将文学作品视为审美对象,探究作品的审美结构,突出其审美价值。韦勒克重视文学作品的审美批评,揭示作品的审美意义。韦勒克确立文学作品的独立意义,强调艺术地、审美地分析理解作品。在审美领域,韦勒克文学作品存在论具有重要贡献。正如沃尔顿·利茨指出,韦勒克强调一切文学作品都有一个共同的特征,把握作品共同要素的钥匙就是仔细探究作品的形式结构。[①] 韦勒克文学作品存在论明确提出了真正的文学作品的标准、原则和方法,这一理论对结构主义、解构主义和新历史主义的文学研究,对弗莱和赫施的文学批评观产生重要影响。

二 理论局限

有论者指出,形式主义文论极大促使文学作品的语言结构等内部

---

① [美] A·沃尔顿·利茨:《文学批评》,董衡巽译,[美] 丹尼尔·霍夫曼主编:《美国当代文学》(上),中国文艺联合出版公司1984年版,第74页。

第六章　韦勒克文学作品存在论的影响及评价

形式的探究，忽视了文学作品的社会文化属性及功能。① 尽管韦勒克文学作品存在论在作品层次分析和审美领域做出了重要贡献，但是它内部结构性的矛盾是其理论客观的局限。

韦勒克文学作品存在论崇尚作品本身，逃避社会历史，是其理论缺陷之一。他将文学作品的发展变化囿于单个作品内部或者局限在整个作品系统之内，逃避文学历史的由来和土壤，缺乏深入剖析文学与社会历史的关系。韦勒克文学作品存在论把作品存在的历史限制在纯审美作品的内部世界，没有深入揭示作品的本质来源。文学作品被视为一种审美结构，其自身结构并没有完全揭示蕴含的审美价值。文学作品的审美意义受到客观的社会现实和主观的作家情感的影响。韦勒克强调分析作品的审美特征和审美价值，但作品强大的审美观照遮蔽了作品中蕴含的弱小的历史意识和历史感。韦勒克文学作品存在论逃避社会生活，逃避社会的历史发展，只专注作品系统内部的变化和历史，忽视社会历史这一客观的决定性力量，作品沦为自足的审美世界。

韦勒克文学作品存在论过分崇尚语言本体，忽视作品语言的特殊语境，是其理论缺陷之一。韦勒克始终将目光聚焦作品语言形式和文体结构，未能揭示语言意义并非单纯的指称关系。韦勒克忽视了作品语言所蕴含的丰富内涵更主要地取决于语境。文学作品的语言意义是一种关系的总体，它不仅受上下文组织结构的影响，还在与世界和读者的互动关系中逐渐生成。文学作品作为语言的艺术，它的意义依赖语言内部或外部的语境。韦勒克文学作品存在论缺乏对语言意义的语境化理解，忽略语境的特殊性，导致作品审美评价的普遍化。实际上，审美评价总是相对的，执着追求一般的审美价值是没有意义的。韦勒克意识到通过语言的审美意义，能够作出一般的审美判断，却忽视审美评价的特性才是揭示作品价值所在的关键。韦勒克文学作品存

---

① 张江主编:《当代西方文论批判研究》，中国社会科学出版社2017年版，第41页。

在论强调语言本体，未能考虑作品语言的特殊语境背景，作品沦为纯粹的语言世界。

韦勒克文学作品存在论逃避社会道德，是其理论缺陷之一。韦勒克文学作品存在论始终将文学作品的审美性放在首位。它偏爱作品的审美结构，着重作品的审美批评和作品的审美评价，弱化文学作品的社会功能和道德责任。文学作品的创作者和阅读者在现实世界中面对不同的生活情景，作品中自然会描绘不同的生活想象，作品中的人物在不同的历史环境中作出不同的命运抉择。文学作品的构成要素始终处于特定的社会生活，体现出人与自然世界的复杂关系。作品本身带有教诲作用、给人以道德教诲的启示作用。文学作品关注文学性、审美性，强调语言形式和风格特征，最终是为了更好地表现作品内容，便于读者获取深邃的思想意蕴。文学作品承担着一定的社会功能，带有道德责任。韦勒克文学作品存在论提倡将文学作品成为独立的审美对象，倾向"纯文学"研究，未能承担起相应的社会责任和作用。韦勒克文学作品存在论主张作品的独立性是值得肯定的，但是消解了作品的"道德性"。"为艺术而艺术""为形式而形式"的作品让人们流连于空洞的虚构世界，缺乏道德伦理的教育意义。

20世纪西方文论从形式主义向历史主义的转场，韦勒克文学作品存在论有着独特的观点，他努力尝试在科学主义和人文主义思潮、非理性主义和语言学转向的影响下，结合现象学哲学、索绪尔和布拉格学派的结构主义语言学以及新批评派的理论观点，构建对文学作品进行客观化、科学性的理论体系，追求作品的审美价值和判断。20世纪60年代之后，西方文论急剧转向社会历史研究，经历了新历史主义、文化研究、西方马克思主义、女性主义、后殖民理论思潮不断更迭，再到如今没有文学的文学理论。可以看到，形成于20世纪上半叶的韦勒克作品存在论始终围绕作品本身，有着极为强烈的作品自足意识。韦勒克重视作品结构形式，追求审美价值，对阐释和评价作品提供了积极意义。然而，韦勒克文学作品存在论过分深入作品内

第六章 韦勒克文学作品存在论的影响及评价

部,局限在作品自身的狭小天地。它呈现的逃避社会、历史、政治等倾向,容易局限作品丰富的意蕴内涵,同时使接受者的理解视域狭隘化。韦勒克文学作品存在论自身的结构性矛盾无法调和,使其走向衰落。

著名的西方马克思主义者詹姆逊说道:"一部作品只是看上去有指涉物,或只是想过要有一个确定的内容。其实它说的只是在作品得以构成的特定的情况下或形式问题中作品自身的形成或自身的构造。我认为,在某种程度上这种观点本身倒是形式主义方法投射出的一个视觉幻象。"① 他基于马克思主义的立场批驳了形式主义文论,提出仅仅依靠作品的内在规律探讨文学是远远不够的,还需要借助其他外部系统的作用,完整辩证地认识作品。詹姆逊提出阐释模式不是拒绝悬搁文学的"政治的"方面,逃避主义政治和宏大的历史环境是不现实的。他指出文学研究尝试挣脱道德和伦理的束缚,把作品封闭在一个固定的话语体系是不切实际的。构成文学作品的形式因素和意义要素必然与其所处的时代结构密切相关。他提出作品的语言、符号、形式、叙事都存在意识形态性,这为我们理解文学作品提供了更为广阔的视角。

同时,詹姆逊非常注重艺术形式。他绝非仅仅把艺术看成形式要素,而是试图通过阐释艺术的审美形式揭示其蕴含的历史内涵、社会意识形态。詹姆逊立足马克思主义视域,力求从宏观视野通向文本内部提供一条可能的路径,走向辩证批评。他指出:"对真正的辩证批评来说,不可能有任何事先确定的分析范畴:就每一部作品都是它自身的内容的一种内在逻辑或发展的最终解结果而言,作品演化出它自己的范畴,并规定对它自身释义的特殊用语。"② 辩证批评是一种从

---

① [美]弗雷德里克·詹姆逊:《语言的牢笼》,钱佼汝、朱刚译,中国人民大学出版社2018年版,第74页。
② [美]弗雷德里克·詹姆逊:《马克思主义与形式》,李自修译,中国人民大学出版社2018年版,第291页。

形式走向历史释义的阐释过程，它摆脱了所有单一的审美价值理论，综合了不同的立场、观点和方法，融合而成的更全面的理论。

不同于韦勒克文学作品存在论仅仅凝固在作品的文学层面，詹姆逊的辩证批评拓展了作品的历史境遇。他主张根据不同的社会现场，探讨文学作品的内在逻辑，及其自身的逻辑发展衍化的范畴模式，进而更完整地阐释作品。这一批评方法将文本、语言、符号、结构、叙事、形式等形式主义批评，与马克思主义的意识形态批评相融合，辩证地考察作品内部形式与外部世界、经济基础与上层建筑的复杂关系，历史性地呈现文学作品的本质特性。詹姆逊的辩证批评立足马克思主义立场阐释文学作品，他借鉴融合了诸多形式主义的因素，弥合韦勒克对作品研究的单一的审美批评，为把握文学作品存在方式作出新的尝试和努力。

19世纪末至20世纪上半叶，韦勒克以反驳实证主义、新人文主义等传统文学批评的弊端为出发点，构建审美独立性的作品存在论。在作品中心主义的现代文论阶段，韦勒克文学作品存在论追求审美形式，主张内外兼顾的整体论，提倡历史性的"透视主义"作品研究方法，坚决捍卫文学作品的独立性，具有鲜明突出的理论贡献，对西方文学理论、文学批评和创作实践产生重要影响。

不可否认的是，这一理论对作品结构、语言、文体、风格的关注终究是无根之草，悬浮社会历史和现实生活的现场之外，流于分析作品形式，沉溺在审美的乌托邦。韦勒克文学作品存在论使作品客观化、自在化，成为一种主体意识形态的独白。在一定程度上，它抹杀了作品审美性与现实性的关系，使作品丧失所蕴含的人文精神。无论作家、读者抑或作品自身（尤其是作品的语言形式），它们都生成于特定的历史时期，在历史发展变化的流动中产生意义，获得理解和阐释。文学作品无法割裂同社会生活的联系，具有时间性和主体性，是一种多样性的存在方式。它连接过去，表现现在，指向未来。

近些年，文学作品研究又出现回归审美主义的趋势，重新发现并

第六章　韦勒克文学作品存在论的影响及评价

强调作品的审美独特性，提倡艺术的自主性潮流悄然兴起。需要明确的是，无论反映现实生活还是追求审美价值，文学作品应在透彻把握作品自身的基础上，获得更加丰富的意义和价值。汲取韦勒克文学作品存在论的局限，使我们更加深刻地意识到文学作品的结构和意义以某种客观的方式独立存在，但其本身无法囊括广阔的社会、丰富的现实和绵延的历史。文学作品的存在方式需要向纷繁复杂的社会历史敞开，它通过审美形式引导读者体验生活的美好、领悟生命的真谛、感受存在者的存在。文学作品的研究不仅仅是方法原则和批评标准，而是面向历史现实的实践手册。它的存在方式必然关怀人类的悲欢离合，展现人性的真善美。

结　语

1984年，韦勒克文学作品存在论被引介到中国，它对当代中国文学批评、理论发展和作品形式的探究，提供了理论价值和启示意义。韦勒克文学作品存在论对当代中国文论的启示体现在：就批评方法而言，文学作品的审美批评兴起；就理论发展而言，重视文学的主体性；就创作形式而言，强调文学作品的语言风格与叙事形式；就作品存在方式而言，促进多重视角看待文学作品。

一　审美批评的兴起

一直以来，文学作品的社会历史批评占据文学研究的主流。面对一部文学作品，首先从社会层面和历史发展角度进行分析，容易忽视作品本身的审美批评。韦勒克文学作品存在论强调文学作品的审美性特征，启发当代文学研究对作品进行审美批评。韦勒克坚持提倡将文学视为文学自身，突出审美价值的研究，出现文学作品的审美批评方法。文学作品是一个审美的符号系统，传达审美信息，给读者以审美感受和审美体验，这一观点打开了当代文学批评的美学方法。在我国，一批学者坚守马克思主义文艺理论观点，提出文学具有社会历史和审美特征的双重属性。文学的本质是一种审美意识形态。作为特殊意识形态的文学，他们认为"美学的方法"是揭示文学艺术的本质属性的重要方法。在借鉴吸收综合韦勒克文论对审美性的追求后，王春元提出："文艺自身是一个系统，以审美为基本特性。文艺以特殊的审美符号（艺术活动或艺术作品），传达特殊的审美信息（对于人生的审美体验），从而去影响人们和周围世界的审美关系的确立。"①文学作品所传达的不仅是认识和教育功能，其本身包含丰富复杂的审美因素，文学作品具有审美结构。它传达的审美信息，给读者以审美感受和审美体验。它有利于启发当代文学批评关注作品的审美价值和审美评价，重视文学作品自身的结构规律。

　　文学作品的分析鉴赏要把社会历史批评与审美批评相结合，完整恰当地理解作品意义。孙歌提出："我们不应该一般地反对文学作品的思想、道德乃至社会学批评，但是如果我们把目光转向文学作品本体，那就不能不承认，上述那些方法都将显得无能为力。"② 她主张文学批评的立足点在审美感受，而技巧分析则是表现艺术感受的最佳方式，思想深度不能作为艺术评判的唯一标准。譬如，《红楼梦》既可以当作人们认识了解封建社会的百科全书的一面镜子，但若需要走进作品的艺术世界则要求阅读者通过语言形式等获得独特的审美感受。判断一部作品"有用"与否与历史、社会、现实、道德、思想密不可分，评价一部作品"好坏"无法仅仅依靠社会历史批评，更多需要从作品内在结构入手，作出准确的形式分析和丰富的审美判断。文学作品分析与阐释需要努力兼顾现实因素和美感层面。从社会角度看，文学的审美性是特定时期，特定环境中，特定人出于特定的动机提出的审美问题，它不具有超越历史的普遍性。因此，我们需要历史地看待文学作品，对它进行清晰的社会分析。文学作品既需要宏观的社会历史分析揭示作品的社会根源，同时美学的研究方法对作品内在语言意象的阐释在文学研究中也是重要的，重建文学作品的历史化、社会化和语境化。当代文学批评突破了韦勒克只重视文本内部的局限性，主张文学作品既要美学观照，同时进行社会历史分析。文学作品的审美价值沟通了作品本身和作品之外世界的审美联系，唤醒读

---

① 王春元：《文艺学方法论研究中的若干问题》，《文艺争鸣》1986年第5期。
② 孙歌：《文学批评的立足点》，《文艺争鸣》1987年第1期。

者的阅读兴趣，走入作品的世界。对于当代文学批评而言，除把握社会历史批评对文学作品的宏观揭示，美学的研究方法对作品内在语言意象的阐释也是极为重要的。

二 文学主体性的凸显

1985年，刘再复《论文学的主体性》拨开了作家创作的主体能动和读者的主体阅读感受，认为文学研究应该把人作为"主人翁"来思考，人的主体性作为中心问题。他说道："文学中的主体性原则，就是要求文学活动中不能仅仅把人（包括作家、描写对象和读者）看做客体，而更要尊重人的主体价值，发挥人的主体力量，在文学活动的各个环节中，恢复人的主体地位，以人为中心，为目的。"① 1986年，鲁枢元提出："一种文学上的'向内转'，竟然在我们八十年代的社会主义中国显现出一种自生自发、难以遏制的趋势。"② 鲁枢元最早关注"向内转"思潮，他指出"向内转"把文学从之前的工具论地位中解放出来，转向关注文学的本体论，探究创作主体的内心世界。越来越多的当代作家、诗人有意识地从"大人物""大叙事"的写作方式投向自身的个体经验，涌现出一部部饱含深切感情的作品，他们记录追寻了内在的精神诉求，文学成为一种对过去历史和自我观照的现实文本，触及人的生命境况和灵魂深处。

高行健《现代小说技巧初探》一书是第一部从语言形式角度探讨现代小说技巧的专著。他曾说道："形式主义不好，形式还是要讲究的。形式主义所以不好，因为脱离了内容，或者因为内容平乏空洞，便只好在形式上耍花招了。"③ 形式主义的弊端是明显的，但它对文学作品的形式探索是值得肯定的。另外，高行健在探讨形式和内容的概念时，关注文学作品的思想。他提出："一部好作品的出现；不是

---

① 刘再复：《论文学的主体性》，《文学评论》1985年第6期。
② 鲁枢元：《文学的跨界研究：文学与心理学》，学林出版社2011年版，第133页。
③ 高行健：《现代小说技巧初探》，花城出版社1981年版，第2页。

结　语

仅仅找到了一个良好的赤裸裸的主题，同时也还因为作品在艺术上，也就是说在塑造人物、安排情节、作品的结构和叙述语言上，出色地体现了这个主题。评论一部作品的内容的时候，如果同时也从这些方面去讨论作品的得失，会对作者更有裨益。"[1] 高行健认为，在评论一部作品的内容时，如果同时也能从艺术形式上去讨论作品的得失，通过对语言结构的分析，对作家提高写作技巧更有益。还有学者指出，20世纪80年代中期，中国文艺研究领域一度出现了"向内转"的思潮，但是，有趣之处在于，这种"向内转"以区分文艺的"内部规律"和"外部规律"始，迅速以走向"文学的主体性理论"终结。换言之，这种"向内转"并没有走向文学形式的研究，而是步入探索文学创作的心灵世界，所谓人"广阔的内宇宙"[2]。当代文学作家自觉地关注人的精神世界和心灵感受，深入探究主体的内心情感。

韦勒克文学作品存在论在当代小说创作方面产生了不小的影响，它推动小说创作从现代小说走向先锋文学。在文学回归主体思潮的影响下，出现现代派小说、戏剧、先锋小说，它们重视作品叙事中"有意味的形式"。这种小说创作思潮和实践对新的文学理论和文学批评提出了新的要求。在后现代主义文学的语境中，不再一味地追问：文学的本质是什么？在1985年之后，当代文学在重塑现实主义并产生轰动效应的大背景下，出现一批小说家敢于大胆探索小说叙事的语言和形式，引领了中国文学的"形式转向"。先锋小说的流行消解了文学的本质。文学作品被社会制度、历史传统、文化语境、知识与权利等因素规定，打破了传统文学的写作方法和方式。文学创作转向重视个人的主体性和内心世界。

韦勒克非常重视文学文体的研究，促进作家文体意识的萌发。"首先是对个别艺术品的分析。分析可以系统地进行，详细说明

---

[1] 高行健：《现代小说技巧初探》，花城出版社1981年版，第3页。
[2] 参见代迅《西方文论在中国的命运》，中华书局2008年版，第161—162页。

有如一件作品的语法的某个方面——细致描写旨在取得审美目的的特征。"① 不同的文体要求有不同的审美效果和审美目的。文体的研究有利促进了作品创作的主题、题材、形象、情节、格式和人物塑造的变化。以马原和格非为代表的先锋作家追求叙事形式的革新,重视探究作品文体形式。格非在一次访谈中说道:"80年代中期之前,作家创作中没有文体意识这一概念,觉得只要把心中所想表现出来就可以,很少考虑作品的形式、题材、风格等因素,也没有意识到文体。后来在传统文学中发现古代有各种各样的诗体和词律,它们讲究对仗工整、节奏音韵、平仄押韵等形式,使作品传递一种形式的美感。80年代中期之前,无法想象还可以这样写作。"② 文体问题对作品创作的重要性突出体现在形式上的突破和实验成为先锋派的追求。马原追求叙述圈套,格非探究迷宫叙事和空缺叙事,他们对作品叙事形式的探究为当代文学创作做出重要贡献。

钱中文指出:"审美是人的一种自由的感受、体验活动,所以也可以说,审美的本性是自由的。"③ 他特别强调文学创作的审美感受和审美体验,作品由作家根据现实生活和主观情感投射在虚构世界中,读者能够把握作品的审美结构,获得个性的审美活动,自由驰骋在作品的世界。独立个体的作家进行审美创造,不仅表现个人的审美感受、传递个体体验、创造独特的艺术形式,更为重要的是创造活动本身蕴含了作家的审美意识和审美价值判断。审美是生命的体验,文学作品具有意蕴丰厚的审美意义。文学作品不同的类型和叙事方式,呈现不同的审美选择,无一例外的是作品给人带来审美体验和强烈的审美感受。

---

① [美] 勒内·韦勒克:《辨异:续〈批评的诸种概念〉》,刘象愚、杨德友译,上海人民出版社2015年版,第294页。
② 格非:《格非——智慧与警觉》,林舟:《生命的摆渡——中国当代作家访谈录》,海天出版社1998年版,第70页。
③ 钱中文:《文学理论:走向交往对话的时代》,北京大学出版社1999年版,第296页。

三 语言风格与叙事形式

韦勒克文学作品存在论对当代中国文艺创作的影响,突出表现在诗歌和小说创作中。1985 年,文坛"第三代诗人"崛起,不同于第一代诗人服务于政治需要,也有别于第二代诗人追求个性解放,批判地关注社会现实,第三代诗人反对理性、反对压迫和束缚,崇尚自由写作。他们的语言多日常朴素、风格平实。20 世纪 80 年代,文学研究的重要特征就是面对西方文论,反思传统文学。在主体性思潮的推动下,出现了一大批朦胧诗人,他们积极探索诗歌的形式,提倡口语化的语言、反思性的内容与生命的形式的统一。韦勒克文学作品存在论提出审美结构对审美材料的反映,很可能给予他们一定的启发。这一时期涌现出许多著名的诗人,如北岛、顾城、舒婷、江河、杨炼,诗歌的重心从之前的大历史叙事转向主体的内在情绪,充满复杂性和朦胧性,尤其以朦胧诗为代表。朦胧诗诗人摒弃单纯执着的审美结构,结合当时的文化环境,表现内心的精神世界,呈现出反思、觉醒与启蒙的存在状态。顾城诗歌的审美特色,黑夜是对过去生活的隐喻,光明喻示摆脱过去走向未来的美好,在黑夜、眼睛意象的营构上是独具匠心的,眼睛这一意象象征着过黑暗和光明两种相悖的生活,意味着"我"对过去的反思和对未来的憧憬。在审美情感的表达方式上,顾城采用直抒胸臆的手法,表现内心世界的情感。

王安忆在一次访谈中说道:"语言这东西越写到后来对自己要求越高。最初写东西从来不考虑语言问题,心里想什么就写什么。现在回头去看自己的小说蛮有意思,那么简单,那么天真。其实语言应该保持一种天真,那种状态我已经回不去了。现在语言必须能够刺激我自己,使自己兴奋起来,否则是不行的。"[1] 作家是最经常与语言打交道、周旋的一批人,他们对叙事语言的敏感度、感受力都异于他

---

[1] 王安忆:《王安忆——更行更远更深》,林舟:《生命的摆渡——中国当代作家访谈录》,海天出版社 1998 年版,第 29 页。

人。作品语言的选择、使用、丰富是作家创作的直接体现。作家倾向选择音乐语言和戏曲语言的方式为创作增添色彩。余华曾说道:"我觉得音乐的叙述比文学更直截了当,更有感染力,而且更加容易,更能够打动人。……音乐是与听众建立关系,小说是与读者建立关系,在建立关系这方面,音乐与听众更容易,更快一些。"① 余华善于在文学创作中加入音乐叙述,更直观地冲击读者的阅读感受,营造"身临其境"的氛围感,使作品具有丰富的联想空间。同样,毕飞宇等说道:"语言观就是文学观。抽象的、'元素性'的语言是不存在的。语言是河流的水面,你永远也不能把这个水面从河流上剥离开来。水面就是河流,河流本身。"② 作家的文学观、世界观和价值观会在其使用的语言上得到体现,一个作家应当为这个世界提供一种语言,这一语言不仅仅是声音或文字的表述,还是一种叙事方法。作家作为语言的实践者和使用者,应该尽可能地将自己注入语言中,而不是成为语言的奴隶。

韦勒克文学作品存在论主张重视作品的语言风格、追求作品的陌生化,促使先锋派作家的叙事形式的创新和改造。余华曾说道:"我在写《许三观卖血记》的时候,努力追求这样一种效果:在人物语言上强调一种旋律感,既让你感觉到人物在发言,同时又让叙述在推进;否则'叙述'会变得很难受。这种旋律感稍微有点接近剧唱腔的味道。"③ 他借助戏剧式的哭诉表达许玉兰对儿子卖血的不满,给读者以耳目一新之感。余华的小说创作追求叙事形式的突破,不仅利于消除读者的审美疲劳感,而且促使作家寻求自我创作的新突破。一直以来,作品语言结构和叙事手法的呈现展现了作家匠心独具的心血。在作品中,作家尝试借用各种语言符号、文本结构为读者阅读提供线索和踪迹。

---

① 余华:《活着,永远的追问——余华访谈录》,张英编著:《文学的力量:当代著名作家访谈录》,民族出版社2000年版,第23页。
② 毕飞宇、汪政:《语言的宿命》,《南方文坛》2002年第4期。
③ 余华:《余华——叙事,掘进自我的存在》,林舟:《生命的摆渡——中国当代作家访谈录》,海天出版社1998年版,第155页。

韦勒克文学作品存在论有助于文学创作实践的思维方式从群体意识转向个人的审美意识和审美判断。当代文学在诗歌和小说的语言、形式、意象、隐喻等表现手法等方面探索，突破了传统的文学创作形式。韦勒克文学作品存在论对作品层次的分析，促进当代文学创作追求诗歌语言风格的新奇，重视小说的叙事形式和语言的审美特征。韦勒克对文学作品内部形式的重视，一定程度上引发了"向内转"的思潮，重新唤醒了文学的主体性观念，促进了对作家主体的关注和对人心灵世界的观照。在当代文学理论发展的过程中，韦勒克文学作品存在论的诸多观点为其提供了重要的启示价值。

四 多重视角看待文学作品

在现代主义文论阶段，文学作品本身的结构形式和发展历程备受关注。俄国形式主义、新批评、结构主义不断反思文学自身的历史。进入后现代主义文论阶段，学者普遍质疑文学存在的合法性，希望为讨论文学作品、评论作品以及批评阐释作品重新找到一条道路。他们以消解文学作品的历史来展开作品的"再历史化"，重构文学作品的意义。他们从多重视角看待文学作品，关注作品自身与周围媒介的互动关系，指明作品具有不同的存在方式。

文学作品存在论是文学理论的基本问题。文学作品蕴含丰富的价值和内容，追求文学作品的独立性，并不意味把作品视为一个封闭的虚构世界。文学作品需要一定的物质载体，但它与物质载体不具有同一性。文学作品受到主体意识的影响，在不断变化发展的意识形态中存在稳定的"决定性的结构"。文学作品的诞生离不开作者对现实世界的认识和观察，与作者主观意识有一定的联系。作者之于作品的影响也是文学作品研究需要关注的议题之一。文学作品有内在规律：故事情节的发展、人物性格形象的呈现、行动者的命运转折等因素，它们不仅受作者主观经验的控制，也离不开作品内在规律的影响。文学作品的现实存在需要主体意识的具体化。读者的阅读活动走进文学作品的内部世界，探究作品的审美价值，进行审美批评，使作品塑造的世界更加完整。事实上，每一次读者的阅读行为可以被视为作品的"重写"，赋予作品多样性的意义。

如今，文化研究的势头不见衰减，文化批评仍大有市场。进入融媒体时代的发展，文学作品是否消失，作品何以存在以及它如何存在，"文学性怎么办，还需要谈论文学吗？"，作为一种特殊的精神产物，文学作品的存在有其独特的历史意义和审美价值。互联网和数字化的文学场域打破了作品单一的、固定的物质存在形式，建构出新的作品存在样态。文学作品面对各种复杂的文化冲击，它自身的存在方式和意义将获得新的阐发，主要表现为以下几方面。

第一，文学作品对物质材料的依赖逐渐减少。融媒体时代下，各种媒介形式交互发展，文学作品意义的呈现不必非要依靠传统的书面文字，通过有声媒介、电子阅读、网页浏览等方式同样能够获得阅读体验，阐释作品意义。由于新媒介的数字化、超时空性和个性化特点，人们越来越倾向通过电子设备的方式阅读文学作品，但是这一方式的改变没有减少文学作品声音和意义结合的特点，却使得作品的存在形式对物质材料的依赖性大大减弱。处于融媒体时代中，我们需要重新审视文学作品如何存在，思考作品与其依附的物质载体之间的关系。尽管文学作品的存在方式逐渐走向"去物质化"，它依然能够直接唤醒人们的审美感受和审美体验。随着科学技术和新媒介的发展，文学作品的物质性将会发生巨大改变。

第二，文学作品的存在模式愈加多样化。文学作品的存在形式从最初的口耳相传，经过印刷术的书面时代，再到当下的数字化时代，作品的样态兼顾了口语形式、书面形式与电子形式，更加多元丰富。社会生产方式的提高、文学作品与媒介的互动联系愈加紧密，改变了传统的作品存在方式。融媒体时代中，文学作品的生产更多取决于读者阅读喜好、习惯、性格，它自身的存在样式更倾向满足和迎合读者消费，导致作品的形式和类型趋同化。文学作品的存在融合于各种媒

结　语

介的互动中，呈现多样性和趋同化并存的显著特征。

　　第三，文学作品存在的非理性情感因素逐渐加强。文学作品是一个蕴含丰富内涵的情感世界，作品中的恢宏历史、动人情节、人物命运无不唤起读者的阅读兴趣，引发读者的共情，吸引他们走入作者创造的虚构世界。在融媒体时代，文学作品的生产、交换与消费变得物欲化、情欲化。先前作品凸显的道德情感让位给消费社会的非理性情感因素。文学作品的存在方式走向日常生活的趣味，呈现出明显的非理性的情感倾向。目前，在涌现的琳琅满目的消费产品中，文学作品满足人们的精神生活、丰盈情感需要的非理性功能愈加强烈。

　　新媒介技术的迅猛发展冲击了传统的文学作品固定的存在样式，大大改变文学作品的存在方式，主要呈现为对物质载体的依附性减弱、存在模式的多样化以及非理性情感功能增加的特征。韦勒克文学作品存在论崇尚单一、固定的存在方式，显然无法适应蓬勃发展的媒介互动，但是，它始终从作品自身出发，探究作品的审美价值，解读作品意义，为关注分析融媒体时代的作品存在提供借鉴。

　　韦勒克文学作品存在论形成于20世纪上半叶在西方文艺理论与批评的理论现场，追寻真正的文学作品。这一理论聚焦作品内部的语言结构和审美价值，是现代主义文论阶段的典型产物，有着鲜明的优点和弊端。它构建了一套完整的理解、分析和评价文学作品如何存在的研究方法与批评标准，为当下探究文学作品的存在形式提供启示。

　　当前的文学作品存在形态被新技术极大改变，我们相信文学作品将以一种开放的、敞开的、动态的方式融入现实生活中，汇入历史长河。它的存在始终同人们精神世界保持密切的互动，渗透着人文情怀，给人以温暖、沉静和希望。韦勒克文学作品存在论的单一作品存在方式，启示我们以历史的眼光分析阐释作品，坚持多重角度看待文学作品。未来文学作品的存在方式会愈加多元化，它塑造的虚构世界也会更加纷繁多彩。

参考文献

一 中文文献

（一）马克思主义经典著作

《马克思恩格斯全集》（第三卷），人民出版社2016年版。

《马克思恩格斯全集》（第十二卷），人民出版社2016年版。

《马克思恩格斯全集》（第十三卷），人民出版社2016年版。

《马克思恩格斯全集》（第二十六卷 第一册），人民出版社2016年版。

《马克思恩格斯全集》（第二十九卷），人民出版社2016年版。

《马克思恩格斯全集》（第三十六卷），人民出版社2016年版。

《马克思恩格斯全集》（第三十七卷），人民出版社2016年版。

《马克思恩格斯全集》（第四十二卷），人民出版社2016年版。

（二）韦勒克中译本专著

[美]雷纳·威莱克：《西方四大批评家》，林骧华译，复旦大学出版社1983年版。

[美] R. 韦勒克：《批评的诸种概念》，丁泓、余徽译，周毅校，四川文艺出版社1988年版。

[美]雷纳·韦勒克：《20世纪西方文学批评》，刘让言译，花城出版社1989年版。

[美] R. 韦勒克：《文学思潮和文学运动的概念》，刘象愚选编，中国社会科学出版社1989年版。

[美]勒内·韦勒克：《批评的诸种概念》，罗钢、王馨钵、杨德友

译，上海人民出版社2015年版。

［美］勒内·韦勒克：《辨异：续〈批评的诸种概念〉》，刘象愚、杨德友译，上海人民出版社2015年版。

［美］勒内·韦勒克、［美］奥斯汀·沃伦：《文学理论》（新修订版），刘象愚等译，浙江人民出版社2017年版。

［美］雷纳·韦勒克：《近代文学批评史》（第一卷），杨自伍译，上海译文出版社2020年版。

［美］雷纳·韦勒克：《近代文学批评史》（第二卷），杨自伍译，上海译文出版社2020年版。

［美］雷纳·韦勒克：《近代文学批评史》（第三卷），杨自伍译，上海译文出版社2020年版。

［美］雷纳·韦勒克：《近代文学批评史》（第四卷），杨自伍译，上海译文出版社2020年版。

［美］雷纳·韦勒克：《近代文学批评史》（第五卷），杨自伍译，上海译文出版社2020年版。

［美］雷纳·韦勒克：《近代文学批评史》（第六卷），杨自伍译，上海译文出版社2020年版。

［美］雷纳·韦勒克：《近代文学批评史》（第七卷），杨自伍译，上海译文出版社2020年版。

［美］雷纳·韦勒克：《近代文学批评史》（第八卷），杨自伍译，上海译文出版社2020年版。

（三）其他译著

［英］瑞恰慈：《文学批评原理》，杨自伍译，百花洲文艺出版社2010年版。

［德］胡塞尔：《纯粹现象学通论：纯粹现象学和现象学哲学的观念》（第一卷），李幼蒸译，商务印书馆2017年版。

［德］胡塞尔：《逻辑研究》（第二卷 现象学与认识论研究），倪梁康译，商务印书馆2017年版。

［美］保罗·德曼：《解构之图》，李自修等译，中国社会科学出版社1998年版。

［法］梵第根：《比较文学论》，戴望舒译，吉林出版集团有限责任公司2010年版。

［意］克罗齐：《作为表现科学和一般语言学的美学的理论》，田时纲译，中国社会科学出版社2007年版。

［意］贝内德托·克罗齐：《美学纲要·美学精要》，田时纲译，社会科学文献出版社2016年版。

［意］克罗齐：《美学原理》，朱光潜译，商务印书馆2017年版。

［俄］Е.Г.别林斯基：《别林斯基文学论文选》，满涛、辛未艾译，上海译文出版社2000年版。

［法］波德莱尔：《波德莱尔美学论文选》，郭宏安译，人民文学出版社2008年版。

［古希腊］柏拉图：《理想国》，郭斌和、张竹明译，商务印书馆2019年版。

［俄］车尔尼雪夫斯基：《车尔尼雪夫斯基选集》（上卷），周扬、缪灵珠、辛未艾译，生活·读书·新知三联书店1958年版。

［法］茨维坦·托多罗夫编选：《俄苏形式主义文论选》，蔡鸿滨译，中国社会科学出版社1989年版。

［荷兰］D·W·佛克马、E·贡内-易布思：《二十世纪文学理论》，林书武等译，生活·读书·新知三联书店1988年版。

［英］戴维·洛奇编：《二十世纪文学评论》（下），葛林等译，上海译文出版社1993年版。

［法］丹纳：《艺术哲学》，傅雷译，巴蜀书社2018年版。

［美］丹尼尔·霍夫曼主编：《美国当代文学》（上），中国文艺联合出版公司1984年版。

［法］狄德罗：《狄德罗美学论文选》，张冠尧、桂裕芳等译，人民文学出版社2008年版。

［法］米盖尔·杜夫海纳:《美学与哲学》,孙非译,中国社会科学出版社1985年版。

［美］E·D·赫施:《解释的有效性》,王才勇译,生活·读书·新知三联书店1991年版。

［英］E·M·福斯特:《小说面面观》,冯涛译,上海译文出版社2020年版。

［瑞士］费尔迪南·德·索绪尔:《普通语言学教程》,高名凯译,商务印书馆2017年版。

［美］弗兰克·伦特里奇亚:《新批评之后》,王丽明等译,南京大学出版社2017年版。

［美］弗雷德里克·詹姆逊:《语言的牢笼》,钱佼汝、朱刚译,中国人民大学出版社2018年版。

［美］弗雷德里克·詹姆逊:《马克思主义与形式》,李自修译,中国人民大学出版社2018年版。

［奥］弗洛伊德:《达·芬奇的童年回忆》,车文博主编,九州出版社2021年版。

［苏］高尔基:《论文学》,孟昌、曹葆华、戈宝权译,人民文学出版社1978年版。

［联邦德国］H·R·姚斯、［美］R·C·霍拉勃:《接受美学与接受理论》,周宁、金元浦译,辽宁人民出版社1987年版。

［德］汉斯-格奥尔格·伽达默尔:《诠释学Ⅰ 真理与方法——哲学诠释学的基本特征》(修订译本),洪汉鼎译,商务印书馆2021年版。

［美］施皮格伯格:《现象学运动》,王炳文、张金言译,商务印书馆2011年版。

［德］黑格尔:《美学》(第一卷),朱光潜译,北京大学出版社2017年版。

［德］黑格尔:《小逻辑》,贺麟译,商务印书馆2019年版。

［英］华兹华斯:《华兹华斯诗选》,王忠祥选编,杨德豫、楚至大

译，时代文艺出版社 2020 年版。

［美］杰拉尔德·格拉夫：《自我作对的文学》，陈慧、徐秋红译，河北人民出版社 2004 年版。

［德］康德：《判断力批判》（上卷 审美判断力批判），宗白华译，商务印书馆 2017 年版。

［美］拉尔夫·科恩主编：《文学理论的未来》，程锡麟等译，万千校，中国社会科学出版社 1993 年版。

［美］帕尔默：《诠释学》，潘德荣译，商务印书馆 2012 年版。

［美］罗伯特·R·马格廖拉：《现象学与文学》，周宁译，春风文艺出版社 1988 年版。

［英］罗吉·福勒：《现代西方文学批评术语词典》，袁德成译，朱通伯校，四川人民出版社 1987 年版。

［法］罗兰·巴尔特：《符号学原理》，李幼蒸译，生活·读书·新知三联书店 1988 年版。

［法］罗兰·巴尔特：《符号学历险》，李幼蒸译，中国人民大学出版社 2008 年版。

［法］罗兰·巴特：《罗兰·巴特随笔选》，怀宇译，百花文艺出版社 2009 年版。

［波］罗曼·英加登：《对文学的艺术作品的认识》，陈燕谷、晓未译，中国文联出版公司 1988 年版。

［波］罗曼·英加登：《论文学作品》，张振辉译，河南大学出版社 2008 年版。

［美］马丁·巴科：《韦勒克》，李遍野译，远达校，中国社会科学出版社 1992 年版。

［德］海德格尔：《海德格尔选集》，孙周兴译，上海三联书店 1996 年版。

［德］海德格尔：《林中路》，孙周兴译，商务印书馆 2019 年版。

三联书店编辑部、美国人文杂志社编：《人文主义：全盘反思》，生活·读书·新知三联书店2006年版。

[美] M. H. 艾布拉姆斯：《镜与灯：浪漫主义文论及批评传统》，郦稚牛、张照进、童庆生译，北京大学出版社2021年版。

[德] 尼采：《权力意志》（上卷），孙周兴译，商务印书馆2017年版。

[加拿大] 诺思罗普·弗莱：《批评的剖析》，陈慧译，北京大学出版社2021年版。

[美] 欧文·白璧德：《文学与美国的大学》，张沛、张源译，北京大学出版社2004年版。

[美] 欧文·白璧德：《卢梭与浪漫主义》，孙宜学译，商务印书馆2016年版。

[美] J·卡勒：《索绪尔》，张景智译，刘润清校，中国社会科学出版社1989年版。

[美] 乔纳森·卡勒：《结构主义诗学》，盛宁译，中国人民大学出版社2018年版。

[比利时] 乔治·布莱：《批评意识》，郭宏安译，百花洲文艺出版社2010年版。

[英] 泰伦斯·霍克斯：《结构主义与符号学》，翟晶译，知识产权出版社2018年版。

[英] T. S. 艾略特：《艾略特文学论文集》，李赋宁译，人民文学出版社2018年版。

[捷克] 瓦海克：《布拉格语言学派》，钱军导读，世界图书出版公司2016年版。

[英] 王尔德：《王尔德全集·评论随笔卷》，杨东霞、杨烈等译，中国文学出版社2000年版。

[英] 威廉·布莱克：《布莱克诗集》，张炽恒译，上海社会科学院出版社2017年版。

[英] 威廉·莎士比亚：《莎士比亚悲剧喜剧全集：悲剧Ⅰ》，朱生豪译，青岛出版社2020年版。

［俄］维克托·什克洛夫斯基等：《俄国形式主义文论选》，方珊等译，生活·读书·新知三联书店1989年版。

［苏］维·什克洛夫斯基：《散文理论》，刘宗次译，百花洲文艺出版社2010年版。

［奥］维特根斯坦：《维特根斯坦文集 第2卷 逻辑哲学论》，韩林合编译，商务印书馆2019年版。

［奥］维特根斯坦：《维特根斯坦文集 第4卷 哲学研究》，韩林合编译，商务印书馆2019年版。

［瑞士］沃尔夫冈·凯塞尔：《语言的艺术作品——文艺学引论》，陈铨译，上海译文出版社1984年版。

［联邦德国］W. 伊泽尔：《审美过程研究——阅读活动：审美响应理论》，霍桂桓、李宝彦译，杨照明校，中国人民大学出版社1988年版。

［德］席勒：《审美教育书简》，张玉能译，译林出版社2012年版。

［古希腊］亚里士多德：《诗学》，陈中梅译，商务印书馆2017年版。

［美］兰色姆：《新批评》，王腊宝、张哲译，文化艺术出版社2010年版。

［英］约翰·穆勒：《约翰·穆勒自传》，吴良健、吴衡康译，商务印书馆1987年版。

（四）相关专著

代迅：《西方文论在中国的命运》，中华书局2008年版。

丁守和、马连儒、陈有进主编：《世界当代文化名人辞典》，北京燕山出版社1992年版。

段吉方主编：《20世纪西方文论》，高等教育出版社2014年版。

复旦大学文艺学美学研究中心编：《美学与艺术评论》（第5集），复旦大学出版社2000年版。

高建平、丁国旗主编：《西方文论经典：从德国古典美学到自然主义》（第三卷），安徽文艺出版社2014年版。

高行健：《现代小说技巧初探》，花城出版社1981年版。

韩秋红、杨善解编著：《现代西方哲学思潮举要》，吉林教育出版社1993年版。

胡经之、张首映主编：《西方二十世纪文论选》（第一卷 作者系统），中国社会科学出版社1989年版。

胡燕春：《比较文学视域中的雷纳·韦勒克》，社会科学文献出版社2007年版。

黄晋凯、张秉真、杨恒达主编：《象征主义·意象派》，中国人民大学出版社1989年版。

李衍柱、朱恩彬主编：《文学理论简明辞典》，山东教育出版社1987年版。

林舟：《生命的摆渡——中国当代作家访谈录》，海天出版社1998年版。

刘若端编：《十九世纪英国诗人论诗》，人民文学出版社1984年版。

鲁枢元：《文学的跨界研究：文学与心理学》，学林出版社2011年版。

马新国主编：《西方文论史》（第三版），高等教育出版社2008年版。

钱中文：《文学理论：走向交往对话的时代》，北京大学出版社1999年版。

乔国强等著：《美国文学批评史》，上海外语教育出版社2019年版。

邱觉心：《早期实证主义哲学概观》，四川人民出版社1990年版。

邱明正、朱立元主编：《美学小辞典》（增补本），上海辞书出版社2007年版。

单正平：《现象学与审美现象：文艺美学译文、文论集》，南开大学出版社2004年版。

盛宁：《二十世纪美国文论》，北京大学出版社1993年版。

盛宁：《人文困惑与反思：西方后现代主义思潮批判》，生活·读书·新知三联书店1997年版。

盛宁：《现代主义·现代派·现代话语——对"现代主义"的再审

视》，北京大学出版社2011年版。

史亮编：《新批评》，四川文艺出版社1989年版。

陶东风主编：《文学理论基本问题》（修订版），北京大学出版社2012年版。

王诜编：《世界著名作家访谈录》，江苏文艺出版社1992年版。

王鍾陵：《二十世纪中西文论史——百年中的难题、主潮、多元探求、智慧与失误》（第一卷 西方思潮 上），福建人民出版社2014年版。

伍蠡甫等编：《西方文论选》（上卷），上海译文出版社1979年版。

伍蠡甫主编：《西方古今文论选》，复旦大学出版社1984年版。

胥少先编译：《英国文学诗歌选》，电子科技大学出版社2016年版。

杨冬：《文学理论：从柏拉图到德里达》（第3版），北京大学出版社2015年版。

张江主编：《当代西方文论批判研究》，中国社会科学出版社2017年版。

张京媛主编：《新历史主义与文学批评》，北京大学出版社1993年版。

张淑英编译：《鲁佛》，光复书局1992年版。

张英编著：《文学的力量：当代著名作家访谈录》，民族出版社2000年版。

赵澧、徐京安主编：《唯美主义》，中国人民出版社1988年版。

赵毅衡编选：《"新批评"文集》，中国社会科学出版社1988年版。

赵毅衡编选：《符号学文学论文集》，百花文艺出版社2004年版。

支宇：《文学批评的批评：韦勒克文学理论研究》，中国社会科学出版社2004年版。

中国社会科学院外国文学研究所、《世界文论》编辑委员会编：《布拉格学派及其他》，社会科学文献出版社1995年版。

朱刚编著：《二十世纪西方文论》，北京大学出版社2006年版。

朱静：《格林布拉特新历史主义研究》，人民出版社2015年版。

朱立元主编：《当代西方文艺理论》（第三版），华东师范大学出版社

2014年版。

朱立元主编：《美学大辞典》（修订本），上海辞书出版社2014年版。

（五）学术论文

［苏］阿尼克斯特：《马克思主义与形式主义在文艺学对象与方法问题上的分歧——评韦勒克和沃伦合著的〈文学理论〉》，谢天振、鲁效阳译，《文艺理论研究》1983年第4期。

毕飞宇、汪政：《语言的宿命》，《南方文坛》2002年第4期。

陈峰蓉：《透视"经验的客体"——谈韦勒克、沃伦的"文学作品的存在方式"》，《福建论坛》（人文社会科学）2006年第11期。

陈菱：《"透视论"：一种经验性的阐释理论》，《外国文学评论》1998年第2期。

胡苏晓、王诺：《文学的"本体性"与文学的"内在研究"——雷纳·威勒克批评思想的核心》，《外国文学评论》1992年第1期。

胡燕春：《雷纳·韦勒克的文学史观述评》，《社会科学》2007年第12期。

康林：《马克思主义文艺思想在新时期的地位——兼谈韦勒克对马克思主义文艺观的批评》，《文艺理论与批评》1987年第4期。

［美］雷·威莱克：《当代欧洲文学批评概观》，程介未译，《外国文学研究》1985年第1期。

［美］雷纳·韦勒克：《文学的类型》，王春元译，《文艺理论研究》1983年第3期。

［美］雷纳·韦勒克：《20世纪文学批评的六种模式》，柔之编译，《理论与创作》1989年第5期。

李凤亮：《功能·尺度·方法：文学批评何为——重读韦勒克札记》，《暨南学报》（哲学社会科学）1997年第4期。

李艳丰：《论韦勒克"整体性"文学批评观的理论与现实意义》，《深圳大学学报》（人文社会科学版）2010年第1期。

李幼蒸：《罗曼·茵格尔顿的现象学美学》，《美学》1980年第2期。

刘上江:《关于转型期文学价值取向的思考——解读韦勒克、沃伦》,《学术论坛》2001年第4期。

刘象愚:《韦勒克和他的文学理论》,《外国文学研究》1986年第9期。

刘欣:《韦勒克与马克思主义文学批评》,《文艺理论与批评》2013年第6期。

刘欣:《韦勒克"文学史理想"之再思考》,《首都师范大学学报》(社会科学版)2017年第5期。

刘再复:《论文学的主体性》,《文学评论》1985年第6期。

刘再复:《文学研究思维空间的拓展(续)——近年来我国文学研究的若干发展动态》,《读书》1985年第3期。

刘震:《"透视主义":范式纠缠中的困境》,《东南学术》2002年第3期。

乔国强:《论韦勒克的文学史观》,《上海大学学报》(社会科学版)2009年第3期。

孙歌:《文学批评的立足点》,《文艺争鸣》1987年第1期。

孙文宪:《作为结构形式的母题分析——语言批评方法论之二》,《华中师范大学学报》(人文社会科学版)2001年第6期。

汤拥华:《重审比较文学视域内的"文学性"问题——从韦勒克到罗蒂的考察》,《文艺争鸣》2016年第8期。

王春元:《文艺学方法论研究中的若干问题》,《文艺争鸣》1986年第5期。

王雪:《浅析韦勒克文学作品的存在方式》,《长春教育学院学报》2018年第1期。

王雪:《返回作品自身——韦勒克文学作品存在论研究》,《中国社会科学院研究生院学报》2021年第2期。

王雪:《现象学哲学和结构主义语言学的汇融——以韦勒克的文学作品存在论为透视》,《重庆三峡学院学报》2021年第3期。

王有亮：《关于"新批评派"成员构成的几点认识》，《重庆师范大学学报》（哲学社会科学版）2014年第2期。

魏泓：《论比较视阈的"透视"——韦勒克、沃伦〈文学理论〉经典著作再赏析》，《宁波广播电视大学学报》2017年第3期。

［美］魏列克：《批评的一些原则》，石浮译，《现代外国哲学社会科学文摘》1964年第1期。

温潘亚：《文学史：文学共时结构的动态史——论韦勒克的文学史观》，《江西社会科学》2002年第6期。

杨冬：《韦勒克的启示——〈近代文学批评史〉研究方法述评》，《文艺争鸣》2012年第1期。

张政文、杜桂萍：《形式主义的美学突破与人文困惑》，《文史哲》1998年第2期。

支宇、罗淑珍：《西方文论在汉语经验中的话语变异——关于韦勒克"内部研究"的辨析》，《外国文学研究》2001年第4期。

支宇：《文学作品的存在方式——韦勒克文论的逻辑起点和理论核心》，《西南民族学院学报》（哲学社会科学版）2002年第3期。

支宇：《文学结构本体论——论韦勒克的文学本质观》，《四川大学学报》（哲学社会科学版）2002年第5期。

周颖君：《韦勒克的文学本体观》，《思想战线》2001年第3期。

朱立元：《文学是创造与接受的社会交流过程——关于文学本体论的思考之二》，《临沂师专学报》1989年第Z1期。

（六）学位论文

陈菱：《历史对理论的拯救——韦勒克文学理论思想论纲》，博士学位论文，复旦大学，1998年。

支宇：《韦勒克诗学研究》，博士学位论文，四川大学，2002年。

宗圆：《批评史的多重启示——试论韦勒克的〈近代文学批评史〉》，博士学位论文，吉林大学，2009年。

二 英文文献

（一）韦勒克的原著

René Wellek, *Immanuel Kant in England 1793 – 1838*, Princeton: Princeton University Press, 1931.

René Wellek, *The Rise of English Literary History*, Chapel Hill: The University of North Carolina Press, 1941.

René Wellek, *The Attack On Literature and Other Essays*, Chapel Hill: The University of North Carolina Press, 1982.

René Wellek and Austin Warren, *Theory of Literature*, New York and London: Harcourt, Brace and Company, 1949.

René Wellek and Austin Warren, *Theory of Literature Third Edition*, New York: Harcourt, Brace & World, INC., 1956.

（二）相关专著

Anders Pettersson, *Verbal Art: A Philosophy of Literature and Literary Experience*, Montreal and Kingston: McGill-Queen's University Press, 2000.

Antoine Compagnon, *Literature, Theory, and Common Sense*, Princeton: Princeton University Press, 2004.

Benjamin Tilghman, *Reflections on Aesthetic Judgment and other Essays*, Aldershot: Ashgate Publishing Limited, 2006.

Brook Thomas, *The New Historicism and Other Old-Fashioned Topics*, Princeton: Princeton University Press, 1991.

Frederick Ungar and Lina Mainiero, *Encyclopedia of World Literature in the 20th Century*, New York: Frederick Ungar Publishing CO., 1975.

Gustav Bergmann, *Logic and Reality*, Wisconsin: The University of Wisconsin Press, 1964.

Henry Morley, *English Writers: An Attempt Towards a History of English Literature*, London: Nabu Press, 1887.

I. A. Richards, *The Philosophy of Rhetoric*, New York: Oxford University Press, 1965.

John Burbank and Peter Steiner, *Structure, Sign and Function-Selected Essays by Jan Mukařovský*, New Haven: Yale University Press, 1978.

Lesile Stephen, *English Literature and Society in the Eighteenth Century*, London: Duckworth and Co. 3 Henrietta Street, W. C. , 1904.

Martin Procházka, *Literary Theory: An Historical Introduction*, Prague: Karolinum Press, 2015.

Noel Carroll, *Art in the Three Dimensions*, New York: Oxford University Press, 2010.

Oliver Elton, *A Survey of English Literature: 1780 – 1830*, Vol. 2, London: Edward Arnold, 1912.

Paul de Man, *Blindness and Insight: Essays in the Rhetoric of Contemporary Criticism*, Minneapolis: University of Minnesota Press, 1971.

Paul de Man, *In the Resistance to Theory, Resistance to Theory*, Minneapolis: University of Minnesota Press, 1986.

Paul Hernadi, *What Is Literature?*, Bloomington: Indiana University Press, 1978.

Peter Davison, Rolf Meyersohn and Edward Shils, *Literary Taste, Culture and Mass Communication Literature and Society*, Cambridge: Chadwyck Healey Ltd. , 1978.

Peter Demetz, Thomas Greene, and Lowry Nelson Jr. , *The Disciplines of Criticism: Essays in Literary Theory, Interpretation, and History*, New Haven and London: Yale University Press, 1968.

Richard M. Rorty, *The Linguistic Turn: Essays in Philosophical Method*, Chicago: The University of Chicago Press, 1967.

Steven Mailloux, *Interpretive Conventions: The Reader in the Study of American Fiction*, Ithaca: Cornell University Press, 1982.

Thomas G. Winne and John P. Kasi, *René Wellek's Contribution to American Literary Scholarship*, East Lansing: Michigan State University Press, 1977.

（三）期刊论文

Andy Hines, "Vehicles of Periodization: Melvin B. Tolson, Allen Tate, and the New Critical Police", *Criticism*, Vol. 59, No. 3, 2017.

David H. Miles, "Literary Sociology: Some Introductory Notes", *The German Quarterly*, Vol. 48, No. 1, 1975.

E. D. Hirsch, "Literary Evaluation as Knowledge", *Contemporary Literature*, Vol. 9, No. 3, 1968.

Harriet Zinnes, "Reviewed Work: Theory of Literature by René Wellek and Austin Warren", *Poetry*, Vol. 75, No. 5, 1950.

James Comas, "The Presence of Theory", *Research in African Literatures*, Vol. 21, No. 1, 1990.

James R. Bennett, "The New Criticism and the Corporate State", *CEA Critic*, Vol. 56, No. 3, 1994.

John Henry Raleigh, "The New Criticism as an Historical Phenomenon", *Comparative Literature*, Vol. 11, No. 1, 1959.

Jonathan Culler, "Wellek's Modern Criticism", *Journal of the History of Ideas*, Vol. 49, No. 2, 1988.

Jonathan Culler, "New Literary History and European Theory", *New Literary History*, Vol. 25, No. 4, 1994.

Joseph E. Baker, "History of-Pattern as Such", *College English*, Vol. 13, No. 2, 1951.

Jozsef Szili, "Literary History After the Fall of Literary History", *Neohelicon*, Vol. 1, No. 4, 2007.

L. S. Dembo, "Introduction and Perspective", *Contemporary Literature*, Vol. 9, No. 3, 1968.

Michael H. Mitias, "The Ontological Status of the Literary Work of Art", *The Journal of Aesthetic Education*, Vol. 16, No. 4, 1982.

Paul Hernadi, "What Isn't Comparative Literature?", *Profession*, 1986.

Richard Harter Fogle, "Reviewed Work (s): Theory of Literature by René Wellek and Austin Warren", *College English*, Vol. 11, No. 1, 1949.

Roger Sale, "René Wellek's History", *The Hudson Review*, Vol. 19, No. 2, 1966.

Sarah Lawall, "René Wellek and Modern Literary Criticism", *Comparative Literature*, Vol. 40, No. 1, 1988.

Seymour M. Pitcher, "René Wellek and Austin Warren, Theory of Literature (Book Review)", *Philogical Quarterly*, Vol. 28, No. 3, 1949.

Terence Spencer, "Reviewed Work: Theory of Literature by René Wellek and Austin Warren", *The Modern Language Review*, Vol. 44, No. 4, 1949.

Vilashini Cooppan, "World Literature and Global Theory: Comparative Literature for the New Millennium", *Symplokē*, Vol. 9, No. 1/2, 2001.

W. Richard Comstock, "Religion, Literature, and Religious Studies: A Sketch of Their Modal Connections", *Notre Dame English Journal*, Vol. 14, No. 1, 1981.

Walter G. Creed, "René Wellek and Karl Popper on the Mode of Existence of Ideas in Literature and Science", *Journal of the History of Ideas*, Vol. 44, No. 4, 1983.

William Troy, "Reviewed Work (s): Theory of Literature by René Wellek and Austin Warren", *The Hudson Review*, Vol. 2, No. 4, 1950.

（四）学位论文

Lindsay Puawehiwa Wilhelm, Evolutionary Aestheticism: Scientific Optimism and Cultural Progress, 1850 – 1913, Ph. D. dissertation, University of California, 2017.

Roger Dean Acord, Conceputal Difficulties of the Internal History of Literature as Reflected in René Wellek and Austin Warren's Theory of Literature and R. S. Crane's Critical and Historical Principles of literary History, Ph. D. dissertation, University of Nebraska-Lincoln, 1974.

后　　记

　　《文学理论》是一部耳熟能详的著作，韦勒克是一位众所周知的理论家。1942 年，韦勒克发表了《文学作品的存在方式》一文，之后收入他与沃伦合著的《文学理论》一书，作为探究文学内部研究的理论基础。文学作品存在论内容丰富，融合了现象学哲学、结构主义语言学、形式主义、新批评，对这一重要理论的研究具有相当难度。本书通过细读韦勒克的论著和其他相关资源，充分借鉴国内外学界的研究成果，意在深入探索韦勒克文学作品存在论及其文学理论。

　　当代西方文论涌现出诸多重要流派及其思想，追求学术独立的韦勒克和他的文学作品存在论只是沧海一粟。在后理论时期，文化研究十分盛行，崇尚审美形式的韦勒克已然过时。怀揣初读文论的兴趣与热情，我期待为韦勒克文学理论的研究贡献一份力量。

　　感谢我的博士导师张政文教授、硕士导师孙士聪教授对我的耐心指导和殷切鼓励。感谢中国社会科学院大学优秀博士学位论文资助计划支持本书的出版，也非常感谢本书编辑郭曼曼女士的认真与付出。

　　由于个人能力和精力有限，本书还多有不足之处，恳请各位方家批评指正。

王雪

2023 年 7 月